Sylvia Krupicka

Niemand hat das Land geklaut

- keiner hat´s geseh´n

Autorin

Die Autorin war damals eine junge Frau, die ihre Wünsche, Hoffnungen und Sehnsüchte in Tagebüchern reflektierte. Sie spricht die Sprache der Zeit und wirkt dadurch erfrischend, verletzlich und authentisch. Viele berührende Momente, viele Erlebnisse, die heute zur deutschen Geschichte gehören, werden auf diese direkte Art noch einmal neu beschrieben und miterlebt. Als Regieassistentin am Staatstheater Schwerin, Fernstudentin in Leipzig und mit Hauptwohnsitz in Berlin war sie im Jahr 1989 an vielen Brennpunkten der Wendezeit zugegen. So entsteht ein Bild dieser Zeit, unter anderem mit DDR-Alltagsbeschreibungen im direkten, zuweilen poetischen Ton.

Weitere Veröffentlichung:
Mondphasen, Gedichte, Wiesenburgverlag 2005, ISBN 3-937101-80-2

Sylvia Krupicka

Niemand hat das Land geklaut - keiner hat´s geseh´n

Tagebuchroman aus der Wendezeit

Für den Titel wurde der Bibliotheksservice durchgeführt.

Umschlagdesign: Daniela Birk

Umschlagfoto Tagebuch: Katrin Hammer

Umschlagfoto Tapete: Daniela Birk, mit freundlicher Unterstützung des DDR-Museums, www.ddr-muesum.de

Lektorat: Ulrike Hiltmann, Claudia Steinseifer

ISBN: 978-3-839-14099-4

Herstellung und Verlag: Books on Demand GmbH, Norderstdet

Für Ben und Antonia

Danksagungen:

Daniela Birk für den tollen Umschlagentwurf, Ulrike Hiltmann und Claudia Steinseifer für die mühsame Lektoratsarbeit, Katrin Hammer für die Fotografien des Tagebuches, Lothar Steiner für das Autorinnenfoto aus dem Jahr 1988, Monika Dill für ständiges Mutmachen, Daniela Holdegel für die Idee einen zweiten Teil zu schreiben.

1. Januar 1989 – Sonntag, Schaprode, DDR

Was für ein seltsames Silvesterfest das gestern war, schön und traurig. Was wird werden aus mir, was wird werden aus uns allen? Scheu hüllt sich das Jahr in Stille. Meine Blicke schweigen hinaus auf die gefrorene Wasserhaut, aus der Schilfrohre ragen wie Bartstoppeln. Dazwischen Schnee, ähnlich Rasierschaumresten an den Rändern des Landschaftsgesichtes. Der Wunsch, mit der Hand über die kalten Wellen der Ostsee weit draußen zu streichen, über die rauen Züge der Hügel im Westen. Doch lieber nicht, noch will ich nichts berühren. Hier knüpfen sich Ende und Anfang zusammen zu einem neuen Jahr. Unbeschrieben und jung wartet es auf mich.
Maud legte uns gestern Abend die Karten. Ihre langen hennaroten Haare ruhten auf dem Tisch wie entrollte Silvesterschlangen, als sie sich über das Kartendeck beugte, und sich ihre Augenbrauen dicht zusammenzogen.
Die nächsten dreihundertfünfundsechzig Tage sollte ich überspringen. Ein befreundetes Pärchen wird mich sehr enttäuschen, Menschen aus meiner näheren Umgebung gehen verloren, Ziele bleiben unerreicht, Verluste auf ganzer Linie treffen mich. Maud sagte viel Negatives voraus, oder klang es für mich nur so?
Ich aß die Szenerie. Ich ließ sie dermaßen in mich ein, dass ich sie schließlich glaubte und Tränen kullerten. In der Küche machte Melnik ihr Vorwürfe. Melnik ist mein bester Freund und Maud seine Freundin. Ich hörte beide miteinander tuscheln. Man müsse demjenigen, dem man die Karten lese, die Augen vernebeln, das Schlechte unter das Gute mischen, sagte Melnik.
Oje, was habe ich angerichtet! Ich müsste doch etwas weiser daherkommen. Wir haben einfach ein Gesellschaftsspiel gespielt, nichts weiter. Trotzdem war ich hilflos. Ich stand im Neuschnee und weinte.
Dann holte mich Melnik herein. Noch zwei Karten lagen auf dem Tisch. Er gab sie mir, damit ich eine davon zog. Es war der Kreuzbube. Ich solle das nicht vergessen, sagte er.

Was meint er? Kreuzbube symbolisiert die Familie, die Gemeinschaft, das Gemeinschaftsgefüge und den Zusammenhalt des Staates.

2. Januar 1989, Montag, Schaprode, DDR

Schaprode. Dieser Ort gehörte bisher zur Rennstrecke meiner Berliner Clique zum Hafen, von dem die Schiffe nach Hiddensee abfahren. In den letzten Jahren spielten sich unsere Anfahrten nach Hiddensee folgendermaßen ab: Zuerst kam die nächtliche Fahrt im Trabbi (ich auf dem Rücksitz) mit langen Gesprächen, vielen Zigaretten und Kaffee aus der Thermoskanne. Meine Aufgabe war es, den Fahrer wach zu halten. Ich suchte in meinem Gedächtnis nach neu gelesenen Büchern, kürzlich gesehenen Filmen, nach persönlichen Ereignissen und diversen Storys. Erzählungen aus dem real existierenden Sozialismus waren besonders beliebt. Es gab gruselige und lustige davon. Beide Arten ließen sich gut mischen und der jeweiligen Stimmung anpassen.
Im Morgengrauen wurde die Zeit jedes Mal knapp. Deshalb geriet die Verbindung von der Hauptzubringerstraße zur Fähre im Hafen zu unserer speziellen Rennstrecke. Ich musste noch vor dem endgültigen Einparken aus dem Trabbi springen und der Dampferbegleitung wilde Zeichen geben, dass wir an Bord wollen, während die anderen hektisch einen Parkplatz suchten. Meistens waren die Seeleute wohlwollend.
Jetzt sind wir das erste Mal im Ort, im Haus von Melniks Vater mit Blick auf den Hafen von Schaprode. Wir lagern sozusagen vor Hiddensee. Das ist gut. Der Blick nach Hiddensee reicht, um sich gut zu fühlen. Es ist fast wie auf Hiddensee zu sein.
Melniks Vater ist ein Philosoph. Melnik rollt vor Anerkennung mit den Augen, wenn er über ihn spricht. Ich kenne ihn nicht. Ich kenne nur Melnik.

In den letzten Tagen trafen sich hier zwanzig Leute aus Berlin oder Leipzig, miteinander über drei Ecken befreundet oder direkte Freunde. Heute fahren viele wieder ab. Deshalb hat der Trubel abgenommen und ich kann schreiben.
Ich sitze am Vietnam-Artikel, den ich an den Weihnachtsfeiertagen begonnen habe. Er wird eine Zeitungsseite füllen. Zwölf Seiten Text sind es bisher. Den Text gibt es, weil ich im letzten November eine der begehrten Jugendtourist-Reisen ergattern konnte. Ich war in Vietnam. Klar, im sozialistischen Ausland. Doch die Hauptsache ist, dass ich weit weg reisen konnte, egal, ob zu arm oder reich, sozialistisch oder kapitalistisch, ob nach oben oder unten, Norden oder Süden, Osten oder Westen. Weit weg, das ist das einzige Kriterium gewesen.
Heute las Melnik das Manuskript. Er gab mir Tipps, die ich jetzt versuche zu berücksichtigen. Die Reportage ist die erste große Arbeit für eine Zeitung, seitdem ich das Journalistikstudium und die Arbeit an der Redaktion der Tageszeitung „Neue Zeit“ verloren habe (dazu noch später). Nur störrisch ergab sich mir der Stoff, und angefüllt mit kopflastigen Informationen kam er daher.
Ich las vor der Reise viele Bücher über das Land, historische, mythologische, politische. Sie sind angefüllt mit schweren Schicksalen, traurigen Geschichten, mit viel Leid und tödlichen Kämpfen über Jahrhunderte hinweg. Dies war ebenso der Grundeindruck, den die Reise, die Vietnamesen und die Landschaft auf mich machten: stark angegriffen sind sie, Mensch und Natur.
Was ich unter dem inoffiziellen Hirnlappen gedacht und gespeichert habe, ich meine jenen Text, den ich ohne Veröffentlichungsabsichten in mein Tagebuch schrieb, der kommt in den zwölf Zeitungsseiten nicht vor.
Ich füllte in Vietnam jeden Tag ein DIN-A5-Schulheft. Zuerst notierte ich die offiziellen Angaben, die Touristenführer und Delegationsleiter machten, und dann folgten meine Beobachtungen und Gedanken.
Hier ein Beispiel vom 2. November: „Hanoi. Der erste Versuch allein in das Ortszentrum zu gehen misslingt mir. Die Kinder umzingeln mich auf dem Weg dorthin mit ihren ‚Hellos‘ oder ‚Strastwuitjes‘. Sie betteln mich an. Ich habe Bleistifte, Schulhefte und Kaugummis mit, doch es sind zu viele Kinder und ich

sehe ein, allein komme ich nicht weiter. Zu viel Armut, zu viele Kinder, zu viel Zuviel, was ich nicht kenne. Mich nehmen wenig später drei Reisende aus meiner Jugendtourist-Gruppe mit. Wir laufen zum Markt, auf dem die Vietnamesen ihren Besitz verkaufen, Dinge, die sie selbst verwenden könnten, die aber Geld bringen sollen, um wichtigere Lebensmittel zu besorgen. Ich bin betroffen von ihrer Demut, ihrer Höflichkeit, ihrer Unterwürfigkeit, ihrer Armut. Die Händler sitzen auf niedrigen Pritschen im Schlamm und warten bis Touristen kommen. In ihrem Rücken stehen graue Plattenbauten. Über ihre Köpfe hinweg schweift mein Blick nach oben. Dort erkenne ich Balkone, die durch Stachel- und Zaundraht zu kleinen Tierkäfigen umgestaltet wurden. Welche Tiere halten sie darin, Schweine, Hühner? Die Eingangstüren der Häuser sind besetzt von herumlungernden jungen Männern und Kindern. Ich stelle mir vor, ich würde hier wohnen und durch die Gruppe von zwanzig Menschen hindurch müssen, zu viel Berührung."
Wenige Tage später besuchten wir ein Revolutionsmuseum. Ich schrieb: „Der graue Bau beinhaltet eine recht unattraktive Ausstellung über 30 Jahre Krieg in Vietnam (was schon für sich genommen eher traurig als hervorhebenswert ist). Das Museum berichtet darüber, wie das heldenhafte vietnamesische Volk seine Angreifer jeweils aus dem Land bugsierte. Die Mongolen beispielsweise scheiterten an Pfählen, die bei Ebbe von den Vietnamesen in den Flussboden gerammt und von den einfahrenden Mongolenschiffen bei Flut nicht gesehen wurden. Mit der einsetzenden Ebbe spießten die Pfähle die feindlichen Schiffe auf."
Auch die mich begleitenden Jugendtouristler blieben mir suspekt: „Ich schätze, die Hälfte unserer Gruppe ist einfach unerzogen. Heute Morgen stand ein Vietnamese auf dem Hof und putzte sich die Zähne. Aus unseren Reihen kamen nur blöde Bemerkungen. Das sei wohl der Trompeter, was der so früh hier wolle... Später stellte sich heraus, dass der Pförtner für uns aufgestanden war. Die meisten meiner Mitreisenden können sich nicht selbst beschäftigen und vertreiben sich die Zeit mit dummen Bemerkungen über andere. Heute sitze ich mit meinem Heft auf dem Hof, um zu schreiben. Ein Pärchen kommt vorbei und fragt mich, ob ich es selber glauben würde, was ich da schreibe. Vielleicht trauen die beiden ihren eigenen

Tagebüchern nicht? Genau das unterscheidet uns voneinander. Sie schreiben gar nichts außer einer Währungszahl auf ein Kärtchen, wenn sie ihre dafür eigens mitgebrachte Seife verhökern. Ich glaube kaum, dass es für diese Reise eine besondere Auswahl gegeben haben soll, ein Umstand, der uns ständig vorgehalten wird. Was und wer sind denn diese ‚besonderen Menschen'? Sie sind nicht einmal besonders linientreu, nicht einmal überzeugt, oder sogar kommunistisch. Sie sind offen verlogen."

3. Januar 1989, Dienstag, Schwerin, DDR

Ich muss nach Schwerin ans Theater für die Raum- und Technikplanung. Am 3. Februar wird die Tell-Premiere sein. Wenig später, vom 8. – 14. Februar, geht das Schauspielensemble in einen kurzen gemeinsamen Urlaub, da unser langjähriger Schauspieldirektor das Theater verlässt. Gleich danach wird am 26. Februar Premiere der „Spinnenfrau" sein. Eine weitere Inszenierung für die große Bühne ist noch nicht durch die Zensur der Parteileitung der Stadt gekommen, und am 1. Juli plant die Schauspielleitung eine Premiere zu „irgendwas zur Französischen Revolution". Ein weiteres Projekt bleibt noch unbenannt. Unser Schauspieldirektor lacht verschmitzt und sagt: „Ohne Oktoberrevolution mache ich keine Französische Revolution!" Ich muss lachen, doch es vergeht mir gleich wieder, denn ich habe nichts zu tun. „Tell" wird gerade inszeniert, aber ich bin nicht drin. Ich habe keine Proben. Dabei war ich bisher immer vollauf beschäftigt. Da in diesem Jahr die großen Inszenierungen Gastspieleinladungen nach Italien und in die BRD haben, stehe ich auf keiner Besetzungsliste mehr. Plötzlich gibt es genügend andere Regieassistenten, die vorher irgendwie nicht da waren. Allerdings habe ich Aussicht darauf, mit nach Westberlin zu reisen.
Aber gut, ich kann mich selber beschäftigen. Gehalt bekomme ich trotzdem. Da wäre noch das Fernstudium Theaterwissenschaft in Leipzig. Ich könnte zwei Studienjahre zusammenfassen und statt alle vier Wochen, vierzehntägig nach

Leipzig fahren. Außerdem schreibe ich an einem Hörspiel für den DDR-Rundfunk.

4. Januar 1989, Mittwoch, Schwerin, DDR

Ich recherchiere nach dem Stück „Wilhelm Tell". Wieso ist es nicht in meiner Schiller-Ausgabe abgedruckt? Und anscheinend in vielen anderen, die hier erschienen sind, auch nicht? Ich finde das Textbuch unseres Hauptdarstellers auf der Probebühne unterm Dach und lese darin. Nun weiß ich, warum der Tell kaum veröffentlicht wird:

„Nein, eine Grenze hat Tyrannenmacht,
Wenn der Gedrückte nirgends Recht kann finden,
Wenn unerträglich wird die Last – greift er
Hinauf getrosten Mutes in den Himmel
Und holt herunter seine ewgen Rechte,
Die droben hangen unveräußerlich
Und unzerbrechlich wie die Sterne selbst." (1)
„Das Alte stürzt, es ändert sich die Zeit,
und neues Leben blüht aus den Ruinen." (2)

Na, Hoppla! Das finde ich mutig, wunderbar.

5. Januar 1989, Donnerstag, Berlin, DDR

Sollen die doch in Schwerin Theater machen, dann fahre ich eben nach Berlin.
Ich schreibe zusammen mit Melnik an einem Hörspiel. Eigentlich bin ich die Autorin, doch er ist als Dramaturg in der Hörspielabteilung des Rundfunks angestellt und darum mein Mentor. Er diskutiert viel mit mir herum, da seiner

Meinung nach meine Figuren zu einfach und die Konstellationen zu durchsichtig sind.

In der Geschichte liebt ein Abiturschüler die Tochter seines Direktors, die ebenfalls Schülerin der Abiturstufe ist. Dem Direktor der Erweiterten Oberschule bleibt die Zuneigung der beiden jungen Leute nicht verborgen. Allerdings missbilligt er diese Verbindung. Ihm ist der junge Mann nicht konform genug. Ein langhaariger Jeanshosenträger und Besucher der Jungen Gemeinde erfüllt alles andere als seine Vorstellung von einem zukünftigen Schwiegersohn. Deshalb zitiert er den angehenden Abiturienten zu einem fingierten Studienberatungsgespräch in sein Direktorenzimmer und stellt ihn vor eine Entscheidung: Aufgrund mäßiger Zensuren wäre eine verhauene Prüfung durchaus ein Grund, dem jungen Mann das Abiturzeugnis zu verweigern, doch wenn er den Kontakt zu seiner Tochter ab sofort abbrechen würde – so der Direktor – könne schon jetzt eine Zusicherung des Abschlusses garantiert werden. Träfe er sich weiter mit ihr, wären die letzten zwei Jahre vergebliches Schulbankdrücken gewesen. Die Erpressung gelingt. Der Unglückliche entscheidet sich für das Abitur und hasst sich hinterher dafür.
Die Kritik von Melnik ist folgende: Einen EOS-Direktor, der allein seine Macht ausspielen will, den gibt es nicht. Ich soll gute und liebenswerte Seiten bei ihm finden. Ich habe den Direktor „Herrn Etzel“ genannt. Das findet Melnik schon mal unpassend. Ich weiß nur nicht, wie ich sympathische Seiten an diesem speziellen EOS-Direktor finden soll. Diese Figur erinnert mich an meinen eigenen Oberschuldirektor an der Ossietzky-Schule in Berlin-Pankow. Sein Kopf ähnelte dem der liebenswert-witzigen Holzpuppe Spejbl aus Prag, sogar das Herumschwenken desselben wie bei einem Vogelkopf zeigte Verwandtschaft mit ihm. Doch unser Direx nutzte die besondere Aufhängung seines kahlen Schädels eher für lauernde und prüfende Blicke auf seine Umgebung und für unerwartete ruckartige Vorstöße, die ebenso verbal seine Macht konsolidierten. Er trug weiße Schuhe zu seinen grauen Anzügen und väterliche Neigungen gingen ihn eher ab. Seine Autorität bestand darin, dass er unverhofft im Klassenzimmer auftauchte

und genussvoll registrierte, wie erschrocken unsere Gespräche verstummten. Wir mussten von den Stühlen aufspringen und vor ihm stehen, bis schließlich eine zu Boden fallende Stecknadel zu hören gewesen wäre und er endlich das Wort an uns richtete.

7. Januar 1989, Sonnabend, Berlin, DDR

Ich suche außerdem nach einem Stück, um es am Theater zu inszenieren. In der Zeitschrift „Theater der Zeit" fand ich einen Artikel zu Lothar Walsdorfs neuem Text „Monologe". Den Dichter lernte ich vor zehn Jahren bei einem Freund kennen. Ein paar Stichworte in dem Artikel interessierten mich so sehr, dass ich ihn um Zusendung des Manuskriptes bat. Franz Fühmann wird im Artikel zitiert: Er charakterisiert Walsdorf als ‚unfähig zu verdrängen'. Das interessiert mich.
Unsere offizielle Berichterstattung würde angesichts einer totalen Stilllegung der Produktion eher von ‚hoher Planerfüllung' sprechen, ergo sei die Unfähigkeit zur Verdrängung geradezu revolutionär, wenn sie nicht sogar schon Spuren von Verrücktheit in sich trage. Und – so Fühmann weiter – die Monologe seien ‚shakespearisch', also ‚wie aus einer anderen Zeit'.
Während ich die Monologe lese, fällt mir folgender Satz daraus auf: „Alle Diktatoren der Welt klatschen mit roten Fingernägeln Beifall." (3) Dann folgt eine Aufzählung der Diktatoren – Mao und Stalin sind dabei. Das ist schon mal gut, ich glaube, ich habe meinen Text gefunden.
Mir kommt eine Idee für die Inszenierung: Bruchstücke inszenieren, wie es Pina Bausch macht, und diese erst später zusammenketten.
Plötzlich fällt mir die Erzählung unserer Schauspielerin Babette aus Schwerin ein. Sie hatte ihrer Nachbarin nach einer Hausgeburt, bei der sie ungewollt die Rolle der Hilfshebamme spielen musste, die nach Alkohol riechende Nachgeburt entfernt – was für ein Bild. Das ließ sich nicht einfach vergessen oder verdrängen.

Schließlich notiere ich alles, was mir im Laufe von fünf Minuten einfällt: Ich brauche mehrere Personen auf der Bühne. Sie repräsentieren die Komplexität einer Person. Wer spricht alles in einem Menschen? Sind es die Ahnen, sein Wesen, die Geschichte des Landes, seine Erlebnisse, andere Einflüsse? Ist es nicht alles zusammengenommen? Das Ziel könnte sein: Der Schrei! Ich muss jetzt dringend etwas sagen! Und dabei ist man hier immer nur ein mit dem Finger schnipsender Schüler, der nie rankommt und schließlich verstummt.
Da der Schauspieldirex den Text ebenso bemerkenswert findet, habe ich vielleicht Glück und er unterstützt mich in einer Inszenierung.

9. Januar 1989, Montag, Berlin, DDR

Lothar Walsdorf schickt einen Brief und seinen Gedichtband „Über Berge kam ich". Über seinen Brief muss ich herzhaft lachen. Ich hatte den Dichter im Dezember zur Lesung seiner „Monologe" nach Schwerin eingeladen. Dort leite ich die Reihe „Schauspieler lesen Texte". Diesmal sollte der Schriftsteller selber anwesend sein, doch Lothar Walsdorf war nicht erschienen. Die Lesung fand ohne ihn statt, das anschließende Gespräch musste ausfallen. Jetzt beschreibt er in dem Brief, warum wir vergebens auf ihn warteten. Er sei einen Tag zuvor von seinem Wohnort im Land Brandenburg nach Berlin vorgefahren. In Berlin hätte er übernachtet und sei am nächsten Morgen zum Bahnhof gegangen. Während er den Fahrplan studierte, sei ihm der Zug weggefahren. Das Einholen der Information über die nächste Zugabfahrt (was irgendwie zwei Stunden gedauert haben muss) führte dazu, dass auch dieser Zug ohne ihn nach Schwerin fuhr. Und dann hätte es sich nicht mehr gelohnt zu kommen. Faszinierend ist, wie genau er doch dieses Szenario bereits in seinen „Monologen" beschrieb! Nach Berlin vorfahren, dort übernachten, Zug verpassen, neuen Zug heraussuchen, ihn wieder verpassen. So ereigneten sich die Reisen mit seiner Mutter (er noch Kind) zur Verwandtschaft.

Da übernachteten sie allerdings nicht bei Freunden, sondern in der Rot-Kreuz-Station des Bahnhofs.
Im Klappeneinband liegt eine bunte Postkarte: die Bremer Stadtmusikanten, nur umgekehrt gestapelt – der Esel obenauf, dann Hund, Katze, unten liegt der Hahn breitbeinig im Koma.

10. Januar 1989, Dienstag, Leipzig, DDR

Um meine Studienzeit zu verkürzen, besuche ich jetzt zusätzlich Theatergeschichte der Antike. Dadurch kann ich die meisten ausstehenden Prüfungen machen. Dann folgt die Diplomarbeit, ihre Verteidigung, und Schluss. Theaterwissenschaften ist ein Studium, welches angenehmerweise brauchbaren Stoff vermittelt.
Was ich von dem angefangenen Journalistikstudium vor acht Jahren nicht sagen kann! Was war das für ein Horror!
Alle Fächer, die wir damals im ersten Jahr des Journalistikstudiums unterrichtet bekamen, ob es Englisch, Russisch, Stilistik, Geschichte, Dialektisch -historischer Materialismus, Politische Ökonomie, Geschichte des Journalismus oder Psychologie war, dienten ausnahmslos des Transportes der Ideologie. Ich konnte manchmal nicht erkennen, in welchem Fach ich gerade saß. Das zeigte allein die Beschriftung des Hefters an, in den ich hineinschrieb. Materialien waren neben Marx, Engels und Lenin Tageszeitungen der DDR, Zeitungen der Sowjetunion und von der Sektion selbst herausgegebene Bücher und Broschüren, die meistens Übersetzungen sowjetischer Journalisten waren. In Russisch lasen wir die sowjetische Tageszeitung „Prawda", in Geschichte nahmen wir die Geschichte der Kommunistischen Partei der Sowjetunion durch, in Politischer Ökonomie lasen wir Lenins „Materialismus und Empiriokritizismus" (und Lenin drückt sich dermaßen verklausuliert aus, dass er sich unmöglich selbst verstehen konnte). Beliebt war außerdem Marx´ "Kritik der politischen Ökonomie" und natürlich sein „Kapital". Spitzname der Sektion: Das rote Kloster!

Ich vermute, ich war damals von diesem Studium schizophren geworden. Ich benutzte eine seltsame Sprache und pflegte hilflose Gedanken: „Da war ein Stern, der erlosch, wenn ich weg sah, und er wurde heller, blinkte und flackerte vor Energie, wenn ich meine Augen auf ihn richtete. Ich sitze auf dem Nordpol, er ist mein einziger Freund in der kalten rauen Landschaft. Zu meinen Füßen klafft ein schwarzer Abgrund, der so gleichgültig daliegt, als wüsste er um sein sicheres Opfer. Was ist schon gültig? Wenn nichts Gültiges existiert, ist also alles gleich gültig? Bin ich denn aus Lehm? Ob wir alle aus Lehm sind hier in Leipzig?"
Aber mit einer guten Nachbarin konnte es manchmal sehr lustig werden. Im Fach Stilistik bekamen wir eines Tages eine Zeitungsseite ohne Überschriften. Die Aufgabe war, Überschriften für alle Artikel zu finden. Hier zwei der Ergebnisse, die wir uns kichernd einander zuschoben.

Knödelfress im „Kongress"

Karl-Marx-Stadt (ADN) „Bei Freunden zu Gast" ist das Motto einer Woche der tschechischen Gastronomie, die am Mittwoch in Karl-Marx-Stadt begann. Köche, Kellner und Konditoren aus Karlovy Vary präsentieren im Interhotel „Kongress" Küchenspezialitäten aus Böhmen. Ihre Kollegen aus der DDR werden im Herbst in Karlovy Vary Spezialitäten aus dem Erzgebirge anbieten."

Und nachdem wir die dazugehörige Überschrift fanden, veränderten wir auch gleich noch die Meldung. Sie lautete nun:
„Sechs Millionen Geschädigte kochten im Dietz Verlag Berlin nach böhmischen Rezepten Materialien zum X. Parteitag."
Die Nachbarin schrieb darunter: „Ein Journalist ist das Werkzeug der leitenden Organe." Und ich: „In welcher Sprache soll ich lügen?"

11. Januar 1989, Mittwoch, Berlin, DDR

Arbeit am Hörspiel. Während ich gestern im Antikeseminar in Leipzig saß, überlegte ich, ob ich eine andere Geschichte für das Hörspiel auswählen sollte – eine, die ich selbst erlebt habe. Zum Beispiel die meiner Exmatrikulation vom Journalistikstudium. Es geschah genau am 9. Oktober 1981.

Diese Exmatrikulation war gewissermaßen der Endpunkt, sie war die Lösung einer verzwickten Angelegenheit, das Ergebnis zweier Leben, die sich konträr gegenüberstanden und doch von mir in einem einzigen gelebt worden waren. Und am 9. Oktober 1981 implodierte dieses Leben.

Die Türen der Seminarräume in unserer Etage standen sperrangelweit offen. Es herrschte die übliche Aufregung nach einem langen Sommer. Von Zeit zu Zeit kamen Kommilitonen angehetzt, die mit einem der sich immer verspätenden Züge angereist und hernach durch Leipzigs Innenstadt zum „Steilen Zahn" gerannt waren. „Steiler Zahn" nannten wir das sechszehnstöckige Universitätshochhaus. An jenem Tag deutete sich eine besondere Situation dadurch an, da sich kein Dozent blicken ließ.

Schließlich kam Bewegung ins Seminarhaus. Genauer gesagt bestand die Bewegung aus einem plötzlichen Stillstand, denn in der Tür meines Seminarraums erschienen zwei Dozenten. Langsam erstickten die Gespräche. Die Blicke aller Studenten richteten sich auf diese beiden, in graue Anzüge gekleidete Herren. Der eine war unser Studienjahresleiter, der andere Leiter der Abteilung Erziehung und Ausbildung. Schultze und Schmitt. Es gab nichts, was an ihnen witzig hätte sein können. Sie hielten die absolute Macht in ihren Händen. Mir klopfte das Herz, als ich meinen Namen hörte. Sie wiesen mich an, ihnen zu folgen. Ich war wie im Trance. Im Zeitlupentempo stand ich auf, alle anderen sahen mich an, ich packte meine Sachen ein und nahm sie mit. Einschließlich der Wildlederjacke und der dunkelroten Baskenmütze. Als wüsste ich, dass ich nie wieder in diese letzte Reihe des Seminarraumes zurückkehren würde. Dann folgte ich Schultze mit tz und Schmitt mit tt.

Während rechts und links vom Flur die Seminarräume abgingen und ich noch in den ein oder anderen hineinsehen konnte, steuerten beide einen Raum an der Stirnseite des Flures an, den ich noch nie betreten hatte.
Als ich jetzt eintrat, saß an einem Tisch, der für ein Präsidium zusammengestellt worden war, bereits der dünne FDJ-Studienjahresleiter Abendstern. Beim Vornamen nannten wir ihn nicht. Ich hatte ihn noch nie persönlich gesprochen, obwohl er mit mir im gleichen Wohnheim wohnte. Er studierte mit uns. Ich wunderte mich, wo er für diese außergewöhnliche Sitzung das Blauhemd herbekommen hatte. Vielleicht gab es für ihn eine Art Sturmgepäck in irgendeinem Spind dieser Etage. Wahrscheinlich waren auch noch ein Parteibuch, der FDJ-Ausweis, eine rote Ordnungsbinde und das „Kommunistische Manifest" als Sonderausgabe in Leder gebunden darin. Er las in verschiedenen Blättern, die auf dem Tisch lagen. Als ich hereinkam, sah er verstohlen zu mir hoch und dann wieder auf die Papiere. Er schien tatsächlich verwirrt. Er wusste wohl nicht, ob er mich für jene Person halten sollte, die dort in den Papieren beschrieben stand. Während Schultze und Schmitt ebenfalls im Präsidium Platz nahmen, zeigte einer von ihnen auf einen Stuhl direkt vor dem Präsidium. Die Machtverhältnisse waren klar und deutlich umrissen. Es konnte losgehen.

Ich hatte Westbücher besessen, in denen die DDR kritisiert wurde. Ich hatte fragwürdige Zitate aus dem Roman von Klaus Mann „Der Wendepunkt" in meiner Wohnung aufgehängt und mit Zeitungsbildern collagiert, ich hatte eine Schwarzwohnung in Berlin besessen, ich hatte Kontakt zu Staatsfeinden (sie meinten den Dichter Uwe Kolbe, mit dem ich einen regelmäßigen Briefkontakt unterhielt) und ich war während einer Fete in meiner Wohnung von den Organen der Sicherheit erfasst und verhört worden. Ja, Ja, Ja. Aber woher wussten die das? Von meinen Freunden in Leipzig wusste es nur einer. Und der hielt dicht, weil die benannten Organe ihn mit aus der Schwarzwohnung verfrachtet hatten. Alle anderen aus meinem Studienjahr waren verstört, als sie später die Aktenlage von Abendstern erzählt bekamen.

Angenommen, ich würde diese Exmatrikulation zur Grundlage des Hörspieles machen, dann müsste ich die Geschichte verständlich beschreiben. Die Gründe für dieses Desaster müssten genau bestimmt, und vor allem derjenige, der es veranlasst hat, müsste benannt werden. Doch, wer war's?

Es könnten die Briefe aus dem Zivilverteidigungslager gewesen sein, die übrigens den Adressaten nicht erreicht hatten.

Ich probierte im Zivilverteidigungslager kurz vor meiner Exmatrikulation aus, ob sich mit dem Schreiben wirklich Geister bändigen ließen, und schrieb etwa zehn Briefe aus dem Lager an Uwe. Uwe hatte vor einem Jahr seinen ersten Gedichtband „Hineingeboren" veröffentlicht und war damit schlagartig bekannt und zu einer Hoffnung für kritische junge Menschen geworden. Mein Interviewbesuch bei ihm führte zu mehr als beruflichem Interesse.

Aber zurück zum Lager: Besonders schlecht ging es mir zum Beispiel nach der Übung zum angenommenen Atomschlag im Zivilverteidigungslager. Wir, die Mädchen des zweiten Studienjahres, traten wie immer um 7.00 Uhr zum Frühstück an, marschierten im Links-Zwo-Drei-Vier (ein sehr übersichtlicher Schritt, wenn man gerade erst erwacht war) zur Kantine und um 8.00 Uhr stand die Arbeit mit dem Geigerzähler auf dem Stundenplan. Ich war fest der Überzeugung, dass dieses permanent mit dem Zeiger ausschlagende Gerät in Wirklichkeit eine biologische Suchmaschine für Ameisen mit ausgewechselter Skala war, denn es schlug eigentlich ständig aus und zischte leise, wenn ich es in die Nähe des Bodens brachte. Auch der Dozent zeigte einige Unsicherheit im Gebrauch und verlor sich schließlich in die ihm kurz zuvor vermittelte Theorie, wie die Verhaltensweise der Zivilbevölkerung nach einem Atomschlag zu sein hatte. Ich und die andere Zivilbevölkerung sollten uns mit den Füßen zuerst Richtung gesichteter Atompilz flach auf den Erdboden legen und eine Zeitung auf sich decken. Wenn nichts weiter Auffälliges mit uns passiert war, konnten wir wieder aufstehen und die verschiedensten Hauptaufgaben bewältigen. Das waren: den Schutz der Bevölkerung und der Volkswirtschaft realisieren, die Evakuierung organisieren, eine Dezentralisierung erreichen, etwas Standhaftigkeit bewahren, den

Lebensmittelschutz vornehmen, ebenso Schutz der Kulturgüter leisten, andere Betroffene auffinden und lagern, Instandsetzungsarbeiten erledigen, die Folgen mildern oder beseitigen, Schutzräume ausbauen und herrichten, die operative Freiheit unterstützen, Unterstützung leisten bei der Beseitigung der Folgen gegnerischer VM; dann folgten noch RBJ-Arbeiten und KCB, Aufklärung und Spezialbehandlung.
Danach hatte ich Uwe geschrieben, ich säße jetzt auf einem Fahnenmast und sei die weiße Flagge im Wind und es sei mir ziemlich egal, ob der Atompilz Haltung annehme vor der Leninschen Lehre der Verteidigung des Sozialismus, tödlich sei er für Verteidiger sowie Angreifer und ich wolle jetzt viel lieber in seinen Armen liegen und ihn ausgiebig küssen, und das am Sonntagnachmittag. Ich hatte diesen und die anderen Briefe sogar außerhalb des Lagers eingesteckt, um zu vermeiden, dass er in falsche Hände geriet. Aber „außerhalb des Lagers" hieß: Der Briefkasten war zehn Schritte vor dem Haupttor befestigt und sicherlich eine von der Stasi gern durchstöberte Fundgrube. Für solche Feinheiten des Selbstschutzes schien ich keine geeignete Ausbildung erhalten zu haben. Erst die Exmatrikulation und deren Folgen brachten diesen auf Touren und führten zu einem perfekten Schutzschild, welches sogar für Gefühle undurchlässig wurde.

13. Januar 1989, Freitag, Berlin, DDR

Vielleicht wäre es eine gute Idee, wenn ich das Hörspiel so anlegte, dass die Hauptperson den Grund ihrer Exmatrikulation sucht. Szene: Sie sitzt noch im Seminarraum, ahnt, dass irgendetwas Ungeheuerliches geschehen wird, und ihr gehen die verschiedenen Möglichkeiten durch den Kopf, die ihr gleich den Studienplatz kosten:
Zum Beispiel die Situation, als Christoph kam, um mich im Zivilverteidigungslager an meinem Ausgangswochenende zu besuchen. Immerhin war dies sein erstes Wochenende in der Freiheit. Christoph kam geradewegs aus dem Knast, er war ein

politischer Häftling, weil er Kontakt zum kapitalistischen Ausland gehalten hatte in Form verwandtschaftlicher Begegnungen mit seiner Kusine Sibylle. Das war gesetzwidrig, da er gerade seinen dreijährigen Armeedienst absolvierte und den Dienstgrad des Unteroffiziers erworben hatte. Dadurch wurde er automatisch zum Geheimnisträger.
Unglücklicherweise hatte er sich zudem in seine Kusine verliebt, was ein unlösbarer Romeo-und-Julia-Konflikt war, betrachtete man die die Bewegungsfreiheit stark eingrenzenden Übergangsmöglichkeiten von einer Mauerseite zur anderen. Die Tatsache, dass die beiden miteinander verwandt waren, ist bei der Problematik noch gar nicht mit eingerechnet. Seine Vorgesetzten warteten bis zum letzten Tag des dreijährigen Armeedienstes, um ihm mitzuteilen, dass sie von seinem Kontakt zu ihr schon lange wussten. Das Ergebnis war die Verurteilung zu einem Jahr Gefängnis. Aus der Traum vom Medizinstudium, für das er drei Jahre Armeedienst geleistet und auch noch ein Jahr gesessen hatte.
An jenem Wochenende stand er plötzlich mit seinem Motorrad vor dem Eingangstor des mit Maschendraht umzäunten Gebietes unseres Lagers, das bezeichnenderweise den Ortsnamen Hindenburg trug. Das sollte man sich auf der Zunge zergehen lassen: Ein sozialistisches ZV-Lager in Hindenburg, aber gut. Ich wollte damals gerade mit der Tochter des Chefs des DDR-Fernsehens Zigaretten aus der ein paar Kilometer weit entfernten Kneipe holen, da stand die blausilbrig schimmernde MZ am Straßenrand, ein in schwarzes Leder gekleideter Kosmonaut starrte mich an und reichte mir einen Integralhelm. Der Wind, der wütend über die kahlen abgeernteten Felder fegte, zottelte und zerrte an unserer Kleidung. Wir verharrten: die Bonzentochter im Parka, ich in einer abgeschabten Thälmannjoppe und der auf dem Motorrad sitzende schwarze Kosmonaut. Das Bild war so absurd. Als sei ein Prinz in eine Einöde gekommen, um mich zu holen. Aber ich wusste genau, es konnte kein Prinz sein. In meinem Umfeld gab es nur einen Prinzen für mich, und der wollte keiner für mich sein, aber das ist eine andere Geschichte. Ich erkannte den Kosmonaut schließlich. Dieser junge Mann hier, der den Prinzen

gerne gegeben hätte, hatte in Wirklichkeit keine Zukunft mehr und bat um die alte Freundschaft, Zuneigung und Wärme, die ich ihm gewähren wollte.
Christoph fuhr schweigend Motorrad. Er sprach nie ein Wort über den Aufenthalt im Gefängnis, weder jetzt noch später. Wir fuhren an einen See, auf das Grundstück eines Freundes seiner Familie. Wir saßen auf dem Steg, der in das blaue klare Wasser reichte. Christoph zog sich aus und sprang in den See. Als er aus dem Wasser kam, legte ich ihm ein großes Handtuch um und den Bademantel noch darüber. Ich wollte nicht seine Haut berühren. Ich umschlang seinen dunkelhaarigen Kopf: „Ach Christoph, was haben sie nur mit dir gemacht." Mehr Nähe konnte ich nicht geben. Ich wollte nicht zeigen, dass ich innerlich weinte. Vor zwanzig Uhr musste ich wieder zurück im Lager sein. Christoph brachte mich zurück. Er schwieg immer noch.
Eine wunderschöne Szene, traurig, bedeutsam und realistisch. Aber für ein Hörspiel, was der Rundfunk der DDR senden soll, wahrscheinlich nicht zu gebrauchen. Und dann wäre da noch – war ich wegen dieser Begegnung vom Journalistikstudium exmatrikuliert worden?

15. Januar 1989, Sonntag, Schwerin, DDR

Schwerin. Heute ist Sonntag, ich muss noch den Grotowski-Vortrag für das Fernstudium beenden. Morgen bin ich damit in Leipzig beim Fernstudium dran. Polnisches Theater ist mein Steckenpferd, also wird die Vorbereitung eher ein Spaziergang.
Mich beschäftigt etwas anderes viel mehr. Es geht im Moment sehr auf und ab. Die Arbeit am Theater wird deshalb zusehends komplizierter, weil sich die bisherige Machtstruktur auflöst. Der Schauspieldirektor wird im Laufe des Jahres weggehen. Da sein Druck von oben wegfällt, wird der Druck von unten immer stärker! Genauer gesagt, fällt seine Kontrolle über alle Bereiche des Theaters weg, wodurch alle diese Bereiche auf eigene Faust arbeiten. Da ist zum einen der

gesamte technische Bereich, die Besucherabteilung, das künstlerische Betriebsbüro. Ich bin überfordert, kann ich doch nicht die Unorganisiertheit eines Hauses aufhalten. Da das Organisieren zu meinen Aufgaben gehört, kämpfe ich im Moment mit Sanddünen, die am Tage weggeschaufelt, in der Nacht wieder von allein anwachsen.

Wir organisieren manchmal stundenlang, um fünf Minuten künstlerisch arbeiten zu können. Das bestätigen sogar gestandene Regisseure, die hier zu Gast sind. Das, was einen in der Nacht nicht schlafen lässt, ist nicht die Überlegung zu einer bestimmten Situation, die auf der Bühne noch genauer oder besser dargestellt werden könnte. Nein, ich wache mit der Horrorvorstellung auf, dass wieder irgendetwas schiefgelaufen ist.

Die Schauspieler reagieren auf die Situation sensibel, was mich wiederum nicht selten trifft. Zu oft klärt einer der Schauspieler seinen Frust auf meine Rechnung. Menschen, die mit ihren dargestellten Gefühlen ihren Lebensunterhalt verdienen, können diese halt jederzeit abrufen. Da weiß man oft nicht, was eine echte verärgerte Reaktion ist, was eine unechte. Ein ängstlicher Haufen Ensemble ist ungerecht und Angst ist gefährlich. Sie kann plötzlich ausbrechen, kann sich der Länge nach hinwerfen oder um sich schlagen, und wer rettet dann alle kleinen Wesen, die gerade in der Nähe sind? Mich zum Beispiel?

16. Januar 1989, Montag, Leipzig, DDR

Das mir schon bekannte Ritual bei Fahrten nach Leipzig findet heute wieder in den allerfrühsten Morgenstunden statt. Um 3.30 Uhr in der Schmiedestraße in Schwerin hochschrecken, Kaffee brühen, sich anziehen, die gepackte Tasche nehmen und in der Morgenkälte durch den Fußgängerboulevard Richtung Pfaffenteich schlurfen, links abbiegen, schneller werden und die letzten einhundert Meter zum Bahnhof rennen, sich in den Zug nach Leipzig setzen und erstmal wieder einschlafen...

Nach fünf Stunden Zugfahrt – oft ohne Mitropa-Abteil – im Galopp zur Theaterhochschule rennen. Heute gibt es wieder ein Seminar der ganz besonderen Art. Der beste Dozent, den ich jemals in meiner Studienlaufbahn erlebt habe, Prof. Rudolf Münz, spricht über das italienische Theater. Er ist ein kleinerer Herr mit stets rötlichem Gesicht, dröhnender Stimme, einem rundlichen Bauch, ganz sicher ein genießender Esser. In den Pausen treffen wir ihn oft draußen mit dicker Zigarre in der Hand.
Heute fährt er mit den Vorlesungen über sein interessantestes und sicher auch zu einem Steckenpferd gewordenes Thema des Theaters fort: Die Narren des italienischen Theaters im Mittelalter, speziell im 15. und 16. Jahrhundert.
Das Seminar ist bis auf den letzten Platz besetzt, wir lieben ihn alle. Prof. Münz hat seine theaterwissenschaftlichen Forschungen auf ein Gebiet gelenkt, in welchem das Lachen, das öffentliche Lachen, (das Lachen auf Marktplätzen zum Beispiel) zu einer Art seelischem Gleichgewichtsakt einer Gesellschaft geworden ist, das damit unversöhnliche Widersprüche zusammenbringt. Staunend hören wir von Möglichkeiten im „fürchterlich en Mittelalter", die wir Hier und Heute nicht haben, die wir aber gerne hätten...
Der Münz´sche Lieblingsnarr: Der Jurode. Ein Provokateur, als Hüter der Ordnung, der Unvereinbares unmittelbar miteinander konfrontiert, eine Art Teufelsheiliger, eine mythische Figur UND ein Schauspieler, als Narr ist er kein komisches Double seiner Seite. Mal ein praktisches Beispiel: Weihrauchgefäße werden durch die Kirche geschleudert, dass die Asche herausfällt, die Liturgie wird so gesungen, dass sie sich wie das Geblöke von Schweinen anhört, Totenmesse wird ohne Tote abgehalten. Der Jurode provoziert ein kollektives Lachen und stabilisiert damit die Normen aus der Gegenhaltung.

17. Januar 1989, Dienstag, Leipzig, DDR

Bahnhof Leipzig, morgens um halb eins. Stille, Neonlicht, langer Gang, Geräusche von einzelnen Menschen, die hin und wieder durch die Halle laufen, von Ferne leises Klirren, wie lebendige Musik. Ich folge dem Geräusch. Beim Näherkommen bemerke ich eine Windbewegung im Gang. Ein Schild hängt am Fahrkartenautomaten: „Außer Betrieb". Es hebt sich auf, als wäre es eben erst rausgehangen worden – dann schlägt es wieder auf den Blechkasten.
Die Musik kommt von den vielen kleinen Blechmarken der Gepäckaufbewahrungsschlüssel – sie klirren leise im Windzug.
Erinnerung an „Stalker" kommen auf, an den Film von Andrej Tarkowski, der das Szenarium einer radioaktiv verseuchten Zone entwirft und der stark zerstörten Restnatur die poetischsten und mahnendsten Bilder entlockt, die ich je sah. Hier ist es die Natur der Stadt, eine triste Poesie des Alltags.
Heute erzählte mir ein Kommilitone, dass es an der Theaterhochschule einen Professor gibt, der oft hier auf dem Bahnhof Leipzig ist. Ohne ein Fahrziel zu haben, oder in den Zug zu steigen, kommt er her und schaut den roten Rücklichtern der Züge hinterher oder beobachtet die Reisenden. Gibt es wirklich eine Krankheit, die Fernweh heißt? Und: Haben die Professoren nicht genügend Möglichkeiten zu reisen?

18. Januar 1989, Mittwoch, Leipzig, DDR

Ich bin noch in Gedanken mit der Story des fernsüchtigen Professors beschäftigt. Vielleicht ist es ein Gerücht, vielleicht auch nicht. Aber mir kommt eine Idee: Wenn Prof. Münz mit seinen Forschungen über das italienische Theater tatsächlich nach Italien reisen konnte (immerhin hat er damit die Fernsüchtigkeit gar nicht erst zu seinem Lebensproblem werden lassen), wie wäre es, wenn ich mir ein besonderes Thema für meine Diplomarbeit aussuchen würde, sagen wir: Analyse

internationaler Theaterprozesse! Natürlich liegt mein internationales Theater in der BRD. Es ist das Wuppertaler Tanztheater von Pina Bausch (und das ist eine 1A-Wahl, denn ich liebe dieses Theater.) Als sie mit ihrem Ensemble hier in der DDR war, bin ich in jedes Gastspiel gegangen und vor allem hinein gekommen: zwei Mal in Berlin in das Metropoltheater, ein Mal in das Dresdener Theater, ein Mal in das Cottbuser Jugendstiltheater und ein Mal in das Theater in Karl-Marx-Stadt. Ich war wie betrunken von ihren Regiebildern, sammelte Veröffentlichungen über sie und Bücher.
Als ich die Idee im Seminar äußere, gucken mich meine Kommilitonen etwas seltsam an. Die Dozentin meint diplomatisch: „Aber sie wissen schon, dass sie die Inszenierung, die sie analysieren wollen, mehrmals sehen müssen? Und Wuppertal, nun, es liegt – in der BRD!“
„Dann beantrage ich einen Studienaufenthalt. Wenn ich bis Vietnam komme, dann komme ich auch bis nach Wuppertal.“

19. Januar 1989, Donnerstag, Berlin, DDR

Ich habe aus der seltsam-traumhaften Situation am Sonntag auf dem Bahnsteig in Leipzig ein Lied geschrieben.

Zwei Züge noch, bevor meiner kam,
ich stand frierend im Gang,
die Stimme über den Lautsprecher nahm,
die Hoffnung nach deinem Gesang.
Ein kleiner Schritt – und Musik erklingt –
wie von einem anderen Stern,
ein leises Klirren im Neonlicht,
metallisches lockendes Fern.

Verloren auf Bahnsteig Nummer Acht
habe ich nächtelang zugebracht.
Verloren mit meiner heißen Liebe
am Ende dieser Welt

Ein leiser Windhauch bewegt das Schild
am Automaten – „außer Betrieb".
Wie ein fremder Wille, auch ungestillt,
und noch Lust auf den Weltenumtrieb.
In blauer Uniform ein alter Mann,
sitzt vor dem Kofferfach
und spielt verzückt mit der Eisenbahn,
die dort drinnen ihr Leben hat.

Verloren auf Bahnsteig Nummer Acht
Hat er nächtelang zugebracht.
Verloren mit seiner heißen Liebe
Am Ende dieser Welt.

Und über ihm klirren im Abendwind
Die Blechmarken der vielen Gepäcke,
Die Reisende in Länder sind,
für die er gern Fahrscheine hätte.
Setz dich zu mir, mein Mädel,
Ich kannte einmal die Menschen,
Die alle reisen.
Doch jetzt, mein Mädel, gehöre ich,
wie viele zum alten Eisen.

Verloren auf Bahnsteig Nummer Acht

Hat er nächtelang zugebracht.
Verloren mit seiner heißen Liebe
Zu fahren ans Ende dieser Welt.

20. Januar 1989, Freitag, Berlin, DDR

Berlin. Heute den Vietnam Artikel – 12 Seiten – - abgegeben. Er soll in mehreren CDU-Zeitungen in der gesamten Republik erscheinen – sagt der Chefredakteur der Berliner Redaktion. (Er war früher mein Chef in der „Neuen Zeit", die ein paar Etagen tiefer sitzt.) Wir suchen noch Fotos von mir aus. Er verspricht, nichts mehr zu ändern. Der Artikel sei perfekt. (Eigentlich ein völlig unbekanntes Gefühl für mich – keiner, der an meinem Text was auszusetzen hat.)

21. Januar 1989, Sonnabend, Berlin, DDR

Berlin. Im Kisch-Café will ich mich mit Lothar Walsdorf treffen, da das Café geschlossen ist, schlendern wir zum Handelscafé.
Wir reden über Gott und die Welt. Das heißt – meistens redet er.
Vier Stunden, die ich zuhöre, vier Stunden aus einem mir sehr fremden Leben. Die Worte sprudeln aus ihm heraus, wie Wasser aus einem Springbrunnen, genau wie seine Monologe. Ob das eine Theaterform ist, wisse er selbst nicht, geschrieben seien sie nicht für das Theater, sondern ausschließlich für sich selbst. Nun gelangt er bei seiner Mutter an, 1983 gestorben, eine Zigeunerin, die ihr ganzes Leben lang und bis ins hohe Alter hinein ein Mündel war, also nie erwachsen wurde. Die, kaum dass eine Wohnungstauschanzeige in der Zeitung erschien, umzog. (Wären wir doch wenigstens ein einziges Mal umgezogen – ich hätte mich glücklich geschätzt.) Er beschreibt eine Situation aus seiner Kindheit, in der er abends in einem Sessel sitzend erwachte. Er saß mitten im Küchenmobiliar – nur dass oben

der Sternenhimmel prangte, er konnte die Schublade vom Schrank aufziehen und das Besteck darin sehen – nur dass oben der Sternenhimmel prangte.
Vor seiner Geburt und nachdem er auszog lebte sie meistens in Heimen. Im Alter von 20 bis 25 Jahren schickte man sie sogar in ein Arbeitslager. Dafür sprachen zwei Gründe: sie war „unarisch" und sie vernachlässigte ihre Arbeit in der Fabrik. Das mit der Arbeit war so eine Sache bei ihr, sagt Walsdorf: Wenn es regnete, ging sie grundsätzlich nicht zur Arbeit. Bei Schnee und Sturm schonte sie ebenfalls ihre Arbeitskraft. Das verstand nicht jeder. Deshalb landete sie im Arbeitslager. Einen Tag vor dem 8. Mai 1945, also am 7. Mai, wurde sie im letzten Moment aus dem Lager befreit. Auch sie sollte vergast werden, wie alle Insassen des Lagers. Das ging nach dem ABC. Der Buchstabe W stand glücklicherweise weit hinten, er war wohl am 9. Mai erst dran. Deshalb feierte sie immer den 7. Mai als ihren persönlichen Glücksbringertag.
Walsdorf nippt an seinem Kaffee und erzählt weiter: In seinem Wohnort wird er zurzeit von der Polizei verhört – unter einer sogenannten „Hilfsanklage". Er soll ein gesuchter Kindermörder sein. Klar, langhaarig, seltsam, Bartträger, Zigeunerkind – ein passendes Klischee für diese Demütigung. Die ihn Verhörenden bringen Klappstühle in seine Wohnung mit, um sitzen zu können. Er erhält einen Behelfsausweis. Gleichzeitig kommt ein viermonatiger Haftbefehl, da er seine Miete nicht zahlen kann. Das Urteil wird aber nicht vollstreckt, weil Bürger ohne Personalausweis nicht ins Gefängnis kommen können.
Er muss sich an diesem Morgen viel Zeit genommen haben, um sich zurecht zu machen. Seine Hände sind am interessantesten. Ganz exzellent manikürt und an einem Daumen (links), sowie am rechten kleinen Finger wachsen die Fingernägel in altchinesischen Proportionen. Der kleine Finger reicht durch den langen Fingernagel an den Ringfinger heran. An diesem trägt er wunderschöne Ringe, alte mit schwerer Goldumrandung. In unserer letzten von vier Unterhaltungsstunden zeigt er mir die Ringe und ich teile seine Begeisterung. Der eine ist ein rötlicher Goldring – zwei Schlangenköpfe liegen traut nebeneinander und funkeln mit ihren Diamantaugen. 58 Schliffe bekommt jeder Edelstein, um ihn funkelnd zu machen,

erzählt er. Wie die Schliffe angelegt sind, bestimmt die Form des Steines und seine Art. Der andere Ring hat einen Aquamarin in Form eines Rechteckes und verändert sein Glänzen mit Lichtveränderung. Er konnte zu einem winzigen leuchtenden Spalt werden, aus dem es blitzt.

Es ist nach wie vor so: Was mich an einer Inszenierung seiner Texte interessiert, ist: Was macht eine Diktatur (egal, ob es nun die des Proletariats oder eine andere ist) – mit ihren Kolibris, mit anderen Individuen, mit andersartigen Menschen, mit Künstlern, mit Menschen, die ihre Individualität trotzdem ausleben, und: Welchen Stellenwert hat die Herkunft für jeden Menschen, ich meine, – manche Menschen sind immer „dran!", über Generationen hinweg, ist es so?

22. Januar 1989, Sonntag, Berlin, DDR

Berlin. Im Berliner Ensemble „Germania Tod in Berlin" von Heiner Müller. Zuvor las ich das Stück und freute mich besonders auf die Szene der beiden Clowns, und wer sie wohl spielte. Auch auf Corinna Harfouch und Herbert Olschok.

Bis „Brandenburg Konzert 1" blieb alles seltsam maskiert – unpersönlich. Die Brocken Müllerscher Text fielen wie Eisenkugeln auf die Leute.

Clownszene: Hermann Beyer und Axel Werner – leider auch hier nur viel zu viel Text. Ich würde sagen „Brechtisches Lehrtheater", will aber dem Meister nicht zu nahe treten, dreht sich möglicherweise selbst im Grabe um.

Glanzstück: „Die heilige Familie" mit Angelika Waller als Hitler. Die Szene ist sehr absurd – über die bisherigen Grenzen schlagend satirisch – immer noch können wir Deutschen nicht mit dem Hitlertrauma umgehen – ihn tatsächlich lächerlich zu machen –

Nach der Pause nur Mist.

23. Januar 1989, Montag, Berlin, DDR

Ich liege noch verschlafen in meinem Bett und lasse den vorigen Tag Revue passieren, da schließt jemand meine Wohnungstür auf und kommt herein. Erst der Schreck, dann fällt mir wieder ein, dass ich der Nachbarin von oben den Schlüssel gegeben habe, damit sie mit ihrer westdeutschen Verwandtschaft telefonieren kann. Denn ich habe ein Telefon: Zwar bewohne ich die Wohnung nur selten, aber ich habe dank meiner Exmatrikulation vom Journalistikstudium und der für mich noch ungeklärten Umstände darum, ein Telefon erhalten. Der alte Herr Buchmann unter mir hat mir den Hinweis gegeben, dass „mit dem Ding nicht alles in Ordnung ist“, denn er hat den Zweitanschluss bekommen, und diejenigen, die seinen und meinen Anschluss verlegt haben, hätten einige Andeutungen gemacht. Egal, jetzt telefonieren wir eben damit. Wir trinken einen Kaffee, quatschen.
Dann kommt ein Anruf von Istvan aus Budapest – nein, leider wird seine Schweriner Figaro-Inszenierung „Toller Tag“ von Beaumarchais heute nicht fürs Fernsehen aufgezeichnet. Ich weiß aber nicht warum. Die Inszenierung gehört zu den Vorhaben zum 200. Jahrestag der Französischen Revolution.
Die Figaro-Geschichte ist eigentlich eine Privatgeschichte, die gesellschaftliche Probleme widerspiegelt. Eine Art Vorbote der Revolution. Man kann private Probleme nicht mehr klären, ohne gesellschaftlich herangereifte Widersprüche zu lösen. Viele junge Leute ziehen sich ins Privatleben zurück, das Stück erzählt aber, dass so etwas nicht geht. Es ist sozusagen eine 200 Jahre alte Tendenz. Es ist verständlich: Ein normaler Mensch mag dieses Kämpfen halt nicht so sehr. Ich glaube, sogar die großen Persönlichkeiten der Geschichte stehen nicht gerne immer nur begeistert auf den Barrikaden. Manchmal aber ist es die einzige Hoffnung! Einige Jahre nach Beaumarchais standen halt viele Figaros auf den Straßen und kämpften – um ihre Menschenrechte.
Istvan ist etwas deprimiert, aber ich habe keinerlei Einfluss, noch nicht einmal genügend Informationen, bin ja in diesem Jahr sozusagen selber abserviert.

24. Januar 1989, Dienstag, Berlin, DDR

Nachmittags zur Stadtbibliothek: paar Bücher über Dramaturgie und für die Prüfung „Dramaturgie des 18. Jahrhunderts" bei Münz/Baumbach ausgeborgt. Dann muss ich mich noch mit der Mietforderung meiner alten Wohnung aus Schwerin herumschlagen. Schreibmaschine raus: Brief ans Kreisgericht Schwerin: „... am heutigen Tag erhielt ich eine gerichtliche Zahlungsaufforderung in Höhe von 216, – Mark... Sie betrifft die Mietzahlungen für die Herman-Matern-Str. 69 (ein Treuhandhaus). Sie umfasst die Monate April 1987 bis März 1988.

Für die Berechnung der Miete wurde meiner Annahme nach der bisherige Mietpreis zur Grundlage genommen. Als ich die Wohnung bezog, war die Toilette allerdings nicht benutzbar (im Keller), weil sie aufgrund von Überschwemmungen abgeklemmt wurde. Deshalb bitte ich um Senkung der monatlichen Mietnachzahlung von 18,- auf 12,- Mark pro Monat.
Mit freundlichen Grüßen usw."

26. Januar 1989, Donnerstag, Schwerin, DDR

Nach der Probe gehe ich zur Dramaturgie: Habe ein Gespräch angemeldet bei der Chefdramaturgin. Ich hatte vor einigen Wochen darum gebeten. Thema: Positionssuche als Frau am Theater.
Sie versteht schon, berichtet mir aber auch, wie machtlos sie ist. Sie erzählt: Der Schauspieldirektor selber spielte vor kurzem mit dem Gedanken am Theater zu bleiben. Sein eigenes Regieteam war der Meinung, dann sollte es mit völlig neuen Leitungsstrukturen sein, mehr Demokratie für alle: Spielplanmitbestimmung, Experimentiertheater für junge Leute, Gleichberechtigung aller Regisseure. Der Schauspieldirektor meinte, das wäre ja die Hölle. Die Dramaturginnen wollten daraufhin „Hölle" an ihre Dramaturgie schreiben.

Für mich wäre es aber so wichtig, endlich eine Regie zu erhalten. Ich habe wunderbare szenische Ideen für die „Monologe" von Lothar Walsdorf. Soll es nicht sein, weil ich eine Frau bin?

27. Januar 1989, Freitag, Schwerin, DDR

Heute ist wieder die wohl unangenehmste Begegnung mit unserer Arbeiterklasse dran. Zwei Mal im Jahr muss ich das durchstehen, danach bin ich meist den ganzen Tag leicht schockiert, und besonders hier in Schwerin hat sich da irgendetwas manifestiert: DIE KOHLEN KOMMEN!

Meine Kohlen müssen durch den Hauseingang auf den Hof getragen werden. Letztes Mal haben sich die beiden schwarzen Gesellen geweigert und alles in die Fußgängerzone geschüttet, auf die schönen geraden Platten. Warum? Es liegt an meinem „Keller". Die Kohlen (und natürlich diejenige, die sie jeden Tag holen) müssen auf den Hinterhof. Dort gibt es eine Katakombe, es ist der Rest eines Hauses von dem noch der Keller übrig geblieben ist. Es ist bei Licht betrachtet und mit der nötigen Portion Humor versehen ein nettes Gewölbe, und wenn es in warmen Klimazonen stehen würde, also in Italien zum Beispiel, hätte die Kellerkatakombe sogar einen gewissen Charme. Ich (und die Kohlenmänner) balancieren allerdings eine Treppe herunter, an der einige Stufen locker sind. Gleich vorne rechts werden die Kohlen in ein freies Gewölbe geschüttet. Es ist das einzig trockene. In der Mitte und weiter hinten steht Schmelzwasser oder Regenwasser. Es gibt kein Licht, nur die hingestellte Lampe oder eben eine Taschenlampe. Es gibt auch keine Tür oder so was – na ja, den Kellerschlüssel kann man also nicht verlieren.

Es klingelt und mein Herz schlägt schon bis zum Hals – mal sehen, was heute wieder ist – und richtig! Als wenn es ohne Ärger abgehen könnte. Diesmal tragen sie die Kohlen zwar ohne Murren ins Gewölbe, können aber den Schein nicht wechseln. Ich renne, während die drei Raubeine die Kohlen hineinschleppen, von Geschäft zu Geschäft auf der Fußgängerzone und versuche meinen Schein klein zu kriegen. Es gelingt noch rechtzeitig – sie sind fertig. Ich zahle, gehe ins Gewölbe, schaue auf den Haufen und weiß, dass sie mich um mehrere Säcke beschissen haben.

Abends „Selbstmörder" – Probe vor der Vorstellung. Es scheint sich da etwas Positives zu ergeben. Was sagen wir denn dazu? „Der Selbstmörder" von Nicolai Erdmann soll in der Inszenierung von Horst Hawemann zu den Festspielen nach Westberlin. Ich werde nach Westberlin können, ich werde dort auf den Brettern der Freien Volksbühne spielen. Was für ein riesiges Glück? Ich kann es gar nicht fassen.

28. Januar 1989, Sonnabend, Schwerin, DDR

Im Kalender steht heute: 9.30 Uhr bei Jugendtourist sein. Jugendtourist ist allerdings kein Reisebüro. Nein. Man findet sich bei der Bezirksleitung Schwerin der Freien Deutschen Jugend ein.
Auszug aus der Einladung: „Hiermit möchte ich dir mitteilen, dass du für die Reise in die Sozialistische Republik Kuba vom 7.4. – 21.4.1989 vorgemerkt wurdest. Die Vorbereitung auf diese Reise macht es notwendig, Vorbesprechungen durchzuführen.
Unsere erste Vorbesprechung führen wir am 28. Januar 89 um 9:30 Uhr in der FDJ-Bezirksleitung Schwerin, Dr.-Külz-Str.3, Nähe Platz der Freiheit, im Raum 122 durch.
Ebenfalls übersende ich dir eine Passkarte. Damit beantrage bitte beim Volkspolizeikreisamt deines Hauptwohnsitzes einen Reisepass (mit Abgabe von 2

Passbildern 8 x 4). Sollte es dir dennoch nicht möglich sein, an unserer Vorbesprechung teilzunehmen, informiere mich bitte umgehend.
Ich bin zu erreichen...
Bis zur Vorbesprechung wünsche ich dir alles Gute.

Freundschaft, Reiseleiter“

Während der Reisebesprechung:
Reiseleiter: „Ich werde niemanden Vorschub leisten, der vorhat, die DDR zu verraten.“
Ich summe ein Lied von Gerhard Schöne vor mir her: Wir haben keine Angst...

29. Januar 1989, Sonntag, Schwerin, DDR

Um 11 Uhr liest im Theatercafé Thomas, ein junger Schauspieler. Die Lesung ist toll besucht. 100 Zuschauer wollten rein – wir mussten einige auf morgen Abend vertrösten. Ich will genau dieses junge Publikum haben, muss unbedingt die Form der Lesungen verändern, was sollen die Anekdoten der alten Leute, wir sollten unsere Themen machen. Ich und viele andere haben andere Probleme als unterhaltende Texte zu hören.
Abends kurz Kantine: Es läuft „Don Carlos“ bei der Opernsparte. Folgende Ansage kommt vom Inspizienten: „Bitte zur Revolution alle auf die Bühne!“
Etwas später: „Die Ketzer in die Versenkung!“
Und wenn ich schon mal dabei bin, ich habe noch einen andere Ansage aufgeschrieben: „Die Damen des Balletts bitte zum Abholzen, die Herren der Technik bitte zum Bäume fällen.“

30. Januar 1989, Montag, Schwerin, DDR

Im Café am Markt. In einer Diskussion mit einem Kellner mischt sich ein Gast ein, der mit am Tisch sitzt: Wir sollten keinen Ärger machen, früher hätte man so etwas wie uns vergast... Mir zittern abends noch die Knie – ich weiß nicht, ob aus Angst oder aus Wut. Dabei ging's nur um kalten Kaffee.
Mein Chef von der Berlin-Redaktion erzählte mir eine Geschichte:
Der Vorsitzende des Komitees zur Wiedererrichtung der jüdischen Synagoge fährt in einer Straßenbahn, in der Jugendliche ihre Unterhaltungen mit der Forderung nach Judenverfolgungen, -vergasungen würzen. Der Mann steht auf, geht zu ihnen und sagt: „Hier ist einer." Hernach gab es Gespräche mit den jungen Leuten, er geht zu deren Lehrern und Eltern!

31. Januar 1989, Dienstag, Schwerin, DDR

Um 6:00 Uhr klingeln sie. Das geht ja schon mal gut los. Lang drauf gewartet – pünktlich begonnen. Ich werfe mir in Windeseile die bereitgelegten Klamotten über, von unten stapfen schon schwere Schuhe herauf. Es sind die Maler der staatlichen Wohnungsverwaltung.
Ich wohne in einem zauberhaften alten Fachwerkhaus mitten im Fußgängerboulevard von Schwerin. Ich schaue auf ein Warenhaus gegenüber – glücklicherweise kein Betonbau. Da die Fenster dort immer verstellt sind, brauche ich keine Gardinen. Und was noch wichtig ist: ich wohne ganz oben.
Die Zuweisung für die Wohnung habe ich vom Rat der Stadt Schwerin, nachdem ich etwa ein Jahr drum gekämpft hatte und das Leben in der vorherigen Hütte ohne Bad und Toilette immer beschwerlicher wurde. Faktisch habe ich vom Sanitärischen her im Theater gelebt.
Das Haus gehörte früher meiner Nachbarin, Frau Olschinski. Sie ist eine resolute Rentnerin, die nach dem Krieg enteignet wurde. Ihr Mann ist gestorben, ihr Sohn

in den Westen gegangen. Sie aber bleibt hier und hofft, dass sich irgendwann das Blatt wenden wird und sie ihre Häuser wiederbekommt. Sie mag mich, weil ich dran interessiert bin, dass „ihre" Wohnung einigermaßen erhalten bleibt.
Sie hat mir beim Einzug ihre alte Waschmaschine geschenkt, so eine mit einem Rührlöffel drin. Eigentlich gehört das Ding ins Museum. Aber gerade deswegen mag ich es. Um das Bad zu erreichen muss ich über den Hausflur und um zu baden, heize ich einen Badeofen mit Kohlen.
Heute reißen die Maler die alte Tapete ab. Ich stelle ein paar Brötchen hin und gehe ins Theater, vielleicht brauchen sie mich ja in der Dramaturgie, Proben wieder keine – bis zum 8. Februar keinerlei Verpflichtungen im Theater – fast undenkbar.

1. Februar 1989, Mittwoch, Schwerin, DDR

Die Malerbrigade ging gestern gerade als ich aus dem Theater zurück kam. Die Tapete ist ab, die Löcher in den Wänden sind gedübelt, nur zwischen Scheuerleisten und Wand klaffen bis zu drei Zentimeter breite Ritzen. Die werden später mit der Tapete zugeklebt. Es ist halt ein altes Haus, da schließt nun mal nicht alles aneinander ab.
Ich mache es mir abends im Bett gemütlich, der Ofen war noch warm, neben meinem Bett steht eine Kanne voll Tee und natürlich liegen auf der Ablage jede Menge Bücher.
Ich schmökere. Plötzlich nehme ich aus den Augenwinkeln eine ganz kleine Bewegung in der Nähe der Scheuerleisten wahr. Manchmal kommt es einem so vor – wenn man zum Beispiel in das Lesen vertieft ist – als würde sich etwas bewegen, man ist kurz abgelenkt. Nein, natürlich war nichts. Nach eineinhalb Stunden lösche ich das Licht. Aber ich höre nach wenigen Minuten leise Geräusche. Ich knipse das Licht an. Waren da nicht kleine Lebewesen weggehuscht? Nein. Wieder Licht aus. Aber doch: Licht an: Oh Schreck, direkt vor meinem Gesicht verharrt eine kleine braune Maus an der Wand, genau in Höhe meiner Augen. Sie sieht mich

erschrocken an, mein Herz klopft bis zum Hals. Wer von uns beiden ist wohl mehr erschrocken? Auf jeden Fall fängt sie sich schneller als ich und huscht weg. Ich untersuche, woher sie gekommen ist. Sie muss aus dieser Ritze zwischen Scheuerleiste und Wand gekrabbelt sein. Und wenn sie nicht die einzige Maus ist? Es ist nicht die einzige. Die Nacht verbringe ich, indem ich mein aus Lattenrosten zusammengeschraubtes Bett samt Matratze in die Mitte des Zimmers ziehe, um zu vermeiden, dass sie zu mir aufs Bett springen und sich unter die Bettdecke gesellen. Es scharrt, schubbert und krabbelt die ganze Nacht. Wahrscheinlich senden sie jetzt in die Katakomben auf dem Hof die Meldung, dass es hier oben warm sei, und dass hier oben eine helle und saubere Bude ist.
Als ich mir am Morgen Frühstück mache, entdecke ich, dass Onkel, Tante, Enkel, Großmutter und Urgroßvater Maus schon in der Küche gefrühstückt haben.
Wo bleibt meine Malerbrigade heute nur? Um neun gehe ich zum Handwerkerbüro – der Chef meint, sie hätten einen wichtigeren Auftrag bekommen und könnten heute nicht kommen... und morgen? Bitte nachfragen, das könne er heute noch nicht sagen.

2. Februar 1989, Donnerstag, Schwerin, DDR

Der Leiter der Malerbrigade ließ sich nicht beeindrucken, als ich um sechs mit fertig geschmierten Brötchen – Salami, Käse, Fleischsalat – bei seiner Truppe auftauchte... der andere Auftrag sei wichtiger. Ich vermute mal, es wird die Wohnung eines Parteigruppenvorsitzenden sein, die jetzt statt meiner renoviert wird, denn ein Kindergarten, den ich wichtiger fände, wartet auch. Die Brötchen ließen sie sich schmecken und grinsten.
Als ich zurück in meine Wohnung komme, scheint der Tag noch düsterer und wolkenverhangener. Ich schließe auf, steuere an der Küche vorbei, meinem Zimmer zu – witsch, genau über den Fuß huscht sie mir... diesmal eine der Frühstücksmäuse. Ruhe bewahren, sage ich mir, es hilft ja sowieso nichts, wenn du

jetzt schreist, ist ja keiner da, der es hören könnte. Etwas hilflos stehe ich in meiner Bude, überlege. Man weiß nie, wo sie in meiner Abwesenheit überall herumkriechen, knabbern, nagen, ihre Köddeln hinterlassen, trippeln, mausen und schnuppern. Wie werde ich sie wieder los?
Dann kommt mir eine Idee. Ich muss allerdings bis neun Uhr früh warten, bis das Kaufhaus gegenüber offen ist. Punkt neun suche ich in der Haushaltwarenabteilung. Tatsächlich, es gibt sie: Mausefallen. Ich kaufe fünf Stück. Zuerst scheint das etwas hysterisch auszusehen, aber es stellt sich heraus, dass die Anzahl keinesfalls zu viel bemessen ist. In der Fleischerei gegenüber besorge ich Speck.
Wieder angekommen bei mir, lasse ich den Speck leicht anbraten, ein wunderbarer Geruch zieht durch meine Wohnung. Ich spicke die fünf Mausefallen mit dem duftenden Speck, stecke mein Arbeitsbuch ein und mache mich auf dem Weg zum Theater. Dort stellt sich heute das neue Regie- und Dramaturgieteam für die nächste Saison vor. Als ich die Zimmertür schließe, schnappt bereits die erste Mausefalle zu...

3. Februar 1989, Freitag, Schwerin/Berlin, DDR

Es sind nicht alle fünf Mäusefallen erfolgreich zugeschnappt. Zwei sind zugeschnappt, ohne eine Maus zu fangen. Den Speck haben die Schlingel vorher abgefressen. Und jetzt tun mir die toten Mäuse in der Falle auch noch Leid. Es entsteht ein nächstes logistisches Problem. Wie kriege ich sie wieder aus der Falle und dann wohin mit ihnen?
Mein abermaliges Erscheinen bei den Malern bringt zumindest die Versicherung, dass es Montag mit meiner Renovierung weitergehen würde. Bis Montag hier ausharren? Das stehe ich nicht durch.
Hinzu kommt, dass mir die Vorstellung der neuen Schauspielleitung so gar nicht gefallen hat. Der neue Schauspieldirektor hat bisher nur im Doppelpack inszeniert.

Ich musste ihn im Zuge der Umstrukturierung vor ein paar Wochen anrufen. Ich weiß nicht: Er hat noch nicht einmal eine berufliche Telefonnummer ohne seine Frau durchgeben können. Er erscheint mir völlig hilflos. Dieses Schauspielensemble hier aber hat Biss. Den wird er zu spüren bekommen. Der neue Dramaturg ist mir aus der Regiehochschule in Berlin bekannt. Er ist zynisch, sehr klug und hat eine besonders markante Hässlichkeit.

Ich haue ab. Ich fahre nach Berlin. Maud arrangiert dort heute ein Tanzfest, daran fehlt es ja auch überall – einfach mal schön lange tanzen. Das ist etwas Besonderes.

5. Februar 1989, Sonntag, Berlin, DDR

Junge Mädchen im Zug lesen den Annoncenteil von „Neues Leben". Nach dem sie die Körpergröße finden, schaut ein anderes Mädchen in einer aufgeschlagenen Tabelle nach, die das Körpergewicht angibt. Die dritte müsste jetzt ein Schneiderbuch in der Hand haben und die günstigste Taillenweite ermitteln. Eins, zwei, drei – fertig ist der Märchenprinz.
Abends wieder nach Schwerin, denn morgen muss unbedingt fertig renoviert werden.

6. Februar 1989, Montag, Schwerin, DDR

Mittlerweile wird das Schweriner Zimmer ein geeigneter Mäusetanzboden. Klar, sie sehen am Tag das Licht durch die Ritzen zwischen Wand und Scheuerleiste und es sieht viel netter aus, als in ihren Kellerkatakomben. Vielleicht haben sie sich hier übers Wochenende ein paar Nester gemacht. Gut, einige von ihnen werden wohl keine Familie mehr gründen, die fünf Mausefallen waren alle belegt, als ich gestern Abend vom Zug kam.

Morgens wollte ich wieder obligatorisch zum Chef der Malerbrigade. Er gab mir den Tipp, meine Zuweisung mitzubringen. Dann könne er wohl eher erreichen, dass die Renovierung endlich fertig gebracht werden kann. Ich krame die Zuweisung heraus und überfliege sie. Ich muss laut lachen. Jetzige Tätigkeit: Regieassident – steht da. Vielleicht ist das eine Art Freudscher Versprecher. Das Theater ist dem Rat der Stadt, Abteilung Wohnungspolitik, etwas unheimlich. Möglicherweise reden sie so über uns –„Na ja, im ‚Faust' lauter Nackte, da weiß man ja schon wie die drauf sind – alle Assies". Und wenn man dann kurz nach solchen Gedanken für eine Regieassistentin eine Wohnraumzuweisung tippen muss, dann steht es eben schwarz auf weiß: Regieassident. Ich kann nur hoffen, dass der Chef der Malerbrigade das nicht bemerkt.
Aber: kaum stehe ich gestiefelt und gespornt im Zimmer, da klingelt es und eine Menge schwerer Schuhpaare trappen die Treppen rauf zu mir. Jetzt bleibt mir nur noch: Schrippen holen, Schrippen schmieren, Kaffe kochen.

7. Februar 1989, Dienstag, Schwerin, DDR

Heute volles Programm: Die Maler beenden hoffentlich ihre Arbeiten, da muss ich dranbleiben, dann Spartenversammlung im Schweriner Theater. Abends läuft hier der „Faust", ich werde wohl die Ritzen verputzen und irgendwie schnell nach Berlin kommen müssen. Morgen fährt der Zug nach Prag ab.

Versammlung für die Sparte Schauspiel, Thema Geld: ökonomische Planerfüllung im Jahr 1988.
- 916 000 Mark Einnahmen, das sind 131 300 Mark mehr als geplant
- starker Trend im Freiverkauf
- 10.000 Mark sind für Inszenierungskosten übrig? (Aha! Wie geht das? Da könnte ich doch mal ran.)

- 130 000 Überstunden haben die Technik und die Beleuchtung, das ist mehr als jemals zuvor. Von den Beleuchtern hat jeder 60 Überstunden im Monat. (Aha, könnte man ja mit dem übrig gebliebenen Geld bezahlen, wird aber nicht gemacht.)
- Im Jahr 1988 waren 750 000 Mark Honorar geplant, davon wurden aber nur 662 000 ausgegeben. (keine Planerfüllung)
- Am 8. März 1989 empfängt der Intendant die Frauen, meine Damen: Frauentag! Und es soll für die Frauen „probenfrei" geben. Jede Sparte muss Frauen auszeichnen.

Gleich nach der Versammlung gehe ich mit einer Tüte Dübelmasse und einem Spachtel an die Arbeit. Der Mäusetanzboden dürfte jetzt geschlossen haben.

8. Februar 1989, Mittwoch, Berlin-Prag, DDR-CSSR

Paris vom 8.2.-12.2.89, das wäre was. Paris heißt eigentlich Prag und ist um diese Zeit dreckig und dunkel. Es ist eine Reise mit den Zerfallserscheinungen des Ensembles und es beginnt schon nich t gut. Zwar sind alle da, aber es reist zusätzlich mit: Der Alkohol und die Angst vor der Zukunft. Denn es ist unsere Abschlussfahrt: die Schauspielleitung geht zum Ende der Spielzeit und mit ihr ein paar jüngere Schauspieler.

„Wir sind die Wauzis, wir haben keine Mama, wir haben keinen Papa und keiner hat uns lieb." Diese Werbung singen die Insassen des Abteils der „Angetrunkenen" auf der Hinfahrt mindestens 50 Mal.

Dabei war Prag immer ein beliebtes Reiseziel. Aber es wirkt auf uns jetzt geschlagen und getreten. Im letzten Jahr gab es anlässlich des sich jährenden Prager Frühlings am 23. August einen elend langen Zeitungsartikel der „Rude Pravo" über die Gründe des Volksaufstandes von 1968. Ich habe die Länge von diesem Artikel gemessen: 55 cm hoch (also ein halber Meter) und 43,5 cm breit – nur Bleiwüste mit folgendem Tenor, Zitat: „Im Einklang mit den Anforderungen

der neuen Etappe der Entwicklung des Sozialismus war es notwendig, auch die Methoden der Umsetzung der führenden Rolle der Kommunistischen Partei in der Gesellschaft zu vervollkommnen, zu sichern, dass die Partei ihre Mission als revolutionäre Vorhut der Werktätigen bei der Suche und Durchsetzung der neuen Entwicklungswege wahrnimmt sowie aufmerksam und behutsam die Interessen und Bedürfnisse einzelner Klassen und Schichten der Gesellschaft der Nationen und Nationalitäten berücksichtigt.“ (4) Vorsicht, Luftholen!
„Auf diese lebenswichtigen Anforderungen reagierten der XII. und vor allem der XIII. Parteitag der KPTsch. Es wurden einige Maßnahmen beschlossen, jedoch gelang es nicht, sie mit den unerlässlichen Änderungen in den Methoden der Tätigkeit der Partei, der Staatsorgane und auch im Kaderbereich zu verbinden. Probleme wurden halbherzig gelöst oder umgangen, ihr Ernst wurde bemäntelt. Das hat in Partei und Gesellschaft Spannungen hervorgerufen und die Unzufriedenheit wuchs. Die Partei verlor das Vertrauen, die Aktionsfähigkeit und die Verbindung zum Volk. Das führte Ende der 60er Jahre zu einer tiefen Krise in Partei und Gesellschaft.“ (5)
Den letzten Abschnitt habe ich mir angestrichen. Immerhin wenigstens ein kleines Zugeständnis.
„Rehabilitationszentrum Haus 2“ wurde die Kneipe getauft, die diagonal gegenüber von unserem Hotel liegt. Sie ist bis 3 Uhr morgens geöffnet und einige Schauspieler richten sich darin häuslich ein.

Heute fahren wir mit dem Bus am Haus von Karel Gott vorbei und glücklicherweise wird der Ohrwurm mit den Wauzis mit einem neuen von Gott ausgewechselt: „Einmall um die ganze Wällt und die Daschen voller Gällt...“,
Prag ist für uns eine der wenigen Möglichkeiten in die Welt zu reisen. Aber es zählt zum Ostblock und hier gibt es auch kein Geld, um diese schönen Häuser zu erhalten, graue verfallene Kleinode überall.
Hinzu kommt, dass die sozialistischen Bruderländer sich langsam auf eine sozialistische Bruderabkehr vorbereiten. Die läuft zwar schon etliche Jahre – seit

1981 Reisen in die Volksrepublik Polen nur mit Einladung möglich, nach Ungarn mit Visum, in die UdSSR mit persönlicher Einladung oder mit einer Reisegruppe – aber seit letztem November sind alarmierende Einschränkungen zwischen der DDR und der CSSR eingetreten. Zuerst schränkte die CSSR die Ausfuhr von Waren ein und es waren nicht nur einige, sondern alles, was man dort zu kaufen bekommt, außer vielleicht Karlsbader Oblaten. Wenige Tage danach stand in der Tageszeitung „Neues Deutschland": „Auf Grund von Anfragen von Bürgern der DDR im Zusammenhang mit der Ausfuhrbegrenzung von Waren aus anderen Ländern teilt die Zollverwaltung der DDR mit, dass die Zollvorschriften im Interesse der Bürger der Deutschen Demokratischen Republik überarbeitet wurden. Danach handelt es sich um eine Reihe von Waren, die zur Ausfuhr ohne besondere Genehmigung nicht zugelassen sind:" (6) Und dann folgte eine lange Liste von Waren, die nicht ausgeführt werden dürfen. Die Summe des gesamten Urlaubseinkaufs darf 200 Mark nicht übersteigen.
Nur der Vollständigkeit halber sei gesagt, dass wenige Tage danach (ebenfalls im November) der „Sputnik", von der Postzeitungsliste der DDR gestrichen wurde. Die kleine Illustrierte nach „Readers Digest"-Muster würde angeblich keinen Beitrag mehr bringen, der einer Festigung der deutsch -sowjetischen Freundschaft diente.

10. Februar 1989, Freitag, Prag, CSSR

Da das Einkaufen seit den neuen Zollbestimmungen stark eingeschränkt ist, gibt es für Touristen mehr Fahrten durch die Stadt mit dem Bus. In Cmichov ? (kann meine Schrift nicht mehr lesen) steht der erste sowjetische Panzer, der in Prag eintraf – ich nehme mal an, es ist der nach dem 2. Weltkrieg gemeint – von 1968 wird der hoffentlich nicht sein... Wir parken davor und einer gibt ihm den Namen TiP: Theater im Panzer. Wir müssen alle lachen. (Zur Erklärung: TiP ist eigentlich das kleine Theater im Palast.)

11. Februar 1989, Sonnabend, Prag, CSSR

Was gibt es denn noch zu tun hier in Prag? Prag ist grau, genauso grau wie wir. Noch nicht einmal die geschossenen Fotos werden schwarz/weiß, sondern eher Nachtschatten unserer selbst.
Ich schreibe Karten quer durch mein Adressbuch: zwei Karten an Buchstabe A, drei Karten an Buchstabe B, die Buchstaben D und E sind ja hier mit in Prag. Buchstabe F – das sind auch lauter Schweriner Theaterleute und die Fahrschule, na ja die bekommt keine Karte. Beim „K" ist immer eine Menge los im Adressbuch. Ich brauche bis zum späten Nachmittag, bis das „K" abgearbeitet ist, und dann folgt schon das Abschiedsessen.
Ich quatsche mit Babsi lange über Ost/West. Sie ist unsere Hospitantin, bekommt sogar Geld dafür. Das ist allerdings eine Ausnahme, ihr Vater hat mit unserem Schauspieldirektor oft zusammen gearbeitet. Sie hat so viele Lebensträume und kann so herrlich kindlich und offen sein. Doch ihre Träume werden hier nicht wahr, sagt sie. (Beiseit: für manch anderen ist eine bezahlte Hospitanz am Theater schon ein Traum.)

12. Februar 1989, Sonntag, Prag, CSSR

Heimfahrt – versunken in depressiver Stimmung. Was sollen wir denn tun? Vor allem habe ich mir selbst auf diese Frage Folgendes erwidert: „Du sollst nicht lügen, weder vor anderen Menschen, noch vor dir selbst, du sollst dich vor der Wahrheit nicht fürchten, wohin sie dich auch führen mag... In unserer Stellung, in der wir privilegierte geistige Arbeit verrichten, nicht lügen, bedeutet, seine Schuld vermindern..." (7) Marina Renner, 1954 – in „Über Tolstoi". Das Zitat habe ich beim Studium erlesen. Nun, gut – soweit die Theorie.

13. Februar 1989, Montag, Berlin, DDR

Ich denke über Prag nach, darüber, dass ich dabei gewesen bin 1968 im August. Als Achtjährige, unter einem Stachelbeerstrauch im Garten meiner Verwandtschaft in Novy Bor. Ich weiß nicht, ob es so etwas gibt, dass sich die Erfahrungen der Eltern auf ihre Kinder übertragen, Erfahrungen, die die Kinder selbst nicht gehabt haben. Aber als ich damals unter dem Stachelbeerstrauch saß und über mir auffällig viele Aufklärungsflugzeuge flogen, da glaubte ich – und an diesen Moment erinnere ich mich wie heute – dass ich den Krieg erlebte, den meine Eltern miterlebt hatten.
Mein Bruder hatte sie in der Nacht gehört und gesehen, die Panzer, die etwas entfernt von unserem Haus nach Prag fuhren. Meinen älteren Großcousin lernte ich in dieser Zeit nicht kennen, obwohl das geplant war, denn er blieb von zu Hause weg, um die Panzer mit Steinen zu bewerfen.
Wir brachen den Urlaub vorzeitig ab. Im Bus nach Prag zum Bahnhof, durfte ich kein Wort deutsch sprechen. Das hatten mir die Eltern aus Sicherheitsgründen verboten. Den Grund kannte ich nicht und deshalb sprach ich trotzdem hin und wieder einen Satz. Der Mann neben mir bot meinen Eltern trotzdem in gebrochenem Deutsch seine Hilfe an und hob uns Kinder aus dem Bus. Das Hineinkommen in den Bus, hatte mir mehr Angst gemacht. Mein Vater drängelte und brüllte als ginge es um Leben und Tod.
Als die Schule wieder anfing, erzählte ich stolz von meinem tollen Cousin – der die bösen Panzer beworfen hatte.
„Es ist gut Sylvia, setz dich wieder, wer möchte noch von seinem schönsten Ferienerlebnis erzählen?“ Meine Lehrerin ließ es auf sich beruhen.

14. Februar 1989, Dienstag, Berlin, DDR

Immer noch in Gedanken in der CSSR. Ich habe Aufzeichnungen von einer Fernsehsendung des ZDF – August 1988, zwanzig Jahre nach dem August 1968. Was mich sehr beeindruckt, ist der friedliche Widerstand der Bevölkerung und deren Einfallsreichtum. Die Prager haben sich vor die Panzer gesetzt und auf die Soldaten in Russisch eingeredet.
Alle Straßenschilder in Prag wurden übermalt, dadurch fuhren die Panzer manchmal stundenlang im Kreis. Es wurden Schilder aufgestellt: „Deutsche Soldaten! Gehen Sie nach Hause, hier herrscht Ruhe und Ordnung." Züge wurden im Kreis geleitet. Und besonders, dass sich Politiker engagierten, das beeindruckt mich: Svoboda drohte sich im Kreml zu erschießen, Dubcek lag mit einem Nervenzusammenbruch im Bett. Die Regierung der Sowjetunion wollte die Garantie, dass die CSSR im Bündnis bleibt. Fünf Verfechter der Reformlinie (Delegation des ZK der KPC) stehen gegen sieben Dogmatiker. Das ist, was ich im Telegrammstil von der damaligen politischen Lage weiß.
26. August 1968: Die Unruhe der Bevölkerung in Prag steigt und wechselt in bodenlosen Zorn. Sie rufen laut nach Dubcek. Das Volk hat die eigenen Soldaten moralisch so unsicher gemacht, dass sie abgezogen werden mussten.
Am 27.August 1968 wird die Delegation aus Moskau begeistert empfangen, das Volk will die Reform. Die Russen geben über Lautsprecher bekannt, dass einer von ihnen während der Unruhen erschossen wurde, sie erwarten Reue und Schuldgefühle, stattdessen übertönen die Prager die Ansage mit Pfeifkonzerten und lauten Geräuschen. Sie klopfen mit Löffeln an Eisenbleche und Verkehrsschilder.
Was für deutliche Bilder! Ob dies jemals hier bei uns möglich wäre?

15. Februar 1989, Mittwoch, Berlin, DDR

Weiter zu 1968, ich habe mir Stichpunkte gemacht, während die Sendung am 14.08.1988 im ZDF-Sendung lief. Mich interessiert besonders das Ende…
Dubcek war kein Dogmatiker, eher ein sehr idealistischer Mensch, er lud ebenso Gegner zur Mitbestimmung über die zukünftige Politik ein, deshalb auch Husak. Doch hernach werden Schritt für Schritt Breschnews Forderungen akzeptiert und die Reformer nach und nach aus dem ZK verdrängt. Ab 30. August 1968 gibt es wieder eine Zensur für Zeitung und Rundfunk, Pavel Kohout wird aus der Partei ausgeschlossen, das ZK erhält einen neuen Präsidenten. Dubcek wird in ein Forstamt versetzt und verliert alles. Zwanzig Jahre danach sind noch alle anderen Pappnasen im Amt.
So endete die Revolution in der CSSR. Manchmal muss man sich das einfach vor Augen führen, vielleicht gibt es eine zweite Chance, vielleicht geschieht es noch einmal, dass sich die Bevölkerung zusammenschließt. Ich würde das gerne erleben! Es gehört zum Leben, solch ein Erlebnis.

17. Februar 1989, Freitag, Schwerin, DDR

Heute Kuba-Besprechung bei Jugendtourist, 9:30 Uhr.
O-Ton Reiseleiter: „Ich möchte noch einmal an jeden Einzelnen appellieren: Vergesst eure europäische Herkunft, versucht keine Vergleiche zu ziehen zwischen der DDR und Kuba! Die Kubaner leben völlig anders und das braucht Verständnis.“ (Ich notiere für mich: hoffentlich vergessen die nicht stattdessen ihre Erziehung, wie jene Reisegruppe, mit der ich in Vietnam war.) „Es sei gleich hier darauf hingewiesen, dass wir uns den Programmleistungen ausnahmslos anschließen, und dies gemäß dem Sprichwort: Fünf Minuten vor der Zeit ist des Deutschen Pünktlichkeit. Ich möchte nicht erleben, dass...“ und so weiter und so

fort. Es folgen weitere Maßregelungen und Einschüchterungen, egal, ich bin bald in KUBAAAAAAA!

19. Februar 1989, Sonntag, Schwerin, DDR

Die Wilhelm-Tell-Premiere am Abend wird ein ungeheurer Erfolg. Das Publikum liebt sein Schweriner Theater. Es ist was es sein sollte – ein lebendig gewordenes Haus, ein Gegenstück zu versteinerten Zeitungen und Zeiten. Sie hören und sehen alle den Sieg des Aufstandes. Ich bin irgendwie stolz, zu diesem Ensemble zu gehören.

20. Februar 1989, Montag, Schwerin, DDR

Abends nach Hohen Viecheln zum Dorfbums, zu dem mich ein Statist aus dem Theater einlädt. Er betreut mich den Abend über richtig nett.
Etwa fünf Gruppen spielen. Von der ersten Minute an schaffen sich die Tanzenden und trotz Lautstärke gefällt mir die Musik, weil sie Protest ist. Protest gegen diese Lieblichkeit und Verschlafenheit Mecklenburgs, Protest gegen veraltete Gesetze, dagegen, dass jemand sagt: „Aber so haben wird das noch nie gemacht!" Ich sitze meistens herum. Später mit dem Gitarrist vom „Eleganten Chaos". Ein nervöses und aggressives Mädchen schreit mich plötzlich laut an, ob ich von der Stasi sei. Später relativiert sich alles, Vertrauen kommt. Wir fahren zu Till – einem jungen Töpfer aus der Gegend. Scharenweise treffen dort die Autos ein. Till hat ein wunderschönes Haus. Ich bemerke, wie viel Arbeit hier drinsteckt. Er ist mir ein Rätsel, dieser große raue verletzliche und sicher auch andere verletzende Mann. Wir streichen wie zwei Katzen umeinander herum, keiner will sich die Pfoten verbrennen, jeder nimmt sich vor dem anderen in acht. Schach.

22. Februar 1989, Mittwoch, Schwerin, DDR

Die „Entdeckungen VII" kommen auf uns zu und das bedeutet, dass Tag und Nacht das Theater umgebaut und in jeder Ecke probiert wird. Mal ein paar Zahlen: sechs kleine Stücke werden aufgeführt aus dem „Weltuntergang. Berlin" von Lothar Trolle: Clique, Kind, Mahlsdorferinnen, Sergeant, Säugling, Bier. Für diese Proben bin ich verantwortlich. Parallel dazu kommen noch die großen Inszenierungen: „Wolokolamsker Chaussee III und IV" von Heiner Müller. Ein FDJ-Liederprogramm, „Mercedes" von Thomas Brasch, mehr fällt mir gerade nicht ein, reicht allerdings jetzt schon: Besonders schwierig ist es, dafür die Proben zu organisieren: Wir nutzen die Hinterbühne (hinterm eisernen Vorhang), die Vorderbühne (logischerweise vor dem Eisernen), das Foyer, die Kammerbühne, die Probebühne – es fehlt noch das Klo. Da die Fernsehaufzeichnungen von der Figaro-Inszenierung morgen und übermorgen dazu kommen, und die dort besetzten Schauspieler im Moment nicht probieren können, ist die Organisation für alles damit vergleichbar, eine Karawane durch ein Nadelöhr lotsen müssen.

27. Februar 1989, Montag, Leipzig, DDR

Kaum sitze ich im Seminar in Leipzig, ruft das Schweriner Theater an. Ich soll unbedingt die „Bier-Inszenierung" zu den „Entdeckungen IV" durchziehen, auch wenn Hans, der Hauptdarsteller, Kreislaufprobleme hat. Hans muss über ein breiteres Brett balancieren und Bier trinken – also das ist jetzt die verkürzte Variante. Er soll nun entweder auf halber Höhe spielen, oder ich soll das so uminszenieren, dass Hans nicht übers Brett laufen muss. In der einen Hand den Telefonhörer krame ich mit der anderen im Sekretariat der Theaterhochschule nach Zugabfahrtzeiten, finde sie aber nicht. Ich sage zur Sekretärin der Schauspielleitung, dass ich versuche zu kommen. Das Theater möchte um 14.00 Uhr eine Rückmeldung. Ich setze mich wieder ins Seminar, überlege, während ich mitschreibe, wie ich das machen soll. Um 14 Uhr muss ich schon wieder aus dem Seminar raus. Ich gebe die Proben durch und bitte die Sekretärin der Schauspielleitung, Verständnis für mich zu erwirken, dass ich ein Seminar noch unbedingt mitmachen möchte, es doch brauche und deshalb erst um 21.00 Uhr mit mir probiert werden kann. Ich weiß, es ist sehr spät.

Oft deckt sich der Stoff im Studium mit Themen aus der Praxis. So im Moment. In der Vorlesung werden die Strukturen der Aneignungsprobleme von Gegenwartstücken durchgenommen.
Die gibt es in der Tat. Objektive Probleme mit der Darstellbarkeit heutiger Welt, nicht nur im Text, sondern im vorhandenen Theaterraum.
Zweitens gibt es subjektive Probleme. Wie soll beim Publikum Betroffenheit ausgelöst werden auf der Basis eines hohen Grades geschichtlich relevanter Widersprüche der heutigen Welt? So hört sich eine Seminarfrage im theaterwissenschaftlichem Deutsch an.
Jetzt folgt das praktische Beispiel: In der Inszenierung „Clique" auf der Hinterbühne wird eine Jugendgang aus dem Jahr 1946 nachgespielt, die elternlos durch die zerstörte Stadt marodet, Essen und Kleidung sucht. Mich macht die „Clique" nicht betroffen, ich würde eher gerne zu dem frech-witzigen Haufen dazugehören. Sie müsste aber Mitleid erwecken, Abscheu, oder was Ähnliches in dieser Art.
Auch bei der „Bier-Inszenierung" kann ich die o.g. Problemlage nur unterschreiben. Wozu diese Inszenierung da ist, habe ich nie richtig kapiert.
Zudem kommt in keiner Vorlesung die theoretische Anleitung, wie ich es praktisch machen soll, an zwei Orten gleichzeitig zu sein.

28. Februar 1989, Dienstag, Leipzig, DDR

10 Uhr, Theaterhochschule Leipzig: Ein Anruf aus Schwerin für mich, Anweisung von der Schauspielleitung um 17.30 Uhr in Schwerin auf der Probe zu erscheinen. Ich renne sofort zum Bahnhof los. Adieu Seminar. Der Zug um 10.00 Uhr ist weg. Der Zug um 10.53 Uhr fährt nach Zwickau, ich kriege zu spät mit, dass ich in Halle nach Schwerin hätte umsteigen können. Nächster Zug fährt erst um 15.58 Uhr. Also, zurück zur Hochschule, Anruf in Schwerin, dass ich 21 Uhr im Theater bin. Nachmittags auf dem Bahnsteig (ich verpasse natürlich das Seminar) kommt noch die Auskunft, dass der Zug eine Stunde später abfährt.

Ich frage mich, warum rief das Theater nicht am Vortag an, als ich die Proben durchgab? Heute Morgen ist es schon zu spät! Bin ich selbst unverantwortlich, weil ich nicht die zwei Tage Studienaufenthalt extra der Leitung durchgegeben habe? Warum wird die Probe nicht um 22 Uhr angesetzt? Ist es überhaupt möglich mit Hans zu probieren? Hätten die Schauspieler nicht auch mal allein probieren können?
Ich finde einen adäquaten Text in meinen Mitschriften, zum „Stückeschreiben" von unserem Dozenten G. Fischborn. „Das Gespräch, die Debatte ist im Leben eine adäquate Form des Austragens von Widersprüch en zwischen Sozialisten, ist unmittelbare Erscheinungsform des Handelns." (8) Es ist schade, dass meine Interessen, das Fernstudium zu absolvieren, gar nicht zur Debatte stehen. Kann es sein, dass gleichzeitig mit dem größten Entwicklungssprung, den man ab solviert, sich einem die Grenzen der Institution oder des Gefüges bewusst werden, in denen man diesen Entwicklungssprung macht? Frage: Hat man sich dann innerhalb dieses Gefüges entwickelt, oder durch andere Einflüsse zusätzlich geformt? Waren die drei Jah re am Schweriner Theater wirklich so notwendig für mich? Nun bin ich im vierten Jahr. Bringt es jetzt noch weitere Entwicklung für mich? Während die anderen Kommilitonen schon Inszenierungen von ihren Theatern bekommen, erhalte ich nicht die geringste Chan ce dazu. Die Gespräche

dazu finden gar nicht statt. Ich komme im Plan der Schauspielleitung nicht vor. Dabei kümmert sich diese Leitung sehr wohl um junge Schauspieler/Innen in meinem Alter, die bewusst auf Rollen gesetzt werden, die sie weiterbringen, die ihre künstlerische Qualität in unterschiedlichsten Facetten fördert. Sogar die Gewerkschaftsgruppe hat Mitspracherecht, wenn es um künstlerische Stagnation geht. Ich habe Versammlungen erlebt, in denen unser ältester Schauspieler Heinrich, der gleichzeitig Gewerkschaftsvorsitzender ist, eine Bresche für junge Kollegen und Kolleginnen geschlagen hat. Und ich? Wo?

1. März 1989, Mittwoch, Schwerin, DDR

Ich bin von morgens 10 Uhr bis abends 22 Uhr im Theater: Umbesetzung bei „Bier“, Wiederaufnahme von „Weltuntergang“, obwohl die „Entdeckungen IV“ erst um 19 Uhr anfangen, proben wir bis an die Vorstellung ran. „Langsames Kind“ auf der Vorderbühne. Das ist ein schöner Theaterkauderwelsch: Ich stelle mir vor, ein Stasi-Spitzel würde dies lesen. Das gäbe einen interessanten Eintrag in der Akte X: Bier beim Weltuntergang und ein Kind auf der Bühne. In meiner Kuriositäten-Sammlung finden sich noch mehr dieser theaterinternen Mitteilungen. Zum Beispiel der Einruf vom Inspizienten in der Kantine zur Inszenierung „Einstein“: „Der Kinderchor bitte zum Atombombenabwurf.“ Oder während der Zauberflöte: „Die Solo-Sklaven bitte zur Bühne.“

3. März 1989, Freitag, Schwerin, DDR

Keine Vorstellung, keine Proben, es bleibt genug Zeit, um den Abend vorzubereiten. Ich werde meine Vietnam-Dias zeigen und über die Reise im letzten November erzählen. Ich freue mich darauf, etwas zu geben, anderen zu berichten,

die nicht fahren konnten und sich auf mit Zeitungsphrasen gespickte Berichte verlassen müssen.
Um 19 Uhr treffen fast alle Geladenen und drei „Seelenkissen" ein: Die letzteren sind Hinrich, Jenny und Torsten. Hinrich ist der Sohn des Schweriner Grafikers John, Jenny die Tochter von Helga Paris, Torsten kommt vom einen kleinen Dorf der Umgebung und hat eine feine, zurückhaltende und fast gräfliche Art. Wie kommt der eigentlich zu seiner Ausbildung als Rinderzüchter?
Meine Theaterleutchen zeigen sich während meines Reise-Vortrags von ihrer „besten" Seite. Eine dumme und zynische Bemerkung jagt die andere – die Quintessenz davon ist in etwa: „Ich will kein Vietnamesenkind, die machen den Käfig so dreckig." Ohne Jennys aufmerksamen Blick und Hinrichs scharfsinnige Bemerkungen hätte ich diese eineinhalb Stunden nicht durchgestanden.
Nach meinem Vortrag setzt sich der Theatertontechniker an den Dia-Werfer und schießt die Griechenland-Bilder durch. Das trifft auf mehr Bewunderung. Klar sieht Griechenland viel schöner aus, aber ich habe ein großes Mitgefühl für jenes Vietnam – ständig Krieg seit einhundert Jahren. Arm, traurig, kopflastig, mit vom Napalm zerstörten Wäldern – und trotzdem schimmert die übrig gebliebene Landschaft wie eine Ahnung von einer Perlmuttperle in unansehnlicher Schale hindurch. Die Schönheit ist verdeckt, zerstört, aber sie lebt.
Hinrich versteht mich sofort, er verteidigt mich. Am Ende schmoren die anderen Gäste wieder in ihrer Theater-Onanie und wir vier sitzen in der Küche und reden ziemlich laut durcheinander. Dann brechen mit einem Mal alle Theaterleute auf und stürzen nach Hause. Ich lasse alles stehen und liegen und wir vier wiegen mit einer Taxe zu Hinrichs Elternhaus.

4. März 1989, Sonnabend, Schwerin, DDR

Am Morgen ein Spaziergang mit Jenny und mit der Taxe zurück nach Schwerin. Es laufen noch ein paar Vorbereitungen zu „Faust". Wir gehen zusammen in die

Vorstellung: Abends reden. Hinrich erzählt, dass er früher seinen Nikotinbedarf ausschließlich durch Kippen gedeckt hat. Er beschreibt, wie er eine hübsche Schachtel an der Straßenbahnhaltestelle Friedrichstraße voll diverser Kippen sammelt, die Auswahl geht von Karo über HB. Danach besucht er einen Vortrag über Probleme von Schwulen, wird nach einer Zigarette gefragt und bietet in seiner überschwänglichen Art die Auswahl seines Kästchens an – besonders stolz natürlich auf die Westkippen. „Die Duftwässer der Tunten versauerten vor Schreck". (Das ist O-Ton von Hinrich, nicht meine Ausdrucksweise.) Man rückt von Hinrich weg und nennt ihn einen stinkenden Asozialen.
Wir liegen zu viert auf meinem Bett und geigeln bis spät in die Nacht. Ich wünschte so sehr, wir wären öfter zusammen, oder lebten zusammen. Alle vier hätten wir einen anderen Beruf und könnten viel voneinander lernen. Wie schön!

5. März 1989, Sonntag, Schwerin, DDR

Wir gehen zusammen ins Schweriner Museum, danach ins Café, dann müssen Jenny, Hinrich und Torsten zurück nach Berlin. Wir leben ständig zugleich in mehreren Städten. Haben immer einen Draht in eine Großstadt: Berlin, Dresden, Leipzig, manchmal auch Prag... weiter reicht es nicht. Aber die Wohnsitze sind verteilt... Ich: Schwerin – Berlin, Jenny: Halle – Berlin, Hinrich: Schwerin – Berlin, Torsten: sein Dorf – Berlin. Es ist ganz normal...
Ich bleibe diesmal hier – in Schwerin.
Ich laufe durch Schwerin, ich mag besonders diese Straßen mit den alten Häusern, die Straßen sind schmaler als in „meinem" Prenzlauer Berg, aber sie erinnern mich an meine Zeit in Berlin-Prenzlauer-Berg, als ich die Kohlen in der alten Reisetasche geholt habe, denn die Kohlenwagen standen mit Einverständnis des Rates des Stadtbezirks Prenzlauer Berg am Helmholtzplatz auf der Raumerstraße. Der Kohlenhändler soll vom Stadtbezirk Prenzlauer Berg eine Art Obolus dafür erhalten haben, dass abends weniger Bemittelte offiziell ihre Kohlen vom Wagen

klauen durften. Es wohnten alle dort durcheinander. Studenten, Künstler, Säufer, Arbeiter. Das machte den Stadtbezirk aus. Das war vor vier Jahren, jetzt ist es vielleicht anders, ich weiß es nicht, denn ich kann meine Kohlen mittlerweile selber bezahlen, hier in Schwerin. Trotzdem: Diese Häuser haben Charme. Die Wohnungen sind kreativer, höher, haben manchmal zusätzliche Kammer oder einen langen Flur, allerdings sind sie äußerst heruntergekommen. Wenn man in einer Wohnung zu fünft groß wird, die 57 Quadratmeter hat und ein Q 3 A Bau ist, dann haben alle im Haus das Bett an derselben Stelle. Das schafft natürlich eine gewisse Einheitlichkeit. Das formt auch den Geist. Ich weiß von diesen tausenden Staatsbürgerkundeunterrichtstunden, dass Marx sinngemäß gesagt hat: Man kann mit einer Wohnung einen Menschen erschlagen. Es ist eine Frage der Auslegung. Schächtelchen erschaffen Schachtelmenschen. Der kleine Rest sucht sich Nischen, und die gibt es überall. Ich weiß, dass in diesen alten Häusern, die äußerlich so grau und unnahbar aussehen interessante Menschen zu finden sind: Büch erregale bis zur Decke, Ideen, Bilder, Gespräche, nichts scheint, wie es ist. Dazwischen Trinker, Alleinstehende, abgebrochene Gestalten, lauter Leben. Mit Klo und ohne Klo. Trotzdem: viele Perlen von Menschen mit spannenden Gedanken und eigenem Lebensentwurf.

6. März 1989, Montag, Berlin, DDR

Durch den gestrigen Abenddienst am Theater fahre ich erst heute nach Berlin. Es sind einige Besorgungen für Kuba zu machen. Direkt vom Bahnhof Alexanderplatz haste ich zum Ungarischen Kulturzentrum – dem einzigen Ort, an welchen es Landkarten geben soll, die über gewisse Grenzen hinausreichen. Ich kann es gar nicht erwarten, bis ich wieder zu Hause bin und die Karte auf meinem Tisch aufschlage, die Städte und Strände suche, die ich besuchen werde: Zuerst Havanna. Bisher nur der Geruch starker Zigarren. Jetzt werde ich es kennen lernen. Staunend fahre ich mit dem Zeigefinger über die spanischen

Straßennahmen. Ich bin hin und weg, finde auf der Karte weitere Worte, die zauberhaft klingen – „Estrecho de la Florida“ oder „Golfo de Mexico“ – ich werde fast bis zu den USA fliegen, das muss man sich mal vorstellen! Stichwort USA: ich wundere mich über die Straßenanlagen der Städte in Kuba. In New York soll es ja ähnlich sein, wie hier auf meinem Stadtplan: Dieses Havanna und Cienfuegos sind in lauter Quadrate eingeteilt.
Es wird noch einige andere vorbereitende Arbeiten für Kuba geben: Über den finnischen Regisseur der „Kreutzersonate“ habe ich eine in Schwerin studierende Finnin kennen gelernt. Sie dolmetschte zunächst. Ich halte mit ihr Briefkontakt. Im letzten Jahr besuchte ich in Rostock ihr Studienjahresabschlussfest. Sie hat dort einen echten finnischen Tanz über das „Nordlicht“ aufgeführt. Wie auch immer, ich bin an allen neuen Eindrücken interessiert, auch wenn es ein Nordlichttanz in finnischer Tracht ist. Sie wird nachher anrufen und einige Daten durchgeben von einer Familie in Havanna, die ich unbedingt besuchen und der ich eine Salami und noch ein paar andere Sachen mitbringen soll. Da natürlich keine Salami legal mitgenommen werden darf, sondern geschmuggelt werden muss, gibt es dafür eine interessante Verpackungsidee, die bereits mehrmals funktioniert haben soll. Die Salami in Alufolie wickeln und in eine große Tüte Watte fädeln, diese unbedingt im Handgepäck mitnehmen. Da Watte und Salami natürlicherweise selten zusammenkommen, sei dies ein tolles Versteck. Na, wir werden sehen.

Schreibe am Abend vier Stunden lang am Hörspiel, werde morgen damit zu Melnik gehen und er wird's wieder auseinander nehmen...

7. März 1989, Dienstag, Berlin, DDR

Von zehn bis dreizehn Uhr sitze ich bei Melnik. Wir bearbeiten die von mir gestern geschriebenen Szenen. Wir finden eine sehr schöne Geschichte für die Negativfigur im Hörspiel, für den Direktor der EOS, sein Name darf übrigens

immer noch Etzel sein, obwohl das auch negativ klingt – (ehrlich gesagt, denke ich dabei immer an „Gemetzel“, natürlich sage ich das Melnik nicht, dann landet das Hörspiel ja gleich im Papierkorb). Und dieser Etzel richtet ein Solches an, indem er einen Schüler seiner Schule erpresst. Die Erpressung lautet: der Schüler erhält kein Abitur, wenn er sich nicht sofort von der Tochter des Direktors fernhält (dort bahnt sich nämlich eine Liebesgeschichte an). Zusammen mit Melnik finde ich eine menschliche Grundstimmung für Herrn „Gemetzel“, denn er hatte ein Verhältnis mit der Mutter des Schülers. Die beiden lieben sich noch, doch Herr „Gemetzel“ kann nicht aus seiner Ehe heraus. Ich war wie gerädert nach den drei Stunden.
Um 16 Uhr wird im Galerie Studio am Straußberger Platz eine Ausstellung der Keramikerin eröffnet, bei der Hinrich arbeitet. Die Ausstellung ist mir unwichtig, ich bin allerdings gerne bei Hinrich. Vor der anschließenden Fete fahren wir zu ihm. Abends kommt Torsten dazu, wir reden viel, sitzen beieinander. Fast scheint es, als hätten die beiden ein Problem miteinander. Doch wir nahmen es nicht ernst, stattdessen überlegen wir, ob wir uns drei nicht heiraten sollten und wir jonglierten mit unseren Nachnamen.

8. März, Donnerstag, Berlin, DDR

Keine Frau darf arbeiten! Das steht in meinem Kalender. Ich darf keine Proben für Frauen im Theater ansetzen. Wird mir nicht passieren, ich bin nicht im Theater. Lerne stattdessen den ganzen Tag für das Fach „Theater im 18. Jahrhundert“ für die Prüfung bei Prof. Münz.
In einer kleinen Pause leiste ich mir, ein paar Vorbereitungen für die Kuba-Reise zu treffen: Es hat sich schon im November letzten Jahres in Vietnam bewährt, dass ich für jeden Tag, den ich verreist bin, ein Geometrieheft A5 mitnehme und dort mein Reise-Tagebuch hineinschreibe. Ich beschrifte die gekauften Hefte und freue mich so auf jeden einzelnen Tag, angefangen vom 7. April 89 bis zum 21. April 89. Im Vorbereitungsheft steht schon: Gastgeschenke – Kosmetik,

Kaugummi, Kopfbedeckung, Sonnenbrille. (Von Salami keine Rede, das ist wohl das, was aber wirklich gebraucht wird.) Ich habe auch schon andere Informationen eingeholt: Mit dem Bus 400 komme ich von diesem vermaledeiten Strand nach Havanna. In Havanna ist die „Bogita del Medio" die Bar, in der Hemingway am liebsten seinen Mochito getrunken hat. Ich lese seit Wochen Hemingway – und ich soll Luftballons mitnehmen.

Parallel mit meiner Reise nach Kuba werden dort 47 000 kubanische Soldaten wieder eintreffen, die (laut unserer Tageszeitung „Neues Deutschland" vom 20. Januar 89) seit dem Jahr 1975 „zur Verteidigung der Unabhängigkeit und Souveränität Angolas ins Land gerufen worden waren. Ihr etappenweiser Abzug setzt am 1. April 89 ein." (9) Ich werde ihnen sicher begegnen, den Kriegswracks.

11. März, Sonnabend, Schwerin, DDR

Für „Entdeckungen VII" müssen Wiederaufnahmeproben, Neueinarbeitungen und Umbesetzungen gemacht werden. Ich habe Proben mit der „Clique". Während der Probe gibt es Ärger mit Swantje und Anne.

Ich finde, sie reagieren etwas hysterisch: Sie werfen mir vor, zu wenig Proben zu der kleinen Inszenierung gemacht zu haben. Allerdings habe ich Swantje genau danach gefragt. Sie fand die Anzahl ausreichend und ließ keine Beanstandung hören.

Doch jetzt wird das angebliche Versäumnis von mir während der Probe so laut ausgehandelt, dass alle „Cliquen" Mitglieder mich total ignorieren, während sie proben. Natürlich tragen die männlichen Schauspielkollegen solidarisch das Gezicke gegen mich aus. Ich bin genervt – allerdings nur wegen Swantje, denn von ihr erwartete ich mehr Loyalität.

Nach dem Vorprogramm gehe ich nach Hause, falle ins Bett und schlafe bis 7 Uhr durch.

12. März 1989, Sonntag, Berlin, DDR

Ich sitze vor meinem Schreibtisch in Berlin und weiß nicht mehr, wie ich meine Gedanken mit dem, was ich weiß, oder zu glauben wusste, mit dem, was ich lernte, und mit dem, was ich heute gehört habe in Einklang bringen soll. Die Schere im Kopf wird immer größer. Haben wir nicht wochenlang in der Schule damit zugebracht, über den Holocaust zu lernen, zu lesen, waren wir nicht im Konzentrationslager Ravensbrück und haben uns die Berge von Brillen, Haaren, Taschen, Schuhen, die letzen Reste der dort ermordeten Juden angesehen? Haben wir doch! Haben wir nicht gelernt, dass hier in der DDR jene Kriegsverbrecher, jene Mörder angeklagt und verurteilt wurden? Sind wir nicht mit der Versicherung groß geworden, dass das nie wieder passieren würde? Ja. Aber nun erzählt Hinrich heute Abend, was ihm passiert ist, und jetzt bin ich mir gar nicht mehr sicher, ob wir „sicher" sind.

Aber ich will der Reihe nach erzählen:

Jenny, Hinrich, Torsten und ich treffen uns bei Hinrich, wir reden, wie immer... und plötzlich sagt Hinrich, er hätte große Angst. Wovor? Er macht sich eine Zigarette an, nimmt einen Zug. Er krempelt sein rechtes Hosenbein hoch bis zum Knie und wir weichen entsetzt zurück. Er trägt einen dicken blutigen Verband, der eine Delle an der Stelle aufweist, an welcher normalerweise die Kniescheibe sitzt. Jenny ruft laut und erschrocken: „Dein Knie." Na ja, ein Knie, dachte ich, ist es, aber was für eins, eben ein fehlerhaftes, denn es fehlt irgendwie die Kniescheibe. Jenny fragt: „Bist du hingefallen, wieder auf das gleiche?" Ich verstehe nicht. Hinrich erklärt mir: „Der Knochen ist ja schon an der Front des Leistungssports auf der Kinder- und Jugendhochschule hops gegangen." Jenny ruft wieder ganz aufgeregt: „Wie konnte aber dies hier passieren?" Und sie nimmt seinen Verband in beide Hände. Hinrich erzählt: „Ich fuhr in der U-Bahn, von Schönhauser zum Alex, Eberswalder sind diese ganzen Fußballfans dazugestiegen und haben mich immer so komisch angeguckt, und dann fing einer erst ganz leise an: „Juden – wir fangen von vorne an – in Berlin". An der Senefelder waren es schon viel mehr und

U-Bahnhof Luxemburger Platz skandierte der ganze Waggon und sie schrien mir immer wieder diese Worte ins Gesicht. Ich bin schließlich aus dem anfahrenden Zug gesprungen..."

Hinrich spricht plötzlich ganz leise. Und dann geht er aus der Wohnung. Ich springe auf, Jenny hält mich zurück und sagt, lass ihn. „Aber wo geht er hin?" Sie meint, er sitze jetzt auf dem Dach und rauche eine Zigarette. Wir gucken hilflos auf den Boden. Torsten liegt auf dem Bett, ich und Jenny sitzen wie zwei Krankenschwestern daneben... Torsten weint.

Und jetzt wird mir plötzlich wieder bewusst, wie sehr unsere Wirklichkeit sich von jener unterscheidet, die die Zeitungen in Blei setzen.

13. März 1989, Montag, Schwerin, DDR

Im Nachtprogramm am späten Abend ist die Tänzerin Arila Siegert zu Gast.

Es gibt eine Panne. Zwanzig Jugendliche auf dem II. Rang lärmen in ihren Auftritt herein. Sie bricht ihre Vorstellung ab, wartet, was der Abenddienst unternimmt (den ich zum Glück nicht habe). Einige Jugendlichen gehen, einige bleiben, dann beginnt Arila ihr Programm wieder von vorn.

Es geschieht immer wieder, dass Vorstellungen durch Gruppen gestört werden. Zum Beispiel durch Soldaten. Diese bekommen „Sonderausgang Kultur". Es rückt eine Kompanie aus, weil sie von dem Unter- oder Oberoffizier eine Anweisung, nein, einen Befehl erhalten haben, Kulturausgang zu nehmen. (Erklärung zum verwendeten Wort „Kompanie": Die Anzahl der Mitglieder einer Kompanie ist mir unbekannt, doch – egal wie viele Mitglieder sie jetzt wirklich haben – sie stören die Theatervorstellung. Das Wort steht bei mir also für: „Sehr große und sehr laute Gruppe männlichen Geschlechts in grünen, einheitlich gestalteten Anzügen".) Unsere Öffentlichkeitsabteilung wird immer hektisch, wenn diese Gruppen sich bei ihr anmelden, es geht nämlich selten gut aus. Ihr Hauptanliegen ist, ein paar

Biere während der Vorstellung oder schon davor, oder wenigstens danach auf dem Bahnhof zu zischen.

15. März 1989, Mittwoch, Leipzig, DDR

Ich bin zu früh in Leipzig, es ist erst 13 Uhr, in eineinhalb Stunden muss ich in die Prüfung. Also drehe ich meine Runde, angefangen vom Parkplatz vor dem Dimitroff-Museum – gegen den Uhrzeigersinn – biege ich in die Dimitroffstraße ein. Hinter dem Museum kommt die Hochschule für Grafik- und Buchkunst, da betreute ich – bevor ich zum Schweriner Theater kam – die Studentenwohnungen. Es war eine Halbtagsstelle (gibt es selten), eine absolut ideale Stelle, um nebenher am Poetischen Theater der Karl-Marx-Universität meiner Theaterleidenschaft zu frönen. Ich war in vielen Ateliers der Studenten, sah mir ihre Bilder an und wir stellten sogar zum legendären Grafikhochschulfasching gemeinsam ein Programm auf die Beine. Die Studenten der Grafikhochschule waren die einzigen, die richtige Wohnungen erhielten, also nicht in das Studentenheim mussten (außer die ausländischen Studenten, die durften nicht in die Wohnungen, sondern mussten im Heim bleiben – politische Ansage, um sie besser unter Kontrolle zu halten.) Aber jetzt laufe ich Runden, um die Zeit bis zur Prüfung zu überbrücken. Nach der Grafikhochschule kommt die Theaterhochschule, ich linse in die Fenster hinein, alles ruhig – aber da entdecke ich bereits Prof. Münz bei der „Verhörung" eines Prüflings.
15:15 Uhr Prof. Münz gibt mir mit Belobigung eine „Zwei" – Juhuuu!!!

16. März 1989, Donnerstag, Schwerin, DDR

Fahrt nach Schwerin im Morgengrauen. Knubbelweiden und hingestreuter Schnee auf den Wegen. Im Zug riecht es nach den Geleebananen, wie im Schubfach des

Nachttisches im Krankenhaus damals, aber das ist lange her, seltsam, dass ich mich dran erinnere. Sehnsucht ist die einzige Energie in dieser Mecklenburger Öde. Die Sehnsucht trieb mich einmal in den Wald, weit hinein in die schmalen unübersichtlichen Wege. Die Sehnsucht hieß warme Haut, dunkelbraune Augen, große Hände, sie hieß Zärtlichkeit und Kühnheit, Magie, sie hieß Stille, Glück, Geben, Melodie, sie hieß Fülle, Fürsorge, Frieden, Tanz, sie hieß Lust, Berühren, Liebe und Glanz, sie hieß Wohlwollen, Hilfe, Freude, Hingeben, sie hieß Harmonie, Dank, Verlangen und Segen, auch Verstehen, Stärke, Küsse und Mut... Jede Sehnsucht ist eine Illusion. Sie frisst mich, wenn sie kommt. So habe ich Bauchschmerzen den ganzen Tag über. Leider treffe ich mit den dunkelbraunen Augen hin und wieder dienstlich zusammen, so heute auf der Besprechung in der engen Tonkabine. Nichts blieb mehr von der Geschichte vor zwei Jahren. Wir sehen verbissen zu Boden.
Doch plötzlich sitzt abends seine Tochter in der Kantine, in Begleitung ihrer Mutter. Ich erwische eine Stellung, in der die Mutter mich nicht sieht, ich aber die Tochter, die schon geraume Zeit rüberlinst. Wir sehen uns eine Weile in die Augen. Ihre sind so wunderbar klar und groß und man möchte darinnen so viel lesen. Um ihren Mund spielt ihr ein Ähnlichkeitsmuskel von ihm. Ich bin froh und wage, sie beim Hinausgehen nochmals anzusehen.

17. März 1989, Freitag, Schwerin, DDR

Der Geburtstag von Christa Wolf wird im Theater geplant. Zwei Schauspieler werden im Lesecafé Texte von ihr lesen. Nach den Absprachen dazu fahre ich nach Berlin, ich habe dort zu einem vietnamesischen Essen eingeladen. Morgen. Weil vieles hier nicht zu bekommen ist, habe ich für dieses mehrgängige Essen schon in Vietnam angefangen zu sammeln. Ich war so dankbar, dass ich reisen durfte und voller Freude, das muss ich einfach weitergeben. Für den Auftakt brauchte ich Reispapier für diese Rollen, die es zum ersten Gang gibt. In

Reispapier gewickeltes Boulettenfleisch. Ganz außergewöhnlich schmackhaft und sinnvoll ist zum Beispiel die Zitronensuppe, die es am Ende fast jeden Menüs gab: leichte Glasnudeln in Zitronenbrühe – lösen zum Beispiel sofort jedes Völlegefühl nach dem Essen auf. (Ehrlich gesagt habe ich in Vietnam die Menschen nur diese oder andere Suppen essen gesehen... kein Menü, niemals.)
Um siebzehn Uhr nehmen Viola und ich den Zug nach Berlin. Viola hat das Bühnenbildstudium in Dresden beendet und arbeitet jetzt hier im Musiktheater als Bühnenbildnerin. Sie hat ganz zauberhafte Idee – zum Beispiel ließ sie für „Hänsel und Gretel" einen Wald aus Eisenbäumen bauen, die mit einer Lauge rostig gestaltet wurden. Die Kostüme hingegen sind verspielte in gelb und rot leuchtende Fantasiegespinste. Während der Wald düster und gefährlich wirkt, sind die agierenden Personen – nebst Chor – farbige Hoffnungsträger. Natürlich gibt es Ärger über Ärger. Der alte Bühnenchef der Musiktheaterbühne will hier nichts Neues. Schon gar keine Frau mit langen dunklen Haaren, die in Lederhosen und selbst genähten Klamotten herumläuft und die gerade mal fertig studiert hat. Er sieht Bühnenbilder eher als praktisches Konstrukt, welches ohne viel Aufwand und Arbeit gefertigt werden muss.
Ich habe Viola vor einem größeren Desaster gerettet. Man hat sie in ein Untermietzimmer im Neubauviertel gesteckt. Als sie in ihrem mit Möbeln zugestelltem Zimmer die Gardinen zur Seite zog, um mehr Luft zu bekommen, ging die Vermieterin sofort dazwischen: „Die lassen wir hier lieber zu." Viola war genau zehn Minuten dort. „Danke, ich gehe wieder." „Aber lassen sie doch ihre Sachen hier." „Nein, auf Wiedersehen."
So kam es, dass Viola in ihrem Arbeitszimmer im Waschhaus mit Schlafsack auf der Erde schlief. Das gab einen großen Eklat, als es der Nachtportier entdeckte. Ich bot ihr an, bei mir zu wohnen.
Und jetzt wird natürlich erst recht geredet. Klar, wir sind lesbisch und hecken nur unmögliches Zeug aus. Aber das ist mir so egal, was geredet wird.

18. März 1989, Sonnabend, Berlin, DDR

Um 10 Uhr fange ich in meiner Berliner Küche an zu kochen, das dauert bis 17 Uhr. Es schmeckt mir selber bezaubernd, weshalb ich beim Kochen viel esse und hernach nur noch servieren kann. Ich habe Schalen und Stäbchen im Asiatenladen gekauft. Die Gewürze sind aus dem Deli-Laden. Nach den Reispapierrollen kommt der Hauptgang, Rindfleischstreifen, scharf gewürzt mit Curry, dazu Glasnudeln. Dann folgt die schon erwähnte Zitronensuppe und krönender Abschluss – Ananas.

Zwischendurch ruft Hinrich an. Hinrich sagt wegen seinem immer noch schwer schmerzenden Knie ab. Ich möchte ihn in ein Gespräch verwickeln, wie es ihm geht, ob das Knie wieder in Ordnung kommt, aber er bleibt kurz angebunden und wirkt etwas depressiv. Sein Freund Torsten wird deshalb natürlich auch nicht kommen – oje und ich habe soviel Fleisch. Jenny ist in Halle, Viola musste nach Dresden, bleiben nur Melnik und Maud. Ich rufe sie an – gut, sie können Götz noch mitbringen. Dann wird das Essen wenigstens alle.

Kaum bin ich fertig, klingeln sie.

Maud treten beim scharfen Fleisch die Tränen in die Augen, ich hingegen finde es köstlich und kann gar nicht genug davon bekommen. Dazu gibt es grünen Tee und am Ende einen hochprozentigen Reisschnaps – auch aus dem Deli-Laden. Hier ist er eher unnötig. In Vietnam haben wir ihn in Massen getrunken, weil's manchmal schon schwierig war, das fremdländische Essen hinunter zu bekommen. Ich war da tapfer, aber als die Krabben noch halb roh waren und die Küchenschwingtür tatsächlich den Blick auf eine Ratte freigab, musste ich noch mal zulangen. Ich habe es keinem gesagt, die waren sowieso schon zur Genüge belastet damit, dass es keine Pommes gab. Einer hat nur noch Weißbrot gegessen. Das gab´s aber auf Zuteilung.

Mein Essen wird ein einschlagender Erfolg.

0:11 Uhr fahre ich wieder zurück nach Schwerin, lasse erst einmal alles so stehen und liegen.

19. März 1989, Sonntag, Schwerin/Berlin, DDR

9.30 Uhr – Pflanzen pflücken für die Osterglockensträuße, die kahl vom Floristen kommen. 10:00 Uhr – ich muss im Theater sein, es findet die Lesung für Christa Wolf zum 60. Geburtstag statt.
12:00 Uhr: Die Lesung ist vorbei und ein ebenso großer Erfolg wie mein gestriges Essen in Berlin. Etwa 110 Besucher waren hier im Theaterfoyer, unter ihnen der Intendant und ein Journalist von ADN.
Herbert las zusammen mit anderen Schauspielern, er sagt, er hätte Nerven für fünf Vorstellungen gelassen. Ich frage mich, ob es der anderen auch so ging. Das wüsste ich gern.
13:30 Uhr nach Berlin. Dort stundenlanges Abwaschen.

20. März 1989, Montag, Leipzig, Halle, DDR

Der Zug hat eine Stunde Verspätung, als er endlich in den Kopfbahnhof Leipzig einrumpelt. Es hat immer etwas von endgültigem Ankommen, wenn man in einem Kopfbahnhof einfährt. Es geht nicht direkt auf der anderen Seite wieder raus. Ein wenig Besinnung bleibt. Allerdings ist dieses Mal das Ankommen eher ein Eintrudeln und in mir das angenehme Gefühl zwiespältig gepaart mit der Wut darauf, dass das Leben hier wie der Zug vor sich hin rumpelt. Ein paar Kilometer Fahrt, schon geht es nicht mehr weiter, dann setzt der Zug sich wieder schwerfällig in Bewegung, dann steht er wieder. Manchmal wundere ich mich, dass wir überhaupt irgendwo ankommen. Sobald der Zug schnell fährt, fließt vieles schneller, Gedanken, Ideen, das Lesen eines Buches, was auch immer.
Erst habe ich Vorlesungen für Antike – nachmittags geht es weiter nach Halle zu Jenny in die Hochsch ule Burg Giebichenstein.

Halle: – Jesses, das sind mehrere Abstufungen in grau, mehr grau als Leipzig und Berlin grau sind. Sozusagen ist die Farbe Graugraugrrr ebenfalls in die Luft übergegangen.
Jenny zeigt mir ihre Arbeiten, sie studiert Schmuckgestaltung. Bevor allerdings die Spezialisierung kommt, machen alle Studenten ein Grundlagenstudium, also hat sie auch Ölbilder und Aquarelle. Wir besuchen ihre Tante, denn diese brachte von einer Reise nach Kuba schwarze und weiße Korallen mit. Sie ist Schmuckgestalterin. Jenny möchte gerne für ihre Schmuckstücke ein oder zwei schwarze Korallenstücke aus Kuba haben und zeigt mir, wie sie aussehen. Sie sollen dort einfach am Strand liegen. Sie hält einen kleinen Vortrag, als sie mir die Stücke der Tante präsentiert. Na, mal sehen, was ab dem 7. April am Strand liegt.
Ich bleibe abends in Halle, denn die Vorlesung am nächsten Tag in Leipzig beginnen erst um vierzehn Uhr.
Wir reden abends über Hinrichs Knie. Jenny meint, es könnte sein, dass es noch einmal operiert werden muss.

21. März 1989, Dienstag, Leipzig, DDR

Genau vor einer Woche kam eine Nachricht über den Rundfunk, die mich aufhorchen ließ und sie fällt mir erst heute wieder ein, da ich in Leipzig bin. Es hätte an diesem 14. März eine Demonstration in Leipzig gegeben, und bevor ein Aufeinanderprallen zwischen Polizei und Demonstranten hätte stattfinden können, löste ein heftiger Regenschauer alles auf. Ein Regenschauer der Grund einer Deeskalation und das bringen die Nachrichten.
Ich hatte diese Meldung tatsächlich erst wahrgenommen als sie bereits vorbei war. Demonstration? Leipzig? Wer stand da gegen wen? Und vor allem: wo?
Ich frage heute im Studium einige Kommilitonen, sie wissen nichts.
Kann ein heftiger Regenschauer wirklich eine Eskalation verhindern? Regen ist auf dem Theater ein dramaturgisches Mittel, wie zum Beispiel bei dem Autor Anton

Tschechow. Im Stück „Onkel Wanja", in dieser verrückten Nacht, in der Wanja der Frau des Schriftstellers Serebrjakow seine Liebe offenbart und die inneren Konflikte aller Personen aus ihnen herausbrechen, regnet es plötzlich... und dieser Regen beruhigt die Gemüter, klärt die momentane Situation, nicht aber den Konflikt. Der wird verschluckt.

25. März 1989, Sonnabend, Schwerin, DDR

Der Versuch zu arbeiten, den gesamten Tag über bin ich in großer Unruhe, wahrscheinlich kommt sie vom Umherreisen. Wie sehr unser Leben vom Thema Reisen geprägt ist, von der Mauer, dem Eisernen Vorhang. Der Schwamm nach Wissen über anderes Leben in der Welt ist so trocken.

Hier kurz ein Dialog aus dem „Selbstmörder" von Nicolai Erdmann – aus der Inszenierung, mit der ich in diesem Jahr nach Westberlin reisen kann:

KLEOPATRA: Zieht es Sie nicht nach Paris, Jegor Timofejewitsch?
JEGOR: Es zieht. Ich habe sogar schon angefangen, Geld zu sparen.
KLEOPATRA: Für die Reise!!
JEGOR: Für den Turm, Kleopatra Maximowna.
KLEOPATRA: Was für einen Turm?
JEGOR: Einen sehr hohen.
KLEOPATRA: Wozu brauchen Sie denn einen Turm, Jegor?
JEGOR: Wozu ich den brauche? Kaum fängt es an, mich
nach Paris zu ziehen, dann klettere ich auf den Turm und blicke nach Paris, vom marxistischen Standpunkt aus.
KLEOPATRA: Na und?
JEGOR: Na, dann vergeht mir der Wunsch, in Paris zu leben. (10)

26. März 1989, Ostersonntag, Schwerin

Ich stehe um 4.00 Uhr auf und verrichte alle Bedingungen, die man einhalten muss, um Osterwasser holen zu dürfen. Einen Fehler mache ich doch: das Frühstücken ist verboten – wie ich hernach erfahre.
Am Treffpunkt steht eine Frau. Wir dürfen uns nicht verbal grüßen, nicken uns zu. Nach einer halben Stunde – noch eine Frau mit ihrem Kind. Wir gehen uns kurz aufwärmen und andere Leute abholen. Als der Junge unserer Ankleiderin die Tür öffnet, bleibt er mit der Schlafanzughose an den Drähten des ungeschützten Steckdoseninnenlebens neben der Tür hängen und es funkt sehr grell. Ich erschrecke und mache sie darauf aufmerksam, sie winkt ab. Die Wohnung riecht nach Rauch.
Eine Weile später steht am vereinbarten Treffpunkt keiner mehr und wir fahren los. Der Nebel steigt dick aus dem See und aus den Wiesen. Er dämpft die Geräusche geheimnisvoll. Jetzt will ich nur schauen, schade, dass das Fahrrad nicht allein lenkt. Ich treibe mein Fahrrad an und wünsche mir öfter um fünf aufzustehen und nur draußen herumzulaufen. Wir suchen eine ganze Weile, kommen schließlich zum Pinnower See. Die Ruhe, die über dem See liegt, kenne ich woher, auch das leise Knacken der Zweige... Die Sehnsucht will mich betören, sie soll aus meinem Herz heraus, sie betrügt mich.
Am „steinernen Tisch" sitzen die ersten Besucher. Das Feuer brennt, wir essen, trinken aus Thermoskannen Tee, sammeln Holz, spaßen. Sieben Schwäne ziehen über den Fluss am Ufer vorbei und rufen leise. Wie ging das Märchen? Wer erlöste sie oder wen erlösten sie? Würde mich einer erlösen von der Illusion, der Sehnsucht, der eingekapselten Traurigkeit, wäre es ein Märchen und damit nicht wahr... Dass diese schweren Körper fliegen können. Schwäne sind auch zweigeteilt, der starke Körper mit den stämmigen Füßen steht im Widerspruch zum wunderschönen, sich so graziös bewegenden Hals. Das Schilf am Ufer beugt seine Ähren genau in der Form wie der Schwan seinen Kopf am Hals trägt. Einen rufe ich und er kommt und frisst zwei Stullen hintereinander auf.

Nach sieben Stunden sind wir wieder in Schwerin, vielleicht kann ich von dem Ozonschock nicht schlafen, oder es ist da noch etwas anderes... die Sehnsucht.

27. März 1989, Montag, Leipzig, Halle

Vom Fernstudium in Leipzig aus fahren wir abends nach Halle, um die Erst-Regie eines Kommilitonen zu sehen. Mich begleitet Cordula, Regieassistentin in Gera. Sie redet enorm viel, kann gut beschreiben und beurteilen. Ich mag ihre Rollenbeschreibungen. Sie findet zu den positiven Eigenschaften immer genau die negative Entsprechung, oder auch die passende Geschichte. Außerdem hat sie Humor, der zuweilen in Gackerigkeit umschwingt. Manchmal ist dieser Wesenszug etwas belastend, wenn kein anderer Mensch in der Nähe ist, der ebenso humorvoll ist. Grundloses Lachen liegt mir eher nicht.
Halle sieht wieder genauso trist aus, wie auf Helga Paris Fotos. Eine dicke Dunstglocke trübt die Sicht und Stimmung (nicht Cordulas). An den Straßenseiten stehen halb verfallene Wohnruinen, die von der Asche und Kohle in der Luft gleichmäßig eingegraut werden. Eine Smokstadt. Industrieintelligenz: verarmt wie ihre Basis – im Gegensatz zum Norden: dort – der Schweriner Großbürger.
Wir dürfen auf der Lichtbrücke sitzen, unten füllt sich der Saal. Ich denke unentwegt daran, dass es mir bisher immer noch nicht möglich ist, in Schwerin zu inszenieren. Nach vier Jahren wirklich harter Arbeit als Regieassistentin. Ich muss die Unruhe darüber, dass ich mit neunundzwanzig Jahren immer noch keine eigenständige Arbeit erhalten habe mit Macht unterdrücken, um nicht depressiv zu werden.
Die Vorstellung beginnt. Wir lachen eineinhalb Stunden durch. (Nach dem Vergleich von Prof. Münz wenige Stunden vorher im Studium bedeutet eine Minute Lachen fünfundzwanzig Minuten Jogging.) Der junge Regisseur hatte sich vor Jahren mit mir am Regieinstitut in Berlin beworben. Er fuhr damals mitten in der Prüfung ab, kam mit dem „Schauinszenieren“ nicht klar, in welchem wir

Studienbewerber vor den Dozenten ein paar Schauspieler „quälen“ durften, die sich entweder nichts unter unseren Regieanweisungen vorstellen konnten, oder auch von den zusehenden Dozenten gestört wurden. Dies war ein beliebtes Prüfungsspiel des Regieinstitutes, um zu sehen wie wir uns „durchsetzen können.“ (Es ist allerdings schwierig einen Dozenten zurechtzuweisen, der einem wenige Stunden danach entweder eine Zu- oder eine Absage zum Studium gibt.)
Dann Kantine. Am Nachbartisch wird über Leipzig am Montag geredet. Wieder waren viele Menschen zum Friedensgebet in die Nikolaikirche gegangen, einige danach verhaftet worden.

29. März 1989, Mittwoch, Schwerin, DDR

Die Vorlesungen gestern haben mich sehr inspiriert, ich lese gleich weiter: Hemingway über das Schreiben: dass man die Arbeit nur unterbrechen darf, wenn man weiß, wie man am nächsten Tag weitermacht. Oder: Eine Erzählung muss wie ein Eisberg von dem Teil getragen werden, den man nicht sieht, von den Nachforschungen, Überlegungen und dem Material, das man zusammengetragen hat, und das in der Geschichte nicht direkt benutzt worden ist.
Das Handwerk des Schriftstellers, die Technik, die strukturellen Mittel und sogar das dazugehörige haargenaue Hobeln und Zimmern muss in der Jugend erlernt werden. (In welchem Alter man also noch zu „Jugend“ zählt, wird nicht erwähnt und auch ich könnte praktisch schon ein methusalemisches Alter in seinem Sinne erreicht haben. Aber Hemingway hat ja sowieso ein Altersproblem.) Wir Schriftsteller – sagt er – sind wie die Papageien, wir lernen nicht mehr sprechen, wenn wir alt sind.
Und ein Supertipp: Wenn den Schreibenden die Inspiration verlässt, ist es meistens ein strukturelles Problem. Zum Beispiel hat Hemingway „Der Herbst des Patriarchen“ unterbrochen, nachdem 300 Seiten fertig waren, dann wieder neu begonnen. Das einzige was übrig blieb, war der Name der Hauptperson, sechs

Jahre später begann er wieder an dem Text zu schreiben. Meine Güte, die ganze Arbeit.
Swantje wird für mich die Rolle im „Selbstmörder" spielen, wenn ich in Kuba bin. Ich frage sie und sie sagt zu. Finde ich toll. Ich übergebe ihr mein Textheft und erzähle ihr einiges über die Rolle.

1. April 1989, Sonnabend, Schwerin, DDR

Ich habe eine Einladung für heute. Jetzt sind es noch wenige Tage und ich werde über die halbe Welt nach „links" fliegen, was ein unwahrscheinliches Glück ist, denn nur ein halbes Jahr zuvor bin ich über die halbe Welt nach „rech ts" geflogen. Zusammengenommen habe ich auf diese Weise die GANZE WELT von oben gesehen. Es geht am 7. April 89 nach Kuba für 14 Tage über die Freie Deutsche Jugend. Wie ich zu dieser Reise gekommen bin ist deutlich durchschaubar. Erstens scheinen es durch aus immer die gleichen Leute zu sein, die reisen dürfen. Zweitens bin ich eine Art „seltenes Exemplar", welches nur aus statistischen Gründen dabei ist. Ich halte die vorgegebene Prozentzahl an Blockflöten (was soviel bedeutet wie: sozialistische Demokratie bis in die kleinste Zelle: alle sind in einer Partei, nur einer ist in einer anderen und mit dem wird hin und wieder gesprochen). Wegen meiner ganzen Exmatrikulationsscheiße vor einigen Jahren bin ich, um wenigstens Arbeit zu bekommen (während des Volontariats und des Studiums hielt ich mich erfolgreich zurück), in die CDU eingetreten. Die CDU-Herren waren die einzigen, die bereit waren mich anzustellen, nachdem ich unehrenhaft vom „Roten Kloster" entlassen worden war. Ich erhielt eine Arbeit als Tippse in einem kleinen Sekretariat, weitab von menschlichen Bewegungen in Leipzig-Südost. In diesem kleinen ehemaligen Milchladen in einem Neubaugebiet habe ich dann tagelang Einladungen zu Versammlungen abtippen und mit dem Ormig-Gerät abziehen müssen. Versammlu ngen, die von wenigen besucht wurden. Damals konnte ich Kafka gut verstehen, denn ich arbeitete oft den ganzen Tag in Gesellschaft eines

Radios, steckte dann die vielen Briefe genau vor dem Sekretariat in einen Briefkasten. Einen Effekt hatte diese Arbeit nicht. Ich hätte die Briefe auch auf den Mond schießen können – zumindest war das meine Meinung, die ich vorsichtshalber meinem Chef vorenthielt.

Gut, deswegen werde ich also bald in Kuba sein. Aus meiner Sicht habe ich mir die bevorstehende Kubareise durch diese Scheißarbeit damals durchaus verdient.

2. April 1989, Sonntag, Schwerin, Berlin, DDR

Gestern hat die Kreisleitung der FDJ Gadebusch die letzte Informationsveranstaltung vor der Reise organisiert. Erscheinen war Pflicht und nun weiß ich also, was so auf mich zukommen wird.

Nachdem wir Solidaritätsgeld gespendet haben, jage ich nach Hause und dann zum Zug nach Berlin. Ich habe noch längst nicht alles fertig gepackt, bin mit meinem Bruder in Berlin verabredet, um die Taucherbrille abzuholen.

3. April 1989, Montag, Berlin, DDR

Die Kosmetik fehlt – ein Gastgeschenk. Es ist ganz praktisch, dass ich in Berlin bin, die Auswahl an allen Waren ist größer, denn die Stadt Berlin wird – in ihrer Funktion als Hauptstadt – besser beliefert. In Erfahrung gebracht habe ich außerdem, dass in Kuba Kassetten für Rekorder gefragt sind.

Ich fahre zum Alex. Am Alex ist das Centrum Warenhaus bereits gut besucht – trotz Vollbeschäftigung von 90% der Bevölkerung. Aber wir wissen ja alle, dass viele während der Arbeitszeit einkaufen gehen: vor oder nach einer Dienstbesprechung, während einer Erledigungen für ihren Chef oder aufgrund aller möglichen anderen Ausreden. Eine Arbeiterin oder Verkäuferin kann das in der Regel nicht. Die müssen sich was anderes einfallen lassen. Doch nach der

Arbeit ist es praktisch Quatsch einkaufen zu gehen, da es vieles nicht mehr gibt (obwohl die Gemüseläden und auch Warenhäuser z. B. die Anweisung haben, einen Teil der Ware erst ab 17.00 Uhr für die Werktätigen in die Auslage zu bringen. Ehrlich gesagt habe ich um diese Zeit nie irgendwo eine Banane, einen Pfirsich oder anderes interessantes Obst mehr gesehen.) Nun gut, Obst muss ich nicht nach Kuba tragen, dass wäre sozusagen wie Eulen nach Athen zu verschleppen. Ich brauche Kosmetik.

In der Drogerieecke frage ich am Verkaufstisch nach geeigneter Kosmetik, um sie als Gastgeschenk mitzunehmen. Die Verkäuferin hört sich mein Anliegen an, geht schweigend zu Glas- und Plastetöpfchen in den Regalen und sammelt einige Artikel in ihren Arm, dann stellt sie alles vor mir hin und sagt: „Das können Se nehmen." Sie wendet sich an die nächste Dame, die liest von einem langen Zettel ab, was sie möchte. Das ist praktisch für die Verkäuferin, sie braucht nämlich weiterhin nicht den Mund aufzumachen, wäre ja auch zu viel verlangt von ihr. Ich stehe vor meinen empfohlenen Artikeln und brauche sie nicht mal weiter in Erwägung zu ziehen, denn... „Wollen Se nicht?", fragt sie mich nach einer Weile, als keine Kundin mehr am Stand ist und die Liste der Nebenkundin abgearbeitet ist. Ich will ganz höflich sein, doch wie formuliere ich es? „Das ist gutes Make-up, nur wissen Sie... sind in Kuba nicht alle etwas dunkler im Gesicht als wir?" „Hamse nich jesagt." Sie sammelt alles ein, schweigend, versteht sich, dann legt sie mir Lippenstifte hin – das finde ich schon mal gut und wähle einige aus, während sie vor mir steht, als müsste sie die Teile wie ihre Augäpfel bewachen. Das macht die Auswahl schon mal schwierig, ich fühle mich beobachtet und unter Druck gesetzt. Vielleicht kommt eine andere Kundin und lenkt sie wieder ab? „Sind Se fertich, ick muss weitabedienen!" „Nein, ich hätte gerne noch Hautpflegecreme, Lidschatten und..." „Watten, keene Lippenstifte?" „Doch, die vier hier, die hier an der Seite liegen." Sie stöhnt auf und bringt mir die gewünschten Artikel, sie klackern auf die Glasplatte, dann geht sie eine neue Kundin bedienen. Ich wähle schnell aus, überschlage den Preis, gehe eher auf Quantität als auf Qualität. Sicher möchte ich wieder mehr verschenken, als ich mithabe... Seelenruhig tippt sie die Preise in die

Kasse: „Fümunachzichzwanzich." Ich zahle und will alles einpacken und plötzlich kommt noch ein freundliches Serviceangebot: „Ne Tüte?"

4. April 1989, Dienstag, Schwerin, DDR

Früh am Morgen geht es nach Schwerin zurück. Die Umbesetzungsproben für den „Selbstmörder" müssen gemacht werden. Nicht allein meine Rolle wird mit Swantje umbesetzt. Es kommen noch einige andere Rollen hinzu, die eine neue Besetzung erhalten. Der Anlass ist nicht immer so angenehm wie bei mir. Horst hat einen Ausreiseantrag zu laufen und darf nicht mit. Seine Rolle – er spielt den Dichter, der sich einen Turm baut, um vom marxistischen Standpunkt aus nach Paris zu sehen – bekommt Andreas. Andreas ist – ebenso wie ich – in keinem der anderen Stücke drin, die in diesem Jahr herumreisen. Er wird sich freuen.
Vor der Vorstellung nimmt das ZDF hier im Theater einige Bilder auf, die für das Westberliner Gastspiel im Vorfeld als Werbung gebraucht werden.
Grob umrissen geht es in dem Stück um Semjon Semjonowitsch (Zeit/Ort: Russland 20er Jahre), der seinem Leben ein Ende zu machen beschließt. Plötzlich tauchen alle möglichen dubiosen Gestalten auf, die sich diesen zukünftigen Selbstmord auf die Fahnen schreiben wollen. Die russisch-orthodoxe Kirche, die Kunst, die Partei, die Liebe... Sie befördern Semjon in die Nähe ihres Zieles. Das kulminiert in einem Saufbankett, in welchem sie zielsicher Semjon in seinen Tod schieben. Die Zeit bis dahin wird tot geschlagen. Die Bereitschaft muss erhalten bleiben, die Absichten müssen zum Entschluss werden. Das Bankett ist Feier und Verabschiedung zugleich, eine Art Bestechung.
Ich habe ein ausgesprochenes Faible für die Art der Regieführung von Horst Hawemann. Seine Regieanweisungen sind poetisch, lassen sich wunderbar spielen. Ich hebe die Sätze aus den Proben auf, indem ich sie aufschreibe: „Denken heißt Anhalten." „Das Leben hängt an Semjon." „Mit Semjon wird etwas getan, es fällt über ihn hinein." „Todesverzweiflung kommt, wenn ich am richtigen Ort das

Richtige nicht sagen kann.“ „Tragisch: sich nicht verständigen zu können ist eine Art zu Sterben.“ „Was man als Schauspieler im ersten Teil übersprungen hat, muss man in der Pause hinterher spielen.“ „Wie man auf Glück hereinfällt, bis man merkt, es ist nur ausgedachtes Glück.“ „Sich das Leben zu verkleinern – ist ein großer Vorgang.“ „Je geiler man ist, desto langsamer nähert man sich dem Objekt an.“ „Wir haben jetzt eine so schöne Versammlung und da wollen wir um Gottes Willen keine ernsthaften Gedanken austauschen.“

6. April 1989, Donnerstag, Berlin, DDR und Atlantischer Ozean

Der Tag ist kein Tag, er ist ein wartendes Flugzeug, das mir genehmigt, auf der angefahrenen Treppe noch ein paar Besorgungen zu machen, bevor es mit mir ab in die Zukunft düst. Wie leicht heute alles ist. Ich schlafe, bis ich kein einziges Fetzchen Müdigkeit mehr in mir finde – denn die Nacht über werde ich fliegen, fliegen und nochmals fliegen.
Ich muss unserem Dramaturgen noch die Applausordnung für den „Selbstmörder“ durchgeben und dann ist nur noch Kuba dran.
Gepackter Rucksack, gepackte Reisetasche: das besondere Gastgeschenk – die Salami in der Wattetüte für die befreundete Familie der Finnin.
Dann schließt endlich die Tür des Flugzeuges hinter mir...

Gander: Flughafen. Kanada lerne ich bei der Zwischenlandung dank einer ausgehängten Karte kennen. Neufundland, eine Insel, durchzogen mit blaublütigen Adern. Geadelt durch klares Wasser. Aber auch die geschlossenen Souvenirshops sprechen für weitere Klischees: Seerobben, Indianerpuppen, Eskimopuppen mit Pelzen, gestrickte Stirnbänder, gestickte Amuletts auf Lederkleidung, Seeadler, Eisbären, Enten aller Sorten: „The Land of Free“ steht auf einer Uhr mit aufgemaltem Seeadler.

Nach dem nebeligen Gander, dem fünf Grad über Null angewärmten Waschkessel, servieren die Stewardessen kanadisches Essen. Ein butterweicher Heilbutt, weiß und die gesamte Aluminiumschale ausfüllend, ist umrahmt von kleinen murmeligen Kartoffeln, Erbsen und Minimöhren. Die Kartoffeln müsste man anderes benennen, um ihren sahnigen Geschmack nicht in Verbindung mit unseren grobkörnigen Wasserklößen zu bringen. Später dann Verdrängungsübungen im Flugzeug. Immer wieder schlängelt sich die Arbeit durch den Kopf, dann die Gesichter der Freunde, mit denen ich die letzten Tage zusammen war – Viola, Jenny, Hinrich.
Ich weiß, in spätestens drei Tagen werde ich richtig froh sein können...
Es fällt mir schwer, zu beschreiben. Der Flug nervt. Kurz vor Kuba kommt endlich anderes als dieses erschreckend große Wasser in Sicht: die Bahamas, flache braunhügelige hingekleckerte Landpunkte. Von oben öde anzusehen. Mit einer wie mit dem Lineal gezogenen Straße, die längs über die größte der Inseln führt.

7. April 1989, Freitag, Havanna, Kuba

Es ist acht Uhr morgens, um 9.50 Uhr wird unsere IF 772 in Havanna landen, ich blättere in der Streckenkarte der Interflug herum, die vor mir im Netz der Rückenlehne steckt. Die roten dicken Tour-Linien ziehen sich quer über die Welt, doch nicht überall hin. Es ist interessant, denn sie zeigen eine „rote Linie“ der Außenpolitik an. Westlich von Berlin, innerhalb von Europa sind es nur die Städte Amsterdam und Brüssel, die angeflogen werden. Nördlich: Kopenhagen, Helsinki, Stockholm. Nach Osten sind es nur Warschau, Moskau, Minsk, Leningrad, Prag, Brno und die Tatra. Die südlichen Städte sind Hauptstädte der Bruderländer, zwei bulgarische Badeorte. Ich werde in meinen Reisestudien unterbrochen.
Vor mir bleiben zwei Männer stehen. Sie sind von der Toilette gekommen, sie gehen nicht weiter. Ich schaue verwundert hoch. Es sind zwei Kubaner, der Ältere steht vor mir, schweigt und guckt. „Haben wollen“ leuchtet in seinen Augen, oder

wenigstens „gesehen worden sein." Erst als ich hochgesehen und ihn bemerkt habe, geht er weiter.

Dann die Leblosigkeit während der letzten Flugstunde: Landung – Hitze – in die Abfertigung. Es geht schnell. Allerdings stürzt sich, sogleich nachdem das Handgepäck durch die Röntgenstrahlen fährt, eine Flughafenbeamtin in einer militärisch aussehenden Uniform auf mich. Mich durchzuckt es. Die SALAMI! Ich muss die Tasche öffnen, sie greift sofort in die richtige Richtung, ihre Hand stößt auf die Wattetüte. Mein Herz klopft bis zum Hals. Andererseits fühle ich mich sicher, da ich innerhalb einer Jugendtourist-Gruppe angereist bin. Sie tastet die Watte, lächelt und lässt mich durch. „!Viva Cuba! !Vivo Fidel! !Viva l'avistad, hermandad entre los pueblos!", steht auf einem Schild am Ausgang. „Viva Cuba!" Kann ich bedenkenlos unterschreiben: Ich bin da, mit eingeschleuster Wurst.

Dann der vollklimatisierte Bus, aus dessen Klimaanlage (oder Regenanlage) während der Fahrt das Kondenswasser tropft.

In ein Camp soll es gehen, Unruhe während der Fahrt, dass dieses nicht am Wasser liegt, nicht an diesem mit sämtlichen Blau- und Grüntönen gefärbten leuchtenden Wasser, das von Weitem rauschend zieht. Der Busfahrer hat Appetit auf einen Drink und wir müssen alle aussteigen – keinen Peso in der Tasche. Als Gegenleistung für unsere Bereitschaft eine ungeplante Pause einzulegen, lädt er uns alle zu einem Minimokka ein. An der schönen Stehbar steckt er sich eine 15cm lange dicke Havanna an und in seiner Umgebung riecht es in Kürze wie in einer Teerfabrik. Auch im Bus smokt er seinen Schornstein genüsslich weiter.

Die Stimmung verbessert sich langsam, Wärme, Wasser, Palmen. An einem leeren kahlen Camp geht es vorbei, Häuser und Landschaft sehen trotzdem immer einladender aus. Zwischen niedrigen Bäumen mit dickfleischigen runden Blättern leuchtet das himmlische Blau des Meeres hervor. Und dann kommt ein kleines umzäuntes Touristenparadies, in das wir einfahren.

Am Nachmittag dann der nicht zu umgehende Strandgang, den ich aber nach einer Stunde beende. Die Sonnenstrahlen sind zu intensiv.

Ich mache einen anderen Rundgang. Das Camp liegt in einem Tal, dass von zwei Seiten mit schroffen gestrüppbewachsenen Felsen halbrundartig umsäumt ist. Über den kahlen Baumgrenzen kreisen große Greifvögel den ganzen Tag majestätisch. Später sehe ich einen aus der Nähe. Er ist schwarz und seine galant gebogenen Flügel (grazil wie manche Mädchenhände, deren Kuppen sich schmal nach außen biegen können) enden in weißen Federn, die spitzenartig den Flügel umsäumen. Ich tippe auf Schwarzer Milan.
Nach dem Abendbrot möchte ich noch die Sonne untergehen sehen und wir laufen zu zweit lange am Strand entlang. Zwischen uns und dem Goldball, der jetzt in das Meer reinrollt, ein hohes Lavagestein.
Das Meer schenkt mir zwei kleine Strünke von schwarzen Korallen und ich bin ausgesöhnt mit den letzten Tagen und den kommenden.

8. April 1989, Sonnabend, Havanna, Kuba

Noch voller Erwartungen im Bus, während wir die 90km zurück nach Havanna fahren. Helia, unsere Dolmetscherin, arbeitet vorn im Bus ihre Aufgabe ab, uns rechts und links der Straße gelegene Objekte oder Pflanzen zu benennen. Spärlich tropfen ihre Informationen aus dem Lautsprecher. Einige Erdölpumpen stehen auf hartem Küstengestein. Sie sagt, das Erdöl sei unsauber und deshalb rentieren sich diese rostigen Einarmigen nicht, die wie eiserne Riesen einsam ihre Arbeit verrichten. Linker Hand folgt ein kleines Werk mit wenigen hingestreuten Hallen – dieses eine Papierfabrik. Gegenüber Rohre riesiger Anlagen in einem viermal größeren Gelände – die Rumfabrik für Havanna Club.
Kurz vor Havanna prescht der Bus durch einen langen gekachelten Tunnel, und als dieser ihn wieder ausspuckt, fahren wir auf dem Malecon, der breiten Uferstraße, die im Juli für eine Woche Karneval reserviert sein wird. Schade, dass es April ist. In voller Erwartung auf etwas Besonderes trifft mich der Anblick der bezaubernden Altstadt trotzdem tief und überraschend. Hinter ihrer

Heruntergekommenheit lebt ihre Schönheit noch. Alte Kolonialhäuser mit Säulengebilden, die Balkone stützen, geschwungene Freitreppen (als Wendel oder breit auslaufend). Von einer Wendeltreppe hat jemand die Säulen abgesägt und wahrscheinlich anderweitig benutzt, kahl und trotzdem einen Rest protzig wirkt das Haus von außen. Diese Häuser stemmen sich gegen die Sonne und werfen den Menschen als Schutz ihren Schatten vor die Füße. Die Fenster – ohne Scheiben und Gardinen – werden mit Fensterläden geschlossen, nur auf der Schattenseite, die wir gerade passieren, gibt es geöffnete Fenster. Hinter einem habe ich Einblick in einen blaugetünchten Raum, der mit Stuck verziert ist, an dessen Wand eine große tote Wasserschildkröte hängt. Ich würde gerne Alt-Havanna genauer beschreiben, mit Worten wie „eisengestickte Gitter", Lorca-Atmosphäre schaffen, bröcklig-bröslige Mauergespinste heraufbeschwören. Dazu ist im Moment keine Zeit.

An den Haltestellen warten viele Familien auf Linienbusse, die sie heute, am arbeitsfreien Sonnabend (an zwei Sonnabenden im Monat wird gearbeitet), zu den Stränden östlich von Kuba bringen sollen. Die Frauen tragen Miniröcke und Nickis in grellbunten Farben, die Mädchen Kleider, Haarschleifen und Söckchen, alles in einer Farbe. In der Nebenstraße steht ein alter kleiner Bus, dessen Insassen um ein Kofferradio in der brennend heißen Sonne tanzen. Keiner, der danebensteht und zuschaut. Sinnlichkeit und Lebensfreude quer durch alle Alter. Das ist es, was ich liebe.

So gern ich auch aussteigen möchte und zwischen den jetzt hellgetünchten neueren Häusern auf der leeren Sonnabendstraße hin und her schlendern will – wir fahren, fahren zielgerichtet zu einer Bank. Noch keinerlei Geld in den Händen, durften wir gestern an der Bar auf Zimmeranschreibung trinken. Gestern auch hätte uns Helia zur Bank fahren müssen, denn heute, am Sonnabend wird uns dieses Versäumnis zum Verhängnis. In drei Banken versuchen wir unser Geld zu bekommen, bis Helia das Programm ändert – wir müssen zum Flughafen, die Stadtrundfahrt fällt aus.

Ich bitte darum, dass man uns wenigstens zehn Minuten aussteigen lässt, aber der Busfahrer wehrt sich dagegen – keine Zeit uns wieder einzusammeln. Wir baden seine schlechte Laune aus und werden wie eine Herde Kälber zum Flughafen gekutscht, warten eine Dreiviertelstunde, bis die Schecks eingetauscht sind, und fotografieren derweil alte amerikanische Straßenkreuzer aus den 50iger Jahren.

9. April 1989, Sonntag, Havanna, Kuba

Mittagessen in einem Hotel.
Nachmittag im Aquarium. Weder unsere Gruppenleiterin noch die Gruppe möchte auf den Markt und in die Kathedrale. Ich ärgere mich darüber. Im Aquarium ziehen große und kleine Fische vor uns ihre ruhigen Bahnen, lagern die Haie dichtgedrängt vor den Sauerstoffsprudeln im Wasser und sehen eher hilflos und erbärmlich aus, als wie gefährliche Menschenfresser.
Ich rufe die Familie an, für die ich seit zwei Tagen eine Tasche mit mir herumschleppe, sie haben kein Auto und können nicht ins Camp kommen. Aha, mal sehen, dann muss ich auf eigene Faust wieder nach Havanna.
Im Camp beobachte ich am Strand eine lustige kubanische Familie. Vorerst stehen sie im Wasser und scherzen miteinander. Der Mittelpunkt ist eine kräftige stämmige Frau mit weißen dicken lockigem Haar, die am lautesten lacht. Um sie herum ein Casanova-Opa, der jede Gelegenheit nutzt, sich langsam an sie heranzuschleichen, um sie zu umarmen oder zu kitzeln und ein wenig von ihrer Körperlichkeit zu kosten. Ein anderer älterer Mann leidet an Pigmentverlust und erhält meist das, was der andere recht aufdringlich ergaunern will. Dazwischen die Kinder, ein etwa zweijähriger schwarzbrauner Bengel rast um die Gruppe mindestens zwanzigmal herum. Ein junges Pärchen hält Freundschaft am Rande. Im Wasser noch zwei Mädchen und ein Junge, die im gleichen Abstand zueinander dasitzen, den Jungen in ihrer Mitte haben. Ein neues Pärchen kommt zum Strand, eine lebendige korpulente kleine Spanierin mit einem riesengroßen, sehr gut

aussehenden weißen Professor-Typ. Über der Schulter trägt er ein kleines Radio, beide werden freudig begrüßt, viel Berührung, viel Achtung, viel Hilfe. Eine Frau verwahrt das Radio. Dann gehen die beiden zu den Kindern ins Wasser, die sie stürmisch begrüßen.
Ich sehe zu, als sei es eine äußerst spannende Theatervorstellung. Ein Stock wird zum Zeichen für sexuelle Witzeleien und die Alten lachen aus tiefsten Innern, als würden sie „es“ jeden Tag noch „treiben“. Aber vielleicht ist es ja so...
(Seiteneintrag: Hier fehlen mehrere Seiten, aus denen Klopapier gemacht wurde...)
Dann wird getanzt, eine Art Bäumchen-wechsel-dich-Spiel. Die Körper schaukeln sofort in rhythmischen Schwingungen. Der Hintern ist dabei das Wichtigste, die Arme werden nach oben gehalten. Plötzlich bricht das Spiel ab, da der Casanova-Opa nicht die Tänzerin bekommt, die er will – und nun ziehen alle in das Schwimmbassin um. Plötzlich ruft der Professor zu uns herüber „Auf Wiedersehen, Deutsche!“ und der Strand leert sich.

10. April 1989, Montag, Pinar del Rio, Kuba

Die nächste Bekanntschaft mit spanischer Lebensart: Zwei Stunden warten wir im Camp El Abra auf den Bus. Das passt mir, denn ich kann den gestrigen Tag aufschreiben und das heutige Tages-Heft vorbereiten. Es ist angenehm, sich Ruhe abzuschauen von den Kubanern, auch die Bewegungen unserer Reiseleiterin Helia verraten – alles kommt immer noch rechtzeitig, egal, wann. Ich bin fertig und der Bus kommt. Es sind zwei Kleinbusse, zwar vollklimatisiert, aber doch zu klein für Gepäck und uns. Nach drei Stunden Busfahrt machen wir Halt, steigen in einen großen Bus um und fahren weiter nach Pinar del Rio, den ältesten Inselteil. Am Mittag sind wir in einer Orchideenfarm, an einem Wasserfall. Zum Mittag sitzt eine kubanische Reisegruppe am Nebentisch. Als wir hinzukommen, spielen die „Soreros“ (Musikgruppe des Hotels) „Rosamunde“ und ein paar deutsche Schlager, die Kubaner singen mit. Dann folgt eine Tanzrunde mit kubanischer

Musik. Da blitzt es allen Kubanern in den Augen, sie wiegen die Hüften auf den Stühlen hin und her. Diejenigen die tanzen sind einfach wunderbar anzuschauen. Später tanzen auch wir, aber ich merke deutlich, wie eckig ich selber im Vergleich zu ihnen bin, auch wenn ich versuche weich und rund zu tanzen. Es gibt eine Bierdeckelaufschrift im Hotel. „Cuba ist so fröhlich, wie seine Sonne." Das stimmt tatsächlich.

Durch die Orchideenfarm latschen wir als eine Art Touristeninvasion. Der Spaß ist makaber, das, was sich leicht und spielend mit einem enormen Blätteraufwand an den höchsten Palmen entlang schwingt, sind oft die bei uns so kümmerlich geratenen Zimmerpflanzen. Die Angestellte des Orchideengartens zeigt auf einige Pflanzen, die jetzt Symbol eines Landes sind. Helia nennt sie „Nationalpflanzen". Baum – Uruguay, Pflanze – Argentinien, na ja, ist uns eigentlich bisschen egal.

Dann steigen wir ein paar Felsen hinunter zu einem Wasserfall, unter dem sich die Kubaner bereits verlustigen. Als wir kommen und dem Treiben zusehen, ziehen sich noch mehr Kubaner aus und lassen das frische Wasser auf ihrem Kopf zerplatzen. Aua, das Wasser muss eine ungeheure Kraft haben. Die meisten treiben sich an den Rändern herum und ziehen sich schnell wieder an. Ein kleiner Junge wird herangeschleppt, der heult schon, bevor er etwas abbekommt. Aber die Männer sind unerbittlich und halten den immer lauter schreienden Bengel unter das knallende Wasser. Die Männer unserer Gruppe sehen nur zu, dieser Spaß steht nicht auf ihrem Plan. Dafür werden sie im Camp wieder vor den Bungalows mit ein paar Bieren sitzen und Erlebnis aus anderen Reisen erzählen... na ja, wenn die da auch immer so daneben gesessen haben, dann sind es eigentlich keine ErLEBnisse.

Ich selber habe schon Lust auf den Badespaß, halte mich aber zurück, ich wäre die einzige Frau unter den kubanischen Männern. Die weichen Kubanerinnen mögen es wohl auch nicht, sie beteiligen sich aber, indem sie ihre Männer anfeuern, die diese Vorstellung eigentlich nur für sie, für die Frauen, veranstalten.

Dann geht es an Plantagen vorbei, grüne Früchte baumeln an einer Art Strippe vom Baum. Sind das Mangos?

Wir landen in einem Luxushotel. Die Appartements sind erster Klasse, wir schauen auf ein Tal, die Berge sind topfartig geformt, aus Kalkstein und spärlich bewachsen. Möglich aber auch, dass die Trockenzeit die Wälder verdorrt hat und mit der im Mai hereinbrechenden Regenzeit das Blühen der Pflanzen erst einsetzt.

11. April 1989, Dienstag, Rio del Pinar, Kuba

Es geht mit dem Bus weiter in ein bekanntes Tal, vorbei an den Hutbergketten und unter den über uns kreisenden Geiern hinweg. Später kann ich sie näher sehen. Es sind die schon vorgestern beschriebenen schwarzen Vögel, die ich für Schwarze Milane gehalten habe. Finster und scheu mit hastig-hektischen Bewegungen, sie sitzen auf Zaunpfählen und verschwinden sofort, sobald der Bus hält. Sie kommen wieder, wenn man bewegungslos eine Weile wartet. Ihre Haltung auf Baumästen oder auf diesen Pfählen ist mir aus Filmen bekannt. Allerdings ohne das meist musikalische Offerieren der Schauerlichkeit. Erst in der Luft werden sie majestätisch. Auf der Erde laufend, sind sie sogar unscheinbar, wie schwarze Hühner. Misstrauisch, jede Bewegung in der Umgebung abschätzend, den kleinen roten Kopf und den kahlen Hals tief in das Gefieder versteckt, trippeln sie nur wenige Schritte und erheben sich mit lautem Geräusch auf den nächsten Ast. Wo finden die eigentlich ihr Fressen, wenn kein Aas da ist? So viele, wie es hier gibt, dürften nicht satt werden. „Der Himmel hängt voller Geier..." Sie scheinen ständig hungrig. Und haben den schlechtesten Ruf aller Zeiten: Hol´s der Geier! Sich wie der Geier auf etwas stürzen. Das mag der Geier wissen. Pleitegeier. Wie ein Geier zustoßen... Diesen Vögeln geht es nur in schlechten Zeiten gut, wenn Tiere und Menschen schnell verenden, in Kriegen oder bei Naturkatastrophen. Sie müssen nach Toten suchen, um überleben zu können. Sich den Tod eines Lebewesens wünschen müssen…

Es gibt außerdem eine seltsame Tierkombination hier – eine Symbiose von Kuh und Reiher. Jede Kuh, die etwas auf sich hält, hat ihren eigenen kleinen Reiher.

Der steht vor ihr, wenn sie frisst und scheint sie anzuschauen. Vielleicht reinigt er ihr das Gesicht von Fliegen. Einmal sah ich, wie einer daneben pickte und der Kuh wehtat und diese mit ihrem weichen gutmütigen Maul etwas unwillig den Naseweis anstippte, der aber wusste, dass ihm nichts passieren würde. Er wich mit ein paar Trippelschritten aus, um gleich danach wieder sein Amt zu erfüllen.
Im Hotel angekommen, trommelt an dem dort stehenden Nebenbus ein Mann auf seinen Bongos und ein sehr betrunkener anderer Mann tanzt auf dem Parkplatz dazu. In jeder Hand hält er einen kurzen Stock, mit denen er über seinen Körper streicht. Es sieht erotisch aus.
Abends den ersten Mojito getrunken – Hemingways Lieblingsgetränk.

12. April 1989, Mittwoch, Nähe Havanna, Kuba

Das passt wieder zu unseren offiziellen DDR-Phantastereien! Sie entstellen einfach die Wirklichkeit und lassen Menschen aus Desinformation total auflaufen. Wir sollten siebzig Pesos erhalten, das sind in etwa 210 Mark. Sechzig davon in Zertifikaten und zehn in Pesos. Warum also informiert kein Mitarbeiter von Jugendtourist uns darüber, was „Zertifikate" sind? Wir waren zwei Mal zu Besprechungen in den Räumen des Reiseleiters! Es sind nicht Brot- und Buttermarken, nicht ein- oder zugeteilte Ware, sondern einfach „Forumschecks". Den Wert dieser Zertifikate unterschätzten wir, nahmen auf der Bank nur 35 entgegen und ebenso viele Pesos: Es war eben das, was man uns rüberschob, leider ohne Widerrede von uns.
In dem Gewirr von Zahlungsmitteln kristallisieren sich vier deutlich heraus. Das ist der Peso, mit dem wir in der Stadt Eis oder einen Sombrero kaufen können (in manchen Hotels auch Getränke). Dann folgen das Zertifikat „A", das Zertifikat „B" und schließlich der Dollar. Die Waren in den Regalen, die wir in den Shopping-Läden für unser Zertifikat „A" bekommen, sind zum Teil seltsame Souvenirs und ich glaube, Freunde, Verwandte und Bekannte würden eines dieser

Dinge schlichtweg als makabren Scherz auffassen: Die Ansichtskarten für dieses Geld sind Winterpostkarten aus dem Thüringer Wald (!), kubanische Kindergartenkinder beim Frühstück und Rosenmotive. Das weitere Angebot bestreiten halbierte Kokosnüsse, die an Muschelstrippen baumeln und Muschelketten für Hula-Hula.
Wir können also weder ins „Floridita" noch ins „Bodequita del Media", in die bekannten Hemingway-Kneipen, gehen, weil dort Dollar gefragt sind. Jeder Kubaner fliegt aus diesen Kneipen achtkantig raus – mit Hilfe von Milizionären – würde er es wagen, hinein zu gehen. Wir sind Zertifikat-Touristen, anders als Dollar-Touristen und natürlich anders als einfache Kubaner. Zertifikat-Touristen sind „sozialistische" Touristen, wobei es auch da Unterschiede gibt, denn Polen und Tschechen sind Zertifikat-„B"-Touristen. Die haben es besser, sie können auch in einigen Dollar-Shops einkaufen.
Eines haben alle Touristen gemeinsam. Wir dürfen nur mit Touristen-Taxis fahren, in denen werden wiederum nur Dollar angenommen. Kein kubanisches Taxi darf uns befördern. Die Miliz greift sehr schnell zu.
Und jetzt muss ich irgendeinen Weg finden, um der Familie in Havanna endlich die Geschenke zu übergeben. Ich muss mir etwas einfallen lassen, wie ich von meinem 90 Kilometer entferntem Strandcamp nach Havanna gelange, entweder mit Taxi oder mit dem Bus. Am liebsten würde ich ja mit einem dieser 60er Jahre Autos fahren...

13. April 1989, Donnerstag, Havanna, Kuba

Ich rufe Familie Gonzales wegen der Salamiübergabe wieder an und teile ihnen mit, dass ich mit dem Bus nach Havanna kommen werde. Ich hoffe, dort ein Taxi zu ihnen nehmen zu können.
Ich sitze in der zehn Uhr Sonne und warte auf den Bus. Unsere Reiseleiterin Helia konnte mir sagen, wann ungefähr der Bus kommt. Ich stelle mich also um die

„Ungefährurzeit“ an die Haltestelle. Über mir kreisen die Geier, ich träume... Ich gefalle mir plötzlich in dieser Situation, es ist wie im Film: Ich sitze allein an einer staubigen Straße, über mir kreisen die Geier, in meiner Tasche trage ich Schmuggelware mit mir herum, die ich einem Kontaktmann in Havanna in einer kühlen und dunklen Hotelbar übergeben werde. Es sind eine Million zusammengerollte Dollarscheine, die in eine Salamiwurst-Attrappe gesteckt wurden und die für die letzte Forschungsstufe einer tödlichen Kinderkrankheit benötigt werden. Aber die Hotelbar ist mit Milizionären bestückt, wir werden entdeckt und müssen durch die Hinterhöfe Havannas flüchten...

Da kommt er endlich angetuckert. Der Bus nach Havanna. Eigentlich schon überfüllt, aber es geht immer noch jemand rein. Eine sitzende Frau nimmt mir die Tasche ab. Oh, mein Schmuggelgut, denke ich, sie lächelt, macht eine beruhigende Geste und stellt die Tasche auf ihren Schoß. Auch andere sitzende Fahrgäste nehmen den Stehenden die Tasche ab und erleichtern ihnen somit das Stehen. Was für eine wunderbare Idee.

In Havanna will ich vom Hotel „Sevilla“ aus mit dem Taxi fahren. Aber die normalen Taxis nehmen mich nicht mit. Sie sind für den Touristenverkehr nicht zugelassen. Ob ein Touristentaxi mit meinen Zertifikaten vorlieb genommen hätte, erfahre ich nicht, weil keines der herangewinkten hält. Der zweite Griff zum Telefon wird zum Hilferuf, auf den das Ehepaar Gonzales sofort ins Hotel „Sevilla“ eilt. Es sind Andrea – eine deutsche Lehrerin aus der DDR – und Alonso, ein kubanischer Arzt, der in der DDR studiert hat.

Sie freuen sich sehr über meine Geschenke, und weshalb, das wird mir bei ihren Erzählungen allmählich klar. Einmal im Monat erhalten zwei Personen ein englisches Pfund Fleisch (460g) zum Normalpreis, alles, was man darüber braucht, ist fast unbezahlbar. Zweimal im Monat steht ihnen ein Hühnchen von etwa einem Kilogramm zu. Ein Haushalt kann alle 45 Tage einen Kasten Bier beziehen, statt mit Bonbons und Schokolade nehmen die Kinder mit Zuckerrohrprodukten vorlieb oder mit dem (zugegeben: herrlichen) Eis vom „Coppelia“ in Havanna. Alles, was über die Zuteilung hinaus gekauft wird, ist teuer. Den Überfluss an

Früchten genießen nur die Gäste: Ananas und Bananen sind für Einheimische knapp. Ich bin peinlich berührt – ich denke an die überbordenden Büfetts für uns in den Hotels oder Camps.

Mit Andrea und Alonso fahren wir mit einem der fünfhundert Busse, die ein Geschenk der italienischen Partnerstadt Havannas sind. Man sieht es an den italienischen Worten, die in die Lackfarbe der Türen eingeritzt sind. Uns gegenüber sitzt ein Mann im mittleren Alter. In der Hand hält er einen Telefonhörer, dessen abgerissene Strippe im Takt des Busses und der von der Decke hängenden Handgriffe baumelt. Im scharfen, knappen Ton unterhält er sich mit der Imagination. Die scheint nicht seiner Meinung. Er wechselt den Hörer hinüber in die andere Hand, wird plötzlich lauter. Die Mitfahrenden hören mit. Nur ich kann nicht übersetzen, was er sagt. Er beendet sein „Telefongespräch " und lächelt mich an. Kurz kann er sich konzentrieren, dann breitet sich sein Gesicht aus, als flössen alle Gesichtszüge auseinander und irgendwohin. Erst als er wieder einen „Anruf" erhält, finden seine Züge zu einem Gesicht zusammen, kurz und knapp sind die Antworten, Worte im Befehlston. An der nächsten Haltstelle schiebt sich eine Frau zwischen mich und ihn. Ich nehme ihr, wie ich es bei den anderen gesehen habe, die Tasche ab und stelle sie auf meinen Schoß. Nach dem Aussteigen frage ich Andrea nach dem Mann gegenüber. Sie ist bedrückt. „Er war ein ehemaliger Angolakämpfer", sagt sie. Stimmt, ich erinnere mich. Ich habe darüber gelesen. Vor 14 Jahren waren manche von ihnen wahrscheinlich grad achtzehn oder neunzehn Jahre alt geworden. Sie haben ihren regulären Armeedienst angetreten und sind gleich ins Kriegsgebiet geschickt worden. Mich deprimieren solche Gedanken unendlich. Solche jungen Leben so zu zerstören, wozu?
Wir essen im bekanntesten Eisladen ganz Kubas, im „Coppelia", drei riesige Eiskugeln, deren Kaloriengehalt denen von zwei Mittagessen entspricht. Als es Zeit ist, quetsche ich mich in die Buslinie 400 nach Bacurano, wo nach dem Abendessen jeden Tag die beste Musikgruppe der Umgebung bis in die Nacht zum

Tanz spielt. Nach unserem letzten Abstecher in die Berge ist unsere Reisegruppe dort gelandet.
In Bacurano erwartet mich Ajien, mein quicklebendiger Tanzlehrer für Merenge und Salsa, dem ich gestern zwei Kassetten gab, um sie mit kubanischer Musik zu bespielen. Er hat einen Freund getroffen, Paolo, der gut genug Englisch spricht, um den komplizierten Handel verständlich zu machen. Wir tauschen leere gegen bespielte Kassetten. Natürlich mehr leere gegen weniger bespielte. Später sitzen wir zusammen am ewig rauschenden Meer, unter Schilfhütchen, hören Musik, tanzen, trinken weißen Rum. Kann das Leben schön sein. Neben Paolo zu sein ist wie in einem Windschutz zu sitzen oder im Babywagen, oder eben neben Paolo und das, bis die Musikgruppe alles abgebaut hat, bis der Kellner seine Gläser reingetragen hat, bis in den Morgen hinein, am Meer. Manana wollen wir uns wieder sehen. Manana aber heißt: vielleicht: irgendwann: auf Utopia oder nie wieder. Manana ist auch ein Synonym für Sehnsucht.

15. April 1989, Sonnabend, Havanna und Bacurano, Kuba

Am Morgen fahren wir mit Helia nach Havanna. Es ist die erste Stadtführung durch Havanna, aber sie beschränkt sich darauf, dass wir durch die Stadt laufen und Helia ab und zu ein Gebäude erklärt. Gut, dass ich schon allein hierher gefahren bin. Die „Bodequita del Media" ist am Vormittag geschlossen. Hier hat Hemingway gesessen und getrunken.
Ich entferne mich zusammen mit meiner Freundin ein wenig von der Gruppe, wir wollen in die Fenster gucken... aber es ist kaum möglich. Von überall her hören wir: „psst", „psst", „pssssst"... Es ist eine Aufforderung der Männer sie anzusehen. Wenn wir es tun, lecken sie sich über die Lippen, machen Kussandeutungen, wackeln mit dem Hintern, was auch immer. Wir sind die „blonden Warnlampen" aus Europa und da dreht kubanisches Blut sofort durch.

Drei Stunden Fiesta – habe langsam meine Lebensweise auf das Klima eingestellt. Nachts wachen, dann ausgiebig schlafen, und schon wieder beginnt die kühle Nacht.

Ich gehe erst gegen halb fünf an den Strand. Dort ein seltsames Bild: Unsere Reisegruppe hat es sich seit den Mittagsstunden nahe dem Wasser bequem gemacht. Die Mädels sind fingerdick mit Prednisolon-Creme-Emulsionen beschichtet, und die Handtücher, die eine Parzelle abteilen vom kalkigen Strandsand liegen dicht bei dicht. Ich wäre zum Beispiel in den Schatten gegangen, statt krebsfarbene Haut zu riskieren, aber gut. Als ich in das Wasser steige, stehen unsere jungen Männer alle bis zu den Schultern im Wasser und starren gebannt über mich hinweg oder an mir vorbei, über unser Handtuch-Cremebüchsenlager hinweg zu den Baumgruppen im Hintergrund. „Tauch mal´n bisschen unter", nuschelt einer, ohne seinen Blick abzuwenden von dem Ding hinter mir, und ich meine, einen Geier im Anflug auf mich niedersetzen zu spüren. Nachdem ich mich in ähnliche Wasserhockstellung wie sie gebracht habe, zeigen sie mir eine Gruppe von etwa fünfzehn jungen Kubanern, die zwischen den Wurzeln der Bäume lagern und allesamt mit enganliegenden schwarzen Badehosen bekleidet sind. Sie beobachten uns genauso scharf, wie wir sie.

Ajien hat mir gestern erzählt, in Kuba bestünde sechsjährige Schulpflicht, gearbeitet werde erst mit sechzehn Jahren. Da keine Facharbeiterausbildung existiert – praktiziert wird die Anlernmethode – lägen zahlreiche Jugendliche zwischen Schulabschluss und Arbeitsaufnahme beispielsweise am Strand. Wir sollten aufpassen, denn es würde viel gestohlen.

Gefährlich wirken die Jugendlichen dort unter den Baumgruppen, in stärkender Gemeinschaft, uniformer Gangkleidung – schwarze, bis zu den Knien reichende, enge Badehosen. Sie warten auf Gelegenheiten. Gelegenheiten zum Tauschen, zum Stehlen, zum Mädchen anmachen. Im Wasser unsere Jungen, die kein Auge von den Schwarzen lassen. Beide Männergruppen stehen sich feindlich und lauernd gegenüber. Dabei vergessen unsere Männer, unsere Taschen wirklich zu sichern. Die Schwarzen brauchen nur zu fünft loszurennen. Ehe unsere Wassergurken

heraus sind, fehlen zwei Taschen. Aber unser Geld ist uninteressant für sie. Wir sind ja Zertifikat-„A“-Touristen.
Ich versuch e nach Muscheln zu tauchen, doch das Wasser ist vom Tag zu sehr aufgewühlt und trüb. Neben uns taucht ein Kubaner. Leicht und leise taucht er in das Wasser ein und erst nach fünfzehn Metern sehe ich den dunklen Haarschopf mit der schwarzen Brille wieder. Meist hält er dann irgendetwas in den Händen, eine Muschel, jetzt einen Seeigel.
Den Seeigel legt er auf meine Hand, er stirbt, sagt der Kubaner. Seine Stacheln bewegen sich hilflos rudernd nach allen Seiten ohne dass der Ärmste bemerkt, was ihn langsam tötet und von wo der Feind ihn gerade den Tod gibt. Der Feind aber hält ihn vorsichtig auf seiner ausgestreckten flachen Hand und schaut seinem Sterben zu. Nein, ich will doch keinen Seeigel mitbringen. Ich setze ihn wieder ins Wasser.
Sich Zeit lassen. Der Lange zerrt mich plötzlich von dem Kubaner weg und sagt: „Komm mal lieber zu uns. Die haben schon nach dir gefragt“ „So? Was wollten sie?“ „Na ja!“ „Was na ja?“ „Sie haben über den Preis diskutieren wollen.“ „Welchen Preis?“ „Wir haben nur mal wissen wollen, was sie für dich haben wollen.“ „Deswegen habt ihr mir gerade dauernd auf den Busen gestarrt?“ „Wir haben gesagt, er wird nur vom Bikini flachgedrückt.“ „Ihr habt sie wohl nicht alle...“

Beim Abendbrot auch kein Paolo zu sehen, die kubanische Musikgruppe baut langsam die Anlage auf. Ajien, der Italiener ist da. Er gibt mir eine schwarze Koralle von Paolo. Dann sitzen wir zusammen und er erzählt: Heute Morgen war Karneval an einem anderen Strand. Alle Touristen tauchten etwas weiter draußen, er macht es vor: salzwasserschluckend, hustend – ich lache. Bunte Unterwasserwelt: Ajien selber taucht mit Flasche und sieht sich plötzlich einer langen Moräne gegenüber: Angst, Foto schießen, Sauerstoffflasche abwerfen und auf´s Schiff. Die Touristen werden sofort hereingerufen und paddeln mit angstverzerrten Gesichtern ans Boot. Ajien und sein Bruder schießen jeweils mit der Harpune eine Moräne ab (schöne Lüge!). Würde eine von ihnen zubeißen, kann der Arm in fünf Minuten ab sein, weil sie Zähne besitzen, die sich gegeneinander verzahnen. Er nimmt seine rechte Hand und greift mit ihr an seinen linken Oberarm, schließt die Hand wie ein Maul. Vor Moränen, erzählt Ajien, hat er große Angst. Für die Touristen hatte sich das Tauchen an diesem Tag wohl auch erledigt. Fünf Langusten hätte er noch selber gefunden. Wie er sie fängt, will ich wissen. Sie werden gegriffen und mit dem Messer der Brustkorb aufgeschlitzt, dass sie nicht mehr greifen und Finger oder Hände zerschneiden können.

Ajien sitzt neben mir und diesmal wesentlich ruhiger. Wir tanzen oft und langsam geht mir der Rhythmus der kubanischen Musik ins Blut über. Irgendwann steige ich die Lavasteine zum Meer hinunter und lasse mir Schuhe und Füße von dem warmen Wasser abspülen und kühlen. Es ist schön heute.

Meine Gruppe grölt rum, weil die Musik für sie nicht tanzbar ist, sie pfeifen. Der dicke Barkeeper, den Paolo seinen „Father" nennt, fragt mit nach Paolo. Ich weiß nicht, wo er ist, mir wäre es lieber, er wäre hier. Der Keeper meint: Paolo sein Freund, ich auch sein Freund. Er spendiert mir einen Drink.

Ajien geht in der Nacht mit seinem Bruder fischen und ich möchte gerne zugucken, einfach dabei sein.

Am Tor warten wir eine halbe Stunde auf den Bruder. Ein schwarzer Polizist kommt vorbei, fragt Ajien etwas. Der antwortet „Mon amie", aha, denke ich, wusste ich auch noch nicht. Ajien drückt mir eine Büchse Rum-Cola in die Hand und fragt immer irgendwas. Dann kommt der Bruder, er hat Rollen (Angeln) geholt und Fisch-Aas, welches aus dem kleinen Seesack erbärmlich stinkt. Wir gehen zurück zur Bar. Dort ist ein guter Angelsteg, auf dem aber noch Gäste sitzen. Wir setzen uns weit ab von ihnen, um nicht zu stören, gehen, da sie weiterhin noch reden, im Essenraum Klavier spielen. Beide sind Meister im Zeit verbringen und unterhalten. Nach dem ersten Klavierstück hält mir Ajiens Bruder blitzschnell ein Stück weiße Koralle unter die Nase. Ich bin ganz erschrocken, Ajien weiß, dass ich schon eine gegen Deo-Spray getauscht habe. Es ist ein wirklich schönes Geschenk, überraschend.

Dann werden die Rollen fertig gemacht. Das Aas zerschnitten und mehrmals durch den Angelhaken gestoßen, dass es fest sitzt. Wenn die Angeln ausgeworfen werden, muss ich in Deckung gehen. Ajien wirft mir ein Tischtuch über den Kopf und über mir sausen die drei kleinen Eisenkugeln ihre Runden, bis sie, für uns durch das Meeresrauschen unhörbar, sich in das Wasser senken. Die Angeln werden mit Sand gefüllten Cola-Dosen beschwert (die Nylonschnur um die Dosen gewickelt). Wenn ein Fisch anbeißt, geben sie Alarm und poltern ins Meer. Dann warten wir lange. Ich bringe Ajien Englisch bei, sein Bruder singt „Feeling", wir rauchen, kauen Kaugummi und trinken Orangensaft. Langsam knurrt mein Magen. Vielleicht in Vorfreude auf den Fisch, den wir zusammen braten und Essen wollten. Die Angeln werden zum zweiten Mal ausgeworfen, weil die Fische die Köder abgeknuspert haben. Ajien macht weiche Bewegungen und deutet auf die Fische im Meer. Ich muss lachen. Die Fische haben seiner Meinung nach nicht zugebissen, wie ein richtiger Mann. Schwule Fische.

Wenn der Mond gesunken ist, meint Ajien, beißen die Fische besser, aber ich werde unendlich müde. Ajien will mich wach halten mit tanzen, aber ich bin zu kaputt. Dann zeigt er mir die Küche hinter unserem Essensaal. Immer neue Ideen fallen ihm ein, was man mir zeigen könnte, um meine Müdigkeit zu verscheuchen. Dann holen wir die Angeln wieder ein. Eine ist abgeknuspert, bei zweien der Haken abgebissen. Ajien entschuldigt sich, dass ich keinen Fisch essen konnte, sein Bruder läuft richtig niedergeschlagen neben uns. Er geht nach Hause und Ajien und ich setzen uns auf die Bordsteinkante der Straße genau vor meinem Bungalow, denn morgen muss ich weg und weiß nicht, ob wir, nach der Zwei-Tagestour wieder hier nach Bacuanao kommen.

Fast will ich gehen, aber das Gespräch wird so interessant, weil offen.

Ajien erzählt, sein Vater war Dokumentarfilmer, genau wie seine Mutter. Seine Mutter: Mexikanerin, die Italienisch, Englisch, Spanisch und Französisch spricht. Ihren Weg zogen sie über den Globus von Mexiko nach Frankreich, Italien, USA, Kuba. In Kuba wurde sein Vater 1969 festgenommen und erschossen. Wahrscheinlich hatte er etwas gesehen oder gewusst. Ajien kann nichts darüber

erzählen. Seine Mutter ist wegen seinem Tod in Kuba geblieben, sie wollte nicht allein weiter, hat ihn sehr geliebt. Sie beendete die Dokfilmarbeit und lebt nun als 50jährige in Havanna mit genügend Geld, um nicht arbeiten zu müssen. Ajien sagt leise: The policeman is coming. Ein selbstzufriedener Weißer, der seinen Bauch sehr würdig vor sich her trägt. Ajien spricht ihn an, wie alle Policemänner. Er macht sie sich zum Freund, weil sie gestatten, dass er mit Ausländern verkehren kann, nachts auf der Bordsteinkante sitzen darf, nachts zum Strand darf. Das ist für Ajien sehr nützlich im Lagerbetrieb hier. Der Policeman will einen Kaugummi und redet dann auf Englisch mit mir. Das versteht Ajien nicht, er fragt, und der Dicke sagt, er spreche nur für mich. Dann übersetzt er Ajien irgendetwas. Als er langsam davon geht, sagt Ajien: Er geht wie: I – like – Kommunisma. Für jedes Wort einen Schritt. Der Policeman hatte gefragt, ob ich aus der DDR käme. Das war ihm recht. Die BRD fand er „nicht gut". Ajien fragt mich, ob ich Kommunistin bin – wie soll ich das bloß beantworten, es scheint für ihn ein Schimpfwort zu sein – andererseits benutzen wir das Wort ja gar nicht. Wir sagen: die Funktionäre, oder Bonzen. Kommunisten sind gar nicht so negativ besetzt, da sie eine Urform einer interessanten Idee verteidigt haben zu einer Zeit, wo es sehr angebracht gewesen ist. Also schüttele ich einfach den Kopf.
Was Macho ist, frag ich – ebenfalls ein Wort, was zwischen unseren Kulturkreisen ein „heißes Eisen" ist. Er wird sehr ernst und ich soll ihm die komplizierte Frage beantworten, ob ich ihn für keinen Macho halte. (Ajien ist etwa 1,70 groß, sehr schmal und sehr freundlich). Natürlich sage ich „ja". Und das war ganz falsch. Man(n) muss Macho sein und das heißt, schwimmen, tauchen, Frauen lieben und kämpfen können. Unsere Deutschen seien keine Männer – er lässt den Arm schlaff herunterhängen. (Ich muss lachen – es stimmt, in unserer Gruppe sitzen die Männer beim Bier, gehen weder tauchen, noch reiten, noch tanzen sie.) Ajien fragt, warum ich nicht verheiratet bin. Ich lache und sage, vielleicht gibt es so wenig Machos für mich. In der Tat fühle ich mich hier wohl. Mir macht es Spaß, angesprochen zu werden oder neben Ajien oder Paolo zu sitzen, und mir macht sogar die „psst" Straße in Havanna Spaß. Es ist alles – sinnlicher – erotischer hier.

„Macho" ist auch, sagt Ajien, kein Problem mit Paolo zu haben. Paolo hätte ihn vorgestern nach mir gefragt und Ajien hätte sich deshalb etwas zurückgezogen. Er sagt, wir hätten nicht an den Strand gehen sollen. Dort lauern Banden, die Frauen vergewaltigen, nachdem der dazugehörige Mann – mit Messern bedroht – außer Gefecht gesetzt wird. Du kannst nicht kämpfen, meint er und Paolo schafft höchstens zwei Männer. Ajien spielt Paolo nach: er spielt einen Bodybuilder, der sich selbst bewundert. Es stimmt, er sieht gut aus und das weiß er, aber er zieht lieber seine Shows ab. Wir müssen sehr darüber lachen, und trotzdem ist er unser Freund. Ajien fragt, ob ich „heiß" sei und legt seine Hand an meine Halsschlagader, er sei heiß. Nein, antworte ich. Er könne nur mit Frauen schlafen, die „heiß" seien. Er vertraut mir an, dass er einmal mit einer Deutschen geschlafen habe und er spielt vor, wie. Ich muss sehr lachen. Da treffen zwei Welten aufeinander. Die Weiße, die kein Verhältnis zu ihren Körper hatte, und der Kubaner, der sich bemüht und bemüht und kein Sterbenswörtchen aus der Frau herausbekommt. Die Kubanerfrauen würden juchzen und schreien und manche auch weinen. Und dann finden wir einen Weg – der einfachste und ehrlichste im Moment, wir: eben wie Bruder und Schwester. Ajien benennt es so. Der Policeman kommt noch einmal vorbei, dann zerbricht in einem Bungalow das Fensterglas, weil die schwarze Silhouette einer Frau dagegen fällt. Es wird laut und wieder ganz still. Dann torkelt der Tischler aus meiner Gruppe schlaftrunken aus seinem Bungalow und geht die Schlafenden nebenan wecken. Es ist schon sieben Uhr und ich muss den Wecker ausstellen gehen und den Rucksack packen.

19. April 1989, Mittwoch, Playa Giron, Kuba

Lange Busfahrt nach Playa Giron, in die Krokodilsümpfe und dann immer nach Süden zur Caribic. Auf der Krokodilfarm lässt man uns wieder allein die Gegend erkundschaften, keinerlei Hinweise und Informationen. Die eine Hälfte der Gruppe erlebt noch, wie ein Krokodil aus dem Gitter geholt, ihm das Maul zugeschnürt wird, und einige Männer dürfen es anheben und herumtragen. Doch da ich nicht Bescheid weiß, entgeht mir diese Art von Schauspiel. Die neue Touristenführerin Lilja ist sehr nachlässig. Dann Weiterfahrt nach Playa Giron, ein Badeort an der Schweinebucht. Durch die Fernverkehrsstraße leuchtet die Caribic: tiefblau, türkisblau bis hellblau schimmert das klare Wasser, das an den weißen Strand rollt.

Das Verlassen des Busses haut uns in die Knie. In unserem Kühlschrankgefährt haben wir nicht bemerkt, dass das Quecksilber im Thermometer im Grunde schon kochen muss. Im Hotel von Playa Giron gibt es Mittagessen nach dem schwedischen System – Tablett holen, anstellen, Menü auswählen, Essenmarke abgeben. Wie in der Schule. Draußen üben halbnackte Tänzerinnen das Programm des Abends. Die Hitze ist unerträglich. Nach dem Essen das Museum über den Angriff der Amerikaner in der Schweinebucht. Lilja kann nicht viel darüber sagen und die Fotos geben nicht mehr Aufschluss als die Porträts von den beim Angriff umgekommenen Männern. Dann wieder Kühlschrankfahrt nach Moron. Überall „Fidelt" es auf der Autobahn. Castros Portraits zeigen ihn natürlich fünfundzwanzig Jahre jünger. Selbst in der Apotheke hängt ein jugendlicher Fidel. Am nächsten Tag im Kühlschrank nach Florencia und Bogueron. In Florencia steigt die eine Gruppe in einen Bergzwergbus und die anderen reiten. Ich also das zweite Mal in meinem Leben auf einem Pferd. Diesmal hält aber keiner die Zügel. Leider führt der Weg auch noch durch die Berge. Nach der ersten Kurve kommt eine starke Bergneigung. Meine Freundin Elke kreischt los. Die Kubaner-Cowboys denken, sie sei vom Pferd gefallen. Nein, nein, sie will in den Bus. Später höre ich sie neben mir wie sie ihr Pferd hypnotisieren will. „Ruhig, ruhig, schön ruhig bleiben." Ich schnalze mit der Zunge, wie es die Begleiter tun, um mein Pferd anzutreiben, aber es läuft ruhig weiter, dafür zischt das Nachbarpferd mit Elke plötzlich ab. Aha, sie hören aufs Wort, allerdings nicht immer auf das ihrer Reiter. Den Kopf voller Cowboyfilme und wilder Ritte zuckle ich wie eine eins auf dem Pferd sitzend und lässig die Zügel mal nach rechts, mal nach links werfend bergauf und bergab. Neben mir ein Cowboy, der nach meinem Namen und dann meinem

Freund fragt (unbedingt Namen des imaginären Liebhabers nennen), fragt, ob der Freund in der Gruppe sei (natürlich bejahen). Trotzdem fotografiert er mich unablässig mit meinem Apparat und ich habe bald von mir acht bis zehn Dias auf dem Pferd. Als ich ihm den Apparat abnehme, leckt er sich blitzschnell mit der Zunge über die Lippen, mir wird ganz heiß, und schaut mich herausfordernd an. Frech sind die ja, die Kerle. Eben nicht anschauen. Die anderen gucke ich mir deshalb nur an, wenn sie es nicht bemerken. Alle drei Kuba-Cowboys haben ein größeres Pferd. An den Stiefeln sind Sporen angeschnallt, die später beim Laufen klirren – wie beeindruckend! Aber Achtung, wir nähern uns dem Ziel. Da unsere Mädels ihre Pferde nicht zügeln, rasen die Gäule alle gleichzeitig durch die schmalen Absperrungen: Kuddelmuddel, Klageschreie, da leicht blutende Waden durch die drängelnden Pferde am Stacheldraht vorbei.
Wenn ich den Cowboy nicht ansehe, geht es besser, auch unser neuer Gruppenbetreuer ist mir nicht geheuer. Er schaut mir zu herausfordernd. Guter Ajien. Ich beherzige seinen Ratschlag: die Männer nicht anschauen, nicht freundlich zu ihnen sein und schon gar nicht lachen. So kann ich tun und lassen, was ich will, unbemerkt, hoffentlich…

20. April 1989, Donnerstag, Moron, Kuba

Am Abend bei Madame Puerto Kosmetikartikel getauscht und aus den hintersten Schubkästen und Schiebekartons des Lagers ein T-Shirt-Kleid erstanden. Muss seltene Ware sein und gefällt mir ausgezeichnet.
Dann der weitere Abend in „La Laguna“ uno „Afrika“ folgenden Inhalts getrunken: Kubanischer Rum, Pfefferminzlikör, Mineralwasser, Eiswasser, Lemon and a liquer named granatere. Unser Russisch sprechender Reiseführer sitzt recht vereinsamt unter uns. Shit, as I have gucken lassen, dass ich russian learned, then he rückt me auf die Pelle und legt los mit „tui simpatitschnui“ und ähnlicher Anmache – auf Russisch. Das klingt noch komischer, als Englisch aus dem Mund

von Kubanern. Seine Augen versuchen sich an meinen festzusaugen. Fester Griff beim Tanzen und vorzugsweise langsame amerikanische Musik. „Ja nje ljublju Diskoteka“, sag ich. Er wird wütend. Die Deutschen gingen immer nur schlafen, aber bitte, ich solle doch gehen. Ich will schreiben, hatte am Tag ja keine Zeit dafür. Er: „Iditje!“ Ich: „Doswidanije!“. Ich ärgere mich über die Stunde Zeitverlust mit einem so unsympathischen Typen. Dann klingelt das Telefon, Knacken in der Leitung, dann der Name „Avril“. Wieder dieser fordernde und gekränkte Ton, der im Wort mitschwingt. „Aha“, sage ich, dann legt er auf. Am nächsten Morgen eisige Kälte aus Avrils Augen, nicht grüßen, gekränkt wie ein kleines Kind. Ananasfarm und in die Stadt Ciego de Avrila, eine Dreiviertelstunde auf- und ablaufen und erfahren, dass dies die Hauptgeschäftsstraße von Ciego de Avrila ist. Ich fotografiere eine Kirche, immerhin muss der Zeitungsartikel über Kuba in ein CDU-Blatt erscheinen, da sind Kirchen gefragt.
Abends wieder Moron, „La Laguna“: Der Versuch, die Pesos loszuwerden und die Mixgetränke-Karte auf und ab zu trinken. Daiquiri, Afrika, Mojito, Ron Collins, und nach dem Tomatengetränk, das als „Auferstehungsgeist“ fungiert, schmecken alle Mixgetränke gleich, leider. Nach dem Abendbrot vermeide ich, mich außerhalb des Zimmers blicken zu lassen. Große Sehnsucht nach Bacuranao. Die Musik fehlt und... Ajien und Paolo und überhaupt die schönen Stunden dort. Ich würde gerne wieder nach original kubanischer Musik tanzen. Hier spielt eine frisierte Gruppe langsame Titel und die Musiker sehen alle wie Eglesias aus. Aber morgen geht es zurück und ich hoffe mindestens bis Guanabo.
Aber es kommt anders und ziemlich dicke.
Da unsere Reiseleiterin Lilja sich alarmierend schweigsam zu unserer zukünftigen Unterkunft verhält, forsche ich nach... und plötzlich ist es heraus: Villa el tropica liegt neben dem El Abra, weitab von Bacuranao, weitab von Guanabo, weitab von Havanna
Im Bus einen netten Zusammenstoß mit Macho Macho. Die zwei unsympathischen Busfahrer erheben regelmäßige Forderungen auf unsere knapp

bemessenen Zigarettenrationen aus der DDR. Wir sind keine Dollartouristen, haben also eigentlich nichts Interessantes bei uns. Auch ihre „psst“ wirken nicht. Ich muss seit zwei Stunden „bano“ und da die Bustoilette nicht geöffnet wird, muss das Problem ja endlich auf den Tisch oder in die Grube, jedenfalls gelöst werden. Es regnet aber. Ich stehe wartend im Gang. Dann hört es auf, aber der Fahrer meint, hier nicht halten zu können. Wieder vergeht eine Viertelstunde, nach der es zu gießen anfängt. Der Bus fährt auf eine Art LPG rauf, dicke Pfützen, knöcheltief haben sich auf dem lehmigen Boden gebildet. Männer, die von der Arbeit auf dem Feld gekommen sind, um sich unterzustellen, starren neugierig auf den modernen Westbus. Dann bleibt der Bus stehen, und öffnet für uns zwei Damen, die mal müssen, die Türen und entlässt uns in den tropischen Regenguss. Die einzige Deckung für unsere Notdurft finden wir hinter den riesigen Rädern in einer Pfütze, die meine Stoffschuhe völlig bedeckt. Immer noch sind wir zu beobachten von den sich unterstellenden Kubanern. Die lachen und reißen Witze über uns umherhüpfende Frauen, die mittlerweile pitschnass sind. Gegenüber den Busfahrern entschlüpft mir ein „nierda“, was sie überhören.

Die gefütterte Jacke ist bis auf die Haut durchgeweicht, Haare, Kleid, Schuhe, alles trieft und im Bus läuft die eiskalte Klimaanlage, die die hinteren Sitze dermaßen durchkühlt, dass nach einer halben Stunde erbarmungslos alle freiliegenden Arme und Beine von einer Gänsehaut überzogen sind. Ich stehe hinten im Getränkeoffice und weine leise vor mich hin. Bin wütend wegen der Kränkung – dann schaltet einer die Klimaanlage ab und ich quetsche mich zitternd mit den Pullovern meiner Gruppe behangen auf meinen Platz.

Der spätere Nachmittag empfängt uns in der Villa Tropica, ein schweigendes Camp zwischen schroffen, kahlen Felsen, die von Adlern bewacht werden. Adé Ajien, hoffentlich sehe ich dich wieder und kann mein Versprechen einlösen, vor dem Rückflug nach Alemagne in Bacaruano vorbeizukommen. Ich belagere Lilja, die auch tatsächlich die Busnummern erfährt. Morgen, nach dem Frühstück fahre ich mit meiner Freundin los.

Der Abend verfliegt bei einem Programm – Afroamerikanische Nacht genannt. Kubanische Rhythmen, ein feuerfester Feuerschlucker, Schlagersänger, drei hilflose Tänzerinnen. Herhalten müssen die Touristen. Ein Zauberer verführt einen Touristen zum Schnellspanisch -Kurs und mir wird ein Büstenhalter unter dem Kleid hervorgezaubert. Na ja.

21. April 1989, Freitag, Guanabo, Kuba

Nach dem Frühstück sitze ich mit meiner Freundin in der knalligen Morgensonne am Busbahnhof. Am Gitterzaun der Tennisanlage sonnen sich hoch oben die Geier mit ausgebreiteten Flügeln. Gegenüber, über dem Felsen kreisen bestimmt zehn ihrer Art. Was können sie zwischen diesem Gestrüpp bemerken, eine Eidechse? Plötzlich kommen von allen Seiten Geier geflogen, auch die am Tennisplatz werfen sich schwarz und leicht in die Luft und ziehen hinüber zum Felsen, wo sie zu kreisen beginnen. Es sind fast dreißig Geier. Stirbt gerade ein Tier?

Und wir sitzen an der Haltestelle und warten auf den Bus, über den Lilja, die Reiseleiterin, zu sagen wusste: er kommt bestimmt, nur keiner weiß, wann. Und er kommt tatsächlich nach einer halben Stunde. Nach einer Viertelstunde Fahrt hält der Fahrer in seinem Dorf und geht kurz zu Hause vorbei, nach einer Viertelstunde klappern wir weiter, immer am Meer entlang, durch die sich langsam aufwärmende Landschaft. Dann Santa Cruz del Norte. Der Bus nach Havanna fährt gleich eine Haltestelle weiter ab. Wir setzen uns auf die Bordsteinkante und warten. Ein schwarzer Kubaner spricht uns auf Englisch an und zeigt uns die Frau, nach der wir in den Bus steigen sollen, aha, Anstellsystem. Nach einer weiteren halben Stunde kommt auch der Bus. Das Anstellen erfolgt in einer Art eisernen Laufgitter, in das nur ein Mensch hineinpasst, zwangsläufig bildet sich eine Schlange. Dann wieder eine lange Fahrt, aussteigen in Guanabo.

Die Sonne drückt uns zur Erde. Alle Segelboote und Motorschollen sind ausgelaufen und schnellen schaukelnd, angefüllt mit Touristen, über die durchsichtig-blauen Wellen zum Korallenriff. Der Hafen liegt trostlos und leer – auch kein Paolo. Um 12 Uhr soll er zurückkommen, erfahren wir. Bis dahin gehen wir an den Strand.

Kurz vor 12. Die Segelboote kommen eitel und majestätisch vom Meer zurück und fahren langsam in den Hafen ein: Auf den weißen Booten die schwarzen Silhouetten der Segler. Paolo immer noch nicht da. Bald wissen alle im Hafen, dass wir ihn suchen. Dann rollt ein blauer Opel Record Olympia auf den brennend heißen Park, Musik dudelt aus den heruntergeleierten Fenstern des Autos. Der dunkle Paolo mit schwarzer Mafiasonnenbrille ist da. Er schlägt uns eine Tauchtour vor, wir zahlen mit Zertifikaten dafür, und dann geht es zusammen mit seinem Freund raus aufs Meer. Der Meeresboden leuchtet herauf und bald gucke ich Farbfernseher unter Wasser. Diese wunderbare Unterwasserwelt ist ein Bild, was ich wohl ewig in mir behalten werde. Wie farbig diese Erde ist, unglaublich. Ich habe etwas Angst vor der Moräne. Paolo steht im Boot und beobachtet mich, aber im Ernstfalle könnte er bestimmt keine Harpune handhaben. Ich glaube, er steht lieber auf dem Bug des Bootes und lässt sich sehen – und er kann sich sehen lassen.

„Do you inside us to one beer?" Ich staune nicht schlecht. Die Segler dürfen von den Getränken an Bord nichts nehmen, weil sie nur gegen Zertifikate zu erhalten sind. Im Hafen beobachten wir ein einlaufendes Schiff und Paolo meint, die Segler sind alle betrunken von den ausgegebenen Drinks. Es geht laut zu, geschäftig und fröhlich. Auch Paolo ist ein Freund des Trinkens, gesteht er uns und nach dem Bier jetzt wird er zum Clown. Ein wenig spöttisch, nervös und voll guter Laune. Paolo meint, die Kubaner seien so nervös, weil sie meist die Zeit vertrödeln und hernach alle Erledigungen hastig und schnell machen müssen. Das wird wohl eine Beschreibung von ihm selber sein.

Wir setzen uns zu viert in das geräumige Cabrio und gondeln mit 40km/h über die Landstraße, Musik hörend, happy, der Wind saust an unseren Ohren vorbei. In an old german car from 1959 from Guanabo to Villa Tropica. Be happy.
Rum-Cola in einer Bar. Paolo treibt eine kleine Flasche Rum und weitere Cola auf, die wir unter den flachen großblättrigen Bäumen am Strand von El Abra trinken. Es ist der Strand, an dem ich am ersten Tag meine schwarze Koralle fand. Ein Strand, an dem viel zu finden ist, sagt Paolo uns, sieht mich an. Dann fahren sie uns noch bis zu unserem Camp. Die Gruppe krächzt ein bisschen herum als sie uns kommen sieht. Ihre Aufregung legt sich schnell wieder.

22. April 1989, Sonnabend, Havanna, Kuba, in der Luft

Ich weiß nicht, wie ich es geschafft habe: Am frühen Morgen noch einmal nach Havanna mit dem Bus, diesmal keine halbe Stunde in Santa Cruz gewartet. In Havanna kurze Gänge in die Altstadt – in der Hemingway-Kneipe gesessen und einen Mojito getrunken. Dann zu Familie Gonzales. Dort gab es Mittagessen, die waren schon etwas unruhig, da wir gestern nicht anriefen. Leichtes Ärgernis über unsere verfrühte Abfahrt, denn ich habe es versprochen – ich will noch einmal nach Bacuanabo – Ajien verabschieden und noch ein paar Zahlungsmittel (Kaugummis und Kassetten) dort lassen.
Wir schaffen es – in Bacuanabo sonnt sich Ajien zwischen einer Gruppe junger Mädchen und kommt sofort herüber, als er mich sieht. Er schreibt mir seine Adresse auf – ich stutze – er wohnt im Camp? Also, fester Wohnsitz ist das Camp? Villa Clara. Egal Gruß und Kuss wir sind in Eile und müssen in unser Camp. Dann wieder in den Bus nach Havanna zum Flughafen.
In den letzten Stunden geht alles so schnell und wird immer unwirklicher. Dann brummt unser Flugzeug über den Wolken gleichmäßig dahin. Das Kondenswasser läuft die Lampenschienen entlang und tropft mir auf die Aufzeichnungen, es sieht aus, als hätte ich geweint. In dieser Stimmung bin ich tatsächlich. Ich habe das

Heft auf den Knien und weiß nichts mehr zu schreiben. Jetzt ist alles vorbei. Die Wärme, die ewig aus dem Radio plärrende kubanische Musik, die Helligkeit, die Fröhlichkeit.
Gender kommt in Sicht, irgendwann landen wir. Ich bin wie starr. In mich gekehrt, rückwärts gekehrt. So lange wie es geht, will ich die Erinnerungen behalten, die wärmende Sonne auf meiner Haut spüren.
Das Flugzeug hebt wieder ab, die Stewardess hilft bei den Vorbereitungen zum langen Flug: Ich muss sie über etwas ausfragen, über einen Umstand, den ich auf dem Flughafen beobachtet habe: „Warum waren diesmal noch mehr bewaffnete Polizisten da, als auf dem Hinflug? Ist etwas passiert?“ „Das ist immer auf dieser Rücktour so!“ „Warum? Ach so, es hauen welche ab“, fällt mir ein. „Ja, deshalb. Es bleiben eben einige hier, setzen sich ab. Sogar Eltern von Kindern.“ „Wo sind die Kinder dann?“, frage ich naiv. „Die sitzen hier im Flugzeug und weinen sich die Augen aus dem Kopf. Ich betreue sie und versuche sie zu trösten.“ „Moment mal“, ich glaube, nicht richtig verstanden zu haben, „die Eltern verschwinden hier in Kanada und lassen ihre Kinder auf dem Flughafen?“ „Ja. Die denken, sie bekommen sie durch Familienzusammenführung wieder.“ „Aber Familienzusammenführung hin oder her, erstens ist es nicht sicher und zweitens – das vergisst ein Kind doch niemals?“ Ich bin total entsetzt und kann das nicht glauben. Da lassen Menschen, die in den Westen wollen ihre Kinder in Kanada auf dem Flughafen Gender sitzen, verpissen sich und lassen sie mehrere Stunden allein zurück in die DDR fliegen, wo sie dann Behörden übergeben, befragt und in ein Heim gesteckt werden? Man soll ja nicht über andere urteilen, nein, aber das verurteile ich. Kann ich nicht verstehen, ich finde es absolut beschissen. Das hebt nicht grad meine Laune *dahin* zurück zu fliegen.
Ich sacke mehr oder weniger in mich zusammen und schlafe wohl auch und dann plumpsen wir in Schönefeld auf. Denn es ist nicht mehr leicht und schön, sondern grau und regnerisch.
Ich fahre sofort nach Schwerin ans Theater, kann noch nicht mal in Berlin abladen, denn ich habe Vorstellung und muss spielen.

23. April 1989, Sonntag, Schwerin, DDR

Ich gebe es zu! Unverschämt braungebrannt bin ich für das gerade mal Frühlingsfühlung aufnehmende Schwerin. Ich trage noch knallig farbige Sommersachen und ein am Rücken ausgeschnittenes T-Shirt. Für diese kühlen Temperaturen – zu dünn. Aber trotzdem, auch wenn ich Menschen um mich habe, die mir etwas neiden: Dass so etwas jemals geschehen würde hier am Theater habe ich nicht erwartet...

Ich komme zum Abenddienst „Selbstmörder" in das Theater, auf der Bühne ist alles in Ordnung, ein paar kurze Gespräche mit den Technikern, dann ab in die Garderoben. Aber an meinem Platz sitzt bereits Swantje und zieht sich mein Kostüm an – heute spielt die Besetzung, die mit zum Gastspiel nach Westberlin fahren wird. Eigentlich habe ich beim „Selbstmörder" eine kleine Rolle und die Regieassistenz. Regieassistenten fahren nicht mit zu westlichen Gastspielen, aber wenn man zusätzlich eine Rolle hat, dann schon. Swantje hat für mich gespielt, als ich in Kuba war. Heute soll ich wieder meine Rolle übernehmen. So war die Absprache, aber ich habe nicht mit der gefühlten Gerechtigkeit des weiblichen Ensembleteils gerechnet. Swantje sitzt da und sieht mich mit großen Augen an, sie druckst herum. Das braucht sie nicht lange, denn schon stößt mir Babette auf ihre unnachahmliche „diplomatische" Holzfällerart Bescheid. Sie seien alle im Ensemble der Meinung gewesen, dass ich ja bereits nach Kuba gefahren sei und dort Urlaub gemacht hätte und deshalb sei es gerecht, dass nun Swantje nach Westberlin mitfahren dürfe. Ein Überfall weiblicher Aufgebrachtheit bei unserem Schauspieldirektor brachte die Sache endgültig zum Punkt: Ich käme nicht mit, dafür aber Svantje. Das war ein ganz deutscher Donner, auf den ein ganz deutscher Schatten folgt und die so ganz kubanische (zugegeben Erinnerungs-) Sonne hört sofort auf zu scheinen. Rekapitulieren wir mal: All jene, die sich gegen mich ausgesprochen haben, fahren in diesem Jahr mehrmals westlich – Duisburg und Italien sind dabei. Die Damen sind in Gruppe also der Meinung, dass ich – die in dieser Theatersaison wie durch ein Wunder in keiner Inszenierungen eingeteilt wurde und deshalb eine Menge Freizeit habe – dass ich also Kuba gegen Westberlin tauschen müsste. Weshalb ich die freie Kuba-Zeit hatte, wird dabei nicht verhandelt. Dann wäre ja anzuführen gewesen, dass einige andere Regieassistentinnen des Theaters von den diesjährigen Gastspielen rechtzeitig wussten und sich bewarben, noch bevor die Besetzungszettel draußen hingen. Die hatten sich bisher bei der Arbeitsvergabe aus guten Gründen zurückgehalten (zum Beispiel als Assistentin für Hörspiele im Schweriner Sender und dort gibt es zusätzliches Geld. Aber das ist nur ein Beispiel, denn auch Berlin bietet einige Möglichkeiten für zusätzliche Einnahmen).

Ich glaube, ich werde mit einem Schlag blass. Ich fühle geradezu wie meine Bräune von mir fließt, hinunter auf den Linoleumboden der Garderobe, dort noch ein Weilchen auf mich wartet und dann wie eine kleine braune schmutzige Lache versickert. Ich stehe vor Babette, die sich selbst eigentlich scheußlich finden müsste in dieser Situation. Weil ich nicht antworte, fühlt sie sich bemüßigt, noch mehr zu sagen, aber das wird nur noch verletzender. Interessant ist, dass sie nicht einmal das Argument verwendet, Swantje würde besser spielen als ich. Das wäre vielleicht aus künstlerischer Sicht verständlich. Swantje schweigt, sitzt zusammengesunken auf meinem Platz und hat die Strumpfhose in der Hand, die sie gerade auf ihre schmalen Beine ziehen wollte. Dann schaut sie mich so undefinierbar an, als wollte sie noch etwas sagen. Aber sie sagt nichts. Auch Katja sagt nichts, die eigentlich meine Freundin ist und eine kleine Rolle im „Selbstmörder“ spielt. Hoffentlich war sie nicht mit beim Schauspieldirex!

Ich gehe schweigend aus der Garderobe. Es ist ja nichts mehr zu besprechen, sie waren schon bei der Leitung und die hat das durchgewunken. Der eigentliche Regisseur hat wahrscheinlich nichts zu bestellen, wenn es um die Gastspiele geht. Er hätte so etwas niemals zugelassen.

24. April 1989, Montag, Groß-Eichsen bei Schwerin, DDR

Verrat! Es rumort die ganze Nacht in meinem Kopf. Am Morgen bekomme ich noch mehr Gift zu schmecken, denn ich erfahre, dass die Mutter meiner Kollegin Alexandra den ersten Stein geworfen hat. Nun, Alexandra habe ich geduldig mit vielen Informationen gefüttert, als sie hier als Regieassistentin anfing, ihr oft den Rücken gestärkt. Aber das zählt halt nicht.

Die anderen Schauspielerinnen sind auf den Angriff von Alexandras Mutter gegen mich eingestiegen. Auch eine interessante Art, die Tochter zu fördern. Den Giftspritzen kam zupass, dass ich vorgestern nicht auf der Schauspielerversammlung anwesend war. Swantje, die anstatt meiner nach Westberlin fahren soll, begann zu weinen und deshalb waren mir die Schauspielerinnen noch böser. Sie beißen sich mit ihrem Frust über etwas anderes ausgerechnet an mir fest.

Unglaublich! Gestern habe ich die einzige Chance verloren, mal hinter den „Eisernen Vorhang" zu schauen, hinter diese sich quer durch Berlin schlängelnde Mauer, auf die ich in meiner Kindheit jeden Tag gesehen habe. Ich würde es verstehen, wenn ich vorgehabt hätte abzuhauen. Hatte ich aber nicht. Der Schauspieldirektor macht mit Frau Pille, der stellvertretenden Intendantin, den neuen Reisebesetzungszettel fertig, auf dem ich nicht stehe.

Ich hätte mir liebend gern dieses Mauermonstrum von der anderen Seite angesehen. Ich finde, die Schauspielerinnen wissen gar nicht, was sie mir antun. Sie wohnen zum großen Teil in Schwerin oder kommen von sonst woher, keine der Kolleginnen erlebte die Mauer dermaßen nah wie ich. Und ich habe zwei Tote durch sie zu beklagen. Mein Onkel ist kurz nach Mauerbau abgehauen. Als ich neun oder zehn Jahre alt war, hat er sich das Leben genommen, nachdem er südliche Länder auf einem sogenannten Bananendampfer als Koch durchquert hatte. Bananendampfer – ein Wort, welches meinen kindlichen Kopf mit einem dickbauchigen Dampfer voller Südfrüchte ausfüllte. Er war sehr einsam dort in

seinem Westberlin. Seine Mutter, meine Oma – und der Rest der Familie lebte nur einen Steinwurf entfernt, unerreichbar. Das war der erste Tote.
Der zweite ist mein Opa: Er durfte, als er Rentner wurde, seine Schwester im Westen wiedersehen. Er stellte einen Antrag und erhielt die Genehmigung. Die Behörden in seinem Cottbus schickten ihn allerdings wegen kleinster Passbild-Unkorrektheiten und allem möglichen anderen Kram hin und her. Dabei war sein Herz schon angegriffen, durch den Tod seiner Frau. Er ist irgendwo im Westen mitten im Zug verstorben, auf dem Weg zu seiner Schwester, die er zwanzig Jahre nicht gesehen hatte. Der Zug hat noch angehalten, als ein aufmerksamer Mitreisender den Opa ins aschfahle Gesicht sah. Aber Opa hat es nicht mehr ins Krankenhaus geschafft.
Das habe ich mit dieser Mauer auszutragen, das und vieles mehr. Ein Scheißding ist sie!!!! Und dieses Ensemble nimmt mir die Möglichkeit, einfach mal durch sie hindurchzugehen. Was für ein Akt der Genesung das gewesen wäre! Ich weiß gar nicht, wie ich diesem Ensemble gegenübertreten soll, das mich aussortiert hat. Dabei stehe ich schon wieder ohne Arbeit da. Das Ensemble probt für die Gastspiele und ich fahre zu Hinrich, der in Groß Eichsen wohnt, ich muss mich trösten lassen.
Mit Hinrich schmiede ich Pläne. „Dann machst du es eben alleine“, sagt er. „Dann wirst du dich als Reisekader bewerben“. Er gibt mir Adressen: Vom Ministerium für Kultur in Berlin, da gibt es eine Reisestelle. Hinrich hat sogar Telefonnummern parat.
Hinrich macht den Fernseher seiner Eltern an. In den Nachrichten bringen sie einen kurzen Bericht und Bilder von einer großen Demonstration in Peking auf dem Platz des Himmlischen Friedens. Ich werde mich morgen da mal schlau machen.

25. April 1989, Dienstag, Schwerin, DDR

Den einzigen für mich erreichbaren Fernseher in Schwerin hat Tom. Ich kann im Künstlerischen Betriebsbüro des Theaters anfragen, wann er Probe hat und ihn abpassen. Es dauert nicht lange, dann kommt er und wir verabreden uns für eine Stunde später. Komisch, ich war noch nie bei ihm zu Hause, dabei wohnt er nur wenige Minuten entfernt von mir, in einem älteren Fachwerkhaus in der Innenstadt mit einem zauberhaften Ausblick auf das Schweriner Schloss.
Auf dem Hinweg erzählt er mir schon einiges über China. Demnach müssen am Montag vor einer Woche tausende Studenten zum Platz des Himmlischen Friedens in Peking marschiert sein und Demonstrationen veranstaltet haben. Hintergrund war eine offizielle Trauerfeier von Yaobang, die allerdings erst ein paar Tage später stattfinden sollte. Während der Zeit bis zur Beerdigung verließen sie den Ort nicht mehr und hielten Kundgebungen ab.
Tom redet davon, dass täglich 10 000 Studenten auf dem Platz sitzen, vor zwei Tagen sei der Platz abgesperrt worden. So musste die Trauerveranstaltung letztendlich vor dem Hintergrund einer mächtigen Studentendemonstration abgehalten werden.
Ich stelle mir die ganzen braven Chinesen vor und die jetzige Situation, wenn sie ihre Angst verlieren und zu solchen Aktionen fähig sind. Was für eine Kraft! Im Grunde sitzen sie für uns alle mit – dort auf dem Platz. Wenn nur eines mehr dieser Sozialismusbollwerke kippt, gibt es doch für jedes andere sozialistische Land die Möglichkeit einer Veränderung. Das können die Betonköppe nicht ohne weiteres übersehen und einfach weitermachen. Womit weitermachen? Mit einer Politik, die das Volk einfach nicht mehr vertreten kann, denn sie ist nicht durchdacht, überholt, wirklichkeitsfern und unrecht.
Tom macht den Fernseher an, wir warten auf die Nachrichten. Sie sagen, dass die chinesischen Studenten einen unabhängigen Verband gegründet und heute in der Volkszeitung ihre Forderung veröffentlicht haben: Absetzung des Ministerpräsidenten. Wie haben die geschafft, diesen Anspruch in eine

Tageszeitung hinein zu bekommen? Ich ziehe Parallelen. Es gibt schon einige, die auch hier was wagen würden. Mein ehemaliger Chef, der jetzt in der Berliner Redaktion der CDU-Zeitungen sitzt, dem würde ich so etwas zutrauen.
Tom legt mir eine Platte auf, die er gerade erworben hat: Silly.
Ich bin fasziniert von den Texten. „Wir bezwingen Ozeane, mit ´nem gekauften Narrenschiff, über uns hängt ´ne rote Fahne – unter uns ein großes Riff..." Ein sehr passendes Bild für unser Land mit den depperten Kapitänen auf der Brücke. Oder: „Alles wird besser, alles wird besser – aber nichts wird gut!" „Wir wollen das Auto mit Klapprad im Heck, ein schickes Zuhause und immer nur weg."
Welches Lied ich besonders mag ist ein Liebeslied. „Das Landekreuz auf meiner Seele, ist noch immer frei – für dich"...
„Tom," frage ich, „warum haben die Schauspielerinnen das gemacht, mich aus der Besetzung für Westberlin auszusortieren?" Er druckst herum. „Du warst doch in Kuba." „Na und? Du fährst doch auch nach Duisburg und nach Italien." „Ich kann dich verstehen," sagt er, und dann starrt er wieder auf den Fernseher, wo die vielen Studenten auf dem Platz des Himmlischen Friedens sitzen und für ihre Überzeugungen kämpfen.

28. April 1989, Freitag, Schwerin, DDR

Ich schlafe nicht mehr gut. Heute ist ausgerechnet Wintermärchen-Vorstellung im Marstall. Ich habe Dienst und Swantje spielt. Ich richte es so ein, dass ich vor einem ihrer Auftritte neben ihr stehe. Ich hoffe auf irgendeinen Satz von ihr. Ich überlege, ob sie selbst diese Intrige eingefädelt haben kann. Swantje starrt zwischen den weißen Abhängungen auf die beleuchtete Bühne, sie hat mich bemerkt, ich weiß es. Ich stehe in einigem Abstand von ihr und versuche mich irgendwie zu beschäftigen und gleichzeitig ansprechbar zu bleiben. Aber sie macht keine Anstalten. Dann ist die Chance vorbei und sie springt auf die Bühne. ‚Sie musste sich konzentrieren', sagt die eine Stimme in mir. ‚Sie hätte dir ein Wort geben

können, damit ihr euch nach der Vorstellung unterhalten könnt', sagt die andere Stimme. Ist sie feige?
Ich gehe nach der Vorstellung nach Hause und lenke mich mit dem Abschreiben meines neuen Textes ab. Maueralp nenne ich ihn. Er ist mir wichtig, er ist symbolisch und rätselhaft. Wer weiß, wo er herkommt. Die Schreibmaschine pocht durch die Nacht.

Kurz nach ein Uhr schlief ich ein.
An meinen Ohren schnitt ein scharfes Geräusch in regelmäßig pulsierenden Abständen vorbei. Eine schwere Last, die sich gegen meine Schultern stemmte, presste mich gleich zeitig rittlings in etwas Weiches, was sich unter meinem Körper wie riesige Schulterblätter, die zu einer Art Gymnastik oder Fortbewegung kreisten, anfühlte. Ich konnte nichts sehen. Kaum hatte ich die Augen um einen Schlitz breit geöffnet, brannten sie wie Feuer. Ich erinnerte mich: Noch vor kurzem hatte ich auf diese Art das Wasser des Atlantiks an der Küste Kubas kennen gelernt. Es brannte in Augen und Lungen wie Säure und der starke Salzgehalt machte das Tauchen fast unmöglich. Ich brauchte meine Taucherbrille, und diese hatte ich im Gepäck. Blind griff ich auf meinen Rücken und entdeckte den Rucksack. In der Seitentasche steckte die schwarze Brille. Ich fingerte sie heraus und setzte sie mir gegen den anhaltenden Widerstand auf das Gesicht. Ich öffnete die Augen, doch was ich sah, waren nicht buntschillernde Fische und scharfkantige Korallenriffe, waren nicht sich in der Unterwasserströmung bewegende vielarmige Pflanzen. Das Element schien ein anderes. Ich flog durch die Luft auf einem großen schwarzen Vogel. Diese Art Vögel sah ich zum ersten Mal in Kuba. Zwei Wochen lang waren sie mir begegnet in den zerklüfteten felsumrandeten Tälern von Kuba. Sie warfen sich dort majestätisch in die Luft, ihre großen Flügel an den Enden gebogen, wie die Fingerkuppen besonders schöner und großer Hände. Ich hatte sie gerne beobachtet. Tagelang kreisten sie in der stechenden Sonne und warteten darauf, dass der Tod eines anderen Lebewesens ihr Weiterleben sicherte. Wie verärgert

waren sie eigentlich über alles Leben unter sich, wie oft wünschten sie diesem den Tod, vor Hunger? Wo flog jetzt mein Vogel hin, wo suchte er Aas?
Langsam kamen unter mir die Inseln der Bahamas näher. Wir flogen hoch und trotz eisigen Windes (40 Minusgrade Außentemperatur bei einem Normalflug mit der IL 62) wärmte uns noch die stechende Sonne. ‚Kuba ist so fröhlich wie seine Sonne' ließ ich mir von einem Bierdeckel übersetzen und verstehen konnte es nur jemand, der sich unter ihr gewärmt und der die Menschen kennen gelernt hatte, die unter ihr leben.
Blau über mir, blau in alle Schattierungen unter mir. Und leider kam schon Europa in Sicht.
Dicke Wolken verdeckten die Landschaft, keine Durchsicht und mein Vogel setzte langsam zur Landung an. In meinen Ohren ein Druck, der sich nur durch Schlucken legte. Die Schicht der Wolken ließ meinen Flieger hindurch und plötzlich regnete es.
Es goss in Strömen. Die Tropfen vermischten sich mit meinen Tränen, liefen die Wangen herunter und verloren sich am braungebrannten Halsansatz im Pullover. Der riesige Geier zog die Flügel ein und wir schossen steinschwer zur Erde nieder. Ich verlor den Rucksack, die Taucherbrille und fiel, fiel tief herab, zwischen die grauen regendurchnässten Häuser Berlins.
Dann folgte ein Zucken durch den gesamten Körper, Aufprall, elektrische Schläge vom Bauch bis in die Zehen, die stuckverzierte Decke meines Zimmers, ein Stück weiße Bettdecke oder Wolke. Sie formierte sich zu einem schlängelnden scharfkantigen Tier in einer Landschaft, nein, in zwei Landschaften. Es trennte diese voneinander. Die eine Landschaft war der Spielplatz meiner Kindheit. Auf ihn fiel ich. Auf einen Hof mit Klettergerüst und Wippe in Wilhelmsruh.
Erst hinter der wohnzimmerhaften Abgeschiedenheit dieses Spielplatzes begannen die Abenteuer auf einem verwilderten großen Grenzgebiet, wo wir, laut polizeilicher Anordnung vor den Kontrollen der Erwachsenen sicher waren. Nur die Unschädlichen – Polizisten und Kinder – durften es betreten. Und hier fanden sie statt, die Kämpfe zwischen den kleinen Armeen der Guten und Bösen – denn

so viele Kinder wohnten in den davor hochgezogenen Q3A-Neubauten – für die das Brombeergestrüpp als Unterstand diente.

Später bauten wir hinter den dornenversetzten, dicht stehenden Brombeerruten Erdhöhlen für die ernst gemeinteren Variationen von Mutter-Vater-Kind. Es waren feuchte dunkle Löcher, die wir nur mit Taschenlampe betraten und wo wir unseren Keksvorrat verzehrten.

Eines Tages bekamen wir Besuch. Ein langer grünuniformierter Polizist äugte misstrauisch in den dunklen Eingang aus dem wir, von allen Seiten mit Sand paniert, hervorkrochen. Er befahl uns, sofort unsere Höhle zu zerstören. Unsere Fragen blieben, wie so oft, unbeantwortet. Allein die Größeren ahnten den Grund und waren stolz darauf, was man ihnen zutraute: Tunnelbau für Republikflüchtige. Sie würden bald zu jener Kategorie von Menschen gehören, die hier nicht mehr her durfte, zu den Erwachsenen.

Ich aber versorgte weiter jene jungen Menschen mit frischen Brötchen, die am Sonntagmorgen unsere Häuserfront mit dem Feldstecher absuchten und aus Langeweile die Marmeladensorten der Frühstückstische zählten – jedenfalls behauptete das mein Vater. Wenn er gute Laune hatte und die auf uns gerichteten Ferngläser entdeckte, winkte er mit beiden Armen in Richtung des Wachturmes und hielt die Kanne duftenden Kaffees in die Höhe. Hatte er schlechte, holte er seinen Fotoapparat und tat so, als würde er fotografieren. Meist endete das zehn Minuten später mit einem Besuch unseres Abschnittsbevollmächtigten, der nach einer erneuten Belehrung wieder unverrichteter Dinge abzog, weil kein Film im Apparat war. Danach hatte mein Vater wieder gute Laune.

Auch die Menschen von drüben schauten auf unser Leben in den Wohnungen der Fontanestraße. Wenn wir Mittag aßen, stiegen die Familien hinter der weißen Mauer auf ein Trittbrett und versuchten herauszufinden, was bei uns vor sich ging. Wir wiederum saßen bei schlechtem Wetter vor den geschlossenen Fenstern und beobachteten auf jenem sauberen Grünstreifen, den wir nie betreten würden, die frei herumlaufenden Hasen.

Dann kam ein besonderes Silvesterfest. Dicker, undurchdringlicher Nebel lag über den gut ausgetüftelten Sicherungen der Grenzanlage und versteckte alles im Umkreis von drei Metern. Ich weiß nicht mehr, wer es zuerst bemerkte und uns darauf aufmerksam machte: Alle Scheinwerfer, alle Peitschenlampen, jegliche Beleuchtung war mit einem Mal ausgefallen. Es grenzte an ein Wunder, dass unsere ständigen Bewachungsanlagen anstatt gleißendes kaltes Neonlicht, schwarze Dunkelheit zu verbreiten schienen. Dazu noch die dicke Nebelsuppe, zusammen ergab das ein perfektes Rezept für eine perfekte Flucht. Wir öffneten die Fenster und lauschten in die dunkle Stille hinein. Ich freute mich diebisch, als ich entdeckte, dass unter unserer Wohnung und seitlich von uns alle Fenster geöffnet waren. Ich möchte fast meinen, die gesamte Neubaufensterfront war vollständig mit sehnsüchtig blickenden Menschen besetzt. Was ging wohl in ihren Köpfen vor?

Später kamen die Mauerträume: An ihr entlang zu gehen und plötzlich ein Loch darin zu entdecken, dann im Gegenüber, in dem fremden anderen Teil der Stadt zu stehen, niemanden zu kennen, nicht zu wissen wie zurückkommen und vor allem, was würde passieren, käme man zurück. Oder auch: Auf der Mauer zu balancieren und „aus Versehen" auf die andere Seite zu fallen.

Einmal ging ich durch das Loch in der Mauer hindurch. In einem Café wurden dünne braune Zigarillos auf einem Silbertablett angeboten und vom Kellner auf die gewünschte Länge zugeschnitten. In einer Gondel schwebte ich leicht über die Stadt hinweg, in der Hand das Billett, das essbar war und wunderbar schmeckte. Aber die Wolkenkratzer wuchsen höher und höher und ich geriet in eine tiefe Straßenschlucht. Die Gondel tanzte teuflisch am Seil. Dann riss der Stoff, der über die Himmelskuppel gespannt war, entzwei, oder das Seil, oder mein Herz und ich stürzte, überschlug mich und fiel...

... auf einen Hof mit Klettergerüst und Wippe in Wilhelmsruh.

Jetzt stehe ich mit einer Gruppe von jungen Leuten in den Gebüschen der Kinderzeit. Was wir hier wollen, weiß ich nicht genau. Einen Ausflug machen? Ich kann mich nicht erinnern. Einige haben sich auf dem kleinen Rasenstück mit

Wäscheständern niedergelassen. Die anderen bleiben verdeckt von den Sträuchern und starren – wie ich – misstrauisch in Richtung Mauer, an Wippe und Klettergerüst vorbei über die Betonplatte zum Rollschuhfahren hinweg. Über den Grenzanlagen sehen wir zu der Fabrik, von der unsere Eltern berichteten, der Rauch aus dem Schornstein stinke so stark, weil man dort aus Knochen Seife herstelle. Diesen Gestank mit der duftenden Seife der Westpakete in Verbindung zu bringen, dazu aus grusligen Knochen, von denen man nicht wusste, wem sie gehörten, war schier unmöglich.
Trotzdem geht dort etwas vor, gleich neben dem Bahnhof Wilhelmsruh, den ich liebend gern während meiner Lehrzeit betreten hätte, um die lange Fahrtzeit zur Friedrichstraße jeden Tag, mit 12 Minuten S-Bahn-Fahrt einzutauschen. Auch diesen Bahnhof hatte ich oft beobachtet. Es stiegen kaum Menschen ein oder aus und die Züge hielten höchstens eine Minute.
Jetzt aber kommt Bewegung auf, zu viel Unruhe für diese bisherige Öde. Immer deutlicher zeichnen sich hunderte von Uniformen ab. Nein, es sind nicht die Grenzer. Es sind schwarze Uniformen, die plötzlich mit einer einzigen fließenden Bewegung über die Betonplatte zum Rollschuhfahren kommen und sich still und ruhig in unserem Gebüsch verteilen. Durch das dichte Blättergestrüpp scheinen Uniformteile hindurch: ein paar Stiefel, ein Schulterstück, ein Ärmel. Wo aber bleiben die Kinder aus den Neubauwohnungen? Kein einziges Geräusch habe ich vernommen.
Ich springe in die umgitterte Treppe zum Keller und starre durch die Stäbe. Ein paar Schritte entfernt von mir erkenne ich eine Freundin und mache ihr Zeichen zu mir zu kommen. Sie wendet ihren Kopf weg, fixiert das Gebüsch, dann wieder mich. Sie gleicht einem Tier, das sich nicht entscheiden kann, wohin es flüchten soll. Auch scheint keine Flucht mehr Sinn zu haben. Das, was sie bedroht, was ich nicht sehen kann, muss so nahe sein, dass es selbst mich schon anhaucht. Ihr Gesicht verzerrt sich langsam angesichts dessen, was nur sie sieht. Ich ziehe mich in den kühlen Keller zurück und beobachte weiter.

Im Kellerloch des Nebenaufganges hockt jetzt ein vielleicht sechszehnjähriger Junge in schwarzer, leichter Uniform mit blondem flatterndem Haar. Angespannt beobachtet er die Umgebung, sein Gesicht glüht vor Aufregung. Es nähert sich ein zweiter meiner Tür. Beide erinnern mich an die Fotos der Halbkinder, die Hitler am Ende des zweiten Weltkrieges in Uniformen gesteckt und ins Nirwana verabschiedet hatte. Oder an die Fußballfans in der U-Bahn, die meinen schwarzhaarigen Freund drei Stationen lang im Chor angeschrien hatten: „Juden – wir fangen von vorne an – in Berlin". Er war an der dritten Station aus den noch fahrenden Wagen gesprungen und hatte sich sein vernarbtes Knie aufgeschlagen, denn an der Front des Leistungssportes opferte er bereits seine Kniescheibe und erhielt dafür eine aus Kunststoff zurück. Und sie ähnelten den vierzehnjährigen Provinzlern im Blauhemd, die einen anderen Freund von mir, der allein zu Funk-Musik auf dem Pfingstfest am Alexanderplatz tanzte, mit dem Zeichen „Fick dich selbst!" und Rufen wie „Schwule raus!" traktierten.
Ich habe nichts Gutes von diesen zu erwarten. Dann ein Blick von mir nach vorne hinaus auf die Straße, ich sehe dasselbe. Sie bewachen Vorder- und Hintereingang. Hat wirklich in dieser rasenden Schnelligkeit der Krieg angefangen? Kein Mensch hat ihn kommen sehen, kein Radio gewarnt, kein Fernseher berichtet!
Immer noch ist nichts zu hören. Die Bewohner dieses Häuserblockes wissen von nichts. Träge und kühl liegt das Treppenhaus, schläfrig wie am Sonntagnachmittag. Wer ein- oder ausgehen will wird spüren, dass diese Ruhe ein Trug ist – aber zu spät.
Ich eile in die Dachregion, zwei Stufen auf einmal nehmend und im Vorbeirennen auf die Namensschilder der Wohnungstüren schielend. Wenn mir ein Name bekannt vorkäme, würde ich klingeln und darum bitten, mir die Bodentür zum Nebenhaus zu öffnen. Auf diese Art würde ich über die Dächer von Berlin vor diesen Jungen unter mir flüchten. Jetzt fliegen können. Die Dachluke steht offen und zeigt den strahlend blauen Himmel. ‚Ach, wäre ich nur in Kuba geblieben. ‘Aber diesmal wäre Kuba nicht weit genug. Was hier passierte, geschah allen Menschen auf der Welt. Diesmal ist es der DRITTE.

Ich trete dicht an die Dachluke heran und schaue flehentlich in diesen Himmel, den keine einzige Wolke trübt. Ein gleichmäßig fliegender Schatten kurz über mir jagt mir das Herz bis zum Hals und wieder hinab zu den Kniekehlen. Ein lautes Geräusch von etwas Lebendem hebt sich gegen diese tödliche Stille ab. Ein Tier schlägt gegen die Fernsehantennen und krallt sich an ihnen fest. Wenigstens ist es noch keine Bombe. Vorsichtig schaue ich durch die Luke auf das ansteigende Dach. Dort in der Sonne, auf der Antenne sitzt ein Geier. Seine Flügel sind gekrümmt und leicht vom Körper abgespreizt. Schwarz wartet er auf mich herab. Ich ziehe den Kopf ein, wie er. Nein, ich will nicht sterben.
‚Ach, wäre ich nur in Kuba geblieben.' Aber jetzt nichts als weg. Vorsichtig eine Tür klinken und auf das Dach des Nebenhauses schlüpfen. Dieses Nebenhaus hat ein erstaunliches Dachgeschoss. Mehrere verglaste Pendeltüren führen in mit Teppich ausgelegte Räume. Die Scheiben in den Türen sind mit einem leichten Glasschliff versehen und mit hell- und dunkelbraunem Holz eingefasst. Ich verlaufe mich. In der Angst entdeckt zu werden, rase ich ziellos durch Pendeltüren. Gedanken an Selbstmord verirren sich zu mir. Bisher ein Ausweg, der für diesen speziellen Fall gedacht war, für Krieg. Aber wie und womit? Mit den Glasscheiben der Türen? Zuviel Blut. Ich rase weiter. Endlich ein Raum, den ich kenne. Ich bin im dritten Rang eines Theaters. Ein Mann, an dem ich vorbeirenne, schaut mir verwundert nach. Hinter ihm sitzen einige Menschen in den Zuschauerreihen mit geschlossenen Augen. Manche haben ein dickes Tuch um den Kopf und die Ohren gebunden, einige sitzen im Bademantel. Sie meditieren. Alles ist totenstill und plüschig. Sie arbeiten, denke ich.
Ich trete auf den Mann zu, der mir nachgesehen hat und flüstere: „Bitte, eine Frage." Er kommt näher. Ich weiß genau, dass meine Augen vor Angst fiebern. „Stimmt es, dass der Krieg da ist?"
‚Können die das in der Abgeschiedenheit überhaupt bemerkt haben? ', denke ich. Hoffentlich schüttelte er jetzt den Kopf und erklärte: Alles ist anders. Keine Angst. Aber er, er nickt.

„Dann ist ja alles zu Ende", sage ich fast tonlos. Ohne auch nur eine Sekunde lang zu überlegen, gibt er Antwort. Ich würde das zu pessimistisch sehen. Vom wissenschaftlichen Standpunkt aus könne man auf der Erde später durchaus wieder leben. Irgendetwas würde am Leben bleiben und sich wieder anfangen zu entwickeln und die Erde wieder bewohnbar machen. Während er redete, denke ich an die schematischen Tafelbilder der Zellteilung. Ging das nicht etwas zu langsam? Ich gehe enttäuscht und allein gelassen mit der anscheinend zu großen Utopie, jetzt und sofort leben zu wollen. Will den wirklich keiner mehr jetzt leben? Es stimmt also. Es ist alles zu Ende.
Was habe ich nur dagegen getan, gegen diesen Krieg, der jetzt da ist, der mich jetzt umbringt? Ich weiß es einfach nicht. Jetzt ist keine Zeit mehr, kein Später.
Sekunden danach nutze ich meine einzige Chance. Ich reiße die Augen weit auf. Da ist wieder die stuckverzierte Decke meines Zimmers, ein Stück weiße Bettdecke. Das Herz puckert. Ich tappe durch das Zimmer und suche Zettel und Bleistift. Morgen wird dieser Text abgeschrieben!
Ich habe, was hinter der Mauer ist, noch nie gesehen.
Das Leben auf der Grenze, es ist zu aufreibend, um weiterschlafen zu können. Ich möchte was getan haben! Es ist drei Uhr nachts.

2. Mai 1989, Dienstag, Berlin, DDR

Ich möchte gerne mehr über China erfahren und muss deswegen zu jemandem, der einen Fernseher hat. Die Berliner Schauspieler sind auf Gastspiel, deshalb gehe ich zu Melnik. Er fragt, wo ich die nächsten Seiten für das Hörspiel hätte. Ich gebe ihm die acht Seiten „Maueralp", die ich gerade geschrieben habe. Er zückt den Bleistift, setzt sich die Brille zurecht, zündet sich eine Zigarette an und streicht ab und zu ein Wort im Text an. Es sind keine wesentlichen Veränderungen, eigentlich macht er sich nur wichtig. Das ist mir egal.

Ich schaue parallel dazu fern bis Berichte über China kommen. Es sind leider wenige Bilder, aber eines wird klar. Tägliche Demonstrationszüge von bis zu 100.000 Menschen ziehen durch Peking zum Platz des Himmlischen Friedens. Sie durchbrechen mehrfach Polizeiabsperrungen, fordern Reformen. Das war nicht zu erwarten, dass es in China diese Aufstände gibt.
Ich frage Melnik, was er davon hält, er meint: „Das wird bald ein Ende haben.“
„Was meinst du damit?“ Keine Antwort.

6. Mai 1989, Sonnabend, Berlin, DDR

In meinem Arbeitsbuch stehen heute Abend lauter komische Stichpunkte, es sind Informationen für die Vorbereitung zum Seminar für Kulturwissenschaft:
Jürgen Malitzki „Unterhaltungskunst“; Christoph Tannert; „Expander des Fortschritts“ Susanne Bienert; Amt für Kulturforschung; „Herbst in Peking“; „Fünf gegen die Reichsbahn“; Big sawod and deep manko; „Das freie Orchester”; „Tausend Tonnen Obst“; Kneipe Rechenberg; 26. Mai Sonderbericht Kurt Hager.
Ich habe gar keine Lust auf die Vorbereitungen, deshalb beginne ich einfach eine kleine Geschichte zu schreiben. Ob die allerdings im Seminar vorgetragen werden darf, sei mal dahin gestellt.
Jürgen Malitzki war ein kleiner Entertainer der Unterhaltungskunst. Er trat besonders im Sommer auf kleinen Freilichtbühnen auf und bereitete sich gerade auf das Pfingsttreffen am Alex vor. Obwohl er schon 51 Jahre alt war, ließ er sich jährlich auf dieses Jugend-FDJ-Treffen ein, denn unter den jungen Blauhemden waren genug ältere Berufsjugendliche, um immer wieder neue Fans zu gewinnen. Deshalb wurde er auch von seiner Freundin Susanne Bienert „Expander des Fortschritts“ genannt. Im Amt für Kultur gehörte er bei den Sängern zu den ersten Karteikarten im Kasten, denn er hatte sofort nachdem die chinesischen Studenten mit ihren Demonstrationen in diesem Jahr begonnen hatten, ein Lied mit dem Titel „Herbst in Peking“ geschrieben, worin ein Alter chinesischer Parteisekretär

eine berührende Rede hält und die 100.000 aufgebrachten jungen Leute zur Ruhe bringt und in ihre Hütten zurückgehen lässt. Eine Kulturamtsangestellte meinte zwar, das Lied würde der „Bergpredigt“ aus der Bibel ähneln, aber schließlich war das ja auch Kulturgut. Nun bereitete sich Jürgen Malitzki auf die Reise aus seinem kleinen Ort Zella Mehlis nach Berlin vor. Einmal ließ er sich von einer elfstündigen Verspätung dermaßen verärgern, dass er sich zu einer „Eingabe“ an die Bahn hinreißen ließ. Zurück erhielt er einen lakonischen Antwortbrief mit sozialistischem Gruß, dass er solche emotionalen Briefe doch sein lassen solle, wir seien hier nicht bei „Fünf gegen die Reichsbahn“ und immerhin sei für das geringe Fahrgeld nicht mehr zu erwarten als „Big sawod und deep manko“. Jürgen Malitzki hatte am heutigen Tag nur noch „Das freie Orchester“ zu benachrichtigen, welche Lieder gesungen werden würden und er plädierte dafür, dass sein Lied „Tausend Tonnen Obst“ wegen der momentan spärlichen Versorgungslage im Land lieber gestrichen werden sollte.

Bevor er in seine Kneipe Rechenberg ging, zog er sich im Neuen Deutschland den Sonderbericht von Kurt Hager zu den neuen Bedingungen der Einreise in den Westen zu Gemüte. Und weil diese Berichte sich alle ähneln, bemerkte er noch nicht einmal, dass dieser erst am 26. Mai 89 veröffentlicht werden sollte.

8. Mai 1989, Montag, Leipzig, DDR

Von Berlin aus fahre ich morgens nach Leipzig, es ist wieder Studientag. Zehn bis dreizehn Uhr Theatergeschichte der Antike, dann Unterhaltungskunst. Doch die Antike schlägt sehr gegenwärtig ihren Bogen bis zu mir nach Leipzig: Kurz nach 10.00 Uhr kommt ein Anruf vom Theater aus Schwerin. Das Schauspielensemble ist gestern Abend vom Antike-Gastspiel aus Duisburg zurückgekommen. Die Sekretärin der Theaterhochschule holt mich aus der Stunde. Ich stehe im Sekretariat der schönen alten Villa, nehme den Telefonhörer entgegen und starre auf den abgenutzten Parkettfußboden. „Sylvia sind sie dran?“ „Ja.“ „Schön, wir

brauchen sie dringend hier in Schwerin." „Ich habe gerade zwei Tage Fernstudium und es liegt eine schriftliche Genehmigung für diese beiden Tage vor." „Ja, natürlich, das wissen wir. Es sind Umstände eingetreten, die es ihnen ermöglichen werden mit zum Gastspiel nach Westberlin zu fahren. Und deswegen brauchen wir sie hier, und zwar gleich." „Was ist passiert?" „Das erzählen wir ihnen, wenn sie hier sind, wann fahren sie los?" „Es gibt einen Zug um 13.00 Uhr, dann bin ich um 18.00 Uhr in Schwerin." „Sehr gut, wir sehen uns zur Abendprobe, Sylvia."
Ich lege auf. Für mich scheint die Sonne durch die Fenster, nur für mich! Denn ich darf über die Mauer hoppen. Was für ein Wunder! Ich kann leider nicht jubelnd hier herumspringen. Ich kann leider nicht ins Seminar rennen und vor Freunde schreien, dass ich jetzt mitfahren darf. Meine Kommilitonen fahren meistens nur Abstecher in kleinere Orte. Also sage ich gleich dem Direktor der Theaterhochschule, der schon lange Ohren bekommen hat, dass ich sofort nach Schwerin muss. „Sagen Sie, haben die nur eine Regieassistentin in Schwerin, vor ein paar Wochen mussten Sie auch gleich wieder los, nachdem Sie hier angekommen waren?" Ich lache, verrate nichts.
Ich setze mich bis 12 Uhr ins Seminar. Während der Stunde überlege ich, warum es eine Sinneswandlung der Schauspielleitung gegeben hat, und dann fällt es mir plötzlich ein: Ja, natürlich. Es muss jemand in Duisburg geblieben sein. Und wenn mich nicht alles täuscht, ist dieser „Jemand" Swantje.
Am Abend empfängt mich die „Selbstmörder"-Crew in der Kantine. Ich erfahre, dass meine Vermutung stimmt. Es ist aber nicht alles: Es fehlt noch Anne und es fehlt jemand von den Technikern. Anne und Swantje haben in Duisburg eine Vorstellung geschmissen, um sich abzusetzen. Wir sitzen bedrückt herum und beginnen dann die Probe. Wenn so etwas passiert gibt es viele Überlegungen, die einen durch den Kopf schießen. Natürlich sucht man zuerst nach Gründen. Die beiden waren nicht Protagonistinnen des Ensembles, spielten in wenigen Produktionen. Wir trauern und zermürben uns den Kopf über das Warum, fühlen uns verlassen.

Bei allem Verständnis ist mir allerdings unklar, warum man für die Flucht eine Vorstellung schmeißen muss. Es geht doch auch anders.

9. Mai 1989, Dienstag, Schwerin, DDR

Das Ensemble hat sich verändert, seitdem es aus Duisburg zurück ist. Besonders für mich, als „Hiergebliebene“ fühlt es sich nicht gut an, denn es gibt nur wenige, die sich zu mir oder Viola setzen und erzählen, wie es war. Ich denke, das wäre doch das Mindeste, denjenigen, die nicht fahren konnten, zu erzählen. So ist Theater einmal entstanden – durch fahrende, immer unterwegs seiende Menschen, die bereit waren zu erzählen. Aber laut unserer Vorlesungen in Theatergeschichte findet das wohl nur im Mittelalter, im italienischen Theater und in allen anderen Ländern statt – aber nicht hier, in der DDR. Oder nicht in unserem Ensemble?
Besonders die jungen Schauspieler sind – unnahbar. Tom trägt seit seiner Rückkehr eine schwarze Sonnenbrille. Das ist neu an ihm. Er sieht ernst aus, hält sich raus aus Gesprächen, lacht nicht mehr viel. Neben ihm Sanna, die ebenfalls eine schwarze Sonnenbrille trägt. Es ist, als wollten sie verheimlichen, was sie wirklich denken. Dabei sehe ich, wie sie leiden, dass ihnen viele Gedanken im Kopf herumspuken, die ihr bisheriges Leben auf den Kopf stellen. Sie sind noch nicht hier angekommen, oder wenn sie es sind, ist es eindeutig, dass sie das hier nicht mehr verstehen. Oder sogar für lächerlich halten. Ich bin draußen. Reden können nur jene mit ihnen, die dort waren, in Duisburg!
Während der Antike-Vorstellung sitzen Viola und ich am Schauspieler-Tisch. Die setzen sich aber einen Tisch weiter vor, als sie aus der Aufführung kommen. Wir spüren ihre Blicke auf der Haut und im Rücken und gleichzeitig kommt es uns so vor, als wären wir die neuen Annes und Swantjes. Wir sind die, die laut Meinung des Ensembles als Nächste weggehen werden.

Auf dem Heimweg spricht Viola plötzlich meine Gedanken aus. „Das Ensemble ist nicht unschuldig an dem Weggang der beiden. Es wird seitens der Älteren keinerlei Versuch unternommen, an die Jungen heranzutreten.“

10. Mai 1989, Mittwoch, Schwerin, DDR

Ich werde heute zum Reisekader geschlagen.
Die Szenerie ähnelt meiner Exmatrikulation vom Journalistikstudium am Roten Kloster in Leipzig. Schauspielleitung und Parteileitung des Theaters an einem Tisch. Ich davor. Im Grunde ist allen dort hinter dem Tisch mulmig dabei, mich mitzunehmen. Woher ich diesen Ruf habe, das weiß ich nicht, kennen sie noch nicht einmal meine wirkliche Kaderakte. Die hat eine – aus meiner Sicht – verantwortungsvoll handelnde Kaderleiterin an der Grafikhochschule in Leipzig für mich bereinigt. Sie tat es, bevor ich die Anstellung in Schwerin bekam. So blieb, als ich der Grafikhochschule zugunsten des Theaters kündigte, eine „Exmatrikulation aus persönlichen Gründen“ in der Akte. Nicht aber, dass ich mich mit einem staatsfeindlichen Dichter befreundet hatte, nicht, dass ich eine Schwarzwohnung in Prenzlauer Berg bezogen hatte, nicht, dass ich in der Jungen Gemeinde seit Jahren aktiv gewesen war und nicht, dass ich in dieser besagten Wohnung Westbücher verstaut, gelesen und Zeilen angestrichen hatte. Es stand auch nicht darin, dass in dieser Wohnung außerdem noch Witzchen über unsere Partei- und Staatsführung an die Wand gehangen hatte.
Trotzdem, verdächtig sind vielleicht alle, die nicht in der Partei sind – wobei ich da gut und gerne mit CDU aufwarten kann. Verdächtig sind vielleicht alle, die sich nicht dauernd positiv über das Zeug in der Zeitung äußern, verdächtig sind vielleicht alle unter 30 Jahren, verdächtig sind auf jedem Fall alle, die nicht in den inneren Kreis des Ensembles gehören.
So höre ich mir die Belehrung an. Es sei vieles dort auf dem ersten Blick sehr schön, ich solle mich davon nicht beeinflussen lassen und solle versuchen, hinter

die Kulissen zu schauen. Ich sehe die Referierenden feindlich an. „Was ist mit Ihnen?“ Frau Pille, die stellvertretende Intendantin, verhehlt nicht ihr Misstrauen. Und ich sage nicht, dass ich wütend bin darüber, dass dies mein Gastspiel gewesen sei und dass das vorherige Auswechseln von mir wohl eine Farce gewesen sei und ich sage nicht, dass ich es kaum erwarten kann, um nach Westberlin zu fahren und dass sie mir endlich doch den Pass rüberschieben und das Gerede sein lassen sollen. Die anderen beiden (einer davon gehört zur Staatssicherheit, der geht hier vor Gastspielen im Theater ein und aus) suchen in meinem Gesicht nach irgendeinem verräterischen Aspekt. Das geht mir auf den Sack. Wenn Röntgenapparate erfunden werden sollten, die Gesinnung oder Gedanken durchleuchten, wäre die DDR der beste Abnehmer dafür. Dabei habe ich gar nichts vor, außer endlich mal gucken zu gehen und das sage ich dann auch: „Es ist nichts los, ich will einfach rüber, um zu sehen, wovon hier im Theater alle nicht reden.“ „Na, dann los“, sagt der Schauspieldirektor „sie sind klug genug.“ Er klappt sein Arbeitsbuch zu. „Den Pass gibt es in einer Woche, wir teilen ihn bei der Einführung in das Gastspiel aus.“

13. Mai 1989, Sonnabend, Schwerin, DDR

Shakespeares Wintermärchen läuft am Abend im Marstall. Eine Geschichte über wahre und falsche Gefühle. Ein König wird aus heiterem Himmel von Eifersucht gegen seine schöne Gattin gepackt, die auch noch mit einem Kind von ihm schwanger ist. Er lässt sie außer Landes bringen.
Auf den kalten Kunststoffplatten im Marstall – eine wunderbare Spielstätte – werden die Figuren ihren Leidenschaften ausgesetzt. Das Thema der verlorenen Tochter ist heute besonders groß, denn Swantje, die in Duisburg blieb, spielte die Tochter dieses Königs, der seine Frau verstößt. Wie nahe uns die Kunst kommt! Wie nahe wir die Kunst an unserem tatsächlichen Schmerz produzieren!!! Wenn die Schauspieler mit einer anderen Besetzung spielen, wird ihnen dieser Verlust

noch deutlicher. Und so ist es auch: Tom versteckt sich in der Kantine wieder hinter seiner Sonnenbrille und schweigt.

14. Mai 1989, Pfingstsonntag, Berlin, DDR

Heute Morgen nach Berlin: Endlich kann ich meine Telefonate machen. Das erste Telefonat gilt Hellfried. Er ist Melniks bester Freund, ich muss ihn in Westberlin um Übernachtung bitten. Wir haben in einer Woche das Gastspiel, sind allerdings in einem Hotel im Osten untergebracht, Nähe Friedrichstraße. Ich aber möchte jede einzelne Minute, die ich das Visum besitze, genau dort verbringen wofür ich es habe: In Westberlin. Hellfried besitzt irgendwo in Kreuzberg ein Mietshaus mit mehreren Wohnungen, außerdem ist er Bildhauer und Maler. Bis jetzt habe ich ihn ausschließlich auf Melniks Feiern getroffen, jetzt werde ich sehen können, wo er herkommt, wenn er plötzlich bei uns im Osten ist. Hellfried und Melnik diskutieren manchmal stundenlang über die Vorteile von Ost und West – bisher sind sie zu keinem annehmbaren Schluss gekommen.
„Wie viel Zeit hast du, Sylvia?" „Genug, um zwischen den Vorstellungen überall zu sein. Am letzten Abend müssen wir allerdings mit den Veranstaltern in der Schaperstraße zusammensitzen." „Was wünschst du dir? Was willst du hier in Westberlin machen?" „Lach´ mich jetzt bitte nicht aus." „Sag schon." „Ich habe so lange an der Mauer gewohnt, ich will sie jetzt von der bunten Seite sehen. Ich will an ihr entlang laufen können, ganz nah." „Und was noch?" „Tanzen gehen." Hellfried lacht. „Tanzen?" „Ja, es gibt hier kaum die Möglichkeit dazu." „Gut. Ich denke mir etwas aus."
„Ich bin unheimlich aufgeregt."
„Ich freue mich auf dich."

15. Mai 1989, Pfingstmontag, Berlin, DDR

Es ist Pfingsttreffen in Berlin, ein Blabla-Blauhemd-Festival von FDJlern.
Ich besuche Hinrich, er ist zu Hause, sitzt auf seinem Bett und raucht. „Hinrich, was ist mit dir?“ „Torsten ist weg, “ sagt er, „wir haben uns getrennt, gestern.“ „Das tut mir leid, Hinrich.“, sage ich. „Es war gestern ätzend, wir sind zum Alex gegangen. Dort war alles voller Blauhemden. Torsten wollte nicht, dass ich ihn an die Hand nehme, ein paar von den Blauhemden machten fiese Bemerkungen, so was wie uns hätte man früher vergast... der Hass aus ihren Augen, als sie uns ansahen, und dann stritten wir uns wieder.“ „Aber ihr gehört doch zusammen.“ „Es hat sich zwischen uns irgendetwas verhärtet, wir streiten nur noch.“

18. Mai 1989, Donnerstag, Berlin, DDR

Gestern war die Einweisung in das Westberliner Gastspiel. Wie schon gesagt, wir Berliner sind ganz schön angeschmiert, denn für uns gibt es noch nicht mal eine Übernachtungen im Ost-Palast-Hotel. Wir müssen zu uns nach Hause fahren, wenn wir nicht in Westberlin auf der Straße schlafen wollen. Bahh, ich schlafe ganz woanders. Genüsslich gesprochen: Ich nehme Sonnabendmorgen um fünf Uhr meinen neuen blauen Pass in die Hand, der ein Dienstvisumstempel bis zum 22. Mai für die mehrmalige Aus- und Einreise hat. Ich werde den Tränenpalast betreten und dann auf seiner Rückseite wieder herauskommen und dann bleibe ich bis zur letzten Minute in Westberlin. Ich habe bereits eine Verabredung an Orten, die in meinen Ohren einfach zauberhaft klingen: Oranienstraße, Kreuzberg, U-Bahn Linie 1 bis Schlesisches Tor, Prinzenstraße aussteigen und entlang bis zum Grenzübergang gehen, Kreisverkehr rechts rein, linke Seite Ecke. Wenn das nichts ist. Diese Orte gibt es nämlich wirklich, nicht nur aus dem Munde von Westberlin-Reisenden oder echten Westberlinern.

19. Mai 1989, Freitag, Berlin, DDR

Ich habe den gesamten Vormittag an meine Kindheit an der Mauer gedacht. Die kurz bevorstehende Grenzüberschreitung bringt mich völlig durcheinander. Ich weine oft, rufe Kiki an, dann noch andere, löse mich auf. Es sind einfach die Nerven.

Ich beende ein paar Briefe, lese den Maueralptext, und dann warte ich auf meiner Couch bis das leichte Rosa des Morgens sich an meiner Wand einstellt. Ich nehme meine Tasche und fahre los.

Mein Ziel ist Westberlin.

20. Mai 1989, Sonnabend, Westberlin

Friedrichstraße aussteigen, links aus dem Bahnhof hinaus und da ist das unscheinbare Gebäude, in grau. Aber grau heißt nicht etwa unbedeutend. Eines der wichtigsten Gebäude für das Volk in der DDR – das ist der Tränenpalast. Er scheidet zwischen denen und jenen, alt und jung, privilegiert und normal, abgeschoben und verwurzelt, Westwaschpulver-Besitzer und Spee-Wascher. Ich trete ein und wundere mich über die Einfachheit des Baues von innen. Es gibt mehrere Kontrollhäuschen, die Aus- oder Einreisende regelrecht durchkämmen. Von hier also hat sie gesprochen, mein altes Omchen, wenn Sie in ihrem doppelt genähten Unterrock den von uns begehrten Quelle-Katalog geschmuggelt hat: „Ach, ich sehe immer dermaßen jämmerlich und vermickert aus, dass sie mich gleich durchlassen."

Es ist ganz einfach mit Dienstvisum und ich steige in die S-Bahn zum Bahnhof Zoo. Dort in der Nähe ist die „Freie Volksbühne", in der Schaperstraße. Wir werden ein paar Stunden einrichten, eine Probe machen und dann bleibt uns bis heute Abend Zeit, diese Stadt zu erkunden. Bahnhof Zoo. Auf dem Weg in die Schaperstraße komme ich am Café Kranzler vorbei, in dem meine Oma sich mit

Tante Anni zum Tortenessen traf. Mich reizt das nicht im Geringsten. Seltsam, wie zwei Generationen – die meiner Eltern und die meiner Großeltern – so eine Freude dabei empfinden können, am Nachmittag Kaffee zu trinken und Kuchen zu essen.

Die Straße ist leer, die Geschäfte sind geschlossen, es fährt kaum ein Auto. Vor einem Geschäft wird der Gehsteig gereinigt. Ein Mann fegt ihn. Ich schaue den Mann an und bin peinlich berührt. Wie kann es sein, dass einer der ersten Eindrücke, die ich hier in Westberlin habe, dem Staatbürgerkundeunterricht in meiner Schule dermaßen in die Hand spielt? Denn der Mann ist türkischer Abstammung. Und plötzlich höre ich die sächselnde Nuschelstimme unseres Staatsbürgerkunde-Lehrers: „Dea äntwiggelte Imberialismus ist nur auf Ausbäutung ausgörichtet. Die dürkischen Gastorbeiter müssen zum Bäispiel für enen Hungolohn de `Drecksorbeit` für die Bürcher der BRD mochen." Aber so war das doch nicht gedacht, ich kann doch nicht herfahren und mir die ganzen Sprüche unserer Ideologie über den Kapitalismus bestätigen lassen. Krampfhaft bemühe ich mich, die Gedanken wegzuschicken. Hinter dem fegenden Mann bleibe ich an einem Bäckergeschäft stehen. Es gibt Törtchen in der Auslage. Ich starre auf die farbigen luftigen Teilchen, gehe mit der Nase ganz nah an die Scheibe, bis ich versehentlich daran stupse. Was ist das? Es glänzt so schön! Es ist so bunt! Ob die Kuchenstückchen echt sind, oder? Nein, das kann doch nicht sein. Ich brauche bestimmt drei Minuten, um zu erkennen, dass das echte Kuchenstückchen sind. Und jetzt erst nehme ich mich selber durch die Augen der Verkäuferin wahr, die mich interessiert ansieht. Da starrt eine junge Frau auf ein Blech voller Obstküchlein, bückt sich, steht wieder auf, betrachtet sie von allen Seiten, stößt gegen die Scheibe. Sie wird denken, dass ich Hunger habe, schnell entferne ich mich.

Schließlich komme ich an der „Freien Volksbühne" an. Es ist eben ein Theater und die Techniker dort sind Techniker. Es ist mir vertraut, weil es ein Theater ist. Wir bekommen alle Essensgutscheine für die Kantine. „Du, was hast du auf deinem Teller?" „Broccoli!" „Aha, wie schmeckt der?" „Wie Blumenkohl." „Bitte einen Teller grünen Blumenkohl!" Das Theater ist einladend und vertraut, wir sind besondere Gäste. Ich fühle mich pudelwohl, bin stolz und zufrieden. Ist doch viel besser, als zu einer Hochzeit oder zu einem Verwandtschaftsgeburtstag in den Westen zu fahren, irgendwie vollständiger, runder, stimmiger.

21. Mai 1989, Sonntag, Westberlin

Die Probe geht gut voran. Nach dreieinhalb Stunden bin ich draußen. Hinter mir die Arbeit und vor mir das Vergnügen. Jetzt kann ich frei gestalten. Was machen? Gleich zu Hellfried oder noch ein wenig am Kudamm entlang schlendern? Ich entscheide mich für Zweites. Auf dem Weg komme ich an einem Obst- und Gemüseladen vorbei, was ist das? Polieren die hier die Erdbeeren? Erdbeeren sind doch eigentlich voller Sand. Ich kaufe mir jetzt eine Schale und trage sie vor mir her, während ich direkt aus der Verpackung die Erdbeeren genieße. Was für eine Lebensart, das könnte mir gefallen! Eine Gruppe von Menschen kommt mir entgegen, ich stecke mir gerade wieder eine Frucht in den Mund und drücke sie genüsslich an den Gaumen, um auch jeden Geschmacksnerv mit dem entstehenden Erdbeermus einzureiben. „Die isst das Obst ungewaschen!", höre ich eine Frau sagen. ‚Was? Wieso ungewaschen? Was ist denn an den Erdbeeren ungewaschen? ‘ Ich komme mir plötzlich klitzeklein vor, dämlich, unwissend, eben wie eine Ostlerin. Egal, esse ich eben ungewaschene Erdbeeren, die wie mit Bohnerwachs poliert aussehen.
Wenig später bin ich bei Hellfried, er zeigt mir sein Haus. Er besitzt ein schönes Mietshaus direkt in Kreuzberg, davor steht eine etwa zehn Meter hohe Holzfigur von ihm. In seiner Wohnung hängen seine Bilder, abstrakt und mit kräftigen Farben gemalt, fast plakativ.
Wir reden. Ich erzähle, wie durcheinander ich die letzten Tage war. „Willst du hier bleiben?", fragt Hellfried. „Hatte ich eigentlich nicht vor, ich will das anders schaffen, nicht einfach wegbleiben." „Sylvia, ich würde dich heiraten!" „...?"

„Wenn du möchtest, heirate ich dich und du kannst rüber kommen, egal wann, du musst nur Bescheid sagen." „Wirklich?" „Verlass dich auf mich, mein Angebot steht, immer." „Danke, es ist ein beruhigendes Gefühl, eine wunderbare Sicherheit, falls mal etwas passiert." „Was soll passieren?" „Immerhin hab ich es schon einmal geschafft, die Stasi auf mich aufmerksam zu machen." „Mit mir kann dir das kaum passieren, ich bin Mitglied der Sozialistischen Einheitspartei Westberlins", sagt er. Ich lache: „Klingt ja wie bei uns." Hellfried lacht auch. Er sieht das nicht so ernst. Er ist etwas Besonderes, ein politisch engagierter Künstler, oder... alternativ heißt das wohl hier.

22. Mai 1989, Montag, Westberlin

Hellfried macht Vorschläge, wie wir meine Wünsche, die ich ihm bezüglich meiner Reisegestaltung geflüstert habe, auf die mir verbleibenden Stunden aufteilen können. Heute Abend gehen wir tanzen, er lächelt verschmitzt, denn er hat sich etwas Außergewöhnliches ausgedacht. Morgen werden wir die Mauer besichtigen. Er weiß eine wunderbare Stelle, sie wird mir gefallen. Ich bin ihm dankbar. Ich meine, es sind einfach seltsame Wünsche von mir. Normalerweise geht man auf den Funkturm oder in die Schwangere Auster oder zu ähnlich touristisch beliebten Zielen. Aber ich will unbedingt tanzen gehen und ich will von der anderen Seite an der Mauer entlang gehen – als hätte ich nicht schon genug Mauer gesehen. Aber ich will irgendetwas in mir bewirken damit, ich weiß nur noch nicht was. Seltsam. Ich bin an einer Seite der Mauer groß geworden, an der grauen Seite, der scharf bewachten, an der Todeszone, und wenn man diese einfache Betonmauer von der anderen Seite betrachtet, nur einfach die Kehrseite, da soll sie bunt sein. Man soll sie anfassen können. Das kann doch durchaus bewirken, dass ich keine Angst mehr vor ihr habe. Dass man erfahren, ertasten kann, dass das Ding durchlässig ist, nicht mehr so stark, nicht mehr so tödlich, nicht mehr so unendlich. Das will ich mir gönnen. Das will ich erfahren und das will ich in mir bewirken. Was für ein

Glück ich habe! Ich bin hin und her gerissen und fange schon wieder an zu heulen. Dann laufen wir noch ein wenig durch Kreuzberg und schließlich muss ich zur Vorstellung in die Freie Volksbühne. Hellfried kommt nicht mit, er hat noch einiges zu tun. Wir sehen uns nach der Vorstellung wieder.
Der Saal ist bis auf den letzten Platz besetzt. Die Schauspieler flüstern miteinander. Sie kennen viele, die dort im Zuschauerraum sitzen, es sind ehemalige Kollegen, die rübergemacht haben. Ich höre wieder von dem Gerücht, dass einer von unseren jungen Schauspielern, Andreas, möglicherweise nicht mehr mit uns zurück kommen wird. Vielleicht hat er einen Freund hier im Westen? Früher waren wir mal wöchentlich zusammen, haben Heiner Müller in meiner Leipziger Wohnung inszeniert bis zu dem Tag, als ich in Schwerin angestellt wurde, dann zog ich von Leipzig weg. Er machte sein Studium zu Ende, ich gab ihm den Tipp, dass an unserem Theater nach einem jungen Schauspieler gesucht wird. Aber als er in Schwerin ankam, entwickelte sich unsere Freundschaft auseinander. Andreas spielt in dieser Inszenierung einen Dichter. Ich verhalte mich in der Garderobe zurückhaltend und ich wundere mich darüber, dass anscheinend alle im Ensemble Bescheid wissen, also auch die Frau vom Schauspieldirektor und ein paar, die in der Partei sind. Sie verhalten sich loyal, als wüssten sie nichts. Andererseits, was sollten sie tun? Ihn an den Intendanten verraten, der uns bewachen soll? Dieser komische Kauz, der täglich in Schwerin mit einem Beutel leerer Bierflaschen in der Mittagspause vom Theater zum Markt schlendert, um sie gegen volle einzutauschen.

23. Mai 1989, Dienstag, Westberlin

Die Vorstellung läuft gut, ich bekomme nicht viele Reaktionen vom Publikum mit, ich bin wahrscheinlich schon sehr in Gedanken mit der auf mich zu kommenden Westberliner Nacht beschäftigt. Nach der Vorstellung treffe ich mich mit Hellfried etwas vom Theater entfernt, ich weiß nicht, was mein Schauspielensemble wohl

anstellt, wenn sie mich mit einem heiratsfähigen Westberliner zusammen sehen. Da sie mich bereits einmal aus dem Gastspiel aussortiert haben, könnte es ja auch sein, dass sie mir am nächsten Tag den Intendanten auf den Hals hetzen, um mich zu bewachen. Andererseits dürfen wir ja in Westberlin übernachten. Es werden zwar nicht viele tun können, da sie keine Möglichkeit dazu haben, aber ich bin lieber vorsichtig. Wir gehen erst essen und dann in die erste Discohöhle. Es ist ein Raum, dessen Tanzfläche metallisch glänzt, auch die Seiten wirken kühl, raumschiffartig abgeschlossen. Hellfried meint, er will mir unterschiedlichste Discos zeigen. Sie unterscheiden sich nicht nur durch die Musik, sondern auch durch die Besucher. Jetzt, meint er, sind wir eher bei den Arbeitern, Lehrlingen. Auf der Tanzfläche ein Punk-Mädchen und ein Punk-Junge. Aber sie tanzen nicht miteinander! Ich schaue fasziniert zu, wie sie bei einem dröhnenden nicht abreißenden Dauerrhythmus ihren Kopf schwenken, und sich einsam und einzeln auf der Tanzfläche dem Rhythmus überlassen. Ein bisschen wie ferngelenkt. Hören sie diese Musik gerne, weil sie Werksgeräuschen ähnelt? Ich meine, der Rhythmus hat das Monotone von einem langen Fließband, oder einer ewig arbeitenden Stanze – und diese Geräusche kenne ich tatsächlich aus meiner Zeit im Schulfach produktive Arbeit (PA) als ich bei Bergmann Borsig an der Stanze stand oder am Fließband Rasierapparate zusammen gebaut habe.
Sie tanzen leicht aufeinander zu, tatsächlich geschieht eine kurze Annäherung, dann döseln sie wieder für sich. Ich probiere das aus, nicht lange, nach zwei Tänzen fällt mit nichts mehr ein, wie man seine Bewegungen variieren könnte. Wir ziehen weiter, nach zwei Stunden gehen wir in die letzte Disco. Sie ist am Kudamm. Die Musik ganz fantastisch, es sind neue Titel, alle sind tanzbar. Kaum ist man auf der Tanzfläche, kommt man kaum wieder herunter, da in die letzten Takte des laufenden Titels sofort der neue Song hineingeschnitten wird. Am Rand der Tanzfläche läuft ein Video an einer Wand, die zeigt einen Herrn mit Rauschebart. Hellfried erzählt mir, dass dies eine Disco der Bhagwan-Sekte ist. Sie tragen uniformierte rote Kleidung – ich erinnere mich, einen von den Brüdern in Ostberlin kennen gelernt zu haben. Er hatte einen Harem um sich und die

Mädchen schnorrten überall Geld. Er war mir nicht sonderlich sympathisch. „Wozu haben die hier eine Disco, Hellfried?" „Sie bringt eine Menge Geld ein und natürlich werden immer wieder junge Leute angesprochen, besonders, wenn sie etwas hoffnungslos aussehen, außerdem wohnen um den Kudamm herum Berliner mit viel Geld auf dem Konto."

Am Morgen kommen wir recht abgeschlagen in der Nähe von Hellfrieds Wohnung in Kreuzberg an, es steht mir noch eine Überraschung bevor. Hellfried sagt, wir sollten frühstücken gehen. „Aha", meine ich, „wer von deinen Freunden ist denn morgens um halb fünf wach?" „Wieso Freunde?", er schaut mich etwas komisch an. Ich hab ja nun schon den ganzen Abend seltsame Fragen gestellt. „Wir gehen in ein Café." „Um diese Uhrzeit?" „Natürlich, ich kenne drei hier in der Nähe." Und dann sitzen wir vor duftenden Croissants, Marmelade, Käse und Kaffee und ich kann es gar nicht fassen, dass das Leben einfach im Fluss ist, ohne Widerstände, ohne geschlossene Lokale, ohne zugesperrte Discos, sondern, dass sich jede einzelne verdammte Minute nutzen lässt – wenn man in Westberlin wohnen würde.

24. Mai 1989, Mittwoch, Berlin, DDR

Es ist fünf Uhr morgens. Ich habe gerade in einem zauberhaften kleinen Café gefrühstückt, – ich halte das ja immer noch für einen Traum – geöffnete Lokale zu dieser morgendlichen Zeit. Doch das ist mittlerweile egal, denn der gesamte Aufenthalt hier in Westberlin hat sich zu einem einzigen Film entwickelt, der sich anscheinend real abspielt, aber für mich eine solche Anhäufung von neuen Eindrücken und Erlebnissen ist, dass ich mich selbst wie in einem Traum wahrnehme. Es geschieht unheimlich viel innerhalb von wenigen Stunden, es geschieht viel zu grenzenlos, so, als bräuchte man nur einen Wunsch auszusprechen und er würde sich verwirklichen, und es geschieht innerhalb einer Teilwelt, die mir nicht fremd ist, innerhalb der deutschen Sprache, also innerhalb

einer Art Heimat. Die Auswirkungen sind verheerend. Ich schalte sämtliche Gefühle ab und stelle auf maximale Aufnahme, wie eine Kamera, die soviel wie möglich mitbekommen möchte. Aber ich bin kein Regisseur mehr.
Nach dem Frühstück landen wir bei Hellfried in der Wohnung. Ich bin so kaputt, dass es wohl nur noch zu einem Gute-Nacht-Kuss kommt und dann schlafe ich ein paar Stunden. Nicht lange, denn die Zeit ist knapp.
Um zwölf stehen wir wieder auf und nehmen die zweite Wunschverwirklichung in Angriff. Die Mauer. Hellfried zeigt mir das Mauermuseum und läuft danach mit mir fünf Stunden an der Mauer entlang.
Wir kommen an eine Mauergalerie, ein kleiner Laden, der mit vielen Karten bestückt ist. Ich kaufe mir einige. Auf einer Karte ist ein Hase, der über die Mauer springt – das ist die witzige Variation meines Themas „Mauerdurchlässigkeit". Eine andere Karte zeigt vier traurige Gesichter, die durch die östliche Seite der Mauer hindurchschauen und im Westen wieder herausgucken. Blut läuft an den Falten ihrer Kleidung entlang.
Ich habe Kunst, die unser Leiden dermaßen deutlich ausdrückt, noch nie gesehen und bin ganz gerührt. Haben die Westberliner wirklich Mitgefühl mit uns? Nicht unbedingt alle, aber doch einige: Ein Foto zeigt einen Grenzpolizisten, der durch die Fenster in den Laden schaut. Ich frage immer wieder nach, wie das Foto denn gemacht sein kann, es kann doch kein Grenzer von uns sein? Jemand erzählt mir, dass hier auch unsere Grenzsoldaten Streife laufen. Ich kann mir das gar nicht vorstellen, obwohl ich mehrmals nachfrage, bleibe ich diesbezüglich etwas begriffsstutzig. Es erschließt sich mir nicht. Sind denn in Westberlin auch Soldaten an der Mauer unterwegs? Wenn ja, wozu? Und wen bewachen sie?
Aber eins ist wirklich außergewöhnlich. Ich kann sie anfassen, diese Mauer. Ich habe wirklich nicht geahnt, wie tief das in mir gesteckt hat, achtzehn Jahre lang direkt an der Mauer groß geworden zu sein, ich habe sie nicht als ein normales Bauwerk wahrgenommen, zu dessen Füßen ich Kinderspiele gemacht habe. Und das wird mir erst jetzt klar, als ich sie von der anderen Seite sehe, anfasse, bestaune. Wie viel man verdrängen kann, wenn keinerlei Lösung in Aussicht scheint.

Darüber nicht zu sprechen heißt noch lange nicht, dass es kein Problem damit gibt. Aber jetzt habe ich wenigstens das Gefühl, dass sie durchlässig ist. Immerhin hat sie mich durchgelassen und dieses Mal soll nicht das letzte Mal sein.
Ich muss in die Freie Volksbühne zurück. Vor und während der Vorstellung merke ich diese besondere Anspannung in unserem Ensemble. Alle achten auf Andreas, liebenswürdig geschieht dies. Andreas ist gekommen, um mit uns zusammen seine letzte Vorstellung zu spielen. Wir wissen es. Wir spielen gerade die Szene, in der alle Figuren des Stückes zusammen feiern. Es ist die letzte Feier des Selbstmörders Semjon. Es ist ein Bild, welches wir gerne spielen. Aber heute, da geschieht etwas, nur für uns: Andreas spielt Viktor, den Dichter. Andreas wird abhauen, hier in Westberlin bleiben, das ist gewiss. Aber vorher hat er noch eine Vorstellung zu spielen und besonders diese Situation. Gerade ist er dran. Seine Worte müssen eine Ode an Russland sein. Ein Satz seines Textes heißt: „Und ich werde die unermesslichen Weiten unseres Landes durchschreiten.“ Er hat einen Schritt zu machen und kommt an eine Abhängung, eine Schnur, die es ihm nicht mehr ermöglicht weiter zu laufen. Meistens produziert der Schritt an die Schnur einen Lacher im Publikum. Aber Andreas bekommt den Satz nicht raus. Es entsteht eine Pause, wir erstarren regelrecht in unserer Bewegung. Ich bin bestürzt, ich leide mit, ich sehe über die Augenwinkel, wie er sich quält. Unser Hauptdarsteller wagt einen Blick auf ihn, was ist? Andreas ringt nach Stimme. Er kann doch jetzt nicht losheulen, er würde sich doch verraten, er müsste quasi von der Bühne rennen, um sein Vorhaben hinter sich bringen zu können. Dann wagt er ein Wort, es hört sich zittrig an, als würde er gleich weinen. Wort für Wort tastet er sich durch den Satz. Besonders schwer ist „unermessliche Weiten“, ich höre es an seiner Stimme. Dann hat er es geschafft. Puh, das war knapp. Die Szene geht weiter. Andreas ist gerettet.

Nach der Vorstellung gibt es einen Empfang für uns im Spiegelzelt, es kommen Schauspieler und Regisseure, die früher einmal in der DDR gelebt haben, und setzen sich dazu. Der Abend dauert lange. Er ist mild und es ist schön. Andreas setzt sich an unseren Tisch, um halb eins ist das Spiegelzelt schon etwas leerer.

Andreas sitzt jetzt neben mir, wir verabschieden uns stumm, einfach indem wir nebeneinander sitzen. Es ist schön. Ich werde mich immer an den Abschied erinnern. Dann sehe ich den Intendanten mit einer Flasche Bier herumlaufen. Wie es sein kann, denke ich, dass es fast alle wissen, nur er nicht und nicht die Parteisekretärin. Sie glauben das verhindern zu können. Ich sage zu Andreas: „Du musst jetzt langsam gehen, wenn du wirklich willst." „Ja, gleich."

27. Mai 1989, Sonnabend, Westberlin und Berlin, DDR

Dann ist es soweit, wir steigen in den Bus, der uns wieder zurückfährt, nach Ostberlin, nach Berlin, in die Hauptstadt der DDR. Wir sind wie paralysiert. Nach einer kurzen Fahrt und der Grenzkontrolle fallen wir in die marmorkalte Empfangshalle des Palasthotels. Und dann erfolgt der Zusammenbruch des gesamten Ensembles. Ob es die Kälte der Empfangshalle ist, ob es unsere Erschöpfung ist, viele zittern, haben schüttelfrostähnliche Zustände. Sicher ist: wir trauern dem Nächsten nach, von dem nur noch ein Brief zurück gekommen ist. Wir lesen ihn alle und uns gegenseitig vor.
Ich bin verzweifelt, dass ich Andreas nicht festhalten konnte, weil es kein Angebot gibt, dass man ihm hätte machen können.
Robert, unser Beleuchtungschef setzt sich zu vielen, tröstet sie. Nur nicht weggehen müssen, am Besten wäre es, hier unten im Foyer zusammen den Morgen zu erwarten, einfach aneinander gelehnt auf den Ledersitzen liegen zu bleiben. Robert ist auf allen Gastspielen dabei, egal welche Inszenierung fährt. Ich beobachte ihn kurz. In mir schweigt endlich die Sehnsucht. Wir hatten miteinander eine Geschichte, die für mich nicht gut ausging. Ich habe diese Geschichte endlich erfolgreich verdrängt. Aber heute ist der Tag, an dem sie noch einmal bemüht wird.

Alexandra setzt sich plötzlich zu mir. Mein Verhältnis zu ihr ist seit der Attacke ihrer Mutter, mich aus dem Gastspiel heraus zu befördern, stark belastet. Ich weiß nicht, wo sie herkommt und warum sie hier ist, denn sie gehört nicht zum „Selbstmörder-Ensemble". (Auch schon mal ein passender Name für unsere derzeitige seelische Verfassung, dabei ist nur der Titel des Stückes gemeint.) Sie zündet sich eine Zigarette an und bläst den Rauch in die Luft. „Du wirst es ja sowieso erfahren", eröffnet sie ihr Anliegen. „Was?" Sie hätte gestern Nacht im Zimmer von Robert geschlafen. „Aha, waren keine anderen Betten mehr frei?", frage ich. Sie schaut mich an. Was will sie von mir? Und dann fällt der Groschen. ‚Aber es ist doch längst vorbei', sagt eine meiner inneren Stimmen. Ich kann mich nicht darauf konzentrieren, nur eine sprechen zu lassen, sie rufen plötzlich alle durcheinander, nach diesen verrückten Tagen in Westberlin: ‚Vollidiot, der.' ‚Die ist doch keine Freundin.' ‚Will die dich fertig machen?' ‚Ist sie von der Stasi?'
Ich weiß jetzt nicht, was mehr schmerzt, der Verlust von Andreas, dass ich nicht mehr in Westberlin bin, sondern im sächsisch regierten Kleinstaat namens DDR, oder das, was ich gerade von Alexandra gehört habe. „Schön für dich" sage ich. „Du bist nicht sauer auf mich?", fragt sie erleichtert. „Ich muss mal aufs Klo." Ich stehe auf und gehe.
Schade, dass man Gefühle nicht auskotzen kann. Schiller muss ein interessanter Regimentsarzt gewesen sein. Er behandelte alle Krankheiten mit Brechmittel. Seiner Meinung nach, die einzig wirksame Medizin. Vielleicht sollte ich es mal damit probieren? Liebeskummer und Herzschmerz sind schließlich Krankheiten. Als ich wiederkomme, ist die falsche Schlange glücklicherweise schon aufs Zimmer gegangen, wer weiß, welches es diesmal ist.
Ich darf jetzt hier übernachten, meint der technische Direktor, der das Foyer räumen muss, denn die Frühschicht des Hotels wird langsam nervös. Immerhin haben sie auch ganz normale Gäste und die heulen nicht in der Hotelhalle.
Aber mir reicht es. Vielleicht habe ich Alexandra und Robert dann noch an meinem Frühstückstisch zu sitzen.

Ich nehme die erste Straßenbahn und den ersten Bus und fahre in die Eisenblätterstraße nach Hause. Ich stelle die Klingel ab, reiße den Telefonstecker aus der Leitung und falle in einen traumreichen Schlaf.

Nach zehn Stunden stöpsele ich das Telefon wieder an die Leitung. Es kommt gleich ein Anruf – es ist meine Mutter. Der Anruf ist mir unangenehm. Ich kann ihr nicht erzählen wie es mir geht. Denn ihr meine tatsächlichen Gefühle zu beschreiben, habe ich mir mit siebzehn Jahren nach zermürbenden Zusammenstößen und der kühlen Feststellung, dass wir niemals ein Mutter-Tochter-Team waren und sein werden, abgewöhnt. Die Worte mühen sich durch die Spirale vom Hörer zum Telefonapparat, dort dümpeln sie zur Dose in der Wand, wandern lustlos durch die Heide und am anderen Ende wieder hinaus, sie nörgeln die Hertzstraße entlang, schnaufen vier Treppen hoch, dort kriechen sie in die Steckdose in der Wand, in die Telefonleitung zum anderen Apparat, zwängen sich wieder durch die Spirale bis zum Hörer und versuchen in Ohren Fuß zu fassen, die auf anderen Empfang eingestellt sind. Ich werde den Gedanken nicht mehr los, dass sie hauptsächlich kontrollieren wollte, ob ich zurück gekommen sei. Sie merkt, dass ich es merke, was sie denkt. Sie stellt keine wirklich interessierte Frage, ich antworte kurz und knapp auf Bla-bla-bla und als der Telefonhörer wieder auf dem grauen Plastekörper liegt, fühle ich mich leer wie eine abgelegte Hülle Schlangenhaut. Sie hat angerufen, um sich zu vergewissern, dass ich wieder im Laufgitter angekommen bin. Denn ich werde später abrufbar sein müssen, sie zu Ärzten und Ämtern begleiten und mir ihre Krankheitsgeschichten anhören. Ich werde die Einkäufe machen und akribisch besondere Büchsen mit Rotkohl aus besonderen Läden holen müssen. Und ich werde die sonntägliche Kaffeetafel mit ihren Enkeln verzieren und Gespräche über die Politik, die anderen Leute und über die Unerzogenheit meiner Kinder führen müssen. Und wir werden über alles reden, allerdings nicht über wichtige und existenzbedrohende Dinge, wie zum Beispiel einen zweitägigen Gastspielaufenthalt in Westberlin. „Aha, und den Andreas, der jetzt drüben geblieben ist, den hast du näher gekannt?" „Nein,

natürlich nicht. Doch, aber nicht so." „Willst du noch ein Stück Kuchen? Der ist vom Bäcker Pawlick und die machen ganz besonderen."
Und warum, frage ich mich selber, warum bin ich dann noch hier?

3. Juni 1989, Sonnabend, Schwerin, DDR

Morgen findet die letzte Vorstellung des legendären Faust-Projektes statt. Deshalb sind alle Schauspieler in der Stadt. Ich brauche einen Fernseher, ich habe gehört, in China ist eine Katastrophe passiert. Ich muss wissen was. Bei Tom kann ich klingeln. Er öffnet die Tür, hat ein ernstes Gesicht. „Hast du den Fernseher an?" „Komm rein." Im Wohnzimmer sitzt schon Bernd. Auf dem Tisch stehen drei leere Bierflaschen, mein Blick wandert zur Küche, dort steht ein voller Kasten. „Was ist los?" Die beiden trinken nicht umsonst bereits am Nachmittag. Das gibt es nicht. Bernd starrt weiter auf den Fernseher. „Stell dir vor, die haben einfach reingeschossen", sagt er plötzlich langsam. „Meinst du – in Peking?" „Ja, die haben auf wehrlose, im Hungerstreik sitzende Studenten geschossen."
Ich setze mich neben ihn und sehe mir den sich halbstündig wiederholenden Bericht an. Lkws mit darauf stehenden Polizisten fahren heran, Panzer ebenfalls. Schüsse fallen, die Studenten rennen durcheinander. „Auf Rikschas und Fahrrädern werden die angeschossenen Studenten in Krankenhäuser transportiert", kommentiert der Reporter – einer, der eigentlich nicht dort sein dürfte und sein Leben aufs Spiel setzt, um Bericht zu erstatten. Mein Herz puckert, denn wir leben ebenfalls im Sozialismus. China ist das sozialistische Bruderland. Was dort geschieht – das könnte hier... Ich will den Satz nicht zu Ende denken. Bernd schweigt. Er zündet sich schon wieder eine Zigarette an, dabei sehe ich seine Hände. Die Hautumrandung seiner Fingernägel schimmert an einigen Stellen blutig. Er hat wieder angefangen, denke ich. Eine Unart aus der Kindheit, das sah man seinen Händen an. Dafür gab es Gründe, ich kenne sie. Jetzt hat ein bedrohliches Ereignis das Verhalten wieder aus der Versenkung geholt. Er pult

seine Haut von den Nägeln, unterdrückt seine Wut, fühlt sich ohnmächtig. Ich rauche mit, obwohl ich aufgehört habe. Eine Faust scheint meinen Magen zusammen zu drücken und auszuwringen. Angst. Doch solange wir hier gemeinsam sind und ich nicht alleine in einem Zimmer sitze, in welchem es nur eine Türklinke von außen gibt, und solange ich nicht allein in meiner Wohnung bin und nachdenken muss, solange geht es.

„Darf ich heute hier schlafen, Tom?" „Klar."

4. Juni 1989, Sonntag, Schwerin, DDR

Heute die einhundertundsechste, die letzte Faust-Vorstellung. Es sind viele Gäste da, die ich auch kenne. Nach zwei Tagen Volkstheater – pro Tag fünf Stunden „Faust" – ist ein gewisser Reizpegel erreicht. Ich bin hellwach, mit allen Sinnen dauernd auf 99% Aufnahme gerichtet.

Zur letzten Vorstellung dürfen kleine schauspielerische Veränderungen gemacht werden, und diesmal ist es ein Spaß für alle, da sich das Schauspielleitungsteam mit dieser Vorstellung verabschiedet. Die leitende Dramaturgin läuft im Bild „Auerbachs Keller" mit Perücke und Wischeimer über die Bühne. Axel spielt einen Spitzel, den es im Stück nicht gibt. Der Schauspieldirektor selber übernimmt im „Hexentanzkessel" einen Text und lugt aus einer Klappe oberhalb der Wellblechwand im Zylinder und weißem Frank heraus. Mich bewegt sehr die weinende Lore Tappe, die einen legendären Mephisto gegeben hat, einhundertsechs Mal. Was muss das für ein Gefühl für sie sein, dass diese Rolle nun abgespielt hat. Es gibt minutenlang Standing Ovations, sie wollen nicht abbrechen.

Als sich der Schauspieldirektor verbeugt, fällt er plötzlich in ein Bühnenloch und ist verschwunden. Das scheint nicht verabredet gewesen zu sein, denn die auf der Bühne stehenden Schauspieler und die restliche Schauspielleitung suchen ihn.

Interessant, denke ich. Da ist er tatsächlich von der Schweriner Bühne verschwunden, also in Echtzeit und im übertragenen Sinne.
Die Kantine wird nicht aus Überfüllung geschlossen, es geht aber kaum mehr jemand rein. Ich einer Ecke sehe ich den Regisseur aus Dresden, Wolfgang Engel, der hier begonnen hat Theater zu spielen. Später, als sich die Besucherzahl etwas lichtet, sitze ich am Schauspielertisch. Bernd hockt in der Kammerbühnenecke mit einer Nelke im Mund auf dem Fußboden. Hans schläft, Reiner erzählt laut, zwei flirten miteinander und halten sich an der Hand. Dann geht auch der letzte Gast von außerhalb. Bernd meint, mich beschützen zu wollen und torkelt mir hinterher, vielleicht will er auch was anderes. Hans wacht auf und brüllt mich an: „Apothekertochter, wie geht es dem Poetischen Theater?" Da denke ich, wie nützlich es doch wäre, wenn einer mich wirklich beschützen könnte.
Am Morgen ist der Spuk wie weggeblasen.

6. Juni 1989, Dienstag, Leipzig, DDR

Nach den Seminaren (drei Stunden „Theatergeschichte des Imperialismus" und drei Stunden „Theater des Sozialismus") setze ich mich mit Deniz in das Café Corso. Die Leipziger haben eine besondere Vorliebe für Kuchen und Kaffee. Café Corso ist eine Art Studenten- und Künstleranlauf. Wenn die Dokumentarfilmwoche wenige Schritte von hier entfernt stattfindet, dann sitzen hier Filmer. Ich erzähle Deniz von Westberlin. Er ist der erste, der sich traut, die Frage zu stellen, andere haben sie wohl nur gedacht: „Warum bist du eigentlich wiedergekommen?" Ich werde böse. „Sag mal, ist es jetzt schon soweit, dass ich mich dafür rechtfertigen soll, warum ich in die DDR zurückkomme? Du spinnst wohl." Ich bin sauer. Deniz gibt zu, für sich nach Gründen zu suchen. Seltsam, denke ich, muss der sich vielleicht auch vor seinen Freunden dafür rechtfertigen, dass er noch hier ist? „Die solltest du selber finden. Ich kann keine Schwimmringe austeilen, bin selbst nicht auf festem Boden angekommen und ständig am

Paddeln", sage ich. Dann renne ich los zum Bahnhof, lieber noch ein wenig für mich allein sein.

7. Juni 1989, Mittwoch, Schwerin, DDR

Ich habe ein Stück entdeckt, dass ich während der Vorstellung am Abend lese. Es ist die „Die Polizei" von Mrozek. Ich bin begeistert. 1962 geschrieben, ein Drama aus dem Gendarmenmilieu, Genre: Absurdes Theater.
Die Handlung: Der einzige politische Häftling des Landes mag nicht mehr gegen die Regierung kämpfen und erklärt endlich seine Bereitwilligkeit zur Reue. Er will den ihm seit zehn Jahren täglich vorgelegten Widerruf seiner politischen Gesinnung endlich unterschreiben. Das bringt den Polizeichef in eine verzwickte Lage, ihm wird plötzlich klar, dass dies seine Funktion aufheben und ihn selber arbeitslos machen würde. Deshalb bietet er dem letzten politischen Häftling verschiedene Annehmlichkeiten an, damit der den Widerruf nicht unterschreibt. Keine greift. Der Zusammenbruch der gesamten Polizei naht. Der Sergeant kommt verprügelt von seinem Dienst zurück. Er hat die Aufgabe, in Läden und öffentlichen Verkehrsmitteln des Landes die Menschen zu provozieren, um das Gefängnis endlich wieder mit politischen Häftlingen aufzufüllen – wenigstens einen Staatsgegner zu finden. Doch die Bürger sind so ergriffen und stolz von ihrem Infanten und seiner Regierung, dass sie den provokanten Sergeanten verprügeln. „Die ganze Polizei befindet sich am Rande des Abgrunds, am Vorabend der Katastrophe. Wozu ist die Polizei noch da? Um diejenigen zu verhaften, die gegen die bestehende Ordnung verstoßen. Wenn es aber keinen mehr gibt, der das tut? Wenn gerade dank der immer mehr perfektionierten Arbeit, einer immer umfassender ausgebauten Polizei unter den Bürgern sogar die letzte Spur von Auflehnung, ja die letzte Regung von Unlust verschwunden sind? Wenn allgemeine Begeisterung herrscht, was soll die Polizei dann noch?" (11) Deshalb

überredet der Polizeichef den Sergeanten, sich einsperren zu lassen, um „die Ehre und das Bestehen der Polizei" zu retten.
Der Sergeant macht im Gefängnis eine eigenartige Verwandlung. Er erinnert sich schon nach einigen Tagen nicht mehr genau, warum er dort ist: Häftling oder Sergeant, die Identitäten verwachsen miteinander. Die Zeit in der Zelle macht ihn nachdenklich. Es brechen Fragen hervor: Warum die Künstler verfolgt werden, warum den Menschen hinterher spioniert wird, warum die Menschen traurig und deprimiert durch die Straßen gehen.
Die Machtpositionen werden neu besetzt, die Figuren wechseln die Seiten. Während der ehemalige, entlassene Häftling zu einem ordentlichen Untertan wird, entwickelt sich der Sergeant zum Provokateur. „Es lebe die Freiheit!" Der Aufrührer in ihm erwacht.

4. Juli 1989, Dienstag, Schwerin, DDR

Ich rief gestern von meiner Berliner Wohnung aus Kiki an. Sie hat alle Unterlagen, die nötig sind, um das große Wagnis Grenzübertritt von West nach Ost, also von der BRD in die DDR zu meistern. Kommend aus Saarbrücken, wo sie am Theater arbeitet, fahrend in ihrem kleinen Auto und über Transit. Wer noch nie Transit gefahren ist, wie ich zum Beispiel, kann das durchaus für einen Straßennamen oder einen Ortsnamen halten, denn in der Regel heißt es bei Ost/West Besuchen: „Wir kommen über Transit." In Wirklichkeit ist Transit eine vom Staat festgelegte Route auf der man sich ordentlich benehmen muss. Sollte man von der aufmerksamen Polizei rechts heran gewunken werden, dann wäre es sehr gut, sich ausgesucht höflich zu verhalten und mehrere Stunden zusätzlich einzuplanen. Dabei sollte man auf jede Frage ruhig und korrekt antworten und hoffen, dass die Westbücher gut versteckt sind.
Ich erwarte Kiki um 15 Uhr hier in Schwerin. Das Theaterensemble ist in Italien, ich habe wieder mitten in der Saison frei. Zuerst hole ich meine frisch gebackene

Fahrerlaubnis ab, vielleicht darf ich mal ans Steuer, wenn wir Richtung Rügen fahren. Ich mache Kaffee, kaufe frischen Kuchen, eile wieder zurück – keine Kiki. Ich richte alles an und freue mich. Unsere Planung ist folgendermaßen: Wir werden nach Rügen fahren und dort ein paar Tage verbringen, dann nach Berlin und schließlich im Süden, besonders in Dresden, die Kulturstätten und Museen besuchen. Das ist kein Einfach-mal-so-Urlaub. Ich möchte mich von meinem Land verabschieden, denn ich werde wahrscheinlich Hellfrieds Heiratsangebot annehmen. Es geht dabei ausschließlich um meine Überführung in den Westen.
Es ist siebzehn Uhr, Kiki noch immer nicht da.
Kiki hingegen hat etwas ganz Durchgeknalltes vor. Sie interessiert sich für die Gesellschaftsordnung Sozialismus (das kann auch nur eine Westlerin) und sie hat vor, hierher zu kommen, zumindest für eine Gastassistenz an das Deutsche Theater oder an ein anderes Theater. Sie schaut sich ihrerseits sozusagen das Land als mögliche neue Heimat an.
Ich will ihr da ihre Visionen nicht vermiesen, ich brauche einfach nur mit ihr zu reisen, den Rest wird schon der real existierende Sozialismus erledigen.
Es ist jetzt neunzehn Uhr. Der Kuchen ist alle. Na gut, dann kann ich das Abendbrot schon mal anrichten. Schweineschnitzel (habe zum ersten Mal in meinem Leben beim Fleischer gegenüber Fleisch bestellt) und Kartoffeln. Ich könnte die Weinflasche öffnen. Schmeckte recht gut.
22 Uhr, Kiki ist immer noch nicht da. Ich glaube, da ist etwas Fürchterliches passiert.

5. Juli 1989, Mittwoch, Schwerin, DDR

Kurz vor 23 Uhr kam Kiki. Sie war erschöpft, musste stundenlang an der Grenze warten. Sie hatte den Koffer mit Theaterbüchern gespickt, über Pina Bausch allein zwei. Glücklicherweise war jenes Buch „Der vormundschaftliche Staat“ von Rolf Henrich, gut versteckt.

Schon in der Autoschlange vor der Grenze erlaubte sie sich einmal auszusteigen und die Beine zu vertreten, worauf sie einen Anschnauzer erhielt, sich wieder ins Auto zu setzen. Für sie war es fürchterlich. Es herrscht dort Willkür, Ohnmacht und Angstmache an der Grenze. Auf dem Weg nach Schwerin musste sie die Transitstrecke (führt weiter nach Berlin) verlassen und wurde sofort von einer Polizeistreife angehalten.
Glücklicherweise waren die Papiere vollständig und sie durfte weiter. Kurz vor Schwerin kam eine Kreuzung, die auf Rot stand, Kiki stieg aus, fragte in einem Auto vor ihr nach dem Weg, der Mann bot ihr an, sie bis vor die Haustür zu bringen. So geschehen.
Heute macht mich die gestrige Erzählung von Kiki äußerst nervös. „Kiki, das ist gefährlich", sage ich, „es hätte ein Spitzel sein können, der jetzt weiß er, wo ich wohne." Kiki staunt. „Ja und was hat der davon?", fragt sie. „Informationen, die tauscht er gegen Geld, gegen Orden und gegen Anerkennung von seinen Vorgesetzten und gegen das Gefühl, etwas Nützliches auf dieser Welt getan zu haben." „Nützlich?" „Ich glaube, die halten sich für bessere Menschen."

6. Juli 1989, Donnerstag, Schwerin, DDR

Am Morgen dränge ich Kiki, sich unbedingt ins Hausbuch einzutragen. Sie lacht darüber, merkt aber, wie wichtig mir das ist, alles korrekt zu machen. Das Hausbuch ist bei meiner Nachbarin, der ehemaligen Besitzerin des Hauses.
Dann müssen wir zur Polizei. Kikis Unterlagen liegen dort zum wiederholten Male nicht. Wir erhalten einen gewaltigen Anschnauzer, obwohl wir sicher nichts dafür können, denn alles war eingereicht. „Das nächste Mal ginge das nicht", – bedeutet, dass wir dieses Mal keine weiteren Probleme bekommen.

7. Juli 1989, Freitag, Schwerin, DDR

Immer, wenn Kiki liest oder mit sich beschäftigt ist, greife ich mir sofort das von ihr mitgebrachte Buch „Der vormundschaftliche Staat“ von Rolf Henrich. Im April diesen Jahres herausgekommen, von einem ehemaligen SED-Bezirkssekretär (und gleichzeitig Rechtsanwalt) geschrieben, trifft es mich und immer wieder wie mit einem Hammer auf dem Kopf. Nur mal ein paar Sätze aus der Einleitung: „Der vormundschaftliche Staat – mit diesem Titel will ich an das hierzulande stillgelegte Unternehmen Aufklärung erinnern. Denn spätestens seit dem ‚Sieg der sozialistischen Produktionsverhältnisse‘ sind die Hoffnungen aus den Gründerjahren des Staatssozialismus verflogen, dass geänderte Eigentumsverhältnisse an den Produktionsmitteln und ein aufrechter Gang des Menschen automatisch zusammengehen. Wenn diese Hoffnungen sich aber nicht erfüllt haben, dann ist erst einmal wieder die Frage zu klären, worin unser Leiden im Staatssozialismus besteht... Ganz allgemein können wir deshalb sagen, wir leiden an dem Unvermögen, das Prinzip der Selbstbestimmung in unserem Handeln zu verwirklichen. Und der vormundschaftliche Staat ist der krasseste Ausdruck dieses Unvermögens.“ (13)

Viola kommt zu uns, bevor wir an die Küste fahren. Sie erzählt von einem großen Kunstprojekt in Dresden, an dem viele junge Künstler beteiligt sind und das eine Chance hat, auch in der BRD wahrgenommen zu werden. Wir werden es uns in Dresden ansehen. Und sie erzählt viel von ihrer Reise in die Mongolei, von dem Zerfall der vielen schönen Klöster, von der Ermordung der Mönche, die aus den Klöstern getrieben wurden, bevor diese zerdeppert und geplündert wurden. Davon, dass die Mönche vor die Wahl gestellt wurden – entweder ihrem Glauben abzuschwören und dem Kommunismus ihre Seele zu schenken. Andernfalls wurden sie erschossen – fast alle traf es. Viola nennt eine Zahl, die ich kaum glauben kann – sechshundert Klöster – wie viele Mönche darin? Irgendetwas reißt in mir. Ich habe das Gefühl, wenn ich in diesem Land mit einer sozialistischen Gesellschaftsordnung wohne, dann habe ich an diesen Morden Mitschuld. Ich könnte nur noch wegrennen, wegrennen, wegrennen, immer nach Westen, aber... irgendwann geht es nicht mehr gen Westen, dann kommt man hier wieder an...

9. Juli 1989, Sonntag, Rügen, DDR

Ab nach Rügen. Wir packen alles Nötige in Kikis Auto und düsen los. Kiki hat für Rügen keine Aufenthaltsgenehmigung. Immer, wenn irgendwo ein Polizeiauto zu sehen ist, werden wir hektisch.
„Sylvia, hinter uns!" „Wir müssen irgendwie unauffällig aussehen, starr nicht dauernd in den Spiegel, Kiki." „Gib mir eine Stulle, dann beruhige ich mich."
„Darf man am Steuer essen?" „Spinnst du?" „Sorry, die machen mich ganz wuschig, hier – ist Käse drauf."
Es ist verboten, sich frei und ohne Genehmigung irgendwo mit Kiki aufzuhalten. Spontanentscheidungen sind sozusagen nur der Macht vorbehalten. Auf Rügen finden wir eine Unterkunft. Es ist ein kleines Zimmer, zu ebener Erde neben der Gaststätte, die erst am Abend öffnet. Mit altem Ehebett!
Kiki möchte gerne ein Eis essen. Wir suchen einen Konsum oder einen Eisstand. Direkt auf dem Weg zum Strand finden wir eine kleine Bude, davor steht eine lange Schlange. „Ich stell mich schon mal an, geh du nachsehen, was es zu kaufen gibt." Kiki schaut mich verwundert aus ihren dunklen Augen an, ist sich unschlüssig, ob sie tun soll, was ich sage. „Wieso stellst du dich an, wenn du noch nicht einmal weißt, was es gibt?" „Weil es immer etwas ist, was es selten gibt, und sicher können wir es brauchen."
Kiki geht an den Menschen, die in der Schlange stehen vorbei. Sie ist so wunderbar selbstbewusst, obwohl zwei Köpfe kleiner als ich. Ich sehe, wie einige ihr hinterher schauen, nicht immer wohlwollend, denn sie könnte ja vorhaben, vorzudrängeln. Ich weiß ziemlich genau, dass sich Kiki aber eine diesbezügliche Bemerkung nicht im Geringsten gefallen lassen würde und ich lache in mich hinein. Sie kommt zurück.

„Da vorn steht dran, dass es zwischen 14 und 15 Uhr Eis gibt. Sag mal, ist es danach wirklich schon wieder alle?“, fragt mich Kiki verwundert.
„Wahrscheinlich.“
Wir bekommen ein Eis und schlendern zum Strand, als wir zurückkommen ist der Stand tatsächlich zu. Kiki fragt mich, wie das denn ginge, dass man plötzlich zwischen zwei und drei Uhr Lust auf Eis zu haben hat. Ich verstehe glaube nicht richtig, wie sie das meint. Wenn es eine Mangelware gibt, stellt sich doch nicht die Frage, ob man gerade Lust darauf hat – man kauft sie eben. Wozu braucht man da Lust drauf? Ein Diskussionspunkt ist das nicht zwischen Kiki und mir, nur entdecke ich, wie unterschiedlich wir denken. Wir wandern am Strand entlang und gehen abends in der Gaststätte essen. Kiki wirkt etwas schockiert, denn wir sitzen an kahlen hellen Sprelacardtischen. In der Mitte eine Blumenvase mit verstaubten Plastikblumen. Kiki dreht die Blumen in der Hand.
„Was soll denn das sein, Sylvia? Etwa Dekoration? Das sieht mit den Plastikdingern noch trostloser aus als ohne.“
Das Essen ist bestellt, es wird gleich kommen. Nun, was soll ich sagen, ich kenne ja das Geschirr. Ich freue mich schon drauf, was Kiki gleich sagen wird, wenn die Dreifächer-Plastteller auf den Sprelacardtisch klatschen und dazu die Aluminiumblechgabeln und –messer auf den kahlen Tisch klickern werden. Ich lehne mich zurück und griene zufrieden. Wer wollte im Osten leben, Kiki?
Der Wirt enttäuscht mich nicht. Er serviert mit dem Essen einen echten Eindruck von einer Verköstigung im Knast.
„Als Nachttisch empfehle ich eine Quarkspeise.“, sage ich zuckersüß und lächle Kiki unschuldig an.
„Guten Appetit!“, grummelt sie und beginnt in den Kartoffeln herumzustochern, die komischen weißen ekligen Stärkebällchen haben – oder was das auch immer ist, was sich an fremden Kartoffeln aus fremden Küchen immer dran sammelt. Zuhause habe ich das noch nie geschafft, so eklige Kartoffeln zu kochen.

10. Juli 1989, Montag, Rügen, DDR

Wir liegen am Strand und lesen uns gegenseitig das Buch „Der vormundschaftliche Staat“ vor. Dann erzählen wir uns die letzten Männergeschichten und schließlich bekommt Kiki wieder unheimlichen Appetit auf...

„Ich hätte jetzt Bock auf ein paar schöne Pfirsiche, Melonen, noch besser: Kirschen.“

„Willst du mich veräppeln?“

„Warum? Ich habe Lust auf was Frisches, lass uns einfach was kaufen, ich habe doch genug Ostgeld umtauschen müssen.“

„Na ja, daran wird’s nicht unbedingt liegen, dass mit deiner ‚Lust auf...‘ verträgt sich nicht unbedingt mit der Wirtschaftslage. Aber gut, lass uns gucken gehen.“

Wir gehen ins kleine Dorf.

„Siehst du Sylvia, ein Frischemarkt.“

„Es ist nicht immer drin, was dransteht“, warne ich sie.

Aber Kikis Lust treibt sie hoffnungsvoll voran.

„Los komm.“ Kiki wird ganz schnell und hetzt vor mir her...

Ausgelatschte Steinstufe, klappernde Tür auf, klappernde Tür zu, die Scheibe klirrt leise, die Klinke zeigt wieder traurig Richtung Boden, als wir sie loslassen.

An den Wänden stehen blassgelb gestrichene Regale. Kiki bleibt wie vom Donner gerührt stehen und lässt ihren Blick langsam von links nach rechts über die Regale streifen. Links von uns stehen die Kohlgläser: Rotkohl, Sauerkraut und Grünkohl fein säuberlich nebeneinander im Regal. Eingelegter Kürbis scheint noch dabei zu sein. Dann folgen drei freie Regalbretter mit Plastblümchen in einer Vase (dieselben wie auf unserem Sprelacarttisch in der Kneipe.) Etwas weiter rechts steht das Obst. Ich sage lieber nichts. Ich kann Kikis Gesicht nicht sehen, als sie auf die Obstgläser zugeht und entdecken muss, dass es nur Pflaumen sind. Immerhin zwei verschiedene Sorten. Deutsche und welche aus der CSSR.

„Aber dass ist ja alles...“

„Was wollen sie? ...“ Die Verkäuferin steht plötzlich hinter dem Ladentisch und sortiert ein paar Keime aus den Kartoffeln.
„Sind sie ein Frischemarkt?“
„Ja, steht doch wohl draußen dran!“
„Haben sie frisches Obst oder Gemüse?“
„Rotkohl, Weißkohl, Mohrrüben und Äpfel.“
„Sind die süß?“ Kiki zeigt auf die Äpfel.
Die Verkäuferin schüttelt den Kopf. Niedergeschlagen verlassen wir beide den Laden. Schade, ich wäre gerne meiner Gastfreundschaft nachgekommmen und hätte ihr den dringenden Wunsch erfüllt.
„Kaufen wir eben statt Weintrauben Wein in Flaschen.“
„Das sehe ich auch so“, stimme ich ihr schon etwas froher zu.
Am Abend entdeckt Kiki in einer Zeitung, dass jemand ein paar Dörfer weiter Äpfel untersch iedlichster Sorgen verkauft.
„Los, lass uns sofort hinfahren, das ist doch super!“
„Kannst du sein lassen. Die sogenannten ‚Sorten‘ unterscheiden sich nur darin, dass sie unterschiedlich groß sind.“

11. Juli 1989, Dienstag, Rügen, DDR

Es gibt Pfirsiche! Der Frischemarkt erhält plötzlich eine sagenhafte Popularität. Wir stellen uns an der langen Schlage an und warten gespannt darauf, dass mal jemand mit Pfirsichen wieder aus dem Laden kommt. Das heißt: ich bin nicht so gespannt darauf.
Als die ersten „Glücklichen“ mit einer Stiege Pfirsiche aus den Laden kommen ist Kiki total entsetzt. Kleine grüne harte Murmeln mit staubiger piecksiger Schale liegen darin. Ich tröste sie. „Wir können sie weich kochen und wir hauen noch Zucker ans Kompott.“
Sie guckt mich an, lacht und sagt: „Frischobst, ja?“

Wir wollen heute nach Schwerin und fahren nach diesem Fehlschlag gleich los. Am Abend gehen wir in die Theaterkantine, denn das Schauspielensemble ist am Nachmittag aus Italien zurück gekommen. Ich möchte gerne ein paar Berichte hören, aber noch neugieriger – und auch ungruhiger – bin ich auf die Nachricht, ob alle wieder zurückgekommen sind.
Ein paar Versprengte sitzen noch in der Kantine – Hans scheint mir der richtige Ansprechpartner. Er schüttelt den Kopf auf meine Frage:
„Wer?"
„Manne und Schweini."
Mein Gesicht gerät außer Kontrolle, ein paar Tränen kullern und dann fließt noch der Wein. Wir stranden drüben beim Sohn von Hans, der von Italien erzählt. Unseren traurigen Rügen-Berichten setzt er noch etwas hinzu: Rinderblutschokolade. Er behauptet wirklich: Da der Kakao knapp ist, soll die DDR-Schokolade aus Rinderblut bestehen.

12. Juli 1989, Mittwoch, Schwerin, DDR

Ich gehe für ein paar Stunden ins Theater. Dort ist der Teufel los. Der Schauspieldirektor muss Umbesetzungen für die fehlenden Schauspieler organisieren, da werde ich gebraucht. „Romeo und Julia", „Wintermärchen", „Tell" und die „Volkslieder". Letzteres ist immer noch vakant, obwohl die Vor-Inszenierung von der Theaterparteileitung erst einmal auf Eis gelegt wurde. In meinem Fach liegen ein paar neue Texte, die in die Inszenierung für den zweiten Anlauf eingearbeitet werden sollen. „An den Schwankenden" von Bertolt Brecht zum Beispiel und ein Mix aus lustigeren Volksliedern. Tja, es ist eben im Moment nicht so lustig hierzulande. Das Brecht-Gedicht haut dazwischen wie Agitprop in einen Klassikabend. Es passt einfach nicht.
Den Schauspielern geht es nicht gut. Sie sind durcheinander. Sie werden immer dünnhäutiger, weil sie wieder die Rollen von Weggebliebenen übernehmen

müssen. Ich habe das Gefühl, es ist eine Epidemie ausgebrochen. Manchmal fehlt die Kraft. Wozu denn diese Umbesetzungen wenn dann doch wieder...?
Am Abend nimmt es mich sehr mit, dass Babette, die in der Partei ist und immer so überzeugt tut, sich nicht mehr einkriegt. Sie weint und weint und weint. Sie gefährdet den Vorstellungsbeginn, kurz vorher kriegt sie die Kurve.
Es steht ein weiteres Gastspiel an, und aus diesem ist Sanna aussortiert worden. Sie darf nicht mit nach Bad Hersfeld und muss ebenfalls umbesetzt werden. Was für ein Chaos. Sanna verschwindet noch vor den Proben mit dunkler Sonnenbrille aus dem Theater.

13. Juli 1989, Donnerstag, Dresden, DDR

Abfahrt nach Dresden, Kiki und ich. Wir verfahren uns kurz vor Dresden und suchen hektisch nach der richtigen Abfahrt. Ein Polizeiwagen parkt in der Nähe, Kiki wird bleich. Fast kreischend fragt sie mich, ob ich einen Polizisten aussteigen sehe. „Nein, bleib ruhig, wir haben doch die Genehmigung für Dresden." Kiki muss anhalten und tief durchatmen, sie tastet nach einem Taschentuch und trocknet sich den Schweiß von der Stirn und vom Nacken. Ich schaue sie verwundert an, hat sie der Aufenthalt hier in der DDR schon dermaßen verändert? Sie hat ja Angst. Wir kommen in Dresden an und besuchen zunächst einmal das Kunstprojekt – junge bildende Künstler im Zusammenschluss. Befriedigt mich nicht. Was ist da der Gegenstand? Abstrakt und unverständlich, na ja vielleicht nur für mich. Judy (hat in Leipzig über Jahre hinweg eine private Galerie aufgebaut) scheint ganz aus dem Häuschen zu sein. Er umtänzelt einige Westler – natürlich auch Kiki – und erzählt ganz offen davon, die jungen Künstler in den Westen verkaufen zu wollen. Ich habe das dumme Gefühl, dass dieses Anliegen das vordergründigste der gesamten Kunstausstellung ist. Neben Judy noch so ein junger Kulturkritiker, der ebenfalls beflissen die Verkaufsstrategie befolgt. Der

Begriff „Koffermänner“ kommt mir in den Kopf. „Das ist reiner Kapitalismus, alles kalter Kaffee“, sagt Kiki.

14. Juli 1989, Freitag, Dresden, DDR

Am Tage besuchen wir das „Grüne Gewölbe“, das „Blaue Wunder“ und insgesamt das „Rote Tal der Ahnungslosen“, eben alles, was man in Dresden so gesehen haben muss.

Abends wollen wir essen gehen. Die Restaurants sind zu oder es stehen Menschen davor Schlange. Ich stelle mich auf dem Fußgängerboulevard an. Weil es nach zwanzig Minuten immer noch nicht vorwärts geht, marschiert Kiki nach vorne, um zu sehen was los ist. Sie wirft einen Blick in das Innere des Restaurants und entdeckt lauter freie Tische. „Warum setzen Sie sich nicht an die freien Tische?“, fragt sie das Pärchen, welches dort steht.

„Hier wird man platziert.“

„Aber es ist doch alles frei, wieso werden sie dann nicht platziert?“

„Fragen Sie doch selbst den Kellner.“

„Der ist im Grunde genommen nicht der richtige Ansprechpartner. Sie sind doch der Kunde. Er will doch was von ihnen!“ Ich rufe Kiki, ich glaube, was sie da sagt, versteht keiner wirklich. Die Gaststättenkunden wollen hier etwas vom Kellner – ein Essen.

„Komm.“ sagt Kiki und geht zielbewusst voran, obwohl wir noch nicht wissen, wohin. „Was lassen die nur mit sich machen. Da gibt es jede Menge freie Plätze und alle stehen vor der Tür.“

Irgendwo im Außenbezirk finden wir noch ein Restaurant mit freien Plätzen. Wir bekommen das einzige Essen, was es zu dieser Zeit noch gibt. Kartoffeln, Sauerkraut mit Fleischresten, die in einer Suppe voller Fett schwimmen. Alles zusammen soll Szegediner Gulasch vorstellen. Guten Appetit!

15. Juli 1989, Sonnabend, Dresden, DDR

Noch einmal die schönen Elbwiesen zu sehen und an den leider zerfallenen Schlössern vorbei zu schippern – das ersehne ich und Kiki soll das kennen lernen. Doch wir hätten ein wenig früher aufstehen sollen, denn ab 17 Uhr fahren die Dampfer nur noch zurück.
Dresden hat für mich einige Orte, die mir nahe sind, mit denen ich erinnerungswürdige Augenblicke verknüpfe. Zum einen sind es die Schätze des „Grünen Gewölbes", die ich als Kind bestaunt habe und hier insbesondere der Kirschkern, auf welchen viele Gesichter geschnitzt sind. Dann ist es das Dresdner Theater, in welchem ich Wolfgang Engels Inszenierungen gesehen habe und da besonders „La Guerra", die für mich eine deutliche Abfuhr an das Wettrüsten zwischen den beiden Weltlagern war, weil sie die Sinnlosigkeit des Abschlachtens schlechthin zeigte. Außerdem hatte ich die von mir geliebte Inszenierung von Pina Bausch hier gesehen, in welcher sie selbst tanzte – „Café Müller".
Und dann gab es noch einen Flecken in Kleinschachwitz an der Elbe – ein Garten mit einem großen Baum, unter dem die Tische standen für Freunde, für die Familie. Dort war ich vor zehn Jahren mit Uwe bei dem Dichter Thomas Rosenlöcher eingekehrt, bevor wir auf Franz Fühmanns Pfaden in das tschechische Gebirge verschwanden und seinen Geburtsort besichtigten.
So bringe ich Kiki in diese Gegend, den besonderen Flecken, wir stehen an der Elbe von Kleinschachwitz und ich führe sie an dem Haus vorbei, aber niemand sitzt im Garten und ich traue mich nicht mehr zu klingeln.

16. Juli 1989, Sonntag, Berlin, DDR

In Berlin in meiner Eisenblätter Straße angekommen – endlich Entspannung. Das kühle dunkle Zimmer mit den hellen Möbeln gibt uns höhlenartigen Schutz. Von

hier aus können wir überall hin telefonieren, haben Anschluss an die Außenwelt und Gaststätten sowie Frischobst für Kiki (muss grinsen).
Ich greife ein paar Einkaufsbeutel, öffne Kiki die Tür zum Balkon, stelle ihr den Sessel darauf und verschwinde.
Als ich wiederkomme, sitzt Kiki auf dem Balkon und liest im vormundschaftlichen Staat. Ich erschrecke. „Du kannst das Buch doch nicht auf dem Balkon lesen?"
„Warum denn nicht auf dem Balkon?"
„Wenn da jemand mit Fernglas den Buchtitel liest, bin ich dran."
Kiki guckt mich lange an, dann sagt sie: „Du meinst das ja wirklich ernst."
Ich bin etwas beschämt: „Ich will nicht noch mal soviel verlieren, meine Arbeit ist mir wichtig, und meine Freunde..."
„Aber du willst das alles doch selber aufgeben und weggehen."
„Vielleicht bleibe ich ja." Ich stocke einen Moment und erzähle leise. „Mir hat es damals gereicht, als ich das Studium verlor. Es war ein Schock und dann die Angst, vielleicht nie wieder studieren zu dürfen. Ob das mein Wissensdurst ausgehalten hätte, dazu die Ungewissheit jemals wieder eine gute Arbeit zu bekommen, in diesem Stadtbezirkssekretariat der CDU zu sitzen und Einladungen zu verschicken. Manchmal war ich tagelang allein dort und habe von morgens 8.00 Uhr bis 17:00 Uhr sinnlose Arbeit gemacht."
Kiki sieht ernst aus. „Weißt du Sylvia, ich verstehe zum ersten Mal, wie tief die Angst in euch allen sitzt. Und ich kapiere durch diesen Aufenthalt hier in der DDR endlich, wie der Nationalsozialismus funktioniert haben muss."

17. Juli 1989, Montag, Berlin, DDR

Melnik und Maud wohnen in der Anklamer Straße. Wir steigen die hellen Linoleumtreppen bis in den 3. Stock hinauf und werden erwartet. Maud wirbelt in der Küche herum, um eine riesige Pizza zu machen und Melnik starrt Kiki an und doziert über Philosophie, Politik, Spinoza oder Nietzsche.

Ich kenne die beiden schon lange, zuerst nur Melnik, dann kam Maud dazu, nachdem sie beide durch einen Autounfall aufeinandergeprallt waren. Melnik gefiel sofort Mauds Ruhe, dass sie nicht hysterisch wurde und ganz praktisch die Angelegenheit klärte. Das war der Beginn ihrer Liebe. Nach dem Essen gehen wir ins Zimmer und köpfen die Weinflaschen. Jeder Gast bringt mindestens einen Rotwein mit, so lautet die Regel. Melnik fragt Kiki aus, Kiki erzählt von sich und ich rede mit Maud. „Ach, und das tollste weißt du noch nicht, Maud, Hellfried hat mir einen Heiratsantrag gemacht."

Maud wird bleich.

„Ich solle ihm nur Bescheid geben, sobald ich meine Entscheidung getroffen habe, das Land zu verlassen."

Maud bekommt rote Flecken im Gesicht.

„Ich bin ihm so dankbar, es ist ein wunderbares Gefühl zu wissen, dass ich eine Möglichkeit habe, falls diese Situation hier immer unerträglicher wird."

Maud guckt hektisch zu Melnik.

„Es ist eine Scheinheirat, mehr nicht."

Maud stößt Melnik an. „Melnik, hör mal, was Sylvia da erzählt, da muss irgendetwas schief gelaufen sein." Melnik schaut mich an, dann Maud. „Was denn?"

„Hellfried hat mir einen Heiratsantrag gemacht, er will mir die Chance geben, nach Westberlin ausreisen zu können, ist daran was nicht in Ordnung?"

„Da bist du zu spät, Sylvia", sagt Melnik.

„Wieso zu spät?"

„Hellfried ist für jemand anderen vorgesehen."

„Ich verstehe nicht."

„Er soll Maud heiraten, so ist es geplant."

„Ihr wollt auch weg?", ich schlucke.

„Ja." Er steht auf. „Entschuldige, ich muss mal kurz telefonieren." Melnik verschwindet in seine Einzimmerwohnung, die eine Etage tiefer liegt.

„Noch einen Wein?“ Maud steht auf und fängt an, herumzuräumen. Es sieht ein bisschen wie ein Rauschschmiss aus. Also haben die beiden einen Plan, um zu verschwinden. Allerdings breitet sich ein ziemlich schaler Gesch mack in meinem Mund aus. Letztendlich kann Hellfried selber entscheiden, was er tut. Dass ein bester Freund für „etwas vorgesehen“ ist, wage ich nicht zu denken. Das sieht ganz nach einer Nutzenrechnung aus. Die Standuhr schlägt null Uhr, Melnik telefoniert schon eine geschlagene Stunde. – ich nehme an, mit Hellfried.

18. Juli 1989, Dienstag, Berlin, DDR

Ich wache angeschlagen auf, voller Träume über die Mauer. Die Träume spielen in Leipzig, die Stadt verändert durch große Stahlkonstruktionen gigantischen Ausmaßes, etwa wie das „Blaue Wunder“ in Dresden. In der Traumstadt steht eine Mauer. Auf dem Grünstreifen vor der Mauer gehen zwei Frauen über das „Niemandsland“. Eine ist schwanger, die andere hat zwei Kinder. Die Schwangere gebiert ihr Kind auf dem Grünstreifen während die andere ihr hilft. Sie steht hinter ihr und hält sie an den Armen. Eines der Kinder zieht den Säugling heraus.
Die Trennlinie ist tödlich.
Kiki schweigt. Melnik ruft an, redet mit ihr. Was ist mit meiner Möglichkeit, über eine Heirat in den Westen zu kommen? Sie rückt immer weiter ab. Ist es Wirklichkeit, dass wir „Ostler“ uns jetzt um die Westler streiten, um wegzukommen? Wie absurd! Und bedeutet Melniks Aufmerksamkeit für Kiki, dass sie jetzt für Melnik „vorgesehen“ ist, dass er von ihr geheiratet werden möchte, um in den Westen gehen zu können? Der Gedanke geht mir nicht mehr aus dem Kopf und scheint sich zu manifestieren bei mir.
Am Abend gehen wir zum Programm von Tobias Morgenstern, der wunderbare Akkordeon-Solist. Das Programm hat einen auffällig bitteren Humor. Morgensterns präpariertes Instrument fällt während seines Auftrittes Stück für

Stück auseinander, ein wunderbarer Regieeinfall. Zerfall der K.-und-K.-Monarchie wird bemüht. Alle wissen, was gemeint ist. Unser Staat löst sich auf.

20. Juli 1989, Donnerstag, Berlin, DDR

Das wusste ich nicht! Mein Bruder Michael ist seit letzten Oktober in der Partei?! Allerdings will seine Frau, die bisher in der Partei war – im Oktober austreten. Interessante Gegenbewegung. Er erzählt, dass seine Parteigruppe schon leitende Funktionäre „von oben" „zur Seite gestellt" bekommen hat. Sie hätten die Forderung an den Betriebsrat gestellt, nicht nur Farbfernsehröhren und Leiterplatten entwickeln zu wollen, sondern vollständige Geräte. (Wo kommen wir denn hin, wenn vollständige Geräte entwickelt werden sollen!) Ich finde es spannend: Die Lust nach Mündigkeit ist geweckt worden.

24. Juli 1989, Montag, Berlin, DDR

Katja ruft an. Das Gastspiel in Bad Hersfeld endete gestern am Sonntag. Dem Ensemble fehlen wiederum zwei Schauspieler, den Bühnenarbeitern einer. Katja weint am Telefon. Ich fahre sofort die drei Stationen mit dem Bus zu ihr. Kiki liegt noch im Bett und liest. Solange Kaffee, Bücher und ein Telefon in der Nähe sind, geht es ihr ausgezeichnet.
Allerdings geht es Katja gar nicht gut. Sie stellt Tee und selbstgebackenen Kuchen für mich hin. In den fehlenden Bühnenarbeiter hatte sie sich gerade verliebt. Eine Geschichte, die seit Jahren schwelt und in Rom schließlich ausgebrochen ist. „Sind wir nicht bescheuert?", sagt sie mit ihrer unverkennbaren Kinderstimme, „da arbeiten wir täglich miteinander und müssen nach Rom oder in den Westen fahren, um uns endlich mal auszuleben!"

Aber es ist noch etwas Anderes. Ein Anruf kommt und Katja geht ran. Sie wird hektisch, ruft immer wieder in den Hörer, am Ende der Leitung sagt niemand etwas. „Was ist los, wer war das?“

„Das habe ich dir noch nicht erzählt: Romi wird noch erwartet.“

„Was? Romi Wippert? Mit ihr würden dann drei Schauspieler aus dem Ensemble fehlen. „Die hat doch eine Tochter?“

„Ja, das Mädel ist bei den Großeltern und ruft mich alle zwei Stunden an.“

Das Telefon klingelt wieder. Es ist die Tochter von Romi.

„Nein, sie hat sich noch nicht bei mir gemeldet, aber ich glaube, sie versucht es dauernd. Ich denke deine Mama versucht mich anzurufen, aber die Leitung wird immer unterbrochen. Du wirst sehen, dass sie heute noch zurückkommt. Ruf wieder an!“ Katja legt betroffen auf.

In dem Augenblick kommt eine Meldung in Radio. Ich drehe laut. Der RIAS bringt die Nachricht darüber, dass die DDR-Schauspielerin Romi Wippert noch vom Gastspiel zurück erwartet wird. Seltsam. Für mich klingt es wie ein Aufruf an sie, doch wieder in die DDR zurück zu kehren. Mit dem einen Ohr überwache ich die Ansagen des Radios, mit dem anderen höre ich Katja zu, die von ihrem Bühnenarbeiter erzählt. „Sag mal, der Nachname von ihm kommt mir so bekannt vor, da gibt es einen Schauspieler an der Volksbühne.“ Natürlich ist er der Sohn von ihm! In der DDR kennen sich fast alle die am Theater arbeiten mindestens namentlich.

Die Meldung im RIAS wird nicht mehr wiederholt. Das Telefon klingelt. Katja rast hin und nimmt ab – wieder kein Wort am anderen Ende der Leitung. Wir vermuten, es ist Romi, doch warum sagt sie nichts?

„Katja, sag in den Hörer, dass wir ihr irgendwie helfen, egal wie, sie soll uns nur eine Nachricht zukommen lassen.“

Sollen die doch alle bleiben, denke ich mir. Bei dem Chaos hier.

25. Juli 1989, Dienstag, Berlin, DDR

Romi bleibt weiterhin verschwunden. Ich sitze auf dem kleinen Balkon morgens um fünf und kann nicht mehr schlafen. Wie wäre es wohl gewesen, wenn unser Schauspieldirektor mit dem gesamten Ensemble ausgereist wäre und in einer anderen Stadt wieder angefangen hätte? Er steht ebenfalls unter Druck, kann nicht inszenieren, was er gerne inszenieren möchte, jedenfalls jetzt nicht mehr. „Die Volkslieder" bleiben verboten und sein Ensemble schrumpft. Romi Wippert spielte in der Wolokolomsker Chaussee in Schwerin mit. Auf ihre Anfragen hin teilte er ihr mit, dass er sie nicht im Berliner Ensemble besetzen durfte, da er Schauspieler vom Theater im Palast nehmen muss. Für beide ein unbefriedigender Kompromiss. Romi – klar – auch sie möchte nicht in Schwerin bleiben, wenn der neue Schauspieldirektor kommt. Vielleicht war das ein Grund, eine lange schon in sich bewegte Idee schließlich umzusetzen? Die fehlenden Zukunftsaussichten treiben viele weg.
Am Abend besuchen wir Melnik. Er bringt uns zur Mauer, denn Kiki wollte nicht glauben, dass sie gleich nebenan in der Bernauer Straße steht.
Dann steht Kiki vor der Mauer und schweigt mit uns.

26. Juli 1989, Mittwoch, Berlin, DDR

Abschied. Die Sachen von Kiki liegen gepackt auf dem Boden. Seit zwei Stunden trinken wir Kaffee und frühstücken noch ein zweites Mal. Ich finde keine Sätze, die jetzt zu sagen wären, dafür Kiki umso mehr.
„Weißt du, ich werde lange mit meinen Gedanken und Gefühlen hier bei euch sein, in der DDR, hier in deiner Wohnung mit Balkon." „Hat es dir gefallen?"
„Mehr als das, aber das hängt mit meinem Gefühl zusammen, zu dir als Freundin. Ich leide mit, was dir hier begegnet, in welcher Situation du dich befindest. Ich

möchte dich in die Arme nehmen und beschützen und dir helfen. Ich bin so froh, dass es dich gibt."

Ich kriege kein Wort heraus. Für manche Worte gibt es keine Verbindung in meinem Gehirn. Angenommen jemand würde zu mir sagen: *Ich liebe dich*. Ich glaube, das löst gar nichts bei mir aus, rein gar nichts. Vielleicht brauche ich den Satz nicht?

„Für mich war es so wichtig, dass du da warst" stottere ich zusammen.

„Weißt du, ich habe alles gewusst, als wir uns im letzen Jahr in Schwerin kennen gelernt haben, alles was wir im Sommer hier erlebt haben, dass du schreibst, dass du dein Stück inszenieren wirst. Unsere Zeit zusammen war so gut, wie sie nur sein konnte, so gut, wie wir innerlich zueinander standen." Kiki wühlt noch eine nächste Schachtel Zigaretten aus ihrer Tasche und öffnet sie. ‚Das passt', denke ich ‚dann bleibt sie noch ein paar Zigaretten lang.`

Ich gehe in die Küche und brühe noch einen nächsten Kaffee auf. Das schafft mir ein paar Minuten Zeit um über die Frage nachzudenken, die ich noch unbedingt stellen will. Ich komme wieder herein, setze den Kaffee ab.

„Wie bist du mit Melnik verblieben?" frage ich leichthin, denn ich bilde mir tatsächlich ein, dass mich dieses Thema nur oberflächlich tangiert. Doch als sie gestellt ist, belehrt mich mein Herzklopfen eines besseren.

„Wir werden wohl in Kontakt bleiben, immerhin hat er mir eine lange Bücherliste zur Besorgung mitgegeben."

„So? Ich dachte Wilfried bringt ihm seine Bücher mit?

„Ich mache es gern."

„Bist du verliebt?" Endlich habe ich diese Frage gefunden, sie brennt mir auf den Nägeln, da Melnik seine Partnerin Maud liebt und mir seine Annäherungsversuche an Kiki überhaupt nicht behagen.

„Meine Gefühle zu ihm wechseln. Mal ist er mir sehr nahe, dann denke ich, das es doch Quatsch ist."

Das Telefon klingelt. Katjas Stimme höre ich unter vielen heraus. Sie braucht Gewissheit, was mit unserer Schauspielerin Romi ist, denn ihre Tochter ruft immer noch bei Katja an, um herauszubekommen, warum ihre Mutter nicht vom Gastspiel nach Hause gekommen ist. Kiki erklärt sich bereit nach Ankunft in Saarbrücken das Aufnahmelager in Gießen anzurufen, um Gewissheit über Romis Verbleib zu erhalten. Das wird der Aufbruch.

Ich lenke mich ab und lese. Das Telefon klingelt. Hellfried. Er druckst herum, bevor er zum eigentlichen Thema kommt. Dann ist es heraus: Melnik verlangt von ihm, dass er Maud heiratet.

„Ich weiß jetzt nicht was ich machen soll, sag, willst du etwa?“ Hellfried gibt mir kraftlos zu verstehen, dass er nicht anders kann, als seinem besten Freund Melnik den Wunsch zu gewähren.

„Ich habe mich noch nicht entschlossen wegzugehen.“ Meine Stimme bricht mir weg, denn meine Absicherung, dass es mir jederzeit möglich wäre, hat sich in Luft aufgelöst.

„Dann ist es ja gut.“

Wir reden noch ein paar Sätze. Dann ist das Gespräch beendet.

Ich versuche mich auf das Buch zu konzentrieren, doch es will mir nicht gelingen. Die Wohnungsklingel sirrt in die Stille hinein. Melnik und Maud stehen vor der Tür. Sie wollen die Wirrnisse klarstellen.

Ich halte das für keinerlei Wirrnisse, es liegt auf der Hand, dass Melnik für seine Maud alles tun würde, aber er spricht anderes. Er meint, ich sei noch nicht soweit wegzugehen, hätte meine Eltern hier, mein Theater, das könne ich doch nicht alles im Stich lassen. Er würde mich nur schützen wollen. Seine Worte sind eindringlich, sie haben einen Wahrheitsanteil. Warum nur spüre ich dahinter eine Absicht, eine, die sich nicht mit Freundschaft verträgt? Eine Absicht, die einfach heißt, dass er mir gerade die Möglichkeit nimmt, auf eine einfache Art – abzuhauen.

Trotzdem stimmt eines: Ich will ja (noch) gar nicht.

28. Juli 1989, Freitag, Berlin, DDR

Ratlos – doch nicht hoffnungslos. Diese Möglichkeit gibt es nicht mehr für mich – Heirat in den Westen. Andererseits stellt sich mein Leben im Moment nicht ziellos dar. Ich werde das Studium in Leipzig in Kürze abschließen, habe mir ein wunderbares Diplomarbeitsthema gesucht, welches mir ermöglichen wird, reisen zu können – und daran glaube ich ganz fest. Im August beginnen die Proben zu den „Volksliedern" wieder im Theater. Ich werde also sofort Arbeit haben und die Arbeitslosigkeit der letzen Theatersaison besteht nicht weiter. Außerdem läuft mein Vertrag mit dem Rat der Stadt Schwerin, Bezirkskabinett für Kulturarbeit, an. Der Leiter schrieb mir einen Ausweis aus, mit dem ich berechtigt bin, meine Jugendtheatergruppe zu leiten. Das Kulturkabinett unterstützt außerdem das Projekt „Polizei" von Mrozek finanziell.
Kein Grund in Sicht, die Mücke zu machen. Immerhin hat sogar der Intendant des Theaters dafür die Nutzung unserer Probebühne bestätigt.
Das Telefon klingelt. Es ist Kiki, wie schön! Sie hat sich in Gießen um Auskunft über Romi bemüht. Doch Kiki hat kein Glück gehabt. Erst wenn sie ihre Adresse angibt, diese dann überprüft ist, erhält Kiki Auskunft. Das kann sie nicht, denn die Adresse steht nicht im Ausweis. Schade. Immerhin weiß sie zu berichten, dass in allen Westradionachrichten Hinweise von Romis Ausreise gekommen sind.

31. Juli 1989, Montag, Berlin, DDR

Schockierende Nachricht. Ab 1. September 89 dürfen wir DDR Bürger nicht mehr nach Ungarn reisen. Ich kann es nicht glauben. Der Freigang eines DDR-Bürgers dezimiert sich jetzt auf Hofgänge im Grauland. Eingesperrt. Der Begriff der Freiheit im Gesetz der Bundesrepublik beinhaltet in etwa, dass der Bürger zwar nicht überall hingehen kann (denn das kann man ja verwehrt bekommen) – dass der Bürger aber von dort weggehen kann, wo er gerade ist.

Die Regierung von Ungarn überlegt im Moment, ob sie DDR-Bürgern politisches Asyl gewähren soll.
Trotzdem: Ich habe den Eindruck, wir DDR-Bürger bekommen bald weltweite Unterstützung. Wie wunderbare Vorgänge – wenn zum Beispiel die Freunde aus Westberlin, Saarbrücken oder Hannover ihr Mitgefühl ausdrücken, Bücher schicken, Unterstützung gewährleisten!

4. September 1989, Montag, Schwerin, DDR

Seit dem 28. August läuft die neue Theatersaison. Wir proben für die „Volkslieder". Der Kompromiss mit der Intendanz und Parteileitung lief auf einige Veränderungen im Textheft der „Volkslieder" hinaus
Im großen Saal werden die unterschiedlichen Lichtstimmungen eingeleuchtet, die Inspizientin notiert sie sich in das Buch. Mich interessiert brennend, wie es die Schauspielleitung geschafft hat, die Inszenierung wieder aufnehmen zu lassen, vielleicht hat sie einfach keine Alternativen für die neue Saison angeboten?
Am Abend hören wir zum ersten Mal den Ersatz für den gestern gestrichenen Text: Es ist das bereits erwähnte Gedicht von Bertolt Brecht.
Babette spricht den Text. Er klingt grausam, denn die Position des Textes ist fremd. Die „Volkslieder" drücken allesamt die Gefühle des Publikums aus, die einer großen Masse, des Volkes. Der Text von Brecht, spricht zwar von „wir", allerdings drückt er nicht mehr die Position des Volkes aus. Denn es ist nicht mehr „ihre" Sache, die da gerade im Staat vor den Baum fährt.
Babette ist fertig mit dem Text. Der Regisseur ist angespannt, überlegt fieberhaft. Keiner sagt etwas – ich glaube, sie haben alle das gleiche Gefühl wie ich. Dann sagt er: „Der Text ist gestrichen". Juhuuu! Das sind die Momente, für die wir gerade Theater machen. Und weiter geht`s.

5. September 1989, Dienstag, Schwerin, DDR

Erste Komplettprobe Volkslieder. Wie die Inszenierung auf das Publikum wirken könnte, den Eindruck gewinnt man bei der ersten Komplettprobe: Licht, Maske, Kostüm, Orchester, alles ist da. Die wunderbar einfachen und passenden Arrangements für das Orchester bewundere ich immer wieder. Bisher kaum Veränderungen, dann spielen die Musiker das Entré für das „Spitzellied". Nicht nur ich warte mit hämischer Vorfreude darauf, dass das Lied endlich an sein Publikum kommt. Hier ist der Text unserer gestrich enen Fassung:

Das Spitzellied
Das Spionieren auf der Welt
Als bestes Handwerk mir gefällt
Ich schnüffle hin, ich schnüffle her
Und schleich herum die Kreuz und Quer.

Mit meinen Ohren lang und weit
Steh ich zum Horchen stets bereit
Und mir entgeht kein einzig Wort
Ich merke alles mir sofort.

Wenn meinem Freund die Hand ich drück
In seine Tasch ich heimlich blick
Ob linkes Schriftgut darin ruht
Wie es für Denunzianten gut.

Dafür empfang ich guten Lohn
Im eignen Pflichtbewusstsein schon
Und unsere Zeit, die ist mir hold
Bald wiegt man mich wohl auf mit Gold.

So steh in hoher Achtung ich
Und der brave Bürger liebet mich
Auch fühl ich weder Scham noch Schand
Ich bin ein deutscher Denunziant.

Heute aber versagt die Wirkung des Liedes. Die Regie hat Vorschläge: „Achtung, es darf auf keinen Fall schwul wirken.“ Wenn eine Szene nicht funktioniert, könnte es an der darauffolgenden liegen. Bisher sind die Schauspieler alle bei dem Spitzellied von der Bühne gegangen, nach jeder Strophe einer. Übrig blieben der Sänger und die Sängerin des nächsten Liedes. Wir probieren Folgendes aus:
Nach jeder Strophe des „Spitzels“ verschwindet ein Mensch.
„Ist ja wie im richtigen Leben“, scherzt Babette.
Es gibt weitere Vorschläge: „Die anderen auf den Eimern, drehen sich nach innen ab. Ihr seid einsam, habt aufgegeben. Nur Babette kämpft weiterhin gegen den Spitzel.“
Wir probieren das aus. Es sitzt. Beim nächsten Lied drehen sich alle Schauspieler nach vorne, sie singen ihren Schmerz: „Es geht ein dunkle Wolke herein.“ Es ist ernst geworden, Angst macht sich breit. Das vermittelt das Lied.

7. September 1989, Donnerstag, Schwerin, DDR

Ich muss Kohlen bestellen. In der Wartebude wird Schlange gestanden. Während ich von einem Bein auf das andere trete, überlege ich, wann ich Zeit haben werde, die Kohlen entgegen zu nehmen. Das einzige Problem bleibt das nicht, denn die letzte Verabredung mit den schwarzen Männern im Januar war: ich brauche einen richtigen Keller. Wie mache ich aus einer Katakombe ohne Licht-, dafür mit viel Wassereinfall einen Keller für die Kohlenmänner?
„Und Sie?“ Ich bin dran. „Ich will Kohlen bestellen...“

„Name..."

Ich sage meinen Namen, die Frau des Kohlenhandelbesitzers guckt in ihre Karteikarten. Sie wird sehr freundlich.

„Ach, vom Theater. Ja, kein Problem, wann kann denn das Fräuleinchen, gleich oder später?"

„Nach der Premiere, also ab Montag, ginge das?" Mir fällt noch rechtzeitig die Katakombe ein... „Nein, ab Dienstag..."

„Geht sicher." Sie schreibt mich ein von 6:30 bis 14:00 Uhr. Ich will an diesen Tag noch gar nicht denken. „Sagn Se mal, Se macht am Theater grad wat Verbotenes?"

„Meinen Sie die Volkslieder?"

„Ham wir von jehört. Wir würden gerne zur Premiere kommen. Kann Se Karten besorgen?"

Ich wittere die Möglichkeit, mir die Kohlenmänner diesmal dadurch gewogen zu machen. Vielleicht passiert diesmal reineweg gar nichts Unangenehmes.

„Ich sag Ihnen morgen Bescheid, ich werde gleich noch mal im Theater nachfragen."

Weder in der Dramaturgie, noch in der Abteilung Öffentlichkeitsarbeit habe ich Glück. Es gibt noch keinen offiziellen Kartenverkauf. Nanu? Zur Premiere?

8. September 1989, Freitag, Schwerin, DDR

Die zweite Komplettprobe. Sie geht hurtig voran. Wir nähern uns dem Lied Nummer 16 – „O Straßburg, O Straßburg... " oder auch „Der unerbittliche Hauptmann" genannt. Babette singt es leise und wehmütig.

Der Regisseur bricht ab: „Das muss anders gesungen werden, lass uns eine Änderung machen. Du musst es von einem neutralen Beginn zu einer steten Militarisierung treiben, es muss als kritisierte Haltung erkennbar sein. Am Ende jodelst du unbedarft über alles Leid, was dort im Krieg entsteht hinweg."

Ich sehe ihn von der Seite an und denke: Er wird immer direkter. Hat er nichts mehr zu befürchten, oder ist es ihm egal? Die SED-Bezirksleitung in Schwerin trägt den Ruf einer sehr engstirnigen Bezirksparteileitung. Vor dieser hat er sich ständig zu verantworten, muss seine Konzepte einreichen.
Babette probiert das Lied neu aus. Das hat Pfeffer. Zwei Lieder weiter bei „Frisch auf, Soldatenblut" geschieht ähnliches: Drei Schauspielerinnen singen es langsam, die Heldentaten rühmend. Das schmeißt er ebenfalls weg und sagt: „Ihr seid Offiziersfrauen, die ihre und anderer Leute Kinder in den Krieg schicken. Eure Haltung ist streng, trotzdem warmherzig, ihr weint nicht und ihr bewahrt die Contenance."
Ausprobiert wirkt es böse. Sie falten die Hände vor den Bauch, als wollten sie sagen, ‚so ist das Leben eben, Opfer muss jeder bringen. '

9. September 1989, Sonnabend, Schwerin, DDR

Generalprobe für die Volkslieder.
„Gestern gab es einen großen Eklat mit dem Intendanten", flüstert mir die junge Dramaturgin des Musiktheaters während der Generalprobe zu. Sie sitzt drüben im ehemaligen Waschhaus direkt neben der Schauspielleitung und bekommt jedes Leitungsproblem bei uns in der Sparte mit. „Euer Chef und er sollen sich unheimlich angebrüllt haben."
„Und was wird mit den geplanten Vorstellungen?" frage ich leise zurück.
„Werden alle verschoben, vorläufig gestrichen."
„Mist, dann gehen noch mehr Schauspieler in den Westen." Ich weiß es von einigen, die das Durchkommen der Inszenierung als eine Art letzte Deadline für sich in diesem Land sehen. Und ich bemerke, wie die Trauer in mir hochkriecht, dass noch mehr Leute den Grenzstreifen übertreten werden, um nie wiederzukommen. Noch mehr Freunde, noch mehr Kollegen, noch mehr von uns.

Die Generalprobe beginnt, der Saal ist mehr gefüllt, als es sonst bei Generalproben üblich ist. Wir haben uns herumgesprochen, freue ich mich.
„Du, mein Bruder kommt heute Nachmittag aus Berlin, ich habe Karten für ihn bestellt. Er darf doch rein, oder?" Ich muss mich bei ihr noch mal vergewissern, ob das mit den Hausangestellten wirklich so streng gehandhabt wird.
„Wird nicht gehen!"
„Wieso?"
„Hast du nichts gesehen?"
„Was denn?"
„Das Theater wird seit Probenbeginn bewacht?"
„Du spinnst, von wem denn?"
„Da steht vor dem Haus ein junger Herr von der Stasi und in der Pförtnerloge sitzt jetzt auch einer. Die schicken jeden, der keinen Ausweis vom Staatstheater Schwerin vorweisen kann, wieder nach Hause.
„Und die gekauften Karten?"
„Können an der Kasse zurückgegeben werden."
Das wäre doch gelacht, denke ich mir, wenn wir nicht einen Weg finden.
Ich frage den Co-Regisseur nach Karten für morgen. Im gleichen Moment bittet der Schauspieldirektor noch einmal um Ruhe und sagt an, dass dies morgen eine Vorstellung nur für Hausmitglieder sei.
„Keine Premiere?" fragt Tom.
„Noch nicht." meint er.
Wie bringe ich das jetzt meiner Kohlenhändlergattin bei?
Am Abend ist die ganze Stadt unterrichtet. Unser Publikum wird uns dafür lieben, denke ich. Endlich wird es wirklich interessant.

10. September 1989, Sonntag, Schwerin, DDR

Die Kohlenhändlerin hörte gestern konzentriert zu. Ich wollte zuerst nicht mit dem wahren Grund heraus, ich dachte, es könnte dem Theater schaden, vielleicht sogar ein Dienstgeheimnis sein, also druckste ich etwas herum, um ihr zu erklären, dass es keine Karten geben wird. Doch sie war geschickt im Aushorchen, nach ein paar Minuten wusste sie alles.
„Dat is man `n Ding. Da wird das Theata nun umzingelt. Die solln mal uppassen, dat wir euch nicht zu Hilfe kommen."
Das stellte ich mir spannend vor. Wenn sie ihre schwarze Kohlenmanngilde zusammenpfeift und die ins Theater poltert. Die Aufpasser werden ausgesperrt, die Kohlenmänner stellen ihre Kohlenkiepen von innen vor die Türen, damit uns keiner stört und dann geht's los. Die Idee gefiel mir so gut, dass ich ihr sagte, sie solle mit allen Personen, die in die Vorstellung möchten, morgen vor der Dramaturgie warten. Ich wusste plötzlich, wie ich sie hineinlotsen konnte. Nicht umsonst musste ich ein halbes Jahr lang im Theater meine Morgentoilette (mangels sanitärer Anlangen in meiner Wohnung) tätigen. Da gab es noch mehrere andere Türen, die in das Theater führten.
„Wat ohne Kaaten?" Sie wollte nicht so recht an die Sache ran. Auch am nächsten Tag stand von ihren Angestellten keiner vor dem Waschhaus. Allerdings zogen an mir eine Stunde vor Vorstellungsbeginn andere Besuchergruppen in Begleitung unserer Schauspieler vorbei. Ich konnte sie durch meine Geheimtür lotsen. Was soll ich sagen: Das Haus war voll. Wir hatten alle dieselbe Idee.
Schade für die Kohlenmänner. Sie hätten sicher mitgeweint, gestern. Die Aufführung war sehr schön, getragen von einem Geist, der das Ensemble und das gesamte Publikum erfasste. Gerade die Situation, dass wir „nur" vor Hausangestellten spielen durften, das Haus aber voll besetzt war, gab sämtlichen Angestellten das Gefühl, dass wir zusammenhalten und für unser Recht kämpfen. Das Recht, eine Volksliederinszenierung dem Volk vorspielen zu dürfen. Der Applaus hallte noch abends in meinen Ohren, wir saßen lange zusammen bei Tom,

in unserer Notgemeinschaft „Deutscher Osten“, quatschten, freuten uns und waren trotzdem traurig, dass nun wiederum vier bis Oktober geplante Aufführungen der Inszenierung vom Spielplan gestrichen waren. Trotzdem blieb der Tag ein kleiner Sieg.

11. September 1989, Montag, Schwerin, DDR

„Mach mal den Fernseher an, es ist etwas passiert!“ Tom brüllt aus der Küche. Der Duft von starkem Kaffee und frischen Brötchen begleitet seinen Ruf und sekundenschnell bin ich wach. Ich tappe durch das Matratzenlager, immer darauf bedacht, niemanden auf den Fuß zu treten. Wer hat hier gestern alles übernachtet? Bernd, klar, er ist meistens da und... wer ist das? Marriet. Das ist neu. Sie ist in der Regel in Berlin, wenn sie nicht in Schwerin spielt. Sie hat dort einen Freund.
Ich steige vorsichtig über sie hinüber und schalte den Fernseher an.
„Kommen die Nachrichten? Stimmt das, was die hier im Radio sagen?“ schreit Tom aus der Küche.
Gerade senden sie das ARD-Mittagsmagazin, das Bild ist schlecht: „Die Außenminister Ungarns und Österreichs, Gyula Horn und Alois Mock, schnitten am 27. Juni 1989 ein Loch in den Stacheldrahtzaun an der Grenze. Das *Paneuropäische Picknick* im grenznahen St. Margareten im Burgenland und in Sopron nutzten am 19. August fast 700 DDR-Bürger, um über die Grenze nach Österreich zu fliehen. Seit heute hat die Regierung Ungarns die offizielle Grenze nach Österreich für alle geöffnet.“ Die Moderatorin des Mittagsfernsehens der ARD schaut auf einen Monitor, der wird herangezoomt. Erschrocken und hilflos muss ich sehen, wie wieder Hunderte unser Land verlassen, sie stehen mit ihren Trabbis dort Schlange.
„Wo ist denn das?“ Marriet ist wach, und wie! Ihre Stimme dröhnt mir ins Ohr.
„Ungarisch -österreichische Grenze.“
„Gut, aber wo genau?“

„Der Ort klingt wie Sofia und ist in irgendeinem Burgenland.“ Ich kann mich nicht wirklich erinnern.
„Sofia? Das liegt doch in Bulgarien, da war ich letzten Sommer.“
„Der Ort heißt auch nicht Sofia, sondern so ähnlich.“
„So-Ähnlich-Sofia in Ungarn. Ach, du muss mal'n bisschen rumfahren, damit du weißt, wo was ist.“
„Danke für den Tipp, was machst du hier eigentlich, du bist doch sonst in Berlin? Etwa schlechte Stimmung?“
„Tom, wo sind deine Landkarten?“ brüllt sie in die Küche hinaus. „Die Grenze nach Österreich ist offen.“
Tom steht in der Tür: „Ist doch Wahnsinn, oder? Ich hab es im Radio schon gehört. Lasst den Fernseher an und kommt frühstücken.“
„Tom, wo sind deine Landkarten?“
„Weiß nicht, hab ich überhaupt welche?“
„Du musst doch Landkarten haben.“ Sie fängt an im Bücherregal zu suchen.
„Da sind die Kochbücher“, sagt Tom.
„Sie gehören in die Küche.“
„Komm doch essen, Marriet, dann suchen wir weiter.“
„Hast du einen Atlas?“
Tom beginnt den Atlas zu suchen, ich habe großen Hunger, setze mich an den Frühstückstisch und warte auf Marriet, Tom und Bernd. Es dauert ziemlich lange. Bernd kommt als erster, zündet sich eine Zigarette an. Marriet folgt triumphierend mit einer Karte in der Hand.
Schließlich wird sie mit einem Marmeladenbrötchen in der Hand fündig.
„Hier ist Sopron. Jetzt brauche ich nur noch einen Autoatlas. Tom, hast du...“
Ich verabschiede mich und gehe nach Hause, ich habe in ein paar Stunden Polizeiprobe.

Mein Hauptdarsteller Sven braucht eine Rauchpause.
„Hast du von Leipzig gehört?“, bringt er mich wieder in die Gegenwart zurück.

„Ja, meine Freunde erzählten, vor der Nikolaikirche gab es ein riesiges Aufgebot von Polizei am Montag. Die haben wahllos zugegriffen, jeden, der die Kirche verlassen hat, haben sie erwischen wollen. Andere halfen, um sie dem Zugriff entreißen zu wollen, die haben sie mit Gummiknüppeln bearbeitet."
„Ich finde es toll, dass wir das Stück machen", sagt Sven.

17. September 1989, Sonntag, Schwerin, DDR

Die Sonntagssonne brennt ihre Strahlen wie mit einem Glas in meine Haut. Ich suche die Einsamkeit des Schweriner Sees, an seinem Ufer. Es ist ein Weg, den ich immer wieder gehen kann. Er gibt Ruhe. In den Gärten auf der rechten Seite wetteifern die letzten Blumen um Grazie und Farbenpracht und die Gräser des Seeufers verbeugen sich unablässig vor ihnen.
Wenn ich es mir endlich gestatte zu lieben.
Am Abend bin ich bei Tom. Er schaut fernsehen. Nicht unbedingt meine Vorstellung von Abendgestaltung, aber gut. Ich gehe in die Küche und sehe, dass gedeckt ist. „Oh, du hast mich erwartet?" Ich freue mich wirklich. „Marriet kommt nachher", meint Tom und schaut weiter fern. „Aber die hat doch einen Freund in Berlin!", sage ich. Tom lacht, „Na und? Da kann sie doch trotzdem hier essen, du kannst auch bleiben. Ich habe ein kleines Hühnchen im Ofen." „Nein danke, ich muss noch was machen." Die Tür fällt hart ins Schloss.

18. September 1989, Montag, Leipzig, DDR

Fernstudium in Leipzig – Theater im Sozialismus. Der Dozent vorne ergießt seine ziemlich veralteten Seminarvorbereitungen über uns. Man kann es so einrichten, dass man höchst interessiert aussieht und trotzdem die wirklichen Themen der Zeit in die Spur bringt. Zum Beispiel einen Zettel zum Nachbarn: „Begleitest du mich nachher zur Nikolaikirche?“ „Nur auf den Hof, rein gehe ich da nicht.“ „Warum?“ „Hab morgen Abenddienst, kann mir keine Verhaftung leisten.“ „Ok. Dann nur hingehen, also demonstrieren.“ „Meinetwegen.“

Wir kommen kurz vor Beendigung des Gottesdienstes an. Zwischen den normalen Menschen stehen auffällige Stasileute – meistens sehr jung und auf jung gemacht, sie tragen komische Anoraks. Da wir vom Bahnhof aus an die Kirche herangeschlendert sind, entdecken wir in einer Querstraße Lkws. Wir positionieren uns vor dem Seiteneingang der Kirche und sehen uns befremdlich um. Was wird auf uns zukommen? Der „Eiserne Gustav“ schlägt seinen Klöppel, volle Stunde. Obwohl noch keine Tür zur Kirche geöffnet wurde, wird es unruhig. Von hinten wird gedrängelt, es stehen plötzlich Polizisten zwischen uns und viele der Anoraktträger. Mir ist unheimlich. Ich bekomme Angst. Die Tür zur Kirche öffnet sich, die Friedensgebetler kommen heraus, und plötzlich – wie auf Kommando – geht es los. Links von mir rennen fünf Polizisten auf ein Mädchen zu, die kreischt. Ich bin so betroffen, dass ich hinzurenne, gleichzeitig wird rechts von mir jemand auf der Erde entlang geschliffen und fortgebracht. Über den Stadtfunk kommt eine harsche sächsische Ansage, die gleichzeitig urkomisch wirkt: „Bürger, lösen sie sich auf!“

Ich bin dermaßen erregt durch die Schreie des Mädchens, dass ich mich auf den Arm eines der fünf Polizisten konzentriere und daran wie verrückt zerre, damit er sie loslässt. Irgendwer tritt mir in die Wade, dann reißt mich jemand von hinten so gewaltig weg, dass ich hinfalle. Ich sehe das Mädchen weiterhin an, wir haben Blickkontakt, sie wiederholt ständig ein paar Worte, beim dritten Mal habe ich kapiert. Sie ruft eine Adresse. Ich nicke, gebe ihr mit den Augen die Sicherheit, dass ich mir die Adresse merken werde.

Dann reißt mich wieder jemand hoch – es ist mein Kommilitone, er brüllt: Weg hier! Weg hier! Aber ich habe doch einen Auftrag, denke ich. Er zerrt mich zur Nebenstraße, dort stehen die Lkws. Jetzt weiß ich, wofür sie hier stehen, die Festgenommenen werden aufgeladen. Ein junger Mann dreht sich um und schreit von dort oben wieder eine Adresse in der Hoffnung, dass sie jemand anderes melden geht und man weiß, dass er mitgenommen wurde. Ich muss etwas tun. Ich muss die zwei Adressen jemandem schriftlich in die Hand drücken, bevor ich sie vergesse. In der Straße in der das beliebte Café Corso liegt, finde ich eine ruhige Ecke. Mein Kommilitone sagt immer noch, wir sollten hier verschwinden.

Er mag Recht haben, aber ich habe noch einen Auftrag. Ich zücke meinen Stift und den nächstbesten Hefter und schreibe die Adressen auf – dann setze ich noch eine Beschreibung des Mädchens und des jungen Mannes hinzu. Meine Wade schmerzt. Wenn das Mädchen Kinder hat, dann muss sofort etwas geschehen, denke ich. Aber sie war vielleicht erst siebzehn oder achtzehn, ich tippe auf Abiturientin. Trotzdem müssen die Adressen heute noch irgendjemandem übergeben werden. Ich beschließe in einer Stunde noch einmal in die Kirche zu gehen, nach der Demonstration. Mein Kommilitone täuscht irgendeine wichtige Aufgabe vor und verschwindet. Ich setze mich ins Café Corso. Von dort aus kann ich beobachten, wann die Demonstration zu Ende ist.

Langsam gehen die Menschen nach Hause. Ich bezahle den Kaffee und schleiche eher zum Seiteneingang der Kirche. Der ist unbewacht. Ich öffne die Tür, sie ist unverschlossen. Geschafft, hinter mir fällt die Tür langsam ins Schloss. Ich kann nicht viel sehen, erkenne aber gleich hinter einer Säule ein kleines Tischchen mit einem Mann dahinter. Er trägt einen Bart, ich spreche ihn einfach an. Beschreibe, dass ich eigentlich nicht aus Leipzig bin und deshalb diese Angelegenheit nicht allein verfolgen kann, ob ich die Adressen übergeben kann. Er bedankt sich, erzählt, dass er schon eine ganze Liste zusammen hätte und dass sie ab morgen die Familien besuchen werden. Falls jemand nicht zurückgekommen sei, würden sie dies hier mit großen Plakaten kundgeben und Freiheit für die Menschen fordern. Einigermaßen zufrieden, aber total klapprig gehe ich zu meinen Freunden, Pie und Karla.

Ich warte auf die Straßenbahn, alle Bahnen sind überfüllt und fahren vom Karl-Marx-Platz aus ziemlich unregelmäßig, doch laufen kann ich keinen Schritt mehr. Das Pech will es, dass bei Pie und Karla niemand zu Hause ist. Der Tag der Überraschungen ist noch nicht vorbei. Eigentlich müsste jemand da sein, meistens zuerst Karla, denn die kleine Tochter von ihnen ist noch so lütt, dass sie um diese Uhrzeit längst im Bett liegt.

Ich stelle mich vor das Haus, laufe auf und ab, nach einer halben Stunde mache ich einen Zettel an die Tür und setze ich mich auf eine hölzerne, ehemals grüne Parkbank. Das spröde Holz kratzt beim Setzen meine lädierte Wade, ich bemerke sie erst jetzt und erschrecke fast zu Tode. Sie ist tiefblau. Tja, was mit einer tiefblauen Wade machen, ich lege sie auf die Bank, mich gleich dazu und schiebe mir meine Mappe mit Seminarheftern unter den Kopf. In wenigen Sekunden bin ich eingeschlafen.

Nach dem Tiefschlaf kommt die Traumphase. Ich flüchte vor den mit Gummiknüppeln bewaffneten Polizisten über die Dächer Leipzigs, aber einer lässt sich nicht abschütteln, er steht dunkel und riesengroß vor mir. Aufgrund seiner Größe schwankt er wie ein unverankerter Turm im Wind hin und her. Was sagt der Polizistenturm? ‚Bürgerin, lösen Sie sich auf'; ‚Bürgerin, sind sie krank...', – aber nein, der Polizistenturm sagt laut und deutlich „Bank". Er wiederholt den Satz – ich kenne doch die Stimme, die sächselnde, immer zu einem Spaß aufgelegte Stimme. Das ist kein Turm, denke ich, das ist doch: „Pie..." „Bürgerin Kruppskaja, haben Sie noch Platz auf der Bank?", sagt er mit seinem charmanten Sächsisch. Ich freue mich. Hat er also meinen Zettel gelesen und hat mich hier aufgelesen. „Klar, Bürger Liebschik", sag ich, „auch auf der ungrünsten Parkbank ist Platz für dich." Pie knallt etwas ungelenk auf die Bank. Nanu, denke ich, er ist betrunken. Natürlich stelle ich unbewusst genau die Frage, die das Problem auf den Kopf trifft.

„Wo ist Karla? Und wo die beiden Mädels?"

„Meine liebe Karla hat sich in Luft aufgelöst."

„Was ist los?"

„Nix ist los, sie ist nicht wiedergekommen."

Mühsam entlocke ich Pie die Erzählung. Karla war auf Verwandtschaftsreise im Westen und sei weg geblieben. Er hätte nun beide Kinder am Hals. Ich verstehe nicht genau, welches die Wahrheit ist, denn meiner Meinung nach haben beide eine

sehr enge Beziehung, die es durchaus zulässt, eine Flucht zu planen, sich in solch einer Situation abzusprechen. Aber dass er mir nicht erzählt, wie es sich wirklich verhält, das verwundert mich.
Wenn Pie in den nächsten Tagen einen Antrag auf Familienzusammenführung stellt, dann ist klar, dass sie sich abgesprochen haben.
Aber zunächst wankt er und humpele ich zur Wohnung, um den nächsten Tag halbwegs ausgeruht anzugehen.

19. September 1989, Dienstag, Schwerin, DDR

Trotzdem ich bei Pie gestern Abend nur drei Stunden schlafen konnte, bin ich sehr früh aufgestanden, um den Zug um sieben Uhr zu bekommen. Um 14 Uhr habe ich einen Termin bei unserem zukünftigen Schauspieldirektor.
Seit vier Stunden rumpelt der Zug über die Gleise von Leipzig nach Schwerin, ich habe einen Fensterplatz abbekommen, weil ich am Beginn der Strecke, in Leipzig eingestiegen bin. Der Zug ist dermaßen voll, dass es besser ist, keine Flüssigkeit zu sich zu nehmen, denn der Gang zum Klo hieße, über die Bier trinkenden Armisten steigen zu müssen. Wobei es sowieso nicht zu trinken gibt, die MITROPA ist sowieso wieder geschlossen. Ich überlege, woher dieser Name kommt – MITROPA. Mit zwei Worten kann ich mich einverstanden erklären, die wohl den Wortstamm der Zugversorgungsstelle (Restaurant kann man ja nicht dazu sagen) bilden: Misanthrop und Opa.
Von den meisten Haltebahnhöfen habe ich bisher nichts mitbekommen. Mein Kopf baumelt seit Stunden hin und her. Ich bin so müde, dass mir sogar aus dem offenen Mund Spucke heraustropft. Ich bemerke es, schrecke hoch:
„Ist ihnen nicht gut?“, fragt mich die Frau gegenüber.
„Doch, danke, ich bin nur... müde.“ Ich schlucke sämtliche Spuckereste hinunter, halte das Taschentuch bereit, verdecke mit meiner Jacke meinen Kopf und bin sofort wieder eingeschlafen.

Ich erwache von Marius Müller-Westernhagens Lied: „Johnny Walker". Der Zug hält gerade. Ich linse zwischen einem Knopflochschlitz der Jacke in meine nähere Umgebung. Zuerst das Schild: Bahnhof Ludwigslust. Aha, die Frau, die mir vorhin gegenüber saß, ist ausgestiegen. Stattdessen fläzen im Abteil die Armisten.
Neben mir spricht jemand mit nordischem Akzent: „Der Typ war zwanzig Jahre alt, nech. In der Sonne eingeschlafen, man. Der Länge nach vom Panzer zermalmt, nech."
Von Gegenüber kommt lakonisch: „Das ist doch eingeplant."
„Red doch nicht so'n Scheiß, Siebert." Der junge Mann neben mir rumpelt mich in einer Bewegung an, denkt aber nicht an eine Entschuldigung, denn für ihn schlafe ich noch.
„So, so, Scheiß nennst du das. Aha, und was war mit Specker? Der Klempner aus Dresden? Blasen und offene Wunden an den Füßen. Der Arzt gibt ihm Binden und Schlangengift, doch die Schwellung bleibt. Nach zehn Tagen erst durfte er Turnschuhe tragen, die Schmerzen nehmen zu, schließlich kippt er beim Appell um. Jetzt lässt ihn der Arzt röntgen – schickt ihn sofort ins Krankenhaus. Und was war's? Fortgeschrittene Knochenmarksentzündung. Doch für den linken Fuß war's vorbei. Der liegt jetzt auf dem Soldatenfriedhof."
Jetzt mischt sich ein Dritter ein: „Der Mensch ist kein Held. Und erst recht keiner mit Knobelbechern an den Füßen, stinkend, schwitzend und eine Schleimspur hinter sich herziehend."
Ich weiß zwar nicht was Knobelbecher sind, aber meine Füße scheinen zwei Sandsäcke zu sein, meine Beine dick wie Kanonenrohre.
Kurz danach muss ich mich nicht mehr schlafend stellen, denn die jungen Männer stehen lange vor Schwerin an der Zugtür und warten auf die Einfahrt. Der Zug rollt in den Bahnhof ein. Die meisten Türen sind bereits während der Fahrt geöffnet worden. Eine leere Schnapsflasche rollt an meine Schuhe, während der Zug bremst. Eine schwarze Reisetasche fliegt vor meinem Fenster über den Bahnsteg und landet treffsicher auf der Treppe der Unterführung. Beklatschendes

Johlen. Kaum steht der Zug, stürmen die Soldaten mit lauten Verabschiedungen und Verabredungen raus.

23. September 1989, Sonnabend, Schwerin, DDR

Gestern nach der Zugfahrt ein Gespräch mit dem zukünftigen Schauspieldirektor. Nach ein paar Minuten war mir klar, dass es nicht um mich ging. Nicht um meine Entwicklung, nicht um eine Regie oder um die Eingliederung in die Dramaturgie. Vielleicht war es gar nicht gut, ihm davon zu erzählen, dass ich gerade mit Laien „Die Polizei“ von Mrozek inszeniere. Vielleicht nehmen die männlichen Theaterkollegen mich nur wahr, wenn ich mir irgendwie eine „echte“ Theaterregie ergattern kann. Vielleicht muss ich mit einem Direktor, Chef oder Bonzen schlafen. Oder bei der Weiterbewerbung an ein anderes Theater lügen, dass ich Regie geführt hätte. Ohne die erste Regie gibt es keine zweite Regie. Die Entwicklung wird einfach gestoppt. Das Flussbett ausgedörrt. Was er wollte, der neue Schauspieldirektor? Dass ich seine organisatorische zweite Hand werde, weil ich mich hier so gut auskenne. Also, seine Hausfrau fürs Theater. Leider denke ich zu selbständig, um an diesem Angebot etwas Positives zu finden.
Aber selbst Heiner Müller sagt ja: „Die individuelle Lebenszeit und die Zeit der sich bewegenden historischen Veränderung fallen nicht unbedingt zusammen. Die Erfahrungen der einzelnen Körper, ihre lebendige Sinnlichkeit, widersprechen einem Bewusstsein der Realität und der historischen Möglichkeit der Produktivitätsentfaltung.“ (13)
Ich kann das nicht mehr hören, auch wenn es von Müller ist: Ich will *jetzt* leben, mich *jetzt* entwickeln. Klar, so kann man Stillstand auch entschuldigen – mit sogenannten gesellschaftlichen Gesetzen.

24. September 1989, Sonntag, Schwerin, DDR

Ich musste unbedingt mit jemandem reden – die Leipziger Erlebnisse lassen mich nicht mehr zur Ruhe kommen, der Schlaf flieht vor mir und scheint in den Fugen meines Zimmers zu stecken, anstatt zu mir zu kommen.
Immerhin hat wenigstens etwas vor kurzem neu angefangen. Doch ob dies ein Anfang in meinem Sinne ist, bleibt dahingestellt: Der Herbst. Er tuscht schon wieder den Sommerfarben dazwischen: Gelb anstatt Grün, mit Rubinrot entschuldigt er sich.
Tom ist zu Hause. Er hält sich meistens in Schwerin auf, obwohl er auch in Berlin wohnt. Er hört mir zu: „Schreib das auf!“, ermunterte er mich. Mache ich ja sowieso täglich. Doch ich möchte auch etwas von ihm wissen. Mich interessiert, warum Marriet in letzter Zeit so oft mit Tom zusammen ist, im Theater.
„Hat Marriet noch ihren Freund in Berlin?“
„Das weiß ich auch nicht so genau.“ Tom lacht.
„Stört es dich denn nicht?“
„Warum sollte mich stören, dass Marriet einen oder keinen Freund in Berlin hat.“
Tom legt wieder die Silly-Platte auf und wir hören im Bett den Liedern zu, die uns immer wieder die ohnmächtigen Gedanken wegnehmen. Wenn da eine Sängerin, einer Rockgruppe in der Lage ist, Texte zu singen, die unsere Gefühle so genau widerspiegeln, dann gibt es doch eine Kraft, die sich anfängt durchzusetzen gegen die Stagnation, gegen den Willen der alten Bonzen. Und zu dieser Kraft möchte ich unbedingt etwas beitragen. Ich erzähle von meinen Polizeiproben, Tom unterstützt mich, jedenfalls mit wohlwollenden Worten und Interesse.
Mein Wunsch ist, bei Tom etwas zu bewirken. Die politische Lage deprimiert ihn dermaßen, dass er nur den Ausweg Landeswechsel sieht. Er macht die geplante Aktion an der Premiere „Volkslieder“ fest. Wenn die Premiere kommt, dann bleibt er, dann kann er beitragen zu der Kraft, die eine andere Politik will. Wenn die Premiere nicht kommt und die „Volkslieder“ abgesetzt werden, dann meint er weggehen zu müssen. Er sagt, er könne in diesem Fall nichts mehr hier tun. Ich

glaube, ich erzähle ihm soviel über die „Polizeiproben", um ihm zu zeigen, dass man selber etwas initiieren kann. Ich bin nicht abhängig davon, ob die „Volkslieder" kommen oder nicht, ich inszeniere selber, gut, zwar mit Laien, aber egal. Ich bin auch nicht abhängig davon, ob ich noch einmal mit dem Theater in den Westen reisen darf oder nicht, denn ich habe einen neuen Plan.

25. September 1989, Montag, Schwerin, DDR

Mein neuer Plan ist: Meine Diplomarbeit werde ich im Fach Inszenierungsanalyse schreiben. Beschreiben ist meine Stärke. Das erwählte Theater ist das Tanztheater von Pina Bausch. Das liegt in Wuppertal. Wuppertal im Westen, in Nordrhein-Westfalen. Im November kommt das Ensemble wieder in die DDR – nach Leipzig. Ich werde dort Kontakt mit den Tänzern oder mit Pina Bausch persönlich aufnehmen. Junge Regisseure wie Frank Castorf beziehen sich auf sie, sind fasziniert. Pina Bausch-Rezeption in der DDR – das wäre das Thema. Und: natürlich werde ich nach Wuppertal.

30. September 1989, Sonnabend, Schwerin, DDR

Die Wochenenden sind für mich bis auf Weiteres mit den Proben zum Mrozek-Stück besetzt. Heute proben wir von 10:00 Uhr bis 16:00 Uhr. Morgen von 10:00 bis 14:00 Uhr. Für eine Theaterratte wie mich eher problemlos, aber wer möchte von den ganz „normalen" Menschen schon um zehn Uhr sonntags auf der Bühne stehen. Ich bin erstaunt, wie bereitwillig einer meiner Hauptdarsteller seine Freizeit zur Verfügung stellt. Sven hat Familie und einen Beruf. Zuverlässig und pünktlich kommt er zu den Proben mit gelerntem Text und vielen neuen Ideen. Hans – mein Schauspieler aus dem Theater – macht ebenfalls mit, doch er nimmt lieber die Proben zu späteren Stunden.

Am Abend läuft bei Tom wieder der Fernseher, ich lese, während die ARD-Nachrichten kommen, in der Zeitung. Seit diesem Wochenende warten 4000 DDR-Bürger in der BRD-Botschaft in Prag auf eine Entscheidung der Regierungen, was nun mit ihnen werden wird. Das sagt jedenfalls gerade die Nachrichtensprecherin. Die DDR-Bürger haben die Botschaft besetzt, Bilder davon sind kaum zu ertragen. Es werden hektisch Kinder über den Zaun gereicht, immer noch klettern Menschen hinüber. Diejenigen, die schon die Insel erreicht haben, greifen bereitwillig zu und helfen, obwohl es kaum noch Platz gibt.
Genscher betritt einen Balkon, es wird ruhig, nur ein einzelnes Kind quäkt herum, dann hebt er an zu sprechen: „Ich bin gekommen, um Ihnen mitzuteilen, dass heute ihre Ausreise... " Ich blicke zum Fernseher. Das ist doch nicht wahr, 4000 Menschen, die auf Türmchen, Kisten, Balkons und sonst wo sitzen. Totenstille während Genscher seine Worte an sie richtet, aber er kann den Satz nicht mehr beenden. Seine letzten Worte gehen in einem Freudengebrüll unter, das mir sofort Tränen in die Augen treibt. Ein Kreischen wie im Fußballstadion. Diese Emotion von 4000 Menschen, die sich plötzlich nach Tagen der Anspannung in bodenlose Freude verwandelt, ist eine deutliche Ansage, wie es ihnen gefühlsmäßig vorher gegangen ist. Ich kann meinen Kloß im Hals nicht mehr unterdrücken, die Augen laufen über und jetzt heule ich erbärmlich los.
Tom steht plötzlich hinter mir, ich hatte ihn nicht bemerkt. Jetzt nimmt er mich in die Arme. Das hat jedoch zur Folge, dass ich mich noch mehr entlade und zusätzlich zu schluchzen anfange. Dabei wollte ich gar nicht soviel Verzweiflung zeigen, wollte stark sein. Es brechen ja schon so viele andere um und gerade Tom, der selber schon mit einem Bein im Westen steht, sollte das nicht sehen. Ich weine, aus abgrundtiefer Verzweiflung über alles.

2. Oktober 1989, Montag, Schwerin, DDR

Wie ein Lauffeuer ist es herum, von Prag über Dresden nach Berlin, von dort hinüber nach Schwerin, es erfasst das Theater und ohne, dass wir in das Theater kommen müssen, eilt es die Schmiedestraße entlang, zischt durch den Fußgängerboulevard und die Spatzen pfeifen den Rest vom Dach, der Wind pustet die Nachricht bis zu uns in die Dachwohnung:
Matthias war dabei, war in der Botschaft in Prag, Matthias, der bei uns in den „Volksliedern" besetzt ist, Matthias, ein weiterer Schauspieler, der nicht mehr zurückkommt, nicht mehr mitspielt, nicht mehr mitsingt.
Tom guckt mich skeptisch an und befürchtet, dass sich mein Wasserreservoir in den Tränensäcken noch einmal entlädt, aber ich habe es gestern schon aufgebraucht.
„Dann gehe ich mal ins Theater, es muss ja wieder umbesetzt werden.", sage ich kleinlaut und schlurfe los. Tom schafft es nicht, mich zum Frühstück zu überreden. Ich fühle mich plötzlich unendlich müde und ausgelaugt.
Mir schießt soviel durch den Kopf. Was ist das gerade? Ein Machtkampf? In einer politischen Informationssendung im Fernsehen der DDR I benutzte der Chefredakteur des „Horizont" wieder das Wort „Schlammschlacht". Es klang hart und unerbittlich. Wird es zu Kämpfen kommen? Jene im Untergrund laufen seit Jahren, brechen sie jetzt hervor?
Mir begegnet Hans, mein „Polizeichef" aus unseren Mrozek-Proben. Ich wollte am Nachmittag sowieso bei ihm vorbei. Er scheint nicht recht bei der Inszenierung zu sein, ist dauernd unterwegs, verbummelt manchmal Proben. Dabei ist er mein wichtigster Schauspieler. Hans berichtet mir aufgeregt, dass heute um 20:30 Uhr, in der Bäckerstr. 2 ein Neues Forum gegründet wird. Eine politische Organisation für Veränderung der Gesellschaft. Er legt mir dar, wie viel wichtiger das jetzt sei als eine Probe. Also muss die Abendprobe wieder ohne ihn stattfinden. Ich werde trotzdem nicht aufgeben. Er versichert hoch und heilig am Donnerstag pünktlich (und überhaupt) zu kommen.

3. Oktober 1989, Dienstag, Schwerin, DDR

Ich habe einen Brief von Kiki bekommen. Ihm liegt dieser Liedtext von Bettina Wegner bei:

Von Deutschland
Nach Deutschland

Zwei Namen für ehemals gleiches Land
die Grenze geht mitten durchs Ich
verschiedene Fahnen, nur gartenverwandt,
im Muster verwirren sie sich

Von Deutschland nach Deutschland ein Katzensprung
wie gut, dass die Sprache fast stimmt
von der Wut lügt man sich bis zur Mäßigung
und hofft, dass man wieder schwimmt
...
Was bleibt, ist die Heimat als Niemandsland
In dem man verloren geht
Von niemand geliebt, von niemand erkannt
Und manchmal stirbt man daran.
... (14)

Das ist unser Grundgefühl. Kiki schreibt jetzt aus Karlsruhe, ihr Chef hat das Theater gewechselt und sie ist mitgegangen. Sehr glücklich ist sie damit nicht, denn es werden unerbittlich Schauspieler gekündigt, die bisher Mitglied des Karlsruher Ensembles waren. Die Mittel sind nicht fein. Am Abend zuvor noch ein Bier miteinander getrunken, am nächsten Tag schmeißt der eine Bierkumpan den anderen Bierkumpan raus. Das ist die andere Seite des Westens.

Aber für uns hier gibt es soviel Solidarität von ihr: „Meine Gedanken sind zur Zeit immer bei dir, und ich wäre am liebsten auch physisch bei dir. Versuche immer wieder in Schwerin anzurufen, komme aber fast nie durch und wenn, ist niemand da. Was machst du, wie fühlst du dich? Die Nachrichten bringen mich zum Heulen, alles ist gespenstisch... ich denke an dich, an deine Kämpfe und Situation, und das gibt mir selber wieder Kraft. Ist es so unendlich schwieriger bei euch..."

9. Oktober 1989, Montag, Leipzig, DDR

Morgens um 10 Uhr komme ich auf dem Hauptbahnhof an – wie immer mit einer halben bis einer Stunde Zugverspätung. Wie immer ist Leipzig: hektisch, dreckig, verrußt.
Leise setze ich mich in das bereits laufende Seminar in der Theaterhochschule und versuche zuzuhören. Aber meine Gedanken ziehen andere Kreise. Denn heute ist wieder einer der Montage an denen hier in Leipzig Demonstrationen stattfinden. Vor einer Woche sind Wasserwerfer eingesetzt worden. Das hindert sicher keinen, heute wieder demonstrieren zu gehen. Jetzt denke ich daran, mitten im Dramaturgen-Seminar über das Stück „Der fröhliche Weinberg" von Carl Zuckmayer.
Was treiben wir hier überhaupt! Von hinten wird ein Zettel durchgeschoben: Das abendliche Seminar soll von neunzehn Uhr auf siebzehn Uhr verschoben werden – warum, weshalb, was ist los... „zu unserem persönlichen Schutz"... flüstert einer. Die Demonstration soll heute um 18 Uhr beginnen, sie schien Kräfte ausgelöst zu haben, die einen gnadenlosen polizeilichen Eingriff für notwendig hielten. Der Chef der Theaterhochschule betritt unseren Seminarraum in der Pause. Wir werden von ihm dringlichst gebeten, nicht die Innenstadt zu betreten. Es gibt einen Schießbefehl. Man befürchte einen „Himmlischen Frieden" und die Schule möchte keinen Studenten und keine Studentin verlieren. Was für ein Satz! Wir befürchten einen himmlischen Frieden. Das heißt: den grotesken Vorgang

mitdenken, dass auf dem Platz des Himmlischen Friedens in Peking Studenten von Soldaten niedergewalzt und niedergeschossen wurden. Würde man mich auch niederwalzen mit einem Panzer? Wenn dies geschehen würde, wenn heute hier geschossen werden würde, sähe mich dieses Land mein Lebtag nie wieder.

In der Pause zwischen den Seminaren flüchten Gerüchte vorbei. Heute kein Unterricht mehr, alle nach Hause fahren, eine Hochschulversammlung wird einberufen.

Ich will um 17 Uhr zur Demo und ich will den Unterricht fortgeführt haben. Wir fressen uns gemeinsam mit der nächsten Dozentin durch die zähen spannungsvollen Stunden. Kommt jemand den Schulgang entlang, entgleitet mir meine Vorstellungskraft und tanzt in wilden Bilderrhythmen durch meinen Kopf. Ich bilde mir ein, dass die Tür aufgerissen und ein Gewehr in den Raum gehalten wird. Ich stelle mir vor, wie uns jemand mit verzerrtem Gesicht anschreien wird: „Los raustreten, ihr Schweine." Ich höre kolonnenlange Panzerzüge durch die Straßen fahren. Tatsächlich aber kreisen seit Stunden kleine Flugzeuge über Leipzig. Wir alle sind zu staatsfeindlichem Potential geworden, Siebzigtausend an diesem Tag, allein in Leipzig. Wofür?

Weitere Nachrichten erreichen uns per Telefon. Die Geschäfte sind ab 16 Uhr geschlossen worden, Straßenabsperrungen gehen bis in die Nähe unserer Schule. Der Ehemann unserer Dozentin betritt den Unterrichtsraum. „Die Kinder sind in Sicherheit", flüstert er ihr äußerst leise zu, aber wir würden sogar eine Stecknadel fallen hören. Wir sehen uns nicht mehr in die Augen, starren auf unsere Mitschriften und versuchen einen klaren Gedanken zu fassen.

Nach dem Seminar bleibe ich allein zurück und wandere lange immer an der Innenstadt vorbei. Die anderen sind wohl mutiger als ich, frage ich mich. Ich will keinen erschossenen Menschen sehen, keine Polizisten, die auf Demonstranten einschlagen, keine weitere Gewalt – aber die Masse zieht mich an. Die Siebzigtausend wirken wie ein Sog. Ich renne los – auf das Zentrum zu, an einkaufenden Frauen und Kindern vorbei, an Wurst essenden Passanten, bis zu den ersten Einsatzwagen der VP, die die Innenstadt von den Nebenstraßen aus beobachten. Ich erreiche den äußersten Rand dieser Menschenmasse, die mir Angst macht, die ich unberechenbar finde, die aber keine Angst mehr hat, die den ersten Polizeieinsatz mit gegen sie gerichteten Wasserwerfern hinter sich hat, vor einer Woche. Und anscheinend hatte es eine andere Wirkung als gewollt. Sie sind alle wieder da und sogar noch mehr.

Ich befinde mich zwischen dem Polizeigürtel und der Masse, würde also genau zwischen ihnen stehen, wenn jetzt was passiert, wenn sie losziehen, Demonstranten zu prügeln, einzusperren, ihnen die Arme umzudrehen. Das ganze Programm eben. Dann bin ich mal gewesen!

Ich versuche, außerhalb des Gürtels hindurch zu kommen. In der engen Universitätsstraße steht linker Hand die Bereitschaftspolizei. Sie stehen in kleinen Gruppen von zehn Mann, ausgerüstet mit Schild, Knüppel und einer Art Integralhelm. Sie würden also für Ordnung sorgen.

Ich habe gehört, dass eiligst auch Reservisten der Armee für diesen Einsatz aus den Betrieben geholt worden waren. Leider hat sich mein Bruder vor kurzem zum Reservistendienst verpflichtet. Wenn ich ihm nun hier Angesicht zu Angesicht gegenüberstehen würde, er in Uniform, mit einer Waffe in der Hand und ich ohne jeglichen Schutz. Wenn er schießen müsste? Mit geht es gar nicht gut mit diesen Gedanken. Was ist denn los? Was geschieht hier? Der Bruder-Schwester- oder Bruder-Bruder-Zwist, den es seit Grenzziehung gibt, wird doch nicht in Totschlag münden? Ich ziehe an den Büschen des grünen Gürtels, der die Leipziger Innenstadt umschließt, vorbei und sehe, wie das Grünzeug zerfetzt und zertrampelt am Boden liegt, dazwischen stehen leere Mannschaftswagen der Armee, dahinter Panzer und Wasserwerfer. Vom Kern her skandiert ein großer einheitlicher ungelenkter Wille: „Wir sind das Volk!"

Als ich das höre, hält mich nichts mehr zurück. Ich renne, renne bis ich Anschluss an die vielen Menschen habe und brülle laut mit: „Wir sind das Volk!"

10. Oktober 1989, Dienstag, Leipzig, DDR

Wir sitzen in der Theaterhochschule, als wäre gestern nichts gewesen. Und wir sind entspannt, sogar glücklich. Der Dozent verliert kein Wort darüber, dass in dem gestrigen Seminar – für uns extra auf die Stunde der Demonstration verlegt – dass in diesem Seminar…

„Du", flüstere ich Deniz zu, „wie viele waren denn gestern von uns da?"

Er dreht sich nach hinten um und fragt dort weiter. Mit den Augen beobachte ich, wie die Frage von einer Bank zur anderen geht und anscheinend nicht beantwortet werden kann. Jetzt gelangt sie zu Bank eins. Dort sitzen die beiden aus dem Stendhaler Theater, das sich immer streitende Pärchen. Die wissen tatsächlich auch mal nichts. Erst schaut mich Gerald an und zuckt mit den Schultern, dann Isel. Isel muss Gerald aber übertrumpfen, indem sie noch eine Vermutung abgibt. Sie zeigt mit dem Daumen nach oben, wackelt damit hin und her, dann senkt sie den Daumen nach unten. Es könnte heißen, ‚eine wankelmütige Person, die wir sowieso Scheiße finden.' Ich grinse. Beide beteiligen sich immer rege am Seminarunterricht, sie wissen alles. Nach und nach entdeckte ich allerdings, dass sie im Grunde eine Art Wissensquiz gegeneinander führen. Als müssten sie sich beweisen, wie geschaffen sie füreinander sind. Leider tragen beide diese beziehungstechnische Unsicherheit auf einem Gebiet aus, auf welchem Konkurrenzkämpfe zum geschäftlichen Klappern gehören. Gehen wir mal davon aus, dass sie sich noch das Fernstudium hindurch brauchen, um gemeinsam Seminararbeiten anzufertigen, um die notwendigen Prüfungen zu absolvieren, so gebe ich ihrer Partnerschaft noch genau das Jahr bis zum Abschluss unseres Studiums.

In den Pausen reden wir über die Demonstration gestern. Die einen glauben, dass die Dozenten den Schießbefehl erfunden haben, um uns von der Demonstration fern zu halten, die anderen meinen, dass die Masse der vielen Menschen die Sicherungskräfte von einem geplanten Angriff abgehalten haben. Was wirklich stimmt, weiß keiner.

13. Oktober 1989, Freitag, Schwerin, DDR

Dieses Jahr wird uns ein Leben lang in den Knochen stecken bleiben. Dieses Jahr 1989 ist der Anfang der völligen Verwüstung unseres Landes. In diesem Jahr schicken die Mächtigen ihre mündig gewordenen Landeskinder in die Welt. Keinen Platz gibt es mehr für sie. Die Mächtigen lösen sich von ihrer Zukunft, die für sie schwarz ist, genau wie für die Kinder. Der „Kinderzug" begann im Juli und reißt seitdem nicht mehr ab. Ununterbrochen, am Tage und in der Nacht, übertreten viele Füße die Grenzlinie. Sie gehen, nur ihre Teddys und Lieblingspuppen in den Armen. Die Mächtigen schauen nicht auf die offene, sich ausblutende Schlagader, als scheinen sie nicht zu bemerken, dass es auch ihr Körper ist, der ausblutet.
In der Stadt mit der größten Ausreisezahl, ich glaube, es ist Jena, werden Polizeiwagen herumgeschickt, die bekannt geben, wo sich alle Ausreisewilligen melden können. Auf Wunsch wird der Termin der Ausreise sofort festgelegt.
Mir tut es weh, dass alle gehen. Was wäre, wenn ich als 30jährige Frau in einem Land voller Greise zurückbleibe. Wo sind unsere Kolibris geblieben?

14. Oktober 1989, Sonnabend, Schwerin, DDR

Seitdem ich auf meine Regel warte, habe ich seltsame Ahnungen. Sie kommen aus der Bauchgegend und streben unaufhaltsam wie Blasen nach oben bis in die Hirngegend. Das schiebt sie gerne beiseite, als gäbe es sie nicht. Denn sie verheißen nichts Gutes. Es sind solche Gedanken: Wenn Tom am 15. September nicht genügend aufgepasst hat, dann... und schon stoppt der Gedanke, denn er möchte nicht gerne weiter gedacht werden. Aber der Bauch schickt ständig weiter solche Bläschen ins Gehirn. Einen Tag später, gab es bereits ein erstes „ungutes" Zeichen, der Eisprung musste gerade gewesen sein. Besser konnten wir es nicht treffen.

Hatte Tom mich an jenem Tag gefragt, ob ich ihn lieben würde? Nein, hatte er nicht. Warum ich zu ihm kommen würde, hatte er gefragt. Ich habe mit den Schultern gezuckt und ihn groß angesehen.

15. Oktober 1989, Sonntag, Schwerin, DDR

Es ist tatsächlich so, dass ich ein neues kleines Tagebuch begonnen habe, ich rede mit meinem Bauch. Ich rede mit dem winzig kleinen, punktgroßen Lebewesen.
Ich fuhr gestern am Nachmittag nach Berlin. Maud und Melnik hatten eine junge Frau eingeladen. Sie war am 8. Oktober zum 40. Jahrestag von drei Polizisten niedergeschlagen worden. Ich interviewte sie. Wo ich das Interview veröffentlichen werde, weiß ich noch nicht. Ich quatschte und rauchte bis um 21 Uhr. (Hatte ich dem kleinen Lebewesen in mir schon wehgetan damit?) Maud erzählte ich von meiner Vermutung – es gibt ja noch keine medizinische Klarheit. Sie riet mir generell von Kindern ab. Nanu? Sie selbst, hat sie nicht zwei Kinder und das erste bereits mit 17 Jahren bekommen? Ich bin jetzt 28 Jahre, und wenn mein Kind geboren werden sollte – bin ich 29 Jahre alt! Das Alter dürfte längst hinreichen. Im Badezimmerspiegel bei Maud und Melnik gefalle ich mir. Die kleinen Brüste sind jetzt prall und der Bauch noch flach. Bäh, Melnik rät mir auch ab. Ich solle mit dem Mann ein Kind haben, den ich liebe und er mich. Glaube ich nicht mehr daran, ihn zu finden? Doch! Aber nicht mit diesem Leben, welches ich gerade führe. Die Einsamkeit Schwerins nach den abendlichen Proben. Tag für Tag den auf der Bühne Lebenden zugucken. Ich möchte auch so gern ein Zuhause haben, nicht mehr von Stadt zu Stadt hasten. Ich habe Sehnsucht nach innerer Ruhe. Will schreiben. Wo zwei sind, kommt vielleicht ein Dritter hinzu.
Das Interview lenkt mich vorläufig von meinen Gedanken ab. Die junge Frau heißt Susanne. Ich darf das Tonband anschalten. Susanne zündet sich eine Zigarette an, schaut auf die glimmende Asche. Ich stelle ihr die erste Frage.

Du weißt, ich würde gerne hören, was am 7. und 8. Oktober hier in Berlin geschehen ist, erzähl einfach...

„Man kann es nicht fassen. Die Kleinen werden aufeinander gehetzt, die Kleinen bleiben drauf sitzen. Am Wochenende war alles bösartig, aber es musste was passieren. Auch die Zeitungen... Freitag liest du noch, es wäre keine Kurskorrektur nötig und hier ist alles in Ordnung, die DDR braucht keine Reformen, die Russen allein hätten Probleme, wir halten nach wie vor den Kurs weiter – kurz vor dem Wochenende wird von Randalierern gesprochen und der Westen hätte das alles inszeniert, und seit Dienstag und Mittwoch heißt es auf einmal: Man muss über Veränderungen sprechen... Ich halte davon nicht viel, ich finde das scheinheilig, es wird nicht nach den Ursachen gefragt, warum es am Wochenende eskaliert ist. Ich habe nach wie vor Angst, dass die gleichen Leute was verändern wollen, die jetzt dran sind. Das können die nicht. Mecklenburg erwache! – solche Plakate soll es geben, hast du eins gesehen?“

Nein, bisher noch nicht.

„Die Masse sagt: Endlich mal passiert was, die wollen aber Veränderungen. Doch die Funktionäre? Ich sag dir, in den nächsten Jahren wird sich absolut ‚nüscht‘ verändern, wirtschaftlich gesehen. Aber, wenn es jetzt wirklich zum Dialog mit dem Neuen Forum kommt...auch die Gründung der Demokratischen Partei, dass man reden kann, endlich mal aufatmen kann, nicht diese Angstgefühle zu haben, dass du nichts mehr sprechen kannst, weil du denkst, jeder Zweite ist von der Stasi...“

Susanne würde ohne Punkt und Komma weiterreden, ich möchte gerne zu einem gewissen Punkt kommen und frage sie.

Erzählst du mir von dem 7. Oktober, hier in Berlin?

„Nur, was ich erlebt habe? Was soll ich dir jetzt erzählen? Es war in der Raumerstraße, ich habe lauter Bilder im Kopf, die Balkons sind vielleicht der Anfang eines Fadens.“

Ich sehe Susanne an, dass sie sich überwinden muss, um mir zu vertrauen.

„Gut, ich beschreibe dir, wie es war, bei der Vernehmung habe ich es nicht gemacht. Ich habe gesagt, ich bin reingeraten. Das stimmt aber nicht, ich war in der Kirche. Da musste ich mit so etwas rechnen. Man hätte auch die Kirche durch den Hintereingang verlassen können, ich hab das nicht gemacht, das fand ich feige."

Ich möchte gerne alles aufschreiben, auch inwieweit du aktiv warst...

„Die Vernehmungen, das hat die ‚K' gemacht, die Kripo, ich musste nur ein Protokoll unterschreiben. Ich hatte Glück. Manche Mädels haben sie da echt vernommen. Bei mir – der wollte nur meine Aussagen, dass ich danebenstand, wie die zugeschlagen haben, welche Zeit und wo. Die Mädels, Fünfzehnjährige, die haben sie ausgefragt, warum sie sich dort aufgehalten haben. Warum sie eine Kerze in der Hand gehabt hätten, ob sie damit demonstrieren wollten, dass unserer Regierung ein Licht aufgehen sollte. Sie haben es ihnen richtig in den Mund gelegt."

Susanne zündet sich eine Zigarette an und erzählt weiter.

„Eine Ältere, die auf dem Weg nach Hause eingesammelt wurde, 54 Jahre, machte uns in der Zelle fertig, dass sie mit uns nichts zu tun haben will und was wir machen, sei ihr scheißegal. Zu Hause hätte sie ihren Topf und über diesen Topf hinaus würde sie nichts weiter interessieren. Die unterschiedlichsten Schichten hatte es erwischt, zwanzig Leute in der Zelle. Aber es waren auch welche, die wirklich nur hineingeraten waren, eine zum Beispiel: 25 Jahre, arbeitet im Außenhandel, total naiv, klein, zierlich, korrekt, wie eine FDJ-Sekretärin. Ihr Ideal war bei ihr alles. Die ist völlig zusammengebrochen. Die konnte sich nicht beruhigen, was ihr passiert ist. Allein die Tatsache, wie mit den Bürgern umgegangen wird – der brachen sämtliche Ideale zusammen. Sie wollte das Erlebte im Betrieb publik machen, besonders die Brutalität der Maßnahmen, sie konnte sich nicht beruhigen. Deshalb fand ich gut, dass die Polizei Leute erwischt hat, die gar keine Schuld hatten, noch nicht mal Gedanken an Veränderung gehegt hatten. Deswegen fand ich gut, dass es eskalierte. Das schwimmt ja schon Jahre in der

Suppe, die Leute werden verängstigt, und jetzt ist das Ventil geplatzt und die Leute werden gezwungen, was zu verändern."

Ich will gerne mehr über den Beginn der Polizeiübergriffe wissen und frage dazwischen.

Was ist nach der Demonstration am Sonnabend passiert?

„Das war keine Demo, das war praktisch nach der Kirche. In der Gethsemanekirche wurde seit zwei Wochen Mahnwache für politische Gefangene gehalten. Und am Sonnabend sammelte sich alles massenhaft in der Kirche, es war ja der einzige Ort, wo man sich noch sammeln konnte."

Es war zwanzig Uhr und als ihr aus der Kirche herauskamt, war alles...

„... war alles abgeriegelt, ja. Es war keine Demonstration, aber eben ein stiller Protest. So war es die ganzen Tage vorher auch schon gewesen. Aber mein erster Gedanke war: abgerichtete, scharfgemachte Hunde. Hunde macht man scharf, die kriegen Diät, ab und zu Fleisch, richtig gedoggt waren die Polizisten. Eigenartigerweise habe ich sie auf mich zukommen sehen, und wenn Gefahr auf dich zukommt, reagiert ja nur Reflexdenken. Man rennt weg, aber ich bin wie erstarrt stehen geblieben. Das rationale Denken setzte aus. Es waren Sicherheitsketten: Erst Stasi in Zivil, dahinter die Grünen, Bullen, Hunde ohne Maulkorb aber an der Leine, gehörten dazu. Die sind zu dritt auf die Leute zu, alleine verprügelt dich keiner, sich wehren ist sowieso sinnlos. Die haben ihren Befehl gekriegt, dann griffen sie sich junge Männer heraus, zerrten sie auf die Straße und prügelten oder trampelten auf sie ein, richtig an den Händen genommen und auf die eingeprügelt, mit Knüppel. Ich blieb wie erstarrt stehen und konnte das nicht fassen, und dann schrie ich: ‚Ihr Schweine!' Einer riss mir das Tuch vom Kopf und zerrte mich an den Haaren, schliff mich zur Erde, zerrte mich runter und einer, ich weiß nicht ob es derselbe war, donnerte immer hinten auf die Nieren rauf mit einem Knüppel, und dann wurde ich auf den Wagen geschmissen. Einfach raufgeschmissen, ich lag mit dem halben Oberkörper auf dem Wagen, hab mich dann hochgezogen und gleich wurden die Nächsten

raufgeschmissen. Die haben uns dann nach Rummelsburg gebracht – war so ein Ello, ein kleiner Lkw, von der Firma Robur.
Und das war etwa um halb neun abends. Aber da fing es eigentlich erst an. Die haben in der Nacht mehr zugeschlagen, die ganzen Kameras zertrümmert von Leuten, die fotografierten. Ein Hexenkesseltreiben begann. Sie haben die Leute auf den Hinterhof getrieben, wo sie nicht mehr rauskonnten, sie haben vor die U-Bahn-Eingänge Absperrungen gemacht, damit die Leute sich nicht in die U-Bahn flüchten konnten. Weißt du, in der Schönhauser Allee haben die Bullen dazu aufgerufen über die Dunkerstraße das Gebiet zu verlassen, und das haben die Leute gemacht, nur da standen die Bullen und haben sie einkassiert.
Was mich erschüttert hat, das hat ein Mädchen in der Zelle erzählt: Da lag ein zusammengeschlagener Mann auf der Schönhauser Allee, ein Krankenwagen kam vorbei. Passanten hielten den Krankenwagen an, aber die haben ihn nicht mitgenommen, nicht mitgenommen... ein paar Verletzte wurden in die Gethsemanekirche geschleppt, die Ärzte sind nicht durchgekommen, auch wenn die Ärzte es wollten, die Bullen haben sie nicht durchgelassen. Sie müssen die Kranken bringen, sagten uns die Ärzte."
Susanne macht eine lange Pause und lässt wahrscheinlich noch einmal die Bilder Revue passieren, dann fällt ihr wieder etwas ein.
„Die nach uns kamen, die haben sie mit Reisebussen eingesammelt. Bei manchen haben sie ihnen die eigenen Klamotten über den Kopf gerissen, damit sie nichts sehen konnten. Ein junger Mann ist abgesprungen, der nächste Wagen hat ihn angefahren. Ein Mädel hatte eine riesige Platzwunde am Kopf, voller Blut, sie wurde abrasiert und Pflaster drauf. Bei der Vernehmung hat sie gefragt: Was haben sie davon, dass sie mir den halben Kopf eintrümmern, dann sagt man sich doch, jetzt erst recht. Da bekommt sie zur Antwort: Dann kriegen sie auf die andere Seite auch noch was rauf, damit sie genug haben.
Ich war auch aufmüpfig. Ich sage zu dem, der mich vernommen hat: Wissen sie, ich entscheide mich in diesem Land zu bleiben und werde dafür noch verprügelt.

Na ja, sagt er, wir befinden uns in der Konfrontationslinie zum Westen und der Westen unterhöhlt uns."

Wie lange seid ihr dort gewesen?

„Ich habe knapp vierundzwanzig Stunden lang gesessen, liegen konntest du nicht. Eine hatte ein Kind. Ich dachte, nach 24 Stunden hätten sie sagen müssen was nun los ist, aber eine andere saß schon dreißig Stunden. Ich erfuhr hinterher, die sind berechtigt dich 72 Stunden festzuhalten, ohne Benachrichtigung der Angehörigen."

Und was war in dieser Zeit mit dem Kind?

„Das Kind war zu Hause, die Mutter war runter gegangen, um sich Zigaretten zu holen. Sie kam praktisch am Sonntag früh in unsere Zelle. Bis Montagmittag war die im Arrest, das Kind allein in der Wohnung, eingeschlossen im vierten Stock, von Sonntag halb zehn bis Montagmittag halb eins. Ich bin wahnsinnig geworden und brüllte die Bullen an. Die haben gesagt, es interessiert sie nicht, sie hätte nicht auf die Straße gehen brauchen. Sie selbst war gar nicht mehr ansprechbar, die hat einen Nervenzusammenbruch gekriegt und wollte rausrennen, als sie uns auf Toilette ließen. Da haben sie sie zusammengeschlagen. Die war bewusstlos – bis sie wieder zu sich kam und sie lag in einer extra Zelle."

Wie seid ihr eingeliefert worden?

„Erst standen wir zwei Stunden vor der Garage. Das Konzept musste immer schärfer geworden sein, denn in dem Maße wie der Konflikt sich zuspitzte, wurden die Maßnahmen schärfer. Die Nächsten mussten mit dem Gesicht zur Wand stehen, die danach kamen, mussten sich nackt ausziehen, andere wurden jede halbe Stunde nackt untersucht. Der Grund uns einzusammeln war: Zusammenrottung, Rowdytum, Randalieren.

Dann wurden wir ins Hauptgebäude von Rummelsburg zu den Zellen gebracht. Das sind über den Hof etwa 60 Meter. Jeder musste einzeln über den Hof. Die Bullen standen Spalier, ein Bulle neben dem anderen. Die Jungs gingen Spießrutenlauf, die haben sie durchgeprügelt, jeder schlug auf sie ein. Bei den Mädchen machten sie blöde Bemerkungen. Als ich an ihnen vorbei musste, sagte einer zum Nachbarn: ‚Kieck Se dir an, diese Intellektuellen.' Der war so voller

Hass, das hat mich am meisten erschrocken. So was kann man mit Ideologie machen, mit Menschen, wenn die jahrelang auf den Feind geschult werden. Die Frauen im Knast versteckten jegliche Gefühle. Die sagen zu dir: Halts Maul, du hast überhaupt nich ts zu sagen. Essen haben wir dann nach zwanzig Stunden bekommen, irgendwann in der Nacht Tee, Montagmittag irgendeine Bockwurst. Du sitzt in der Zelle mit zwanzig anderen, das macht dich natürlich psychisch kaputt, wenn du dann die Vernehmung hast. Ich hatte zwanzig Stunden nichts gegessen, ich war nur noch wie eine Hülle, willenlos. Ich fing richtig an zu zittern, es war eigenartig. Sie verhören zu zweit, du bist allein. Erst mal kam das Aufnahmeverfahren. Überall durftest du nirgends stehen bleiben, und wenn es mal nicht weiter ging, musstest du mit dem Gesicht zur Wand stehen. Du musst das mitgemacht haben, sonst glaubst du es nicht.“

Susanne macht eine längere Pause und verschwindet auf die Toilette. Ich kontrolliere kurz das Gerät, spule zurück und höre erleichtert, dass alles drauf ist. Sie kommt wieder.

„Es gab keinerlei Aufruf zur Demonstration am 7. Oktober. Vierzig Jahre DDR und es wird mit Panzern demonstriert. Ich war einen Tag vor der Festnahme früh auf dem Alex. Es war ein Trauerspiel, das hätte man mit der Kamera einfangen müssen, nur Panzer und Polizei die ganze Straße entlang und das Bürgertingeltangel spielte sich akkurat am Alex ab. Kaum Menschen, von Volksfest keine Rede, Stasi, immer zwei drei mit ihren Nylonbeuteln.

Im Gegensatz dazu war das eine richtig tolle Atmosphäre bei der Gethsemanekirche. Vor uns diese Kette der siebzehn- oder vielleicht achtzehnjährigen Stasileuten. Ein junges Mädel stellt sich vor einen von ihnen hin und sagt: Sag mal, wir sind doch beide genauso alt. Warum stehst du jetzt da und ich stehe hier? Versuchst du dir jetzt damit den Studienplatz zu erkaufen? Ich möchte auch mein Abi machen und dann studieren. Der hat sich tatsächlich mit ihr auseinandergesetzt, der sagte, sie würden uns schützen vor Randalierertypen. Manche Bullen, die ich mir angeguckt habe, haben wirklich die Augen runtergeschlagen. Es war ein Trauerspiel, wenn man überlegt, was da für

Menschen auf der Straße gegeneinander gehetzt werden. Wir waren das Ergebnis dieser Politik, die irgendwo oben gemach t wurde. Frustriert, angestaute Probleme, Resignation, Angst auf der einen Seite und auf der anderen – gekaufte Leute, die alles verhindern wollen. Zum Heulen eigentlich."

Nach einigen Stunden musste ich zurück nach Schwerin und Susanne nach Hause. Ich versprach ihr, sie zu informieren, was ich mit dem Interview machen werde, und steckte ihren Adresszettel ein. Dann musste ich eilen, der Zug nach Schwerin wartet nicht.

16. Oktober 1989, Montag, Schwerin, DDR

Auf zum Gynäkologen. Er sagt, die Gebärmutteröffnung ist verändert, deutet auf Schwangerschaft hin.

17. Oktober 1989, Dienstag, Schwerin, DDR

Vormittags Blutentnahme, Mittag – die Gewissheit. Ich stecke den Schein mit diesem schrecklichen Wort „Interruption" schnell in die Tasche.

18. Oktober 1989, Mittwoch, Schwerin, DDR

In derselben Poliklinik kann ich mich dafür anmelden. Ich setze mich ins Wartezimmer, warte ewig. Es ist dunkel, wie mein Gemüt. Im Beratungsgespräch bete ich meine Litanei herunter... „Ich fühle mich noch nicht soweit. Die Schwangerschaft ist von jemandem, der kein Vater sein möchte." Komisch, man braucht den Vater noch nicht einmal zu informieren.

20. Oktober 1989, Freitag, Schwerin, DDR

Da ist noch Marriet, deren Beziehung zu Tom für mich undurchsichtig ist. Sie soll in Berlin einen Freund haben, doch Tom fühlt sich zu ihr hingezogen. Ein Paar sind sie trotzdem nicht. Es ist wie es ist, wie so oft an Theatern, wenn der Hauptwohnsitz nicht am Theaterstandort ist.

Marriet möchte nach der Probe mit mir reden. Wir schlendern durch den Fußgängerboulevard, kaufen uns ein Eis, enden auf einer Bank am Pfaffenteich und schauen der spritzenden Fontäne zu.

Marriet macht es zu Beginn zwar geheimnisvoll, doch sobald wir auf der Bank sitzen, steuert sie direkt auf das Ziel zu:

„Willst du wirklich das Kind wegmachen lassen?" Marriets tiefblaue Augen liegen riesengroß auf meinem Gesicht, ich kann ihr gar nicht ausweichen. Eigentlich betrachte ich sie nicht als meine Vertraute, aber gerade deswegen bin ich angenehm berührt von der sie anscheinend wirklich interessierenden Frage.

„Du weißt es von Tom?"

„Klar."

„Ja, will ich."

„Du bist aber im richtigen Alter, um endlich ein Kind zu bekommen. Willst du denn niemals welche haben?"

„Ich wünsche mir Kinder, ich wollte sie nur – mit einem Mann zusammen groß ziehen."

„Das lässt sich nicht immer gleich einrichten, das eine hättest du schon mal für eine Familiengründung – ein Kind."

Ich schweige, denn ich weiß, dass ich diesen Gedanken selber denke. Es ziehen so viele alleinstehende Frauen Kinder groß, dass man schon das Gefühl hat, es ist die Regel, nicht die Ausnahme.

„Wir würden dich beide unterstützen, Tom..." Ich horche plötzlich auf, als sie seinen Namen nennt, „…und ich. Du wirst nicht allein mit dem Kleinen sein."

„Ich weiß nicht ob es ein Junge oder ein Mädchen ist..."

Marriet muss lachen.

Sie reißt gerade in mir eine ganz kleine Schwelle Widerstandes ein. Eine Schwelle, von der ich dachte, dass sie eine Mauer ist. In mir zeigt sich innerhalb dieser wenigen Minuten, die wir am Pfaffenteich sitzen, der tatsächliche Mut zu dem Kind in meinem Bauch, der Mut, den ich wirklich habe.

Wir reden noch über dies und jenes und wie es mit einem Kind sein könnte, dann muss sie zur Probe. Ich schlendere in mein helles Zuhause zurück, muss mich hinlegen, schlafe sofort ein und durch bis zum nächsten Tag.

21. Oktober 1989, Sonnabend, Schwerin, DDR

Ich schlage die Augen auf und weiß, dass ich die Entscheidung für das Kind getroffen habe. Und ich bin frei von diesem Druck im meinem Kopf. Stolz trage ich mein Geheimnis mit mir umher.

Ich rühre keine Zigarette mehr an und keinen Wein. Ich hoffe nur, es bringt nicht gleich eine Schwester oder einen Bruder mit auf die Welt – und ich hoffe, dass ich selber gesund genug bin. Wäre es nicht Mord, es einfach wegzusaugen, in den Innereieneimer der Geburtsklinik. Doch, was fange ich an mit dem Kind?

22. Oktober 1989, Sonntag, Schwerin, DDR

Heute Abend hängen in Schwerin Flugblätter: Liebe Schwerinerinnen und Schweriner! Heraus zur Kundgebung. Morgen 17 Uhr.

Man weiß überhaupt nicht mehr, wessen Hände hier im Spiel sind. In Leipzig gehen sie von allein auf die Straße.

23. Oktober 1989, Montag, Schwerin, DDR

16.00-Uhr-Nachrichten: Ungarn ist zur Volksrepublik ausgerufen worden. Heute, genau 33 Jahre nach dem Volksaufstand 1956. Verfassung: Demokratie des Volkes! Heute um 17 Uhr findet hier die Demonstration aller Kräfte statt, die für schnelle Veränderungen und Reformen in der DDR sind. Diese Demo ist angemeldet und mehrmals von der Polizei genehmigt worden. Ich bin skeptisch. Ich habe Angst. Es könnten trotzdem Verhaftungen stattfinden. Ich erinnere mich an die Bilder aus Leipzig, wo die Sicherheitskräfte so unbarmherzig zugriffen, und ich habe die Erzählungen von Susanne im Kopf, die am 7. Oktober in Berlin festgenommen wurde.
Diesmal habe ich noch zusätzlich jemanden zu beschützen, dich, Kleines, in meinem Bauch.
Ich werde zur Demonstration gehen, beschließe ich. Vom Theater werden alle dabei sein. Aber ich baue mir eine Sicherung, ich traue der Sache nicht. Mein Kassettenradiorekorder ist leicht, aber sehr groß. Um seinen Griff schlinge ich einen starken Gürtel, lege eine Kassette ein und nehme noch eine weitere mit. Ich muss mehrere Mäntel anprobieren, bis der große Fellmantel mich vollständig umschließt, wenn ich den Kassettenrekorder vor meinem Bauch trage. Ich werde die Demo aufnehmen, ich werde einen Beweis haben, wenn sie mich greifen, wenn sie um mich herum Gewalt ausüben, wenn sie mir was antun.
Ich laufe im Schutz der Kollegen, wir gehen vom Alten Garten los, durch die Innenstadt, um den Pfaffenteich herum. Wir sind froh, doch gespannt, werden angesprochen und fordern andere auf, mitzukommen. Aber wir werden auch misstrauisch beäugt und bewacht. In den Seitenstraßen stehen Polizisten, es sind viele. Sobald sie in Sicht kommen, rufen alle Demonstranten: Schließt euch an, schließt euch an, immer wieder: Schließt euch an!
Ein wenig weiter wieder Sprechchöre von uns: Gorbi! Gorbi! Gorbi!
Schließt euch an! Schließt euch an! Schließt euch an!
Bürger lasst das Glotzen sein, kommt heraus und reiht euch ein!

Sicherheitskräfte, in die Produktion!

Stasi in die Produktion!

Schließt euch an! Schließt euch an! Die Menschen klatschen dabei im Takt.

Ich kann nicht leugnen, dass ich Angst habe, als wir der Polizeizentrale näher kommen, in dieser Seitenstraße stehen noch mehr Polizisten. Sie haben Integralhelme auf, sind mit Schildern bewaffnet. Ich umklammere meinen Kassettenrekorder, es wird gepfiffen, Buhrufe kesseln hoch, Gepfeife und Gejohle seitens der Demonstranten, dann wieder Rufe: Schließt euch an! Freie Wahlen, freie Wahlen. Die Internationale wird angestimmt, dann wieder – Stasi in die Produktion! Wir sind das Volk! Wir sind das Volk, schließt euch an!

Kinder sind mittendrin, das beruhigt mich.

Mecklenburg ist erwacht! Jemand lacht laut. Neben mir werden weitere Sprüche geschmiedet. Immerhin sind die Stimmen der Schauspieler laut genug, um andere mitzureißen. Neues Forum! Neues Forum! Zugabe! Zugabe!

„Habt ihr Angst?“, fragt mich Marriet und lächelt verschmitzt.

„Ein wenig, ja.“

„Braucht ihr nicht, es wird nichts passieren.“

Musik wird gespielt, es ist ein trauriger Marsch, ein wenig bedrohlich, wie in einem Stummfilm. Die Menschen klatschen. Die Musiker folgen uns. Es sind viele Menschen geworden. Das ist auch ein Schutz.

„Wahnsinn“, sagt Sanna, „da ist in Berlin eine verschwindende Minderheit gegenüber diesen Massen hier unterwegs gewesen.“

„Wenn Mecklenburg aufwacht, dann aber richtig.“

25. Oktober 1989, Mittwoch, Schwerin, DDR

Hallo winziges Punktmenschlein! Blumen für die Station, weil heute dein Todestag gewesen wäre. Die Schwestern gehören zu denjenigen, die sich über dein Leben freuen. Auf der Treppe treffe ich den Gynäkologen. Was soll schief gehen, wenn sich so viele Menschen über dich freuen?

29. Oktober 1989, Sonntag, Berlin, DDR

Öffentliche Diskussionen vor dem Roten Rathaus. Der Polizeioberhäuptling Schenk entschuldigt sich für die Übergriffe am 7. und 8. Oktober. Eine Frau fragt, wie es mit der Stasi weiterginge – es seien doch viel zu viele Menschen von ihr kaputt gespielt worden. Schenk schaut gefährlich betroffen, gibt keine Antwort.

30. Oktober 1989, Montag, Schwerin, DDR

Volksliederproben finden statt – endlich wieder. Der siebente Oktober ist vorbei, den sollten wir abwarten, so waren die Anweisungen der Schweriner Parteileitung, jetzt darf weitergeprobt werden. Wir müssen Matthias umbesetzen, proben vormittags und abends. Es scheint ernst zu werden. Premiere am 4. November.

1. November 1989, Mittwoch, Schwerin, DDR

Götting, Homann und Harry Tisch sind zurückgetreten.
Frau Honecker hat am 20. Oktober aus persönlichen Gründen ein Abtrittsgesuch abgegeben, dem wurde heute statt gegeben.
Plötzlich gibt es zwanzig smokgefährdete Gebiete in der DDR, alle Sender dürfen ab sofort Smokfrühwarnungen ausführen.
Suhl und Gera haben neue 1. Sekretäre der Bezirksleitungen der SED.
Ein neues Mediengesetz, ein neues Wahlgesetz und (ganz wichtig für mich) ein neues Reisegesetz werden im Moment erarbeitet.

Weiterhin sind aus dem Zentralkomitee der SED entfernt worden: Hager, Mielke, Axen, Mückenberger, Neumann.

2. November 1989, Donnerstag, Schwerin, DDR

Hinrich bringt einen Eimer voll Holunderbeeren. Ich soll Marmelade „für uns" draus machen. Tom – der Herr Papa – beobachtet mich viel – bestimmt forschter, ob schon etwas zu sehen ist. Er hält sich aber ängstlich beiseite. Heute erfuhr ich von ihm, dass er sich lange schon ein Kind wünschte. „Aber nicht so", sagt er. Heute hat er zum ersten Mal eine kleine Verantwortung aufblitzen lassen. „Nein, Sylvia trinkt keinen Schnaps." Ecki, der heute seinen 55. Geburtstag hat schenkt an alle aus. Hätte ich sowieso nicht getrunken. Aber sie bieten mir immer wieder welchen an, da es keiner im Ensemble weiß.
Toms Bruder kommt morgen mit Frau. Tom muss ein Kinderbett aufstellen und ihm geht es gar nicht gut dabei. In seinem Kopf schießt alles durcheinander. „Tom hat viel Angst", erklärt mir Hinrich. Dann kann ich ihn besser verstehen.

4. November 1989, Sonnabend, Schwerin, DDR

Wir haben es geschafft! Nicht nur, dass alle Plätze des Theaters bis in den letzten Rang besetzt sind. Nicht nur, dass bereits alle geplanten folgenden Vorstellungen ausverkauft sind. Nein, heute endet ein Kampf, der ein halbes Jahr angedauert hat – mit einem Sieg. Die Inszenierung der „Volkslieder" hat endlich Premiere. Unser Regisseur kommt kurz vor Beginn angehetzt, er hat die Demonstration in Berlin auf dem Alexanderplatz miterlebt, ist danach ins Auto gesprungen und hergefahren. Er ist voller Energie. Alle Schauspieler – glücklich und aufgeregt.
Das Licht im Saal wird dunkler, die vielen Stimmen im Zuschauersaal verstummen, der Container wird auf die Drehbühne gesetzt... ich weiß ja, was alles für

wunderbare Lieder kommen werden, doch sie mit Publikum zu erleben bedeutet, einem schönen, aber toten Schneewittchen den giftigen Bissen aus dem Hals zu stehlen. Die Inszenierung wird erst jetzt lebendig, und wie sehr, das haben wir alle nicht erwartet. Das Publikum leidet mit uns mit, wenn die Lieder wehmütig und traurig werden, ich sehe welche weinen und das Publikum singt und lacht. Als der letzte Ton im Saal vibriert, *Es kann ja nicht immer so bleiben...* verklungen ist, kesselt die Emotion raus, der Applaus brandet hoch, wie ein gewaltiger Sturm. Die Schauspieler sind verwirrt, das hatten sie nicht erwartet, sie kommen immer und immer wieder auf die Bühne, die Zuschauer stehen auf, bringen ihnen ihre Anerkennung, ihr Einverständnis, ihren Dank zum Ausdruck. Alle Tränen, alle Trauer, alles Mitleiden mit dieser Inszenierung, die einfach eine Umsetzung für unser Heimatgefühl, für unsere Trauer, unsere Tränen, unseren Galgenhumor, unsere Verzweiflung ist, alles das hat sich gelohnt, allein in diesem Augenblick. Ich sehe wie sich Tom auf der Bühne erst die Tränen verdrückt, dann kullern sie ihm über die Wangen, Babette weint sowieso schon, seitdem sie zum zweiten Mal zum Verbeugen gekommen ist, die kühler scheinende Katrin schiebt ihr ein Papiertaschentuch in die Hand, während sie sich an den Händen fassen. Ein unvergesslicher Augenblick, ich werde mich ein Leben lang daran erinnern. Kunst hat das geschafft, wofür wir sie machen: hat berührt, Kraft gegeben, aufgeweckt. Sie ist im besten Sinne politisch geworden.

8. November 1989, Mittwoch, Schwerin, DDR

Ministerrat und FDJ-Leitung sind heute zurückgetreten.
Immer noch gehen täglich viele DDR-Bürger in den Westen. Am Wochenende waren es stündlich 300 Menschen, das kam in den Nachrichten im Fernsehen.
Statt des Feuers
Brennt mit in den Augen
Der kalte Rauch

Ich bin nicht bei mir zu Hause.

Und ein neues Unheil ist eingetreten. Marriet ist am Wochenende mit den vielen Menschen über Ungarn in den Westen abgehauen und Tom will hinterher. Vielleicht hatte ich bisher nicht wahrhaben wollen, was anderen offensichtlich war. So wie Tom auf ihren Weggang reagiert, müssen die beiden ein Paar gewesen sein. Er sitzt zusammengesunken in der Kantine und starrt düster vor sich hin. Die älteren Schauspielerinnen kümmern sich mütterlich um ihn.
Es ist alles so chaotisch. Gestern ist der Ministerrat der DDR abgetreten, heute das ZK der SED. Modrow aus Dresden wurde hineingewählt. Krenz brüllt am Abend vor SED-Genossen seine Eigenliebe heraus. Der Bundestag der BRD beschäftigt sich mit **unseren** neuen Wahlen... Nehmt bloß die Betonköpfe aus dem Fernseher. Ich kann sie nicht mehr sehen.

Tom sitzt abends in der Kantine. Dort finde ich ihn. Tom hat viel getrunken, ist im Gesicht aufgequollen, ein brutaler Zug liegt auf seinen Zügen. Diese durch den Alkohol gedunsenen Wangen, die geröteten Augen, seine verlebte Haut, all das gefällt mir nicht, und plötzlich will ich nicht mehr, dass mein Kind diesem Mann vielleicht sogar ähnlich sieht. Ich weiß nicht warum, aber ich befürchte, dass er losschlägt, mich verantwortlich macht für das Gehen von Marriet – wenn er wüsste, dass sie selbst mir zugeraten hat. Ist die Schwangerschaft dran schuld? Ist meine Entscheidung für das Kind der Grund, dass Marriet in den Westen gegangen ist?

9. November 1989, Donnerstag, Schwerin, DDR

Abends habe ich Probe. Ich muss über die Kantine in den Probesaal. Ich lasse den Blick durch den Raum schweifen und stutze plötzlich. Die Schauspieler sind noch nicht da, aber irgendetwas scheint verändert. Ich entdecke auf allen Tischen, an denen Theaterpersonal sitzt Sektflaschen. Seit wann trinken die Techniker Sekt? Jetzt fällt mir auch die feierliche Stimmung in der Kantine auf. Seltsam, die Stimmung ist weihnachtlich.

„Was Besonderes heute?“, frage ich einen der Techniker.

„Die Mauer ist offen.“

„Hähä, netter Witz.“

„Wirklich, es kam grad in den Nachrich ten“

„In welchen Nachrichten, im SFB, RIAS, NDR?“

„Bei uns.“

Ich bin total verstört. Ich kann das nicht glauben. Was ich glaube? Dass sie sich hier in der Kantine abgesprochen haben, ist heute der Elfte Elfte? Faschingsbeginn?

Ich gehe zum Getränkeausschank, die haben dort ein Radio zu stehen.

„Sag mal, die da drinnen sagen...“

„Prost, bediene dich, solange der Vorrat reicht.“

„Hast du geheiratet?“

„Die Grenze ist offen. Ab sofort sind die Grenzen nach Westberlin und Westdeutschland für alle DDR-Bürger geöffnet. Notwendig dazu ist in dieser Nacht bis zum Morgen nur der Personalausweis. Ab morgen früh muss ein kurzfristig erteiltes Visa vorgelegt werden.“

„Oh, danke, kann keinen Sekt trinken...“ Ich beiße mir auf die Zunge, um mein Geheimnis nicht herauszuposaunen.

Ich warte noch eine halbe Stunde auf die Schauspieler und den Regisseur, begreife dann, dass sie alle weg sind, dass die Probe ausfällt.

Ich laufe zurück in meine Schmiedestraße, direkt im Zentrum. Mit wem soll ich mich jetzt unterhalten? Ich kann nicht nach Berlin, habe kein Auto und muss irgendwo einen Fernseher auftreiben. Meine alte Nachbarin ist die einzige, die Zuhause ist. Wir sehen uns Bilder aus Berlin an, erst werden sie spärlich übertragen, dann sind die Grenzübergänge plötzlich voller Menschen. Was für ein Anblick.

Noch am Abend sind tausende Menschen einfach losgefahren: glücklich, lachend-weinend, befreit von einem jahrzehntelangen Druck, von der Angst, die Angehörigen zu verlieren, Kinder, Geschwister und Freunde. Auf den Straßen in den grenznahen Städten Westdeutschlands und Westberlins glückliche Gesichter und lauter Verbrüderungsszenen. Das Gespür von so vielen Menschen muss richtig sein, wenn sie Deutschland als zusammengehörig empfinden. Ich finde, wir könnten uns gut ergänzen, um schließlich in eine dritte, bessere Gesellschaftsordnung überzugehen. Wir werden uns gute Ratschläge geben und gegenseitig helfen können, wie Kiki und ich es tun.
Später in meinem Bett schmiede ich Pläne, mit meinem Ungeborenen: Komm, du kleines Wesen, wir fahren über Weihnachten/Silvester nach Paris und begehen feierlich das Jahr 1990 – dein Geburtsjahr. Die Gründe werden immer mehr!

10. November 1989, Freitag, Schwerin, DDR

Vor allen Polizeidienststellen in Schwerin – Menschenschlangen. Vor der Staatsbank ebenfalls, die ist heute bis 22 Uhr geöffnet!!
In der Kaderabteilung des Theaters werden unsere bisher unter strengsten Verschluss gehaltenen Dienstpässe ausgeteilt. Ein wundervoller Tag.
Gerüchte kommen und gehen: einige Betriebe arbeiten nicht, kein einziges Café hat in Schwerin am Wochenende geöffnet: „Wegen Warenannahme“, „technischen Defekten“ und „Havarie-Fällen.“ Sollen sie sich alle schöne Tage im Westen machen. Wir haben solange darauf warten müssen.
In die Mauer sind mehrere Löcher geschlagen worden – für Grenzübergänge.

12. November 1989, Sonntag, Schwerin DDR

Heute Morgen hat die Berliner Philharmonie ein Konzert für DDR-Bürger veranstaltet, dessen Atmosphäre alles übertroffen haben muss, was ein Konzert bisher erreichte. Die Menschen weinten und lachten. Ich stehe so oft vor dem Fernseher und weine selber oder lache. Und ich? Weiß nicht. Jetzt muss ich mich ja nicht mehr beeilen.

Anekdote von der Grenzöffnung in Berlin: Zwei junge Leute lassen sich mit einem Westberliner Taxi in den Osten fahren. Im Taxi gibt es Funkverbindung. Der Fahrer gerät in helle Aufregung als ihn eine Straßenbahn in die Quere kommt. Er hat noch nie eine im Straßenverkehr erlebt.
„Hilfe, Zentrale! Was mache ich denn jetzt, hier fährt 'ne Straßenbahn."
„Wissen wir auch nicht, aber am besten immer Vorfahrt lassen."

Zweite Beobachtung:
An den Bushaltestellen im östlichen Teil Berlins auf der Suche nach Ostlern.
An den Bushaltestellen im westlichen Teil Berlins auf der Suche nach Westlern.
Um sich gegenseitig nach Wegen zu fragen.

Marriet soll morgen zurück in unser Theater kommen. Sie ist zusammen mit ihrer Schwester und ihrem Freund abgehauen, jetzt wollen die beiden Schwestern wieder zurück, seitdem sie wissen, dass sie ja jederzeit wegfahren können. Tom wirkt reifer. Aber warum sagen die Menschen das Gegenteil von dem, was sie fühlen? Tom hat Marriet immer sehr unterstützt. Er hat ihren Vertrag am Theater erwirkt, und nun lässt er ihn dort bei der Leitung wieder bestätigen. Das geht einfach so. Obwohl sie sich davon gemacht hat. Trotzdem sagt er, er wisse nicht, ob er mit Marriet weiterleben könnte. Warum weiß ich es, dass er „Ja" sagen wird, und dies ohne viel Reuezeit?

13. November 1989, Montag, Schwerin, DDR

Wenn ich doch endlich lernen wollte, nichts mehr zu wollen, vor allem keinen Mann. Der Weg ist irgendwie falsch und schafft mir nur Unglück. Nichts erwarten, nichts planen. Ich gehe jetzt aufs Klo und lese in der Bibel. Bin sehr traurig, hoffentlich wirst du nicht depressiv, Kleines – ich habe in der letzten Woche jeden Abend geweint, wegen der Einsamkeit, dem nebligen Alleinsein, der Kälte des Bettes und diesem Chaos hier.

Marriet stand heute Vormittag in der Kantine. Tom war so getroffen, dass er in einer Ecke der Bühne sitzen blieb. Ich sprach mit ihr. Eine Schauspielerin zog sie zu Tom. Am Mittag sagte Tom, er könne nicht mit ihr reden, am Abend war wieder alles in Butter. Warum schreie ich nicht auf! Warum verteilt der da oben diese Scheißliebe so ungerecht. Damit Tom und Marriet wieder zusammenkommen, stellt sich das Theater auf den Kopf, und dies, obwohl Marriet mit ihrem Verlobten aus Berlin abgehauen ist, nicht mit Tom. Denn das ist die nächste Nachricht. Marriet hat oder hatte einen Verlobten. Ich könnte kotzen, die ganze Nacht lang – und direkt vor den beiden, vor Tom und Marriet.
Also: Selbstverordnung: K E I N E Hoffnung auf eine Liebe zu Tom! Das heißt: es ist uninteressant, was ich denke und tue – also für ihn. Wir kriegen das schon in die Reihe, du Piepel in meinem Bauch. Es gibt so vieles, worüber wir zusammen lachen können. Heute Abend z. B. freuen wir uns darüber, dass morgen Vormittag keine Probe ist und ich den Brief an Pina Bausch schreiben kann.

16. November 1989, Donnerstag, Schwerin, DDR

Gestern Abend im Bett kam mir zum ersten Mal der Gedanke in den Kopf, dass es meine Schwangerschaft nicht mehr gibt. Ich lag im Bett und... es war still in mir. Keine Antwort kam, als ich hineinrief. Nur der Magen schmerzte. Traurig und dunkel stand ich auf. Etwas stimmte nicht mehr. Mir fiel auf, dass ich ein anderes Gefühl gekannt hatte, vor einigen Tagen, Wochen. Da veränderte sich täglich der Körper, und das war spannend und neu, und einher damit kamen ein Geheimnis und die Unmöglichkeit, das zu zerstören.

17. November 1989, Freitag, Schwerin, DDR

Der Gynäkologe bestätigt meine Vermutung. Ich sitze verloren im Wartezimmer, werde noch einmal aufgerufen. Die Schwester macht zum wiederholten Male Ultraschall. Aber das Ergebnis bleibt genau wie das vor zwanzig Minuten. Tot. Es ist tot. Die Schwester schaut mich an und sagt: „Die Kinder entscheiden sich selber, ob sie kommen wollen oder nicht." Seltsamerweise tröstet mich das.
Jetzt soll ich darauf warten, dass mein Körper von allein aktiv wird und den Rest wieder herausbringt, abstößt. Die Gedanken sagen, ich bin jetzt ein lebendiges Grab. Mir gefällt trotzdem, dass ich es noch eine Weile behalten kann in mir, obwohl es tot ist. Bin ich dran schuld?
Dunkel ist der Tag, dunkel ist es, wenn ich schlafen gehe, dunkel ist der Morgen ebenso.

18. November 1989, Sonnabend, Leipzig, DDR

Ich fahre nach Leipzig, denn ich habe Karten für das Gastspiel des Tanztheaters Wuppertal von Pina Bausch im Opernhaus. Heute wird „Kontakthof" gegeben, morgen das Stück „Nelken".
„Kontakthof" spielt drei Stunden in einem Tanzsaal. Ich entdecke, dass ein Bühnenbild einer Inszenierung in Schwerin, allerdings von einem Gastbühnenbildner, peinlich genau von diesem hier abgekupfert ist. Sogar die Lichtveränderung im letzten Bild ist fast kongruent.

Nach der Vorstellung gehe ich in die Kantine. In der Kantine sind kaum Zuschauer. Ich nahm an, sie würde berstend voll – der Wunsch mit den tollen Tänzern zu sprechen viel größer sein. Auf meine Frage hin wird mir der Tänzer Janusz Subiicz vorgestellt, als Spezialist und Interessent theoretischer Probleme und Phänomene zum Tanztheater von Pina Bausch.

Er macht mir konkrete Vorschläge: ein Gespräch mit der Assistentin von Pina Bausch, ein Gespräch mit einem engen dramaturgischen Mitarbeiter von ihr, ich könnte in einer ruhigen Probenphase nach Wuppertal kommen und bei ihm wohnen, sollte vorher allerdings genau studieren, was bisher geschrieben und stattgefunden hat.

Pina Bausch selber sei nicht sehr empfänglich für Gespräche. Janusz sagt, es kommen täglich mindestens zehn Briefe, und darunter natürlich viele Anfragen von Tänzern. Sie selber beantworte und lese kaum Briefe, gäbe nicht gerne Interviews.

Am nächsten Tag bin ich wieder in der Leipziger Oper zu „Nelken".

Ich habe einen tollen Platz im Parkett, sehe ein paar Reihen vor mir Jens sitzen, der wieder aus Paris zurück ist. Der Bühnenboden ist mit hochstieligen, trockenen und kalten Papiernelken bedeckt. Staksig und vorsichtig darinnen ein Akkordeonspieler. Sessel werden neben dem Feld platziert. Drei Männer mit Schäferhunden setzen sich auf die Sessel.

Die Tänzer, bekleidet mit zu knappen Mädchenkleidern, die auf dem Rücken offen stehen, huschen suchend durch das Feld, später spielerisch, Purzelbaum schlagend. Ein Mann im Anzug beginnt sie zu jagen, will einen fangen und strafen, erwischt den langsamsten, dem der Hintern versohlt wird. Er wird zum wimmernden Kind – die Hunde jaulen und heulen in seinem Schmerz mit.

Dann verschwindet der Mann, Frauen kommen, ähnlich bekleidet, tragen Tische herein, stellen sie ins Feld, klettern darauf und tanzen einen „Hasencancan". Die Frauen werden von den Männern von den Tischen gejagt, sie tanzen unterm Tisch weiter, während die Männer darauf herumtapsen.

Ich habe viele Kritiken zu diesem Tanztheater gehört – die meisten sagen, so würden sich die Menschen nicht benehmen. Doch beobachtet man konzentriert Menschen, wie sie laufen, sich bewegen, wie sie die Schultern halten, vor allem, wie sie tanzen – dann kann man nicht glauben, wie durchsichtig wir Menschen sind. Unsere Haltung, unser Körper verrät einfach alles.

Einer gegen alle – alle gegen einen, heißt die nächste Szene. In dieser steht ein Tänzer an der Rampe – alle anderen an der Brandmauer. Das Spiel: Eins zwei drei – ich gucke. Wer in seinem Versuch vorwärts zu kommen noch wackelig steht, oder sich gar bewegt, muss an den Ausgangspunkt zurück. Der Wettlauf um den ersten Platz gegen eine Macht, die willkürlich jeden zurückwerfen kann. Oder: Das Lösen einer Aufgabe mit der wackeligen und vom Glück abhängigen Chance zu gewinnen gegen einen mit Macht ausgestatteten Menschen. Der einzelne Tänzer an der Brandmauer schreit, schickt zurück. Je größer und unbedachter seine Machtausübung, je chaotischer der Regelübertritt der anderen. Aggression gegen ihn baut sich auf. Alle wehren sich, wenn sie zurück geschickt werden, schimpfen laut, rennen wieder los, schleichen sich seitwärts an ihn heran. Eine wunderbare Metapher für die letzten Wochen hier im Land.

In der zweiten Halbzeit der Vorstellung „Nelken“ geht es bei mir los. Ich bekomme Unterleibsschmerzen, die ich in dieser Form noch nie hatte. Ich weiß sofort, dass mein Körper sich entschieden hat, den toten kleinen Fötus abzustoßen. Ich schleiche mich aus dem Zuschauerraum, in gekrümmter Haltung in das Foyer.

„Haben sie hier einen... “

„Nä, es giebt hier geinen Frauenruheräum.“

Noch eine Viertelstunde bis zum Schlussapplaus. Ich hole meinen dicken Pelzmantel, hülle mich darin ein und liege im hell erleuchteten Foyer des Leipziger Opernhauses auf einer der Besucherbänke. Ich warte auf meinen Kommilitonen, der mich abholen will. Als er kommt, muss er mit mir in die nahegelegene Universitätsklinik für Gynäkologie zu fahren. Ich quetsche mich in den Trabbi. Wir fahren los und ich habe das Gefühl, wir rumpeln mit Dreiradrädern über

Eisenbahnschienen. Ich schreie auf. Er fährt nur noch 30 km/h. In der Aufnahme der Universitätsklinik beschreibe ich meine wehenartigen Schmerzen.
„Und warum gehen sie nicht an ihren Heimatort Schwerin?“, fragt die Schwester.
„Schwerin ist fünf Zugstunden entfernt.“, antworte ich.
„Trotzdem, es wäre besser.“, sagt sie.
„Für wen?“, das frage ich mich selbst, ganz leise.
„Na ja, “, lenkt sie ein, „sie sind ein bisschen sehr ängstlich.“
Sieht sie nicht, dass ich mich kaum mehr auf den Beinen halten kann? Sie telefoniert, während ich auf einer Wartebank im Eingangsbereich liege, an dessen Wänden der Schwamm einen Heimatort gefunden hat und modrigen Geruch verbreitet.
Dann kommt das O.K. der Schwester. Ich verabschiede mich und werde in ein Zimmer eingewiesen. Zwei alte Frauen fahren erschreckt aus dem Schlaf hoch, als die Nachtschwester das große Licht einschaltet. Na, die werden mich jetzt dafür lieben, denke ich. Ein junges Mädchen schläft weiter. Schmerzspritze. Wieder allein. Links von mir sehe ich durch das Fenster die russisch-orthodoxe Kirche. Dann kommen wieder Wehen. Ich beiße die Zähne zusammen und achte darauf, die anderen im Schlaf nicht zu stören. Ich wälze mich von einer Seite auf die andere, stöhne leise und kralle mich in die Bettdecke. Ob ich daran sterben kann, frage ich mich, an meinem toten Kind im Bauch. Nach einer Stunde Wehen hat die Spritze nicht groß geholfen. Ich stehe ich wieder auf und wanke zur Tür hinaus, den spärlich beleuchteten Krankenhausflur entlang, in Stiefeln, im Krankenhausnachthemd, zum Schwesternzimmer. Es ist niemand da. Ich warte. Die nächste Wehe kommt. Ich muss mich auf einen Stuhl setzen, stöhne und krümme mich. Dann kommt die Schwester. Es tut so weh, sagte ich. Sie antwortet, dass sie jetzt keinen Bereitschaftsarzt für die OP heranklingeln kann. Das wäre erst nötig, wenn ich viel Blut verlieren würde. Sie gibt mir Zellstoff, schickt mich auf die Toilette. Ich schleppe mich dorthin. Den Toilettendeckel brauchte ich nicht hoch zu klappen, weil es keinen gibt. Ich setze mich und halte mich an einem

Haken fest. Dann taste ich mich wieder zum Schwesternzimmer. Wie stark die Blutung sei. Meine Beschreibung überzeugt sie nicht.
„Das reicht nicht aus."
Sie verspricht mir Morphium. Ich soll mich hinlegen. Einige Zeit darauf kommt die Nachtschwester, schaltete das grelle Neonlicht wieder an, alle anderen Frauen wachen auf. Dann setzt sie die Nadel auf meinen Handrücken und spritzt die Flüssigkeit ein. Ich merke, wie sich mein Uterus während der nächsten Wehe zusammenkrampft, aber der Schmerz erreicht mich nicht mehr. Ich finde das Gefühl erschreckend und beruhigend zugleich. Erschreckend, weil ich Morphium bekommen habe, und beruhigend, da ich den Schmerz nicht fühlen muss.
Die nächsten Stunden verbringe ich damit, die Wehen zu zählen und befürchte, dass das Morphium nachlassen könnte und dieser unerträgliche Schmerz wieder einsetzen würde. Dann geschieht natürlich das Befürchtete. Das Morphium scheint aufgebraucht. Ich gleite in meine Stiefel und wanke wieder zu den kalten Kachelräumen der Toiletten. Diesmal denke ich, ich verblute, ich kann mir nicht erklären, dass ich das alles verlieren kann, ohne wirklich Schaden zu nehmen. Dann wieder zurück zum Schwesternzimmer. Ihr Kaffee duftet. Sie sagt, dass sie heute keinen OP-Arzt mehr erreichen kann. Ich bekomme die zweite Morphiumspritze in meinem Krankenzimmerbett. Diesmal bin ich etwas mehr benebelt. Glücklicherweise setzt für zwei Stunden nicht nur der Schmerz aus, sondern auch mein immerwährend arbeitender Kopf. Dann aber arbeitet er umso mehr. Ich laufe draußen herum, gehe wieder zur Nachtschwester.
„Ich habe Angst vor der OP.", sage ich. Ich weiß, dass ich sie störe, ich nerve sie, ich bin am Ende, ich bin hilflos, voller Angst, trotzdem bleibt Kraft, um etwas sehr Wichtiges abzuklären... „Ich habe Angst", sage ich zu ihr, „dass ich durch die Ausschabung morgen früh nie wieder ein Kind empfangen könnte."
Ich hatte mir bisher einige Frauenschicksale nach Abtreibungen angehört, das gab es nicht selten, ich wusste es.

Sie sitzt ganz weit von mir entfernt, am Fenster, ich bin ein unerwünschter Eindringling. Sie sagt: „Sie wollten doch das Kind, bei ihnen werden die Ärzte schon vorsichtig sein."
Zuerst bin ich beruhigt, dann aber gehen mir ihre Worte noch einmal durch den Kopf und ich erschrecke. Was sie sagte bedeutet, bei anderen Frauen, bei jenen die abtreiben wollten, da sind die Ärzte nicht vorsichtig?
Es ist acht Uhr morgens und im Operationssaal beginnt das Tagesgeschäft. Ich bin down, abgefertigt, habe keinerlei Einwände mehr, hoffe, dass die mich operierenden Ärzte die Akte richtig gelesen haben. Nun bin ich eine Nummer, die absolviert werden muss.
Todesvögel kommen und nehmen es weg.

22. November 1989, Mittwoch, Leipzig, DDR

Ich schreibe ein Gedicht. Es heißt Neunzehnhundertneunundachtzig.

Ich war freudvoll
Mit Schatz in mir
Mein Geheimnis
Meine Perle
Ich Muschel
Auf dem Grunde
Meines Seins
Am Rande
Der See Gesellschaft

Über eines waren wir machtlos
Naturgewalten sind groß
Feuer, Stürme, Wasserfluten

Das traf uns nicht

Was, wenn Menschen sie auslösen

Und plötzlich ist

Open End im zergeisterten Land

It's shaking my nerves

It's rattling my brain

Das Leben auf der zerbröckelnden Mauer

Untote stehen auf

Lebende werden begraben

Unland für Deutsch und Deutsch

Du mittendrin

Du Verlorenes

Leiser Todeshauch

Kalt und schmerzhaft

Setzte über

Heiß und rot

Du und ich

Leerer Bauchraum stillt

Ruht verletzt

Endlich befreit

Von Dir

Unglückskind.

7 Uhr, der Befund ist da.

Um zehn Uhr bin ich raus aus dem Krankenhaus und tappe vorsichtig durch den ersten Schnee zu meinem Kommilitonen nach Hause, wo ein Blumenstrauß für mich steht, denn mein dreißigstes Jahr hat heute begonnen.

23. November 1989, Donnerstag, Leipzig, DDR

Ich muss mich ablenken. Habe eine Rezension über die Vorstellung von Pina Bausch geschrieben und in der Leipziger Volkszeitung beim Kulturchef abgegeben. Wird bestimmt nicht gedruckt.

29. November 1989, Mittwoch, Berlin, DDR

Auf dem Weg nach Schwerin fahre ich kurz bei meinen Eltern vorbei. Sie haben keinerlei Sinn für mich , haben meinen Geburtstag völlig vergessen und in der Eile – soeben aus dem Urlaub kommend – ein paar gebrauchte Geschenke zusammengestellt. Ich kann sie verstehen. Sie trauern ebenfalls. Sie haben gestern erfahren, dass sie den großen Enkel Sebastian kaum mehr sehen werden. Er zog mit seiner Mutter, der frisch geschiedenen Frau meines Bruders, nach Köln, denn Annika ist zwei Tage nach Grenzöffnung mit einem Koffer davongegangen. Mein Vater weint – außer sich vor Kummer und diesen ständig unterdrücken wollend. Ich tröste ihn, gebe ihm Ratschläge, er solle Briefe schreiben, Briefe könne man mit der Taschenlampe unter der Bettdecke lesen. Auch wenn man sich ganz einsam fühlt, ist es, als wenn jemand da wäre. Ich weiß, wovon ich rede.
Ob die sich gegensätzlich entwickelnde politische Meinung der beiden zu der Trennung führte, überlege ich. Zu Beginn ihrer Liebe war Annika in der Partei, mein Bruder Michael trat erst vor einem Jahr in den Verein ein, anscheinend war sie da schon anderer Meinung. Schnell geschieht es, dass politische Haltungen Freundschaften trennen, Ehen, Lieben. Wenn in einem Land das Privatleben ideologisch kontrolliert wird, wenn politische Haltungen zum Auslöser von Disziplinarmaßnahmen werden, dann beeinflusst das ebenso „private" Beziehungen (die es im Eigentlichen nicht mehr sind).
Wie sehr, das hatte ich selber erfahren, als ich das Telegramm meiner Busenfreundin bekam. Es ist neun Jahre her. Aber vor meinem geistigen Auge sind

die Bilder jederzeit noch so abrufbar, wie sie damals abgelaufen sind: „veranstaltung heute fällt aus stopp am wochenende verhindert Aylin".
„Sylvia, soll ich dir die Geburtstagsgeschenke einpacken, du fährst doch gleich..."
Meine Mutter räumt währenddessen den Frühstückstisch ab.
„Ach, nein, ich lasse sie hier."

30. November 1989, Donnerstag, Schwerin, DDR

War beim Kulturchef der Schweriner Volkszeitung, Manfred Zelt, um ihn den Pina Bausch-Polemik-Artikel zu zeigen. Ich wollte eine Beschreibung, Wertung, was auch immer. Er gefiel ihm gut, allerdings sagt er: man kann in diesem Beruf kaum freischaffend arbeiten, meistens haben Theaterrezensenten irgendwo einen Hauptjob.

3. Dezember 1989, Sonntag, Berlin, DDR

Günter Mittag, Harry Tisch und Gerhard Müller sind in Untersuchungshaft. Der Staatssekretär Schalck-Golodkowski ist aus der DDR geflüchtet, nach ihm wird gefahndet. Es ist ein Waffenlager bei Rostock aufgedeckt worden. Dreißig Ermittlungsverfahren laufen wegen Amtsmissbrauch, meistens betrifft es Regierungsangehörige.

4. Dezember 1989, Montag, Leipzig, DDR

Fahre um 6.20 Uhr in Berlin-Lichtenberg los, 9:05 Uhr kommt der Zug in Leipzig an. Bin wieder hier – Fernstudium.

Auf dem Karl-Marx-Platz sammeln sich die unermüdlich Demonstrierenden. Diesmal gelichtete Reihen und viele Deutschlandfahnen, also DDR-Fahne ohne Emblem, man sieht in der Mitte noch den runden Kreis vom abgetrennten Hammer-Zirkel-Ährenkranz. Die Reaktionen auf die Redner sind eindeutig für Wiedervereinigung.

Nur am Mendebrunnen trifft sich ein kleines Antigrüppchen von linken Punkern – bunt alle, die Jungen mit Ohrring. Sie stehen unter einem Transparent, welches eindeutig anderes ruft: Für Sozialismus – gegen Kapitalismus und Stalinismus. Seltsam klar und deutlich gepolt. Irgendwie – ausgerottet, fast wie gerupft, wirken sie gegenüber der Masse der anderen Demonstranten. Für mich ist es nicht leicht, diese Rechts/Links/Gruppierungen zu verstehen. Ich habe einen Text von Konrad Weiß in Erinnerung: Faschos treten eindeutig gegen Punks an und zerschlagen ihre Gruppen. Punks sind also linke Gruppierungen – so reime ich mir das mit meinem Halbwissen zusammen. Eigentlich schön, dass es die Kolibris sind, die „linksherum" denken.

Ich mache eine kleine Liste in mein Tagebuch:

Links – Künstler, Kolibris, Linkshänder

Rechts – Rechtshänder, Rechtsanwälte, Handwerker

5. Dezember 1989, Dienstag, Leipzig, DDR

Eine mich verwundernde Entdeckung: Mein Poetisches Theater in Leipzig, das Studententheater der Karl-Marx-Universität, hängt immer noch in den alten Seilschaften der Universität. Es fand eine traurig entleerte 40-Jahr-Feier statt. Während sich die Ehemaligen im Saal Anekdötchen erzählen, tobt draußen der Kampf, denn es verlassen immer noch 2000 – Zweitausend – DDR-Bürger täglich das Land.

6. Dezember 1989, Mittwoch, Lübeck, BRD

Obwohl ich mich klapprig fühle, will ich mit Hans mitfahren.
„Lass uns das Lübecker Theater angucken, ich habe Karten bestellt. Vielleicht machen wir mit denen Joint Venture.", sagt er zu mir.
„Du rauchst doch gar nicht."
Hans guckt mich verständnislos an. Er hat bemerkt, dass ich seit einigen Tagen gar nicht gut drauf bin, die Proben für die „Polizei" mit letzter Kraft schaffe, aber danach mein Gesicht zu einer todtraurigen Maske mutiert.
„Wieso sollten wir jetzt mit den Lübeckern rauchen? Wir können auch ein Gläschen zusammen trinken. Da lässt sich doch besprechen, was alles möglich ist bei Joint Venture."
„Was meinst du denn mit Joint... weiß ich, wie das heißt."
„Du, es geht darum, wie wir voneinander profitieren können. Gemeinsame Inszenierungen mit den Westlern. Die spielen hier, wir spielen da, das spart doch Geld. Ich habe da schon mal Kontakte geknüpft."
Also wickle ich mich in meinen dicken Pelzmantel (wahrscheinlich völlig daneben im Westen mit einem Pelzmantel aufzukreuzen, die sollen mit Farbbeuteln draufwerfen) und schiebe mich in Hans Auto.
In Selmsdorf werden unsere Pässe kontrolliert, alles ist dermaßen entspannt, dass es einfach unglaublich ist.
Gespielt wird ein Einpersonenstück auf der Kammerspielbühne, ein Mann fühlt sich wie ein Hund und ich brauche keine zehn Minuten, um enttäuscht zu sein. Doch ich kämpfe dagegen an. Ich möchte in Wirklichkeit ein gutes Gefühl zu diesem uns – rein geografisch betrachtet – nahe liegendem Theater haben. Lassen wir mal sehen, ich denke während der Vorstellung in folgende Richtungen: Vielleicht müssen die Lebensthemen hier anders beschrieben werden als bei uns. Was bedeutet es, wenn sich ein Mensch wie ein getretener Hund benimmt, ja sich selbst so vorkommt, frage ich mein Gehirn. Da gab es ähnliche existenzbedrohliche Beschreibungen von Kafka, antwortet es nach einer Weile.

Der fühlte sich zum Beispiel wie ein Käfer, und dieses Gefühl hattest du auch, als du in Leipzig strafversetzt in einem CDU-Sekretariat gearbeitet hast, sagt es zu mir. Na bitte, geht doch, raunze ich zurück. Doch dann kommen mir wieder Zweifel und ich kann die folgende Überlegung nicht nichtdenken: Warum das Stück so schlecht gespielt werden muss. Und ob der Mensch da oben strafversetzt worden ist, und warum er sich wie ein Hund fühlt, kann ich auch nicht erkennen. Mein Gehirn schweigt, denn es weiß grad keine Antwort.

Nach der Vorstellung entschwindet Hans sofort in die Kantine zum Joint Venture. Allerdings sind kaum Menschen da. Nach einer Weile betritt der Schauspieler, der den Hund gespielt hat, die Kantine und setzt sich zu uns. Wir kommen uns zwar fremd vor, doch versuchen erste Annäherungen, reden miteinander, schenken uns Zeit.

Die Tür wird geöffnet, jemand anderes kommt herein: Ein großer, blonder junger Mann, vielleicht fünfundzwanzig Jahre alt, er trägt einen Militärmantel, einen weißen Seidenschal, die Haare stehen spitz nach oben. Er bestellt sich ein Bier, lümmelt betont gelassen auf dem hohen Barhocker. Nach einer Weile dreht er sich zu uns um, ich schaue ihm in die Augen... er verschluckt sich und prustet den gerade genommenen Schluck Bier quer über den Tresen. Ich kann mir ein Grinsen nicht verkneifen. Der junge Mann setzt sich kurz nach seiner Bierduscheinlage zu uns und redet. Er hätte gerade oben geprobt, sie seien in den letzten Proben zu „Noch ist Polen nicht verloren". Er guckt mich stolz an. Mist, ich muss irgendetwas sagen, bin doch schließlich vom Theater, doch ich kenne den Autor nicht.

„Die ersten Worte der polnischen Nationalhymne", sage ich.

„Es ist ein Stück von Ernst Lubitsch, ich heiße übrigens Christian."

„Ach Lubitsch!" Von dem habe ich glücklicherweise schon mal was gehört. „Angenehm, Sylvia."

Christian rückt nahe an mich heran und redet über das Stück, das Theater, darüber, dass er unbedingt nach Schwerin kommen möchte und dass er hier in Lübeck am 18. November, also neun Tage nach dem Mauerfall, einen Deutsch – Deutschen

Kunst- und Kulturtag organisiert hat, damit die Menschen nicht nur ihre Westmark auf den Kopf hauen und von Laden zu Laden stürmen, sondern sich miteinander austauschen und reden, Missverständnisse und Hass abbauen. Er bittet darum, dass ich mir seine Adresse aufschreibe, ich hole meinen dicken Kalender heraus und schlage ihn beim heutigen Datum auf. Er zieht ihn zu sich rüber, blättert auf den 15. Dezember vor und trägt dort seinen Namen, seine Adresse und Telefonnummer ein. Ich gucke ihn erstaunt an.
„Hab an dem Tag Geburtstag", schmunzelt er. Wir verabschieden uns eine Stunde später.
„Du hast übrigens noch dein Kostüm an." Ich kann nicht leugnen, dass er mir in seinem blauen Militärmantel recht gut gefällt.
„Das ist schon ok. Das ist meine Privatkleidung." sagt er.
Hass? Welchen Hass wollte Christian abbauen? Ich denke über das Wort nach, als Hans und ich längst wieder im Auto nach Schwerin sitzen. Wir Ostler haben keinen, wer hat ihn dann? Wollen die uns überhaupt drüben? Vielleicht haben die den Hass auf uns?

7. Dezember 1989, Donnerstag, Schwerin, DDR

Der gesamte Staatsrat und Egon Krenz sind zurückgetreten. Gerlach ist jetzt amtierender Vorsitzender. Ob noch jemand da oben regiert und wenn, dann wer?

8. Dezember 1989, Freitag, Schwerin, DDR

Ein großes Kuvert liegt in meinem Briefkasten. Mit einer mir unbekannten Schrift ist meine Adresse draufgeschrieben, vor der Postleitzahl steht DDR. Aha, ein Brief aus dem Westen, ich drehe ihn um – Christians Absender. Ellerbrook – Lübeck. Er schickt einen Haufen Zeitungsausschnitte, Rezensionen von Stücken, in denen

er mitgespielt hat. Darunter ist ein Sonderdruck der Hamburger Morgenpost, der sozusagen als Programmheft seiner Inszenierung „Woyzeck“ in der Hamburger Kampnagelfabrik fungierte. Was für eine gute Idee: „Mord am Teich“ – heißt die Deadline – verdächtigt wird Woyzeck B., der Freund der Toten Marie M. Dann das Konterfei des Hauptdarstellers als Polizeifoto mit Nummer.
Die Zeitung interessiert mich und ich lese mich drin fest. Auf acht Seiten ist viel über Büchner zu finden, über das Stück, über die Inszenierung. Ich staune. Wie frisch, wie kraftvoll, wie jung, wie witzig! Christian hat Marie mit drei Schauspielerinnen besetzt, eine unschuldige, eine mütterliche und eine verruchte Marie kreiert. Es gibt Interviews mit den Rollen – was denkt zum Beispiel der Stubenkamerad Andres von seinem Freund Woyzeck, oder der Hauptmann Müller über seinen Soldaten? Eine Autorin finde ich besonders interessant, sie heißt Ina Kurz, sie muss eine Dichterin sein. Was für ein Text, herrlich wild! „In Anspannung gefordert war die Perfektion der Gestaltung des Fragments. Kein rudimentärer Wurmfortsatz. Karl der Narr spricht: Blutwurst sagt, komm Leberwurst. Es galt das Fragment als Prinzip...“ (15)
Der stellvertretende Intendant der Morgenpost beschreibt, wie Christian das Projekt durchgestanden hat, ohne Geld von der Stadt. Er hat überall, wo er Menschen traf, sein Projekt ins Gespräch gebracht und Leute gefunden, die ihm halfen, Schauspieler, Beleuchter, Maler, Musiker, Bühnenbildner, die Zeitung Morgenpost... und dies mit 21 Jahren.
Christians Brief selber ist irgendwie wirr, was wollte er denn eigentlich sagen? Dass er am 27. Dezember nach Schwerin kommt. Da bin ich leider weg.
Ich setze mich hin und schreibe einen langen Brief mit Geburtstagsgrüßen an ihn und gehe ihn einstecken.

16. Dezember 1989, Sonnabend, Schwerin, DDR

Hans' Lübecker Joint Venture findet seine Fortsetzung. Die Lübecker kommen. Allerdings ohne Christian, denn der muss in „Noch ist Polen nicht verloren" einen Nazi spielen.

20. Dezember 1989, Mittwoch, Berlin, DDR

Rapport: alle Assistenten sind zum neuen Schauspieldirektor gebeten. Ich ziehe ein langes Gesicht. Ob er nun seine Hausfrau für das Theater gefunden hat? Ich sollte gnädiger sein. Er ist ein freundlicher stiller Mann. Dafür ist sein Chefdramaturg ein kleines Teufelchen, und eben dieses bittet mich nach dem Rapport in die Dramaturgie. Der Chefdramaturg macht es kurz. Er legt mir einen Text hin.
„Ich weiß, dass sie gerne inszenieren möchten, ich habe hier einen Vorschlag für sie. Lesen sie das Manuskript und machen sie sich Gedanken, wie sie es umsetzen wollen."
Ich nehme den grünen Hefter, streife mit den Augen den Titel. Nein, das ist nicht wahr! Woher weiß er, dass sie meine Lieblingsschriftstellerin ist? Die Pappseiten des Hefters umschließen eine für ein Hörspiel zusammengestrichene Fassung der „Kassandra" von Christa Wolf. Es geht los, denke ich. Jetzt geht es los!

21. Dezember 1989, Donnerstag, Schwerin, DDR

Jutta, Schriftstellerin und Lebenspartnerin eines unserer Schauspieler, hat meinen Mauertext für bemerkenswert gut befunden. Sie verspricht mir, ein Gutachten anfertigen, damit ich vom Schriftstellerverband ideelle Unterstützung für einen anderen Vertrag am Theater bekomme. Einen Vertrag für die Dramaturgie zum Beispiel. Das unterstützt mich wirklich sehr.

22. Dezember 1989, Freitag, Berlin, DDR

Weihnachten wird anders, als wir uns es vorgestellt haben. Melnik, Maud, Kiki und ich wollten es uns schön machen. Mit Braten in der Röhre, Punsch im Topf, Pfefferkuchen und Dominosteinen in Unmengen und dem Thomanerchor von der Schallplatte. Doch als ich gestern Maud für weitere Absprachen mit küchenwirtschaftlichen Aspekten anrief, ging ein verbitterter unglücklicher Melnik ans Telefon.

„Maud feiert nicht mit uns. Sie feiert mit..."

„Melnik?" Melnik weint und legt auf.

Das Telefon klingelt. Es ist Hellfried.

„Ich muss dir etwas sagen."

Eigentlich wollte ich fröhlich in den Apparat rufen, dass wir nicht mehr zu heiraten brauchen, die Mauer sei nun offen, doch seine Stimme klingt so bedeutungsschwanger, dass ich schweige.

„Ich habe ein Verhältnis mit Maud."

Anscheinend habe ich zu viele Gedanken an Silvester und Weihnachten im Kopf.

„So trifft ein Holzhammer den Karpfen", sage ich.

„Was?"

„Aber das ist sein Tod." Gebe ich leise und entsetzt zurück.

„Wir machen keinen Karpfen zu Weihnachten." Hellfried wirkt verunsichert.

„Du musst doch wissen, dass es für Melnik unerträglich ist, wenn du jetzt mit Maud...", ich kann den Rest des Satzes nicht aussprechen und verstumme.

„Es tut mir auch schrecklich leid, aber Maud hat nun mal diese Entscheidung getroffen."

Wir legen auf. Ich versuche Kiki zu erreichen, um mit ihr Absprachen zu treffen, sie vom Bahnhof abzuholen. Doch scheint plötzlich alles verdreht, denn ich erfahre, Melnik wird sie morgen vom Bahnhof abholen.

24. Dezember 1989, Sonntag, Berlin, DDR

Gestern wartete ich drei Stunden auf Kiki und Melnik, bis sie endlich bei mir waren. Diese seltsame Liaison betrachte ich mit äußerster Skepsis, immerhin liebt Melnik doch Maud und Kiki soll dazwischen nicht zerrieben werden. Dann kamen beide. Melnik war starr, seine Augen stumpf und klein. Unerreichbar im Schmerz. Auch heute ist Melnik hier. Wir machen trotzdem ein Weihnachtsessen, Kiki, Melnik und ich. Melnik trägt sich noch mit voller Hoffnung auf Maud. Kiki geht mit Melnik nach dem Essen zu ihm. Sie lassen mich einfach allein.
Ach Melnik, wenn du gewusst hättest, noch vor drei Monaten den Grundstein dafür gelegt zu haben. Du wolltest Maud selber an Hellfried verheiraten, hast mir Hellfrieds Angebot abspenstig gemacht... das sich das Unglück dermaßen schnell wendet, war nicht zu erwarten.
Ab dem 30. Lebensjahr, das hatte jemand in meinen Handlinien gelesen, ändert sich für mich einiges. Ich werde mehr Glück haben. Vielleicht ein Kind, vielleicht einen neuen Beruf, vielleicht eine Liebe. Vielleicht auch ist Melniks jetziges Unglück die Kehrseite seines zukünftigen großen Glücks. Ich hoffe das sehr für ihn. Nichts ist so unlenkbar, wie dieses wahnsinnige Schicksal. Ich nähere mich meinem Leben.

26. Dezember 1989, Dienstag, Schwerin, DDR

Kurz zum Volksliederabend nach Schwerin und wieder zurück nach Berlin.

Rumänien ist befreit, aber es gab 4700 Tote am ersten Tag nach Ausbruch der Kämpfe. Die Geheimpolizei von Ceausescu tötete die Bevölkerung massenmordartig.
Heute wird er und seine Frau erschossen, sein Guthaben von einer Milliarde eingezogen.

Samuel Beckett ist in Paris im Alter von 83 Jahren gestorben. Als hätte er gewartet bis zu diesem Moment, bis zu dieser weltweiten Veränderung, dem Ende des kalten Krieges. Godot ist endlich gekommen.

27. Dezember, Mittwoch, Berlin, DDR

Das ist doch ein Silvesterscherz, oder nicht? Die DDR beteiligt sich über den Außenhandelsbetrieb „Export-Import" an dem Verkauf der Berliner Mauer. Dieses Land ist außer sich geraten. Für die Amerika-Touristen ist das alles ein Spaß. Für mich aber bitterer Ernst. Ich habe Tote zu beklagen an der Mauer, Tote, die als Schatten in den Ritzen der Betonsegmente stecken. Ich hätte sie mithelfen sollen zu zerkloppen, damit sie nicht noch verkauft werden kann.

28. Dezember, Donnerstag, Berlin, DDR

Wir leben in einer Zeit, die ihre Verkrustungen klumpenweise von sich abstößt – auch eine Art Geburt. Das Blut, die Wehen, die Schmerzen, aber ein Ende ist abzusehen. Weil niemals Tauwetter war, bricht die Eisdecke in Stücke, jetzt wo es Sommer geworden ist. Doch das gebrochene Eis zerstört die bisherige Landschaft. Die Menschen sind verändert. Melnik, der zuvor noch nie so viel von sich erzählte, sprudelt über. Melnik – in einer Erzählpause wage ich unser Hörspiel anzusprechen. Wir gaben das Exposé unter dem Arbeitstitel „Zensierte Leidenschaft" kurz vor meiner Kubareise ab. Es wurde geprüft und geprüft...
Melnik setzt das intellektuelle Gesicht auf, zündet sich zuvor eine Zigarette an, bläst den Rauch aus.

„Die haben jetzt alle Texte auf Eis gelegt. Es wird nichts mehr produziert, was nicht aktuell ist. Und leider ist ja im Moment kein Text mehr aktuell, der noch vor dem 9. November eingereicht wurde."
„Die ganze Arbeit umsonst?"
„Wir wissen noch nicht mal, ob wir als Hörspielabteilung weiter existieren werden."
„Warum nicht?"
„Warts ab."

29. Dezember 1989, Freitag, Westberlin, BRD

Heute mit Kiki rüber nach Westberlin. Es ist eine Verabredung einzuhalten mit Trautmann, ihrem Karlsruher Schauspieldirektor, der mit einem Schriftsteller über sein neues Stück reden muss.
Von Westberlin sehen wir kaum was, da wir auf den letzten Drücker mit großen Gepäckstücken durch die Stadt rasen. Hätten wir nicht einen Bekannten im Bus getroffen, hätte Kiki gar nicht gewusst, wohin. Aber dann kommen wir doch an: Ysaak Karsunke kratzt mit seiner Stimme durch die Sprechanlage den Weg zu seiner Wohnung frei. Da wären wir: Altbau, wie in Prenzlauer Berg, Hinterhaus, nur begradigt, ohne Stuck, mit neuem Treppengeländer. Es sieht hier wie geleckt, sauber und einheitlich aus. Die Zeit der anarchistisch bemalten Türen in allen Farben ist wohl vorbei. Plötzlich hängt sich dort in Prenzlauer Berg, in *meinem* Berlin, meine Sehnsucht an den Nagel wie ein Mantel, der beim Heimkommen am Garderobenhaken hängt, immer wieder vertraut.
Oben in der Wohnung: Sein Wohnzimmer ist klar, holzfarben. Der Tee dampft in den Schalen. Schweigen. Karsunke raucht. Kiki raucht. Alle drei schauen wir irgendwo nach unten.
Halte dich zurück, das ist Kikis Aufgabe, flüstert es in mir. Ich mustere die Buchtitel neben mir. Sie sind mir zum Teil bekannt. Da endlich, drei Sätze von

Karsunke auf eine Frage von Kiki. Aha, er hat einen Krimi auf Bestellung geschrieben, ist wohl so ein Auftragswerker. Aha, der verkauft sich auch noch gut. Ich bin enttäuscht, denn ich glaube tatsäch lich, dass alle guten Schriftsteller nur das schreiben, was sie selbst wollen, im eigenen Auftrag sozusagen.

Die Sätze fallen unter den Tisch, wo wir sie schweigend wieder suchen. Vom Hinterhof kommt zartes Bimmeln, schließlich klonkt die Glocke hin und her. Karsunke springt auf, öffnet die Balkontür.

„Aha, macht der Idiot wieder Krach?", sagt er.

„Was ist denn?", fragt Kiki sofort, um ihn in Konversation zu behalten.

„Der katholische Pfarrer protestiert damit gegen die Abtreibung, um zwölf Uhr."

„Was, jeden Tag?"

„Nein, heute ist irgendein frommer Kindleintag."

In diesem störrischen spröden Mann gluckst ein herrlich trockener Humor auf. Kiki und ich lachen. Er weiß nicht so recht, was er mit uns soll – dem Vortrupp. Da! Endlich! Trautmann klingelt. Karsunke gibt wieder seine Anweisungen durch die Sprechanlage – springt dann unruhig umher, weil plötzlich wieder zwei Leute statt des in Einzelperson erwarteten Schauspieldirektors kommen. Er schurrt Silberrohrsessel über den Korridor, gießt Tee ein, dann sitzen wir und Trautmann führt das Gespräch. Sein Anliegen: Dieses Stück – ja, aber nicht so. Es wird gefeilscht um die bereits stehenden Worte und jene, die noch kommen sollen.

Der erste Teil bleibt, der nach der Pause darf ausgewechselt werden. Soweit sind wir. Nun aber wagt sich der praktische Theatermann Trautmann, ermutigt durch seinen bisher gelungenen Seiltanz, leger noch weiter hervor. Ob man nicht die bisher zahlreich auftretenden Frauenrollen auf den real existierenden Personendurchschnitt des Theaters bringen könnte. Er verliert sich für einen Moment in genauen Berechnungen der in der Parallelproduktion bereits „verbratenen" Damen. (So gestattet es der Fachjargon des Theaters, ohne dabei eine Frauenseele zu verletzten, denn es bedeutet einfach: bereits mit Rollen besetzte Damen).

Trautmann rechnet laut: „... minus zwei, das macht sechs. Also, sechs plus eventuell zwei Gäste. Das macht acht. Soviel dürfen es sein. Nicht mehr."
Das geht dem bisher brav kämpfenden Karsunke zu weit.
„Ich bin zwar kein böswilliger Autor, der partout einen katholischen Novizinnenchor justament hier einschreibt... jedoch... die bisher vorhandenen Figuren müssen sich schon erhalten können."
Ich schlage mich auf Karsunkes Seite durch. Sein Humor ist bestechend. Allerdings sage ich nichts, denn dies ist Trautmanns Angelegenheit. Draußen macht mir Trautmann ein Angebot. Er hätte eine Stelle frei im Regieassistentenbereich am Theater Karlsruhe. Ich druckse herum. Ich hätte noch keine Entscheidung getroffen. „Wenn du willst, rufe einfach an. Ich bin interessiert."
Im Grunde habe ich keine Lust im Westen wieder eine Regieassistentenstelle anzunehmen. Ich bin mir im Klaren darüber, dass die Theater hüben und drüben tatsächlich große Niveauunterschiede aufweisen. Unsere Schauspieler sind alle durch die paar staatlichen Schauspielschulen gegangen, Berlin, Leipzig oder Rostock (wobei Rostock auch nur eine Zweigstelle von Berlin ist). Keine Privatschule hat jemals dazwischen gepfuscht. Das schafft Auslese.
Kiki und ich verabschieden uns von ihm und seiner Freundin und ich brauche eine Fahrkarte.
„Einmal nach Karstadt bitte."
„Karstadt? Ist das nicht ein Geschäft?"
„Entschuldigung, Karlsruhe, einmal Karlsruhe bitte."
„Wo liegt das?"
Die einzige Stadt im Westen, die mir im Moment einfällt, ist:
„Köln."
Die Dame am Fahrkartenschalter sucht und sucht.
„Gibt es nicht."
„Kiki, wo liegt Karlsruhe?" Ich schreie in den Warteraum hinein.
„Bei Mannheim. Wir müssen über Frankfurt/Main fahren."

„Durch ganz Deutschland." Ich staune und bin glücklich.

31. Dezember 1989, Sonntag, Karlsruhe, BRD - Straßburg, Frankreich

„Bitte, bitte komm mit!"

Kiki dreht sich auf die andere Seite und schnarcht weiter. Im Grunde ist alles besprochen. Ich kann es nicht lassen, ich muss heute noch nach Straßburg. Es liegt so nahe. Und mir klingt das Lied aus dem Volksliederabend in den Ohren: „Oh Straßburg, oh Straßburg, du wunderschöne Stadt."

Ich ziehe los, heute Abend, rechtzeitig zum Jahreswechsel werde ich wieder da sein. Nur einen kleinen Abstecher nach Frankreich, wie aufregend.

Kiki hat sich verändert seit den Begegnungen mit Melnik. Sie ist depressiv, verletzt, weil er dauernd über Maud redet. Vor allem ist sie schweigsam, und das ist anstrengend.

Auf dem Bahnsteig ist eine Wechselstube.

„Ich möchte bitte Franken." Ich schiebe einen fünfzig D-Mark Schein rüber.

„Wie bitte?"

„Geld für Frankreich." Mir steigt die Röte ins Gesicht.

„Ich dächte, sie hätten Franken gesagt."

Es hilft nichts, ich muss zugeben, in meinem Kopf ist an dieser Stelle ein großes Loch, genau an jener Stelle, wo Reisen bildet und Allgemeinwissen über tatsächlich gesehene Orte abgebildet wird. Die Wechslerin schiebt mir das entsprechende Geld hin. Aus den Scheinen werde ich auch nicht schlau: France oder so...

Mit großen Augen fahre ich im Bus durch die Stadt Straßburg. Laufe hin und her, sitze in Kirchen, staune. Ich möchte so gerne dieses Wort aussprechen. *Der Rhein.* Ich bin am Rhein, am Rhein. Das ist doch einfach undenkbar.

„Fährt die Albtraumbahn *den Rhein* entlang?", frage ich in einem Café und jubele innerlich, dass ich das Wort laut ausgesprochen habe.

„Sie meinen Albtalbahn."

„Ach ja."

„Nein, die fährt eine andere Strecke."

„Also, nicht *den Rhein* entlang?"

„Nein, das sagte ich doch bereits."

Das Café trägt einen Namen, der etwas mit Post zu tun hat. Drin stehen etwa zehn runde Tische. Mehrere kleine Gruppen junger Leute stehen an automatischen Spielen. Einer mit Hefter kommt herein. Mir fällt der Schreibkram ein. Entworfen hatte ich schon meine Texte im Dom, jetzt sind alle Gedanken zerstreut durch die Musikbox.

Ich habe Glück, das Pärchen am Tisch fährt zurück nach Karlsruhe. Genau wie ich, haben sie eine Silvesterspritztour unternommen. Er hat ein Rennauto. Und so fährt er auch. Wie kann ein Auto 275 km/h fahren ohne abzuheben? Es ist eben nicht aus Pappe.

Kiki hat Besuch von einer Nachbarin. Sie geht früh ins Bett.

Ich bin noch voll Freude. Zwar war ich nicht in Paris, wie ich es mal vorhatte, aber Straßburg war schon zumindest – Frankreich.

Im Bett denke ich noch lange über dieses Jahr nach. Ob ich alles, was geschehen ist wirklich schon verstanden habe. Möglich ist jedoch, dass es noch nichts zu verstehen gibt.

Seltsam, im Moment sind Gegenwart, Vergangenheit und Zukunft eins. Aber die Gegenwart wird anfangen sich mit der Vergangenheit zu streiten. Wenn das geschieht, könnte die Zukunft verloren gehen, wenn dies nicht geschieht, allerdings auch.

Ich nehme mein Tagebuch aus meiner Tasche und lege es neben mein Bett auf den Nachtisch, denn morgen beginnt das Jahr 1990.

2. Teil

Das Jahr 1990

Der zweite Teil des Tagebuchromans greift eine Geschichte aus dem Jahr der Vereinigung beider deutscher Staaten auf, die bereits der Filmregisseur Andreas Dresen und der Journalist Matthias Matussek für erzählenswert befunden haben. Dieser verarbeitete sie in dem Film „Stilles Land“, jener in der Spiegelreportage „Rodeo im wilden Osten“. Ob nun Regisseur – mit östlich geprägtem Blick, oder Reporter – mit westlich geprägter Sozialisation: beide waren Beobachter, Gestalter, Interpretierende.

Ich wage es, sie noch einmal zu erzählen, weil ich sie selbst erlebt habe.

1. Januar 1990, Montag, Karlsruhe, BRD – Schwerin, DDR

Der Zug hält seit mehreren Stunden in Bahnhöfen, die für mich bisher nur in Nachrichten existierten. Mannheim, Frankfurt am Main, Kassel, Hannover und viele andere. Die Karten unserer Atlanten in der DDR weisen diese Strecke ziemlich stiefmütterlich aus. Es gibt sie nicht innerhalb eines zusammenhängenden Landes als durchgehende Strecke. Denn Deutschland ist in Haacks Weltatlas des Transport- und Nachrichtenwesens (wohlgemerkt Haack Gotha) nicht allein geteilt in Ost und West, in DDR und BRD. Als gälte es den geografischen Sinn zu vernebeln, den politischen Einfluss der BRD in den Hirnen der ostdeutschen Bürger und Bürgerinnen dadurch zu verringern, als gälte es, das Land nochmals zu zerkleinern, ist die BRD zerteilt und auf drei Seiten verteilt. Auf der Seite 47 der südliche Teil, dann muss der Leser umblättern, auf Seite 48/49 kann er den nördlichen und mittleren Teil des Landes studieren.

Da ich heute von Süden nach Norden muss und schließlich noch von West nach Ost, sprich von Karlsruhe nach Hamburg und von Hamburg nach Schwerin, wäre es praktisch gewesen, über einige geografische Zusammenhänge Bescheid zu wissen. Doch ich weiß praktisch gar nichts. Aber da die Schienen so liegen wie sie liegen, darüber hinaus die Fahrtziele der einzelnen Züge feststehen, bleibt die Reise im großen und ganzen unproblematisch. Irgendwann komme ich schon an. In Deutschland.

2. Januar 1990, Dienstag, Schwerin, DDR

Noch ein wenig verkatert von der langen Reise, noch in Gedanken in Straßburg und dem relativ öden Karlsruhe, in dessen Schaufensterauslagen auffällig viel Goldschmuck blinkte, bin ich auf dem Weg zum Theater Schwerin. Ein fremdes Automodell fällt mir auf.

Tom und Marriet fahren in einem hellen Citroën an mir vorbei.

„Tom, woher hast du das Auto?", rufe ich ihnen zu.
„Von Christian, er hat es mir über Silvester geliehen."
„Aber du hast doch keine Fahrerlaubnis."
„Na und, ich kann fahren."
„Sag mal, spinnt ihr beiden jetzt völlig?"
„Man, Christian brauchte das Auto gerade nicht. Wir aber. Schließlich habe ich eine Fahrerlaubnis." Marriet versucht mit ihrer forschen Art sich und mir zu beweisen, dass es nur ein Kavaliersdelikt ist, wenn Tom ohne Führerschein fährt.
„Dann musst du aber auch fahren", bluffe ich sie an.
„Reg dich ab, Sylvia." Souverän zieht Marriet den Kopf wieder ein und gibt Tom Anweisungen, dass er das Auto auf den Parkplatz hinter das Theater steuern soll. Mich wundert, wie egoistisch Marriet ist, und mich wundert noch mehr, dass dies ein erfolgreiches Verhalten ist. Den beiden möchte ich heute nicht noch mal begegnen. Ich nehme die hintere Treppe zur Kantine, jene vor der Kammerbühne. In der Kantine treffe ich auf Katja, die mich beiseite nimmt und neugierig aushorchen will.
„Hier war ein junger Mann aus Lübeck, der hat nach dir gefragt. Kennst du ihn?"
„Wir haben uns mal kurz getroffen."
„Er hat sich bei allen nach dir erkundigt."
„Unproblematisch, er ist aus dem Westen und kann nicht von der Stasi sein", rufe ich im Weggehen.
Ich habe es eilig, muss noch vor der Probe Karten organisieren. Heute wird Hinrich bei mir in Schwerin übernachten. Er möchte sich den Volksliederabend ansehen.
Tom begegne ich auf der Probe und während der Vorstellung. Er sagt nichts, ich ignoriere ihn.
Nach der Vorstellung kommt Hinrich mit zu mir. Ich mache Tee, er schmökert in meinen Büchern, es ist warm. Vom Ofen kommt die Wärme zu uns herüber, der Tee wärmt von innen. Hinrich gähnt schon nach kurzer Zeit. Als er sich bettfertig

macht, sehe ich seine Narbe am Knie. Sie scheint verheilt, doch ist dies Gelenk definitiv kein Knie mehr. Ich schaue schnell weg. Er hat meinen Blick bemerkt. Erst als die dunkle Nacht uns im Zimmer umgibt, nur die Leuchtreklame von dem Warenhaus gegenüber ein gelbes Licht wirft, erzählt er wieder von seiner Trennung von Torsten, flüsternd und traurig.
Plötzlich schlagen die beiden großen Flügel meiner Zimmertür leise aufeinander. In der Regel geschieht es, wenn das Fenster oder die Wohnungstür geöffnet wird. Die Wohnungstür? Ein feiner Windhauch stellt meine Haare am Hinterkopf aufrecht. Wer ist das? Keiner außer mir hat einen Schlüssel für meine Wohnungstür. Schritte kommen näher, mein Herz beginnt zu rasen, denn es sind Schritte von mehr als einer Person. Habe ich die Tür selber offen gelassen? Ist es meine Nachbarin? Das kann aber nicht sein. Sie betritt doch nicht einfach meine Wohnung, sie klingelt. Ich sehe Hinrich flehend an. Der wartet ab. Meine Zimmertür vibriert noch einmal, diesmal durch die Schritte in dem kleinen Vorzimmer, in welchem auch die Küche eingebaut ist. Ich sehe, wie die Klinke langsam und vorsichtig heruntergezogen wird, was die Spannung noch mehr erhöht. Vielleicht bin ich gleich tot. Vielleicht...
„Sylvie?" fragt Toms Stimme vorsichtig. Tom kommt herein, im Hintergrund steht ein zweiter junger Mann. Tom stutzt. Er hat Hinrich gesehen.
„Sylvie kommst du mal raus? Hier habe ich jemanden, der unbedingt mit dir sprechen muss."
Langsam schlage ich meine Bettdecke zurück, nicht ohne Hinrichs Feixen aus den Augenwinkeln wahrzunehmen. Barfuß trete ich in das Vorzimmer. Vor meinem riesigen Kleiderschrank linker Hand steht ein ziemlich großer Mann, direkt hinter Tom.
„Christian!"
„Hallo!"
„Wie seid ihr beiden denn... es ist doch abgeschlossen."
„Nein", verteidigt sich Tom, „die Wohnungstür war nicht abgeschlossen."
„Aber die Glastür, die zur Wohnungstür führt, die muss zu gewesen sein."

„Nein, sie war nur zugeschnappt."
„Was ist der Unterschied zwischen zugeschnappt oder zu? Was wollt ihr?"
„Christian wollte dich dringend sehen, er kommt direkt von der Vorstellung aus Lübeck."
„Jetzt? Das ist etwas ungünstig, Christian."
„Kann ich morgen wieder kommen?", fragt mich Christian. Seine Augen schauen bittend. „Morgen früh um zehn?"
Wir verabreden uns für morgen früh, dann tappen die beiden wieder nach unten. Ich schließe hinter ihnen die Türen sorgsam ab und gehe zurück zu Hinrich.
„Sag mal, wer war denn das?" Hinrich grinst unverschämt. Plötzlich scheint er wieder quicklebendig und voller Elan.
„Ein Schauspieler aus Schwerin und..."
„Genau der, *und*, wer ist das?"
„Christian heißt er. Ich habe ihn in Lübeck kennen gelernt, ebenfalls ein Schauspieler."
„Der ist schwer verliebt."
„Quatsch, du hast ihn ja nicht einmal gesehen."
„Das brauchte ich nicht." Hinrich grinst unverschämt.

12. Januar 1990, Freitag, Schwerin, DDR

Obwohl ich mit diesem Tempo der Ereignisse kaum mithalten kann, fühlt es sich nicht falsch an, was sich in den letzten Tagen in meinem Leben ereignet hat. Werfen wir mal ein wenig Chronologie ins Geschehen und halten die Ereignisse der Reihe nach fest. Ich kann es eigentlich noch nicht fassen, doch wie gesagt, es fühlt sich richtig an.
Am nächsten Morgen, nachdem Tom und Christian in der Nacht auf eine zugegeben unzulässige – vielleicht aber notwendige – Art und Weise das wichtige Treffen für Christian arrangiert hatten, kam er pünktlich um 10 Uhr zu mir in die

Schmiedestraße. Wir sprachen lange miteinander. Ich war, und bin es noch, hin und her gerissen von seiner Liebe zum Theater, seiner Neugier auf den Osten, seinem Interesse an den Bühnen der DDR, seinem Engagement für ein Miteinander zwischen den Ländern, von seinen Warnungen, dass bei uns jetzt die Kultur, speziell die kleinen Theater, vielleicht platt gemacht werden würden einerseits, und andererseits verwirrt mich sein spürbares Interesse an mir, an dem was ich tue, an meinen Plänen. Ich empfinde, dass er das dringende Bedürfnis hat, ständig an meiner Seite zu sein. Das ist etwas Neues. Diesen starken Wunsch nach meiner Nähe hat bisher kein Mann gehabt, und wenn er ihn gehabt hat, dann zumindest hat er ihn nicht so geäußert, dass ich ihn hätte wahrnehmen können. Zusätzlich entspringt Christians Wesen eine mütterliche und fürsorgliche Seite, die ich genieße und die mich in ein angenehm sicheres Gefühl einhüllt.

Er ist seit diesem Abend oft am Schweriner Theater, schaut sich Vorstellungen an oder redet in der Kantine mit den Schauspielern. Er scheint sich wie zu Hause zu fühlen, als gehöre er in diese Gemeinschaft.

Vor ein paar Tagen holte er mehrere Netze Apfelsinen aus seinem Kofferraum. Ich dachte mir, dass sich das Obst doch jetzt jeder selber kaufen kann und fragte, für wen es sei.

„Für Heinrich“, meinte Christian, „er möchte die Apfelsinen für seine Enkel haben.“

Ein Theater ist wie eine Familie. Da ein Schauspielensemble menschliche Erlebnisse, Wiedersprüche, Tragödien und natürlich Komödien darstellen muss, werden alle Generationen von Schauspielern benötigt. Das empfinde ich sehr angenehm. Die Älteren sowie die Jüngeren arbeiten miteinander. Trotzdem wäre ich nicht auf den Gedanken gekommen, auf den Christian gekommen ist: dass unser ältester Schauspieler kein Auto hat und dass die Versorgung hier in Schwerin mit dem nötigen Obst noch stockend voran geht. Und Heinrich bleibt nicht der einzige, der von Christian mit irgendetwas versorgt wird. Wie kommt er darauf? Geht es darum, die „armen“ Ostbrüder- und -schwestern unterstützen zu müssen? Er wird zu einer Art Sorgensammler. Zusätzlich erzählen ihm einige Schauspieler

ihre großen Ängste um die Zukunft und hoffen auf Informationen über Filmgesellschaften und andere Spielstätten wie Sommertheater in den alten südlichen und reichen Bundesländern.
„Ich mache mir Sorgen um Heinrich“, erklärt mir Christian, nachdem ich ihm meine Verwunderung beschreibe.
„Warum?“
„Wir haben uns über die politische Situation unterhalten. Er ist der Meinung, er hätte zwei politische Systeme in seinem Leben kennen gelernt, den Faschismus und den Sozialismus, ein drittes politisches System möchte er nicht mehr erleben.“
„Meint er das ernst?“
„Ich fürchte ja.“
Ich bin zutiefst betroffen. Was ist daran schlimm, dass wir andere Gesetze bekommen werden, dass wir ein vielleicht sogar besseres, politisches System und andere Denkweisen haben werden? War es nicht unser aller Wunsch, dass sich grundlegend etwas verändert? Bestürzung begleitete mich den Tag über.
Am Abend stellen sich die Neuen im Theater vor. Es sind Absolventen der Ernst-Busch-Schule in Berlin. Sie spielen vier Tage lang jeden Abend auf der Kammerbühne. Während Christian und ich uns die Inszenierung mit den erwartungsvollen und erfrischenden Absolventen ansehen, muss ich an Heinrich denken: Ja, leicht ist es für ihn sicher nicht. Fünfzehn Jahre leitete Christoph Schroth das Theater. Das Ensemble kennt sich lange. Vor fünf Jahren kamen viele jüngere Schauspieler hinzu, die waren schnell integriert. Nun sind einige Schauspieler mit dem Schauspieldirektor ans Berliner Ensemble gegangen, noch viel mehr flüchteten im letzen Jahr in den Westen. Nichts ist mehr, wie es war. Das Ensemble wird praktisch komplett ausgewechselt. Und Heinrichs persönliche Verluste, die ich nicht kenne, sind da nicht einmal eingerechnet. Ja, es ist sehr schwer.
Auch meine Aussichten auf eine Regiearbeit am Theater verringern sich mit den Neuen. Ihr junger Regisseur ist mir aus Leipzig bekannt. Er kann sich durchsetzen, die jungen Schauspieler vertrauen ihm. Mehr als die beiden Inszenierungen und das

gesamte Auftreten der Gruppe muss ich nicht sehen, um einschätzen zu können, dass meine Chancen schlecht stehen.
Ob ich aufgeben soll, frage ich mich. Die Theaterarbeit an sich oder das Schweriner Theater? Nach der Vorstellung will ich nicht in die Kantine zu den Neuen, sondern zu meinem Kassandra-Text.
Christian bleibt an meiner Seite. Er sieht, wie mir die Felle wegschwimmen.
„Meine Eltern haben zusammen Theater gemacht. Meine Mutter schrieb die Stücke, mein Vater inszenierte, ich trat in einigen Rollen auf. Wie findest du das?“, fragt er mich.
Ich kann nur langsam diese verdammten Wertungen in meinem Kopf loswerden: zum Beispiel, dass ein vom Staat geregeltes Theater mit politischem Anspruch viel mehr wert sei als Touristentheater. Ich teile ein in Laienspieler und ausgebildete Schauspieler, ich bin der Meinung, dass das Recht zum Schauspielern ausschließlich mit einem staatlichen Diplomschein erworben wird. Alles andere – Hobbykram.
Doch in Christians Stimme klingt noch eine andere Hoffnung mit.
„Lustig“, sage ich etwas kühl.
„Was hältst du davon, wenn wir beide einen ähnlichen Weg einschlagen?“
„Wir schlagen erst einmal den Weg zu mir nach Hause ein.“
„Du willst doch Kinder?“
„Ja.“
„Eins?“
Ich schweige.
„Zwei?“
„Wenn schon, denn schon drei.“
„Abgemacht.“
Ich lache. Findet dieses Gespräch gerade wirklich statt? Einerseits freut es mich, andererseits bekomme ich einen Schreck. Geht das nicht etwas zu schnell, ist es überhaupt ernst gemeint?
„Christian, ich muss heute wirklich noch was machen...“

„Ok. Ich habe meine Sachen bei Tom, ich gehe zu Tom."
„Sei nicht sauer."
„Wir sind morgen zu einem Essen bei Tom eingeladen. Ich werde kochen. Ein perfektes Huhn."
„Gute Nacht."
„Keinen Kuss?"
„Doch."

13. Januar 1990, Sonnabend, Schwerin, DDR

Herman-Matern-Straße, Fußgängerboulevard. Sonnabendmittag gehen die Geschäfte gut. Ich höre viele Schuhpaare über die Steinplatten laufen. Da sind die eiligen, schnell klackenden Pumps von Frauen. Sie nehmen kurze Schritte, bleiben vor Schaufenstern stehen, klackern wieder weiter. Frauen, die diese Schuhe tragen, haben einen sicheren Gang. Ich stelle mir die Schwerinerinnen vor, die ich sehr resolut und selbstbestimmt kennen gelernt habe. Dann folgt ein Stiefelpaar: Es sind lange Sch ritte, die durch den erhöhten Massedruck unter der größeren Fläche der Schuhsohle schnalzend kleine Steine zermalmen – das müsste ein Armeeangehöriger sein, oder ein Anderthalbjähriger im Ausgang. Dazwischen wuseln Kinder – meist rennend, hopsend, ständig die Richtung wechselnd, nicht selten fliegt eines der Länge nach hin, nach einem besonders wilden Ritt. Im Anschluss erklingt sirenenartiges Heulen und es folgt – fast immer – eine ärgerliche Zurechtweisung der Mutter. Gibt es Liebespaare? Die kann man nicht hören.
Ich warte auf Christian. Er hat heute Morgen bei mir geklingelt, hat mich abgeholt mit einem Becher duftendem Kaffee in der Hand. Jetzt stehe ich hier, weil er dringend etwas besorgen will, was, das weiß ich nicht. Ich kann mich gut selber beschäftigen. Ich probiere aus, für meine anstehende Kassandra-Inszenierung die Geräusche im Umfeld wahrzunehmen. Das hat einen Grund: Kassandra nimmt

Stimmen wahr. Sie entspringen ihrem Inneren, nachdem sie die politische Situation ihrer Zeit mit besonders sensibler, fast magischer Kraft in sich aufnimmt. Unsere Lage im Land ist für die meisten ebenso undurchsichtig, schafft Desorientierung. Ich habe eine Inszenierungskonzeption im Kopf, die zugegeben etwas verrückt ist. Während die Zuschauer im Raum sitzen, sollen die Darstellerinnen während größerer Textpassagen hinter Folien agieren, die rund um die Zuschauer gespannt sind. Die Besucher erleben die Illusion, selber Kassandra zu sein, die von Stimmen bedrängt wird, sie erleben, das Auf-sich-geworfen-sein, dieses Autonome-Entscheidungen-treffen-müssen. Diese Idee umgesetzt, könnte eine Art gespieltes Live-Hörspiel mit neuen darstellerischen Aufgaben werden. Vorstellbar, dass Stimmen und Geräusche im nahen Umfeld beklemmend wirken. Der Text von Christa Wolf steckt voller Geräusche.

„Bahhh“, erschreckt mit Christian.

„Blödmann. Mir ist an den Händen kalt, hast du meine Handschuhe?“

„Hier“, er streckt sie mir hin. „Ach, nein.“ Er zieht sie wieder weg. „Die brauchst du jetzt nicht, ich wärme dir die Hände.“

Christian hält mit der linken Hand meine Hände und fummelt mit der rechten Hand in der Manteltasche seines blauen Militärmantels. Dann zieht er etwas heraus.

„Ich brauche deine linke Hand.“

Christian ist so aufgeregt, dass er dauernd redet.

„Ich habe es nicht glauben wollen, dass es das hier gibt. Ich habe alle ausprobiert. Der hier muss passen.“

Christian zieht mir einen Ring auf.

„Es ist ein Verlobungsring. Ich habe dir einen Verlobungsring gekauft, und mir auch. Silber mit dreihunderter Gold drum herum. Der Verkäufer sagt, sie sind vom Staat gestützt, deshalb sind sie so billig. Wir haben jetzt einen DDR-Verlobungsring.“

Ich höre ein Rauschen im Ohr.

„Sag mal was!“ Forschend durchsucht Christian mein Gesicht.

„Bin ich jetzt... verlobt?"
Christian lächelt wieder: „Nur, wenn du *ja* sagst."
„Ich muss mir Bedenkzeit ausbitten."
Christian sackt völlig in sich zusammen, seine Augen haben ihr Leuchten verloren.
„Das war ein Scherz. Jaaaaaaaa.", rufe ich mitten auf dem Fußgängerboulevard. Ich umarme ihn und wir stehen eng umschlungen mitten in dem wuseligen Einkaufsdurcheinander. Wenig später, auf dem Weg zu Tom und Marriet entdecke ich, dass ich mit dem Tragen des Ringes noch nicht im reinen bin. Soll ich ihn drauflassen, wenn wir jetzt zu Tom gehen? Und welchen Grund gäbe es, ihn abzunehmen? Marriet scheint jetzt fest mit Tom zusammen zu sein, denn sie dirigiert uns an die Plätze. Natürlich sieht sie die Neuigkeit, während mir Christian ein Stück vom Huhn auf den Teller legt.
„Was ist das?" Marriet schreit dermaßen laut, dass ich die Gabel fallen lasse, weil ich ein Insekt auf dem Teller vermute.
„Wo denn?" rufe ich ängstlich.
„An deinem Ringfinger und an Christians Ringfinger."
„Ach so." Entspannter krabbele ich unter den Tisch, um die Gabel hervor zu holen. Hier kann ich durchaus eine Weile suchen, während Christian über dem Tisch die Story mit den vom Staat gestützten Ostverlobungsringen zum Besten gibt.
„Was sagst du dazu, Tom?", staunt Marriet. „Würdest du auch diese Ringe kaufen?"
Tom lässt sich Zeit. Er weiß nicht, ob er die Frage vom ästhetischen Aspekt her beantworten soll oder ob sich dahinter eine Aufforderung versteckt. Er antwortet schließlich diplomatisch.
„Eine schöne Idee für diejenigen, die es beide wollen."
Am Ende des Essens lädt Christian die beiden zu einer gemeinsamen Fahrt nach Bad Wimpfen ein. Er will uns seinen Heimatort zeigen. Irgendwo in Baden Würzberg... oder so ähnlich.

Während Christian bei mir zu Hause seinen Mantel ablegt, fällt eine weiße Karte aus seiner Tasche. Ich hebe sie auf und betrach te sie. Das DDR-Emblem prangt in der Mitte, obenauf steht „Ministerrat der Deutschen Demokratischen Republik", darunter „Ministerium des Innern". Ich lese weiter. „Berechtigungsschein zum mehrmaligen Empfang eines Visums. Herr" – es folgt sein Name, sein Geburtsdatum – „sowie null mitreisende Kinder sind berechtigt, neun Mal ein Visum zur einmaligen Ein- und Ausreise zu einem Tagesaufenthalt bis jeweils 24.00 Uhr bzw. zu einem Aufenthalt bis 24.00 Uhr des auf die Einreise folgenden Tages bis 28.05.90 für die Kreise Grevesmühlen, Schwerin, Wismar bei der dem Besuchsort nächstgelegenen Grenzübergangsstelle der DDR zur BRD zu empfangen. Das Visum wird gebührenpflichtig erteilt. Es berechtigt nicht zur Einreise in die Sperrzone und den Schutzstreifen an der Gren ze zur BRD. Stempel Unterschrift." Ich schaue auf das Ausstellungsdatum und sehe Christian erstaunt an.

„Du hast dir den Schein am 07.12.1989 ausstellen lassen?"

„Ja."

„Einen Tag, nachdem wir uns das erste Mal gesehen haben?"

„Ja."

Ich bin glücklich.

16. Januar 1990, Dienstag, Schwerin, DDR

Heute hing der Mann, der mir gegenüber wohnt eine schwarz-rot-goldene Fahne ohne Emblem heraus.

20. Januar 1990, Sonnabend, Schwerin, DDR und Bad Wimpfen, BRD

Ich habe mich auf die Fahrt sehr gefreut. Packe meine gesammelten D-Märker von Onkels und Tanten ein, den Rest Begrüßungsgeld, Stullen, Getränke, alles, was man so braucht für eine längere Fahrt in die neu zu erkundenden Gebiete Deutschlands. Am Alten Markt in Schwerin sammeln wir Tom und Marriet ein und fahren los.

Die Stimmung ist zu Beginn bombastisch. Tom und Christian singen Rocksongs und Elvis Presley. Sie legen dazu neue CDs ein. Ich hinten, neben Marriet, entspanne mich einfach. Christian zieht durch, macht selten Pausen, nur wenn wir tanken müssen oder Cola und Kaffee brauchen. Der Tank schluckt gewaltig und beim zweiten Nachtanken gebe ich meine Scheine dazu.

Ich halte mir die Entfernung per Karte vor Augen. Was für ein Weg! Brno, zum Beispiel, das hinter Prag liegt, ist auf derselben Höhe wie Bad Wimpfen bei Heilbronn, Brno liegt weiter östlich, während Heilbronn der pure Westen ist. Für mich sind die Entfernungen besser einschätzbar, wenn ich sie mit Strecken vergleiche, die ich schon einmal gefahren bin. Ich nehme die Augen glücklich voll Deutschland.

Allerdings wird die Stimmung durch die Moneten schon bald auffällig gespannt. Unsere Mitfahrer drücken sich um jeden Beitrag. Dabei haben wir zusammen ihr Begrüßungsgeld abgeholt. Sie haben also 100 D-Mark pro Person dabei.

Doch zunächst lassen sich anstehende Probleme noch gut unter den allgemeinen Freudenteppich über die neue Freiheit kehren. Spät am Abend erreichen wir Bad Wimpfen. Christian ist aufgeregt, er will mir sofort alles zeigen, den Turm, auf welchen er mit seiner Familie gelebt hat, das „Kräuterweible“, in welchem es die besten Hähnchen ganz Deutschlands geben soll. Ich genieße und staune, bin ganz bei ihm. Klar, dass er auch im „Kräuterweible“ die Zeche für unsere Mitreiser zahlt. Ich leide innerlich mit, weiß, dass sein Gehalt in Lübeck nicht unbedingt für solche großzügigen Gesten geschaffen ist, aber egal. Wir bringen Tom und Marriet

bei seinen Freunden unter. Diese sind Schmuckdesigner, freuen sich, echte Ostler zu Gast zu haben.
Wir beide spazieren in der Nacht um den Turm herum, Christian erzählt und erzählt, während ich diesen kleinen Urlaubsort in mich aufnehme. Wir finden eine Bleibe bei anderen Freunden von ihm.
Noch in der Nacht stenographiere ich die ersten Eindrücke.

Bad Wimpfen
Das zauberhafte Flair dieses Städtchens
schaffen die Fachwerkhäuser,
die sich an die Straße heften,
wie festgesaugt und stolz
die Stirne bietend,
sich sicher um des Fremden wundernd Blick.
Woher, warum, wieso sich hier
die Zeit entfaltet rückwärtszu
und reicht bis hin ins Mittelteil des Alters,
das wir gesamte Menschheit lebten?
Von oben grüßt die Türmerin,
im "Kräuterweib" – Herr Seltenreich.

Ich zeige morgens Christian das Gedicht. Er lacht. Herr Seltenreich, der Geschäftsführer des Kräuberweible, begrüßte uns gestern persönlich, und als ihm Christian „seine Verlobte“ vorstellte, gab es herzliche Wünsche. Wir warten auf Tom und Marriet. Schließlich kommen sie. Große Verabschiedung von den Wimpfenern und los geht es wieder.
„Guck mal Sylvia.“ Marriet wickelt vorsichtig Schmuckstücke aus Servietten. Die beiden Schmuckgestalter, bei denen sie zu Gast war, haben sie reichlich beschenkt. Sie zeigt mir zwei Paar Ohrringe, zwei Ketten, zwei Ringe, zwei Armbänder.

„Wie schön." Mir gehen die Augen über. So etwas habe ich meinen Lebtag nicht gesehen. Ich bemerke Christians Blick durch den Rückspiegel.
„Du kannst doch Sylvia was abgeben, Marriet", schlägt er vor.
„Das zerstört doch dit janze Angsambel." Vor Aufregung beginnt Marriet zu berlinern.
Christian verändert beim nächsten Halt an einer Tankstelle sein Verhalten. Er bittet nicht, sondern fordert von Tom einen Beitrag zum Tank und er kauft das Essen für mich und sich. Unsere beiden Mitfahrer treten nicht anders als gestern auf. Sie gönnen sich kein Getränk, kein warmes Essen, kein Brötchen. Christian kann das nicht sehen und reicht mein halbes Hühnchen rüber, welches ich angegessen habe. Mir ist das Essen vergangen. Ich schäme mich plötzlich für die beiden. Benehmen wir Ostler uns wirklich alle so? Ich kann zwar verstehen, dass wir bisher jede Westmark gespart haben, um uns einen guten Kassettenrekorder oder eine besondere Schallplatte im Intershop kaufen zu können. Das ist doch aber vorbei! Die Politiker weben mit vollem Elan am Stoff Einheit. Wir werden bald D-Mark verdienen. Was soll das also?
Spät erreichen wir Schwerin, setzen Marriet und Tom zu Hause ab.
„Ich lade euch mal zu Spaghetti ein, als Dankeschön", schlägt Marriet vor, während sie aussteigt. Ich bin mir sicher, dass das nie geschehen wird.
„Du hattest so traurige Augen, als du den Schmuck von Marriet gesehen hast. Es tat mir richtig weh", sagt Christian zu Hause.
„Ach, das sind doch nur Dinge. Dass sie sich nicht als Freunde erwiesen haben, stört mich viel mehr."

5. Februar 1990, Montag, Schwerin, DDR

Nicht nur die Politiker weben an der Einheit, auch Christian webt an seinem Stoff „Deutsch-Deutscher Kulturaustausch". Seine Idee – Schlossfestspiele in Schwerin. Zwischen den Ländern Schleswig-Holstein und Mecklenburg könnte regelmäßig

kultureller Austausch stattfinden, die Theater ihre Inszenierungen austauschen. Zu den Theatern in Lübeck, Schwerin und Anklam bestehen bereits Kontakte.
Ich arrangiere ein Treffen im Rat der Stadt Schwerin, Abteilung Kultur, immerhin kenne ich einige Verantwortliche dort, meine „Polizei"-Inszenierung wird von der Abteilung finanziell gestützt.
Pünktlich betreten wir das genannte Zimmer und ich zucke schockiert zurück. Zwei Personen sitzen hinter dem Gesprächstisch, ein Mann und eine Frau. Die Frau kenne ich gut. Im Dezember musste sie in aller Stille von ihrem Posten entfernt worden sein, denn im Schweriner Theater tauchte sie seitdem nicht mehr auf. Dort ist sie wieder: Frau Pille, unsere ehemalige Parteisekretärin, diejenige, die mich beim Vorgespräch zum Westberliner Theatertreffen nicht gerade mit Vertrauen gesegnet hat, diejenige, die mit der all ihr zustehenden Macht des Amtes am Theater die Kaderpolitik geregelt hat.
Christian trägt mit Begeisterung seine Ideen vor, nennt Namen, die er zur Schirmherrschaft bewegen könnte, darunter Björn Engholm. Er weiß nicht, dass ich gleichzeitig unserem Vorhaben an diesen Schweriner Tischen, allein deswegen keine Chance gebe, weil ich selbst dabei bin. Warum sollte Frau Pille kritischen Geistern jetzt plötzlich Gelder zueignen? Oder denjenigen, die ihr unsympathisch sind? Sie hält sich bedeckt, ist freundlich zu Christian, lenkt das Vorhaben weg vom Schloss Schwerin und gibt doch einen interessanten neuen Vorschlag preis: Schloss Güstrow mit dem Güstrower Theater, welches in diesem Jahr die 150-Jahrfeier begeht, wäre geeigneter, die Museumsleiterin eine engagierte Ansprechpartnerin. Sie schreibt uns deren Telefonnummer auf einen Zettel. Nach einer Stunde stehen wir wieder vor der Tür.
„Noch einmal gut gegangen", murmele ich vor mir hin.
„Was? ", fragt Christian.
„Begegnung mit alten Geistern", antworte ich und hülle mich in Schweigen.
Ein Telefonat ist schnell gemacht. Die Museumsleiterin in Güstrow wird uns in ein paar Tagen empfangen. Zeit genug, um noch Theater zu besuchen, die eventuell

ihre Inszenierungen zu den Schlossfestspielen schicken könnten, so das Theater Schwedt und das Theater Anklam.
„Woher kennst du Anklam, Christian?"
„Der Anklamer Chef war in Lübeck bei unserem deutsch -deutschen Kulturfest. Er hat mir eine Regie bei sich angeboten und er will seine Inszenierungen nach Lübeck oder anderswohin verkaufen."

6. Februar 1990, Dienstag, Schwerin, DDR

Wir listen auf, was auf dem Spielplan der Schlossfestspiele stehen könnte.
„Die Polizei" von Slawomir Mrozek ist mein Vorschlag; „Von Mäusen und Menschen" von John Steinbeck steuert Christian bei, dazu noch „Cyrano de Bergerac". Ein Krimi kommt dazu, natürlich das „Endspiel" von Samuel Beckett, „Blut am Hals der Katze„ von Rainer Werner Fassbinder, „Furcht und Elend des Dritten Reiches" von Bertolt Brecht, nicht zuletzt „Woyzeck" von Georg Büchner und ein mir unbekanntes Stück: „Liebestoll" von Sam Shepard. Erfreut stelle ich fest, dass unser Theatergeschmack sich auf wunderbare Weise ähnelt und vor allem deutsch -deutsch ergänzt.
„Sag mal, worum geht es in ‚Liebestoll?'"
„Um den Kampf zweier Liebender, Eddie und May, die eigentlich Halbgeschwister sind, davon erst etwas erfahren, als sie längst ein Verhältnis miteinander haben. Es geht um unbewältigte Vergangenheit, die der Vater verkörpert und um das Zerbröckeln des American Way of Life."
„Zwei Halbgeschwister, die sich streiten – zweimal Deutschland." Nachdenklich versuche ich mir ein Bild von diesem Stück auf einer Bühne zu machen.
„Die Figuren sind Spielball des Geschehens. Sie wussten nichts von ihrer Vergangenheit, erfahren diese zu spät und nehmen sie nicht ernst. So wird ihre Liebe eher zu einer Art Schrottplatz der Gefühle, " setzt Christian hintan.
„Ähnlich unserer deutsch -deutschen Situation."

9. Februar 1990, Freitag, Schwerin, DDR

Die anstehenden Wahlen rufen heute alle Bürger Schwerins zu einer großen Kundgebung heraus. Unter dem Slogan „Allianz für Deutschland“ stellen sich die drei konservativen Parteien der DDR vor. Es sprechen Vertreter von CDU, DA (Demokratischer Aufbruch, eine Partei mit einem ehemaligen inoffiziellem Mitarbeiter an der Spitze) und DSU (Deutsche Soziale Union, die sich grad schnell in Leipzig direkt für die Wahlen gegründet hat). Alle drei machen auf „Wahlbündnis für die Volkskammerwahlen“.

Wir stehen am Alten Markt vor dem Schweriner Theater. Christian tobt neben mir. Er kann nicht verstehen, warum plötzlich alle DDR-Bürger Helmut Kohl haben wollen. Nacheinander treten unterschiedlichste Redner ans Pult. Christian hat schon sämtliche Blicke der um uns Stehenden auf sich gezogen, er agitiert sie, einen eigenen Weg zu gehen. Kohl stehe nicht für Fortschritt, sondern klaren Kapitalismus und sie sollten ihr Hab und Gut und vor allem die Kultur besser gegen die aus dem Westen schützen. Dann will er zum Rednerpult. Nur mit Mühe kann ich ihn zurückhalten.

„Christian, wenn du hier gegen die Meinung von 2000 Schwerinern auftrittst, dann kann ich für deine Sicherheit in der DDR nicht mehr garantieren. Ich weiß nicht, ob du dann ohne weiteres bei mir ein- und ausgehen kannst.“

„Aber man muss doch auf einer Wahlkundgebung eine andere Meinung akzeptieren können.“ Christian bleibt stur.

„Wenn du akzeptieren kannst, dass dich auf dem Podest mehrere scharf geworfene Flaschen treffen können, dann nur zu“, mischt sich Tom ein. Ich bin ihm dankbar dafür, denn Christian wird plötzlich leiser. Die Stimmung der Schweriner ist eindeutig Pro-Vereinigung, Pro-konservativ, Pro-Kapitalismus. Es soll ruck zuck gehen mit der Westmark und den Bananen.

12. Februar 1990, Montag, Schwerin, DDR

Plötzlich schlage ich mich mit Firmennamen herum, die noch vor kurzem für mich einfach Werbung im Fernsehen waren. Jetzt sind sie greifbar und abrufbar: Daimler-Benz in Stuttgart, Gruner und Jahr Verlag in Hamburg, Krombacher Brauerei. Zugegeben ist die Memminger Werbedruck AG und die Sparkasse Memmingen mir noch nie zu Ohren gekommen, doch die Möglichkeit, Firmen um Sponsoring zu bitten, scheint eine Art „Vaterunser" jener Gesellschaftsordnung, die nun auf uns zukommt. Auf Christians Liste stehen jene Firmen, die ihn schon einmal gesponsert haben.

„Was hast du von diesen Sponsoren bekommen?"

„Programmhefte, Bier für eine Premiere, Plakate..."

„Und wer bezahlt die Schauspieler, Kostüme, Bühne, Technik?"

„Das Projekt ‚Schlossfestspiele in Güstrow' wird einer Marketingfirma übergeben, und die gehen für uns auf Sponsorensuche. Kein Problem also."

„Ach so."

13. Februar, Dienstag, Güstrow, DDR

Der Termin bei Frau Kerbel im Museum Güstrow läuft erfreulich ab. Die Stadt ist interessiert, erbittet schriftliche Unterlagen und macht uns Hoffnung auf finanzielle Zuschüsse. Zuvor muss noch eine Konstituierung des Unterausschusses Wissenschaft, Bildung und Kultur des Bezirkes abgewartet werden, denn die Bezirke Rostock, Neubrandenburg und Schwerin ergeben gemeinsam in Kürze das künftige Land Mecklenburg. Ein Festivalkomitee soll gebildet werden, aus mehreren Bürgern der Stadt, an expliziten Stellen sitzend.

Dann ist die Kontrolle über das Projekt für die Bezirksregierung abgesichert, denke ich.

Noch eine positive Nachricht trifft ein: Morgen werden erste Gespräche mit dem Intendanten des Anklamer Theaters stattfinden. Christian und ich werden dort inszenieren. Längst ist aus dem Interesse für das Stück „Liebestoll" mehr geworden. Es wäre eine DDR-Erstaufführung von einem amerikanischen Stück, das durch entsprechende konzeptionelle Bearbeitung viele Parallelen zur heutigen Zeit zeigen kann. Meine Gedanken zum Theater Anklam selber sind zwiespältig. Es ist ein Provinztheater. Was werden dort für Schauspieler sein, wie ist die Leitung? Vor acht Jahren begann Frank Castorf dort zu inszenieren. Dadurch erhielt das Theater einen avantgardistischen Ruf. Er spielte allerdings eher für Berliner als für das Anklamer Publikum. Noch skeptischer bin ich der Anklamer Lage und Umgebung gegenüber. Ein schmal besiedelter Landstrich. Christian hält es durchaus für möglich, dort längere Zeit zu bleiben. Das hieße, in der Uckermark zu leben. Es soll eine schöne Landschaft mit reichlich Seen sein, aber auch – eine gottverlassene Provinz. Schon in Schwerin begrenzen sich die abendlichen Unternehmungen auf Essen- oder Kinogehen. Im Grunde halte ich es für ausgeschlossen, sich dort häuslich niederzulassen. Doch ich will Christian nichts vorwegnehmen. Kiki brauchte ebenfalls nur eine Reise durch die DDR, um ihrer etwas kommunistisch angehauchten Illusion vom Leben hier einen realen Anstrich zu geben. Anklam wird mir die Diskussion über sich selbst mit Christian abnehmen.
Am Abend belohnen wir uns wieder mit vorzüglichem Essen im teuersten Restaurant Schwerins, was nur möglich ist über den hohen Umtauschsatz von DM in M.

22. Februar 1990, Donnerstag, Leipzig, DDR

In der Theaterhochschule in Leipzig tagen heute die Dozenten. Ein kurzer Brief kam und meldete die Notwendigkeit einer Krisensitzung über den Inhalt des Studiums. Es sollten so viele Studenten wie möglich anwesend sein. Ich muss arbeiten, bin verhindert. Deswegen rufe ich nach der Sitzung meinen Kommilitonen Deniz direkt im Sekretariat der Hochschule an. Deniz würzt seine Rede in der Regel gerne mit zynischen Überhöhungen. Deshalb halte ich seine Informationen zunächst für einen Ulk, als er stichpunktartig berichtet.

Unser Studium sei zu sehr auf Marxismus-Leninismus aufgebaut, es ist in der Zukunft anfechtbar. Verschiedene Fachbereiche werden völlig aufgelöst. Die Hochschule selber stehe vor dem Zwang, das Studium radikal zu verändern. Dafür müssen neue Fächer ausgearbeitet werden, die wegfallende Fächer ergänzen. Andernfalls könnte der Abschluss den Studenten wegen erwähntem „kritischem Maßstabmodus“ nicht anerkannt werden. Es hätte für uns in Zukunft keinen Sinn, DDR-Dramatik zu studieren. Die Fächer „Theater des Sozialismus“, „Theater des Imperialismus“ und „Dramentheorie“ werden daher ohne Abschluss bleiben und im Wintersemester durch neue Fächer ersetzt. Wenn wir das Studium mit unseren bisherigen Grundlagen zu Ende bringen wollen, dann müssen wir schnellstens viele Fächer abschließen. Keine Zeit verlieren, am besten zwei Studienjahre in einem absolvieren, sonst hätten wir uns umsonst den Hintern plattgedrückt. Es sei in unserem eigenen Interesse.

Nur langsam wird mir klar, dass Deniz nicht überzieht, sondern die bloßen Fakten wiedergibt.

„Ist unser letztes Studienjahr umsonst gewesen?“ Mir wird kalt und heiß im Sekundenwechsel.

„Das ist noch nich t raus.“ Deniz stöhnt in seiner unnachahmlichen Art mitfühlend auf und dann muss er zum Zug.

Ich bin durcheinander. Praktisch müsste ich jetzt alle zwei Wochen nach Leipzig, um so schnell wie möglich in diesem Jahr das Studium zu beenden. Ob das in meiner momentanen Situation zu schaffen ist?

24. Februar 1990, Sonnabend, Berlin, DDR

Eine interessante Kulturzeitung der DDR, die vom ehemaligen „Sonntag“ zum „Freitag“ mutiert ist, kommt um 11 Uhr zum Interview in meine Berliner Wohnung. Die Redakteurin zeigt ausschließlich Interesse für Christian. Er ist der Exot, er ist der Westler, der im Osten sein Glück machen will, er ist der Neue. Zuerst bin ich erstaunt. Von einer weiblichen Redakteurin erwarte ich eine ausgeglichene Berichterstattung, eine Sicht, die dem Gegenstand und den daran Beteiligten gerecht wird. Wahrscheinlich ist das eine Illusion.

Verdammt, denke ich, sie sieht mich nicht einmal an. Sie blendet mich vollkommen aus. Das ärgert mich. Schließlich arbeiten Christian und ich zusammen als Regisseure und als künstlerische Leitung der Schlossfestspiele Güstrow. Ich gehe beleidigt in die Küche und öffne eine Tüte Gummibärchen, immerhin etwas, was man sich neuerdings schaufelweise in den Mund befördern und damit trösten kann.

Der Fotograf kommt dazu und macht ein paar Fotos von mir. Was für eine jämmerliche Inszenierung. Fotograf soll mich ablenken, damit ich dieser Möchtegernredakteurin und Christian nicht dazwischenkomme, womöglich etwas sagen könnte. Und ich habe gedacht, diese Zeitung hat Niveau. Dabei rennt wahrscheinlich jede Zeitung jetzt dem Außergewöhnlichen hinterher. Dass ich dazu notwendig war, um Christians Schicksal in die DDR zu lenken, das ist unerheblich. Ich ärgere mich noch viel mehr, als der Fotograf mich in ein Gespräch verwickeln will.

„Entschuldigen sie bitte, ich habe zu tun“, sage ich zu ihm und ziehe einen Brief meines Bruders unter einem Stapel Zeitungen hervor. Der Brief brachte mich zum Lachen, als er vor ein paar Tagen kam. Mal sehen, ob das jetzt noch einmal klappt. Mein jüngerer Bruder Johann und seine Frau haben zwei kleine Kinder. Sie wohnen in einer Einraumwohnung und meistern die Schwierigkeiten des Alltags mit ihrer feinen ironischen Art.

„Ich lese“, wehre ich einen erneuten Versuch des Fotografen ab, mich irgendwie zu besänftigen. Ich konzentriere mich auf die Worte auf dem Briefpapier, welches ich Johann zum letzten Geburtstag geschenkt habe. „Die größte Neuigkeit... na... wir haben unseren alten Wartburg verkauft. Mir war es zu schade um dieses alte Museumsstück, ich wollte es nicht kaputt machen. Bei uns ist an sich alles in Ordnung. Die Wohnung bemüht sich nun auch, uns rauszuschmeißen. Verstopfungen und defekte Abwasserrohre sind ihre Waffen, heute war es eine überlaufende Waschmaschine von oben. Das Haus zieht alle Register. Sogar unsere friedlichsten Nachbarn fragen, warum wir ständig Scheuerlappen in die Rohre spülen und damit Verstopfungen verursachen. Als unterster Mieter, sozusagen als Erdnuckel, ist man leicht die Kröte im Brunnenrohr. Und die Kommunale Wohnungsverwaltung bietet uns in letzter Zeit vorzugsweise Wohnungen an, zu denen es entweder keine Schlüssel gibt, oder in welche schon andere Mieter eingezogen sind.
Till ist groß geworden und kann ganz fantastisch sein Bett zerwühlen. Anne ist immer noch in ihn vernarrt und nutzt jede Gelegenheit, um ihn zu drücken, zu rufen, zu killern und zu stupsen. Die Strümpfe kann sich Till auch ausziehen (sehe ich gerade.) Sei lieb gegrüßt von Till, Anne, Susi und meiner Wenigkeit.“
Es glückt, ich lache, diesmal besonders darüber, das ihr kleiner Sohn so ein Racker ist. Der Fotograf hat sich ins Zimmer getrollt und kommt zusammen mit der Redakteurin wieder raus.
„Auf Wiedersehen!“, sagt sie.
Ich bin ja so beschäftigt! Da schaffe ich es gar nicht zur Tür zu kommen, um sie ihnen zu öffnen.

25. Februar 1990, Sonntag, Berlin, DDR

Der Tag der Wahrheit ist gekommen. Ich sehe ein, ich muss sie informieren. Schließlich erfahren sie es irgendwann sowieso, dass ich verlobt bin – meine

Eltern. Ich überlege, wie ich dieses Aufeinandertreffen klug arrangiere. Für mich wäre es besser, sie hätten kaum Zeit zur Verfügung, um sich überlegen zu können, welche Meinung sie zu meinem Verlobten und zu dem Tatbestand, dass wir uns erst seit November kennen, haben sollen. Ideal wäre, sie könnten sich vorher nichts zurechtlegen.

Ich setze mich in Position vor mein Telefon und greife den Hörer. Dann kurze Nummernwahl, und schließlich nimmt jemand nach dem Freizeichen ab. Es ist meine Mutter.

„Hallo Mutti, habt ihr eine halbe Stunde Zeit?"

„Ich bin allein und ich hätte etwas Zeit." Meine Mutter klingt nicht erstaunt. Ich kündige mich selten lange vor meinen Besuchen an.

„Dann stelle ich dir mal schnell meinen Verlobten vor. Wir kommen gleich vorbei."

Ich lege auf.

„Jetzt können wir los, Christian."

Meine Mutter hat in meinem ehemaligen Kinderzimmer den Kaffeetisch gedeckt. Sie wirkt für diese Überraschung eigentlich sehr ausgeglichen und ruhig. Christian und sie plaudern angenehm, sie geht noch einmal Kaffee holen.

„Ging doch ganz gut", sagt Christian. Da klappt die Wohnungstür und ich weiß sofort, dass mein Vater eingetroffen ist. Draußen wird getuschelt.

„Bisher ja, jetzt wird es anders", flüstere ich Christian zu. „Mach dir keine Gedanken über sein Verhalten, es war ihm noch nie jemand recht, den ich mitgebracht habe."

„Das müssen alles Idioten gewesen sein."

„Nein, normale junge Männer."

„Ich werde es besser machen", flüstert Christian mir zu. Im Nebenzimmer wird geräumt, wahrscheinlich ziehen wir jetzt ins Wohnzimmer um.

Wir werden ins Wohnzimmer gebeten, ein weißes Tischtuch zeugt davon, dass wir so etwas wie Ehrengäste sind. Christian und ich bekommen, wie alle Gäste meiner Eltern, die Plätze auf dem Sofa. Christian hat seine Stiefel noch an. Das könnte –

schätze ich ein – einen Minuspunkt geben. Aber wer zieht gleich seine Schuhe aus, besonders, wenn er zum ersten Mal in eine Wohnung kommt und... leichte Schweißfüße hat. Christian muss sich mit seinen langen Beinen in die Sofaecke quetschen, er sprengt mit seiner Statur sowieso schon die gesamte Neubauwohnung. Er ist eher für Altbauwohnungen gemacht. Scheinbar souverän, aber innerlich aufgeregt, lehnt er sich hinten an, seine Knie reichen direkt bis zur Tischplatte. Plötzlich kommt er auf die Idee, dass es besser wäre, seine Beine anders zu platzieren. Er legt den Unterschenkel quer über ein Knie, bei Schuhgröße 47 bleibt es nicht aus, dass die Stiefelspitze direkt an der Tischkante am weißen Tischtuch anliegt.

Das war's. Alles, was er jetzt sagt, und sei es noch so charmant, ist umsonst. Mein Vater weist ihn auf seine Stiefelspitze hin und bittet, diese vom weißen Tischtuch zu nehmen. Mein Adrenalinspiegel steigt stetig. Ich hoffe, Christian äußert sich weiter zu dieser unangemessenen Zurechtweisung, dann gäbe es bereits bei diesem ersten Treffen eine Auseinandersetzung.

Nein, er tut es nicht, und nach einer Stunde sind wir wieder draußen.

Doch jetzt kann er seine Verletztheit darüber, wie er von meinem Vater aufgenommen worden ist, nicht verbergen. Schade. Ich dagegen hatte nicht viel mehr erwartet.

27. Februar 1990, Dienstag, Schwerin, DDR

Die Ereignisse überschlagen sich. Unsere Mappe für die Schlossfestspiele Güstrow hat schon einen beträchtlichen Umfang. Der Intendant von Schwerin stellt drei Schauspieler frei und genehmigt mir die Zweitbeschäftigung. Die Bühnen der Stadt Magdeburg wollen mit einem Büchner-Projekt einsteigen, zwei Inszenierungen vom Theater Anklam haben fest zugesagt Entsuite zu spielen. Zudem soll ein Stück mit dem Titel *Wallenstein zu Güstrow* extra geschrieben werden.

Das Schauspielensemble mit 20 Schauspielern und Schauspielerinnen steht fest, alle sind angefragt und haben zugesagt.
Bühnenbeleuchtung für den Schlosshof sind Leihgaben aus Schwerin, Magdeburg und Anklam, da überall dort Spielzeitpausen sind.
Den Kostenvoranschlag tippe ich gerade ab. Solche Zahlen sind mir in meinem gesamten Leben noch nicht begegnet. Viele Gagen sind in Mark und D-Mark extra aufgeführt. Ich denke, es ist viel zu viel Geld für Schauspieler und Repräsentations- sowie Werbezwecke, halte mich aber mit meiner Meinung zurück.
Das Konzept ist eine Mischung aus durchführbaren, sehr praktischen Fakten und Höhenflügen.

1. März 1990, Donnerstag, Güstrow, DDR

Wir haben einen Termin im Güstrower Schloss, besichtigen den Museumsgarten und das Museum. Im Rosengarten könnte ein Musikpavillon stehen, bespielt wird der Hof, eine Tribüne für das Publikum angemietet.
Dann sieht Christian die Freitreppe und gerät weiter ins Schwärmen.
„Diese Freitreppe wäre geeignet für ein ordentliches Rockkonzert."
„Das kann man ja später mal erwägen", werfe ich schnell ein und versuche ihn davon abzulenken, das Vorhaben Schlossfestspiele Güstrow auf Woodstock zu erweitern.
„Wir hätten großes Interesse, das Schlossfestival unter anderem mit Musik auszustatten. Wir dachten an diesen Justus Frantz mit dem Schleswig-Holstein Musik Festival", äußert die Museumsleiterin, und ihr Begleiter vom Kulturausschuss nickt bestätigend.
Beide versprechen, uns auch hier ein Festivalkomitee auf die Beine zu stellen, welch es aus den wichtigsten Persönlichkeiten der Stadt bestehen soll. (Mir kommt der Gedanke, dass sich Frau Pille und Frau Kerbel abgesprochen haben.) Außerdem wird ein Veranstaltungsdienst mit Kasse im „Club der Werktätigen„

eingerichtet. Die Stadtverwaltung stellt ein Büro für uns, um künstlerische und organisatorische Leitung unter einen Hut bekommen zu können. Es gibt konkrete finanzielle Zusagen. Aus dem Volksvertreterfond könnten 50 000 Mark beigesteuert werden.

Was die Güstrower sehr interessiert, ist die Schirmherrschaft von Björn Engholm, den würden sie gerne bei sich in der Stadt begrüßen, sie erinnern uns daran.

„Und Justus Frantz, denken Sie daran“, ruft uns Frau Kerbel hinterher.

Nun hat Christian Herrn Engholm angekündigt, nun muss er ihn herüber bitten. Deshalb...

5. März 1990, Montag, Lübeck, BRD

...sind wir um 12 Uhr in Lübeck bei einer Wahlveranstaltung vom Ministerpräsidenten Schleswig-Holsteins. Zuerst allerdings besuchen wir einen Stand in Halle 7 der Schleswig-Holstein-Messe, an welchem Rudolf Augstein zu dieser Zeit einen Termin hat. Dann werden wir für die Rede von Björn Engholm in die zweite Reihe platziert.

Was soll ich sagen... Björn Engholm kennt Christian tatsächlich. Er schaut zu mir rüber, als Christian im Anschluss neben ihn am Rednerpult steht, um ihn zu begrüßen und unser Anliegen zu schildern. Er solle anrufen und – alles Gute für uns beide. So kurz vor der Wahl hat Engholm den Kopf mit anderen Sorgen angefüllt.

8. März 1990, Donnerstag, Berlin, DDR

Um 15.00 Uhr sind wir auf dem Messegelände am Funkturm am Schleswig-Holstein-Stand. Um 16 Uhr werden dort einige Damen und Herren aus dem

Organisationsteam „Justus Frantz“ einen Presseauftritt haben. Wir werden mit ihnen reden.
Während sich Christian wie ein Fisch in seinem Element fühlt, ist mir der ganze Rummel zu viel. Das hat einen Grund: Seit drei Wochen rechne ich. Ich rechne jeden Tag mit ihr. Sie rechnet nicht mit und kommt auch nicht. Meine Regel.

9. März 1990, Freitag, Güstrow, DDR

Wir müssen tatsächlich heute Morgen von Berlin nach Güstrow, um die Pressekonferenz für die Schlossfestspiele Güstrow mit entsprechenden Informationen zu bestücken. Natürlich wäre es den Güstrowern Recht gewesen, sie hätten zu diesem Termin eine eindeutige Zusage von Björn Engholm gehabt. Ich rate Christian dazu, ehrlich zu sein und sie nur in Aussicht zu stellen. Ähnlich verhält es sich mit dem Schleswig-Holstein Musik Festival. Die Verantwortlichen gestern haben zwar unser Material mitgenommen, uns aber auf Anrufe von ihnen vertröstet.
Ergebnisse gibt es noch nicht, dafür wieder einen nächsten Gesprächstermin fünf Tage später in Güstrow.

12. März 1990, Montag, Schwerin, DDR

Nun muss ich mich erst einmal um mich kümmern. Die entsprechenden Räumlichkeiten und Praxen in der Poliklinik sind mir ja noch vom letzten November bekannt, nach wenigen Stunden habe ich den ersten Befund schwarz auf weiß. In einer Woche kann ich bereits zum Ultraschall.
Ich freue mich, wir freuen uns.

14. März 1990, Mittwoch, Güstrow, DDR

Schatten über unserem Güstrower Vorhaben. Das Verhalten der Güstrower hat sich verändert. Sie verschieben ihre endgültige Zusage für uns. Was wir heraushören können: es gab anscheinend ein Telefonat zwischen dem Organisationsteam von Justus Frantz und dem Rat der Stadt, Abteilung Kultur. Der Inhalt dieses Gespräches liegt noch im Dunkeln.

15. März 1990, Donnerstag, Schwerin, DDR

Kurz und knapp hält es Hans, als er mir endlich gesteht, dass er bei der „Polizei" nicht mehr mitmachen möchte. Die Gründe liegen in unserer momentanen Situation, die durch zu viele Veränderungen, geprägt ist. Hans' Interessen reichen von Politik bis Theaterwechsel, er muss sich umsehen. Das ist verständlich. Fast jeder denkt zurzeit über einen beruflichen Wechsel nach. Doch Hans will nicht einmal die Premiere machen.
Ich bin schockiert und mache mir große Vorwürfe. Hätte ich eine Zweitbesetzung einarbeiten sollen? Kann jemand anderes die Rolle übernehmen?
Die Kostüme liegen fertig in meinem Schrank, Viola hat sie in stundenlanger abendlicher Handarbeit gefertigt. Das ist ein weiterer Druck, der auf mir lastet.
Am Abend fällt mir ein Gedanke dazu ein. Die Mischung von professionellen Schauspielern und Laiendarstellern innerhalb des „Polizei"-Ensembles scheint für den Berufsschauspieler Hans ein echtes Problem darzustellen.

16. März 1990, Freitag, Schwerin, DDR

Ein weiterer Anruf in Güstrow führt zu keiner endgültigen Aussage. Werden wir die künstlerische Leitung bei den Schlossfestspielen übernehmen? Die Festspiele sollen bereits am 6. Juli beginnen. Ein Wahnsinn und kaum umsetzbar. Wenn mich nicht alles täuscht, zeigt die andere Seite ein eindeutiges Rückzugsverhalten. Ich gebe meine Vermutung an Christian weiter. Er kann nach einigen Telefonaten tatsächlich etwas heraus finden.

„Justus Frantz hat auf kommunaler Ebene über eine Beteiligung an den Veranstaltungen verhandelt. Allerdings sei kein Ausrichter der Schlossfestspiele, etwa der Rat des Bezirkes Schwerin hinzugezogen worden." Er wirkt wütend und betroffen.

Ein Journalist der Hamburger Morgenpost und Freund von Christian bekommt kurz danach noch mehr Informationen und zitiert einen uns zugeteilten verantwortlichen Herrn im Rat des Bezirkes Schwerin in seinem Zeitungsartikel: „Herr Frantz hat nicht mit uns gesprochen, wir bedauern das natürlich, aber es drängt sich der Eindruck auf, dass Herr Frantz das angebliche Chaos in der DDR ausnutzen will, um seine Geschäfte zu machen."

Mit Erschrecken erfahre ich, dass der künstlerische Leiter des Schleswig-Holstein Musik Festivals angeboten hat, dreißig Konzerte in Mecklenburg zu geben. Gleichzeitig wird mir bewusst, das möglicherweise diese Art von leichter Klassikmusik, gewürzt mit unterhaltsamen Showveranstaltungen aus Rock, Soul und Jazz für das kulturell ausgehungerte Mecklenburg und für das eher konservative Publikum wesentlich interessanter wären, als unser Konzept mit anspruchsvollen Theaterstücken. Ich darf diese Gedanken nicht laut aussprechen. Das verordne ich mir in jenem Moment, in welchem ich sie denke, denn das träfe nicht auf Christians Verständnis, der immer noch gewillt ist, gegen den Musik-Moloch anzutreten und sich seine Schlossfestspiele in der DDR nicht nehmen zu lassen. Und es hieße außerdem: allzu schnell den Anspruch aufzugeben, den ich bisher in meiner Arbeit am Theater vertreten habe.

19. März 1990, Montag, Schwerin, DDR

Erster Ultraschalltermin in Schwerin. Dafür gibt es die Überweisung auf einem Rezeptformular. Ich lande im Wartebereich vor dem Behandlungszimmer. Die Zeit klebt sich zäh an die Wände. Nicht die Viertelstunden sind es, die ungenutzt zerrinnen, nicht der fensterlose sterile Raum ist es, indem das Licht einer flackernden Neonröhre grellt, nicht die Einheitsstühle sind es, die man in allen Praxen und Krankenhäusern der DDR wiederfindet, ja nicht einmal die Angst, dass es irgendeine Komplikation mit meiner Schwangerschaft geben könnte – all diese Gründe sind es nicht, die mir die Tränen in die Augen treiben, weswegen ich den gesamten Rückweg heule und weswegen ich auch zu Hause vor Christian damit nicht aufhören kann. Was mir über zwei Stunden hinweg, die ich dort verwahrte, die Verzweiflung in das Herz treibt, sind die Gesichter und das Verhalten der Schwangeren. Sie stieren zu Boden, wenden den Blick ab, antworten einsilbig, zergrübeln sich die Gesichter, schlurfen zur Toilette, lesen weder ein Buch noch irgendeine Zeitschrift, trinken nichts, essen nichts, sie bewegen nur ab und zu ihre dicken Bäuche von einer Seite zur anderen.
Ob sich hier irgendeine Frau wirklich auf ihr Kind freut, frage ich mich, ob sich hier irgendeine Frau vorstellt, wie fröhlich es mit einem Kind sein kann? Toben, lachen, Quatsch machen, Essen kochen, Schlaf bewachen, an den kleinen Händen halten, Puppensachen stricken, Kinderbücher vorlesen... das ist doch wirklich schön... oder nicht?
Vielleicht liegen die Gründe darin, sich so grau zu fühlen in den derzeitigen Wirren des Landes, vielleicht können sie keinen Silberstreif am Horizont sehen. Doch es trifft mich besonders, dieses triste ausweglose Starren, das ewige Warten, das die jungen Mütter wie paralysiert erscheinen lässt, bar jeder Lebendigkeit.
Christian schaut sich das erste Foto unseres Kindes an. Irgendwo dort zwischen den hellen und dunklen Flecken der Aufnahme schwimmt der neue Erdenbürger seelenruhig in seinem Fruchtwasser umher. Ihn selber können wir nicht sehen.

„Zieh dich gleich wieder an, wir fahren jetzt nach Lübeck und lassen deinen Bauch mal richtig durchchecken." Christian greift seinen langen Theater-Uniformmantel vom Haken und reicht mir meine Jacke.
„Jetzt?" Ich bin zwar müde und erschöpft, trotzdem würde ich heute liebend gern mit einem besseren Gefühl meiner Schwangerschaft und meiner Zukunft gegenüber einschlafen. Wir haben als deutsch-deutsches Pärchen im Moment gewisse Vergünstigungen. Eine davon ist, dass eine ostdeutsche Bürgerin im Westen jederzeit zum Arzt gehen kann. Dies wird als Notbehandlung von den westlichen Krankenkassen übernommen. Also verpackt mich Christian in Decken und Kissen und ich schlafe seelenruhig bis zur Ankunft in Lübeck im weich fahrenden Citroën dahin.
Entspannung: Ähnlich wie in Westberlin im letzten Jahr, gibt es keine unüberwindbaren Widerstände. Ein Arzt ist da, ich werde zuvorkommend und sehr freundlich behandelt, sogar eine gemeinsame Freude, die der Arzt und die Schwestern angesichts unserer sich gerade gründenden kleinen Neufamilie zeigen, lässt mich fast wie auf Wolken schweben. Zudem werden wir unerwartet groß beschenkt: Das Bild, welches das Ultraschallgerät von unserem Kind zeigt, ist gestochen scharf, wir können das winzige Köpfchen sehen.

20. März 1990, Dienstag, Schwerin, DDR

Großzügig stellt mich der Intendant des Schweriner Theaters frei. Allerdings bleibt ihm keine andere Wahl, denn mein Ausbildungsvertrag sieht vor, dass ich innerhalb des Studiums für die Diplomarbeit drei Monate frei bekomme. Das bedeutet, vom 7. April an bis zum 7. Juli kann ich mich dem Studium der Theaterwissenschaft, der Menschen und der Bücher ergeben.

21. März 1990, Mittwoch, Anklam, DDR

Ein denkwürdiger Tag. Vor Prenzlau zischen wir von der Autobahn nach Szczecin herunter, bremsen gehörig ab und fahren vorsichtig nördlich nach Pasewalk weiter. Nach einer halben Stunde nimmt unser Citroën federnd die Landstraße über Pasewalk hinweg nach Anklam. Ein Glück, dass das Gefährt nicht der landesübliche Pappwagen ist, dann läge ich sicherlich schon wieder aufgrund der Schlaglöcher im Krankenhaus. Vorausdenkend heißt die Straße „Ausbau".
Zwei Wegschilder nach Torgelow und Eggesin lassen die Erinnerung an krude Besuchstage in einer Kaserne hoch steigen. Ich besuchte damals mit achtzehn Jahren in Eggesin meinen ersten Freund. Noch heute sammelt die Erinnerung aus Ödland absurde Mären von grün gestrichenen, mit der Nagelschere gestutzten Rasenfeldern und Soldaten, die in fensterstürzenden Blechschränken zu Tode gekommen seien.
Doch wir sind hier, um in unsere Zukunft durchzustarten. Nach dem „Ausbau" folgt die Pasewalker Allee, etwa auf der Hälfte der baumreichen Straße geht es links zum Theater Anklam weg.
Weiter geradeaus liegt das Zentrum von Anklam, ein Flecken Erde mit rotkargen Backsteinbauten. Gotik im besten Sinne, etwas unheimlich, demutsvoll. Aus der Ferne sieht es aus, als seien Bausteine zu einem Stadtensemble aufgestellt worden. Man wünscht sich, der Baumeister hätte mehr Lust verspürt beim Bauen. Doch mehr als ein Stadttorturm (aus dem 13. Jahrhundert) und eine größere Kirche, immerhin eine Nicolaikirche, sind nicht daraus geworden.
Ich sage: „Bonjour Tristesse! Kaum vorn hinein, sind wir hinten wieder raus."
Doch Christian begeistert sich an Otto Lilienthal, der in der Stadt geboren ist, berichtet von großen Flugzeugkonstruktionshallen unter der Erde, davon, dass Hitler hier Kampfflugzeuge bauen ließ. Ich wundere mich, woher er das weiß. Die Skepsis gegenüber dem Ort bleibt.
„Lass uns erst mal hier ankommen, oder besser gesagt, anklammen", seufze ich.

„Vielleicht können wir auf dem Privatflugplatz...", startet Christian einen weiteren Versuch sich keinerlei Freude auf Kommendes verderben zu lassen, „mal hin und wieder..."
Ich schweige. Mir sind die Kilometerzahlen, die wir in den letzten Wochen zurückgelegt haben, schon jetzt zu viel. Jetzt auch noch fliegen? Ich weiß nicht.
„Hier ist es." Christian bremst ruckartig.
Das Theater Anklam ist ein saniertes Fachwerkhaus auf der Leipziger Allee, der breite Eingang wird von zwei weißen hohen Fahnenstangen bewacht, davor stehen Schaukästen aus den siebziger Jahren mit Fotos laufender Vorstellungen. Wir parken das Auto auf dem Hof. Es gibt eine Pförtnerin, wir werden angekündigt. Dann eröffnet sich uns, hinter der Eingangstür, der erste Blick in das Haus. Solch ein erster Eindruck gibt die notwendigen Informationen, die ich für kommende Wochen brauchen könnte.
Linker Hand hängt eine Glasvitrine, darin ein staubiges Kostüm aus einer vergangenen Inszenierung, daneben das dazugehörige vergilbte Theaterplakat, kahle Sprelacardtische rechts und links sind, drumherum Stühle. Eine Art Ausschank mit Seltenheitswert steht schräg über die rechte Ecke. Ich schätze, er ist aus den sechziger oder siebziger Jahren. Auf der obersten staubigen Glasplatte warten einige Schlager-Süßtafeln auf den Verkauf. Hier scheint die Kantine zu sein. Zwei jüngere Personen sitzen vor ihren Kaffeetassen an einem der Tische. Einer davon ein bleicher Mann mit dunklen Haaren. Pokerface taufe ich ihn sofort. Er gehört zu jenen Menschen, deren Begegnungen ich mit besonderer Vorsicht entgegensehe. In ihren Gesichtern spiegeln sich keinerlei Gefühle, man kann nie erkennen, was sie denken und ob sie überhaupt fühlen. Ihm gegenüber sitzt eine junge Frau, blond, gut aussehend, fast elegant gekleidet. Wir grüßen. Pokerface nickt nicht einmal mit dem Kopf, geschweige, dass er zurück grüßt. Die blonde Frau sagt etwas, dass eine Begrüßung sein könnte.
Das Intendantenzimmer liegt im oberen Stockwerk, beim Eintreten stellt sich ein dunkelhaariger Mann mit Brille vor. Sein auffälliger Bart bauscht sich rechts und links vom Kinn und füllt das breite Gesicht noch mehr auf. Er reicht mir die Hand

zuerst. „Bordel", sagt er lachend und gibt dazu eine Erklärung: „Wie Bordell, mit einem „l". Christian und er duzen sich bereits. Es scheint, ein geselliger Typ. Gemütlich wirken die dunklen Möbel, die im großen Zimmer aufgestellt sind. Gründerzeit vermutlich, sie passen zum alten Haus. Die Sekretärin sitzt im selben Raum.

Während auf den Kaffee gewartet und ein paar Floskeln ausgetauscht werden, schlage ich mich mit der Überlegung herum, wie ich diesen Herrn, seines Zeichens Intendant des Theaters, die kommenden sechs Wochen ansprechen soll. Wird sein Name auf der ersten Silbe oder der zweiten betont? Würde er auf der ersten Silbe betont werden, dann hinkt der Vergleich mit Bordell, würde der Name auf der zweiten Silbe betont und mit einem „l" geschrieben werden, dann müsste ich Bordeel sagen. Glücklicherweise hilft mir die Sekretärin, denn sie stellt eine Frage.

„Dr. Bordel, soll ich den Vertrag fertig machen?"

Schließlich entscheide ich mich dafür, seine vorherigen Worte für einen eingeübten Witz zu halten, welchen er bei jeder Begrüßung zum Besten gibt. Ein Doktor also, in welcher Fachrichtung?

Als hätte er meine Gedanken gehört, lädt er uns zu sich nach Hause ein, nach der ersten Probenwoche, am kommenden Wochenende. Wir erhalten ein kleines Geschenk: Elf Impressionen und Ansichten von Anklam, herausgegeben vom Kreiskabinett für Kulturarbeit. Auf dem Umschlag einige Erklärungen. Ich bin neugierig und überschlage den Text: „Die Arbeiten der Kunsterzieher und Hobbymaler zeugen von der Liebe zu ihrer Stadt, der weiten, flachen Landschaft und natürlich den Menschen, durch die unsere Stadt lebt und wächst, die für Wandel und Entwicklung steht." (16)

Ich suche auf den Lithografien und Linoleumschnitten nach Anklamern. Leere Boote, Wiesen, Felder, leere Straßen, leere Stege. Keiner da. Siebenhundertfünfundzwanzig Jahre Anklam, aber weder im Landgrabental noch am Westufer der Peene, noch auf dem Weideland gibt es Lebewesen. Bestimmt alle ausgewandert.

Wir erhalten den Schlüssel für unsere Wohnung. Karl-Marx-Straße 9.

Neben der Pförtnerloge, mit dem Blick auf die Straße, residiert die Abteilung Öffentlichkeitsarbeit. Uns wird Herr Fesch vorgestellt, ein Mann im mittleren Alter mit Sakko.
„Ihr könnt mich Feschi nennen", bietet er uns an.
Er wird mein Ansprechpartner für das Programmheft und für Presseinformationen sein. Dramaturgen gibt es nicht oder sie werden gerade abgeschafft. An deren Stelle tritt die Marketingabteilung, hier konkret mit einem Bauarbeiter an der Spitze. Ich sollte durchaus noch einmal überdenken, ob ich gerade das richtige Studium mache, welches schließlich Theaterdramaturgen ausbildet.
Danach beziehen wir unsere provisorisch möblierte Heimstatt in einer Wohnsiedlung mit lauter quaderförmigen Wohnblöcken. Hier muss es die Menschen geben, die auf den Bildern fehlen. Im Moment ist zwar keiner auf der Straße zu sehen, aber in dem Konsum wenige Schritte von unserer Wohnung entfernt, steht eine Frau und kauft etwas. Natürlich gucken sie und die Verkäuferin uns misstrauisch und neugierig durch die Scheibe hindurch an.
Die Wohnung ist einfach, hat jedoch zwei Zimmer und eine Küche. Es gibt ein Radio mit wenigen abendgestaltenden Programmen. Von Feschi wissen wir, dass das Theater heute auf Abstecher in Tarnow ist, also werden wir uns keine Vorstellung ansehen können. Telefonieren? Falschansage, kein Anschluss, kein Telefon.
„Ach ja, und in Anklam gibt es kein Kino."
Was hier die Ehepaare am Abend machen und besonders die Jugendlichen, bleibt uns zunächst unerschlossen.
Wir gehen essen.
Der „Anklamtreff" ist ein großer Saal. Auf unserem Tisch stehen Maiglöckchen aus Plastik, die Stühle schurren quietschend auf den Steinplatten.
„Wir lassen uns um alles in der Welt nicht unterkriegen. Meine Kraft begleitet uns", sagt Christian. Wahrscheinlich findet er es hier so öde, dass er mir sofort Mut zusprechen muss, aber ich weiß, wie es hier ist.

22. März 1990, Donnerstag, Anklam, DDR

Bereits eine halbe Stunde vor der Konzeptionsprobe sind alle Schauspieler da, neugierige Gesichter, voller Hoffnung.
Unsere Besetzung für die May plaudert nach allen Seiten, schafft eine schöne verbindliche Atmosphäre. Unser Eddie schaut etwas skeptisch daher und der älteste Schauspieler für die Rolle des Alten Mannes hält sich weise zurück, macht hin und wieder eine Bemerkung – letztendlich spielt er damit jetzt schon seine Rolle. Die junge blonde Frau von gestern kommt wenige Minuten später in die Konzeptionsprobe. Dabei stellt sich heraus, dass es unsere Kostüm- und Bühnenbildnerin ist.
Wir haben zehn Bücher vom Fischerverlag für DDR-Mark im Kursverhältnis 1:1 gekauft und die Rech te für die DDR-Erstaufführung. Christian teilt die Bücher aus und trägt dabei seine Vorstellungen zum Stück vor, welche Qualitäten es für ihn hat, wie er es inszenieren möchte. Ich habe herausbekommen, dass es einen Film nach dem Stück gibt namens „Full for Love“ – „Verrückt nach Liebe“ mit der unverwechselbaren Kim Basinger. Hier hat ihn keiner gesehen. Ich halte dies für ein enormes Glück, denn das Spiel dieser Frau dominiert eindeutig den gesamten Film und zeigt einen solch besonderen Tiefgang, dass er mit unserer May wohl nicht zu erreichen sein wird. Unsere May macht ihre Abschlussprüfung an der Hochschule Ernst Busch in Berlin. Sie hat hier eine Stelle als Eleven und pendelt, ähnlich wie ich, zwischen den Städten hin und her, um die notwendigen Theoriescheine zu absolvieren. Mit der Rolle wird sie ihre praktische Prüfung machen. Inwieweit unsere Inszenierung unerfülltes Frauenleben auf die Bühne bringen kann und ungelebtes Leben hier in der zum Stillstand gekommenen alten Hansestadt beschreibt, die am Tage sowie in der Nacht mit verschlafenen Augen vor sich hindämmert und ihr Spiegelbild in der Peene schippern lässt, das wird sich zeigen.
Das Bühnenbild wird ein großes altes Bett in der Mitte sein. Rechts auf einem Schrotthaufen aus ausrangierten Trabbi-Türen und -Karosserieteilen soll der alte

Mann sitzen, in der Mitte im Hintergrund ein großer Pappfernseher flimmern. Der bringt den amerikanischen Way of Life ausschließlich durch die Mattscheibe, was in Anklam in Wirklichkeit nur dann geschieht, wenn das Wetter zu Hochnebel umschlägt und die Menschen, anstatt zu ihrer Verabredung zu gehen, vor dem Fernseher sitzen. Ausnahmesituation wegen Westempfang. Selbst runde Geburtstage bleiben auf diese Art und Weise ein Glücksspiel hinsichtlich der Anzahl von Gästen.

Ein offenes Gesicht sehe ich bei unserer Souffleuse. Ihr Alter schätze ich auf vierzig, sie wirkt freundlich und hilfsbereit. Ihr Name ist Ilona.

Nach der Konzeptionsprobe möchte ich gerne mit der Kostüm- und Bühnenbildnerin ins Gespräch kommen und frage sie, wo sie studiert hat. Mich treibt die Hoffnung, dass sie es in Dresden tat und dort meine Viola kennen gelernt hätte. Ihr eisiger Blick verrät, dass es die unmöglichste Frage war, die ich stellen konnte.

„Natürlich in Berlin", nuschelt sie zwischen den Zähnen durch und verschwindet stöckelnd aus dem Theater.

„Hier darfst du keinen fragen, wo er studiert hat." Wenigstens Ilona, die freundliche Souffleuse, zeigt Bereitschaft, mich nicht ins Messer laufen zu lassen und mir einige Tipps im Umgang mit dem Anklamer Ensemble zu geben.

„Wieso?"

„Weil nur drei Schauspieler eine Theaterausbildung haben, und diese spielen übrigens bei euch mit."

Da am Nachmittag um 15 Uhr unsere erste szenische Probe stattfindet und abends wieder ein Abstecher vom Ensemble in eine noch kleinere Stadt der Umgebung gefahren wird, haben wir wiederholt das Problem auf dem Tisch, wie wir den Abend gestalten. Bekannte und Freunde halten sich hier noch in Grenzen.

„Dann bleibt uns nichts weiter übrig, als ins Textheft zu gucken und ein paar Notizen zu machen." Noch voller Elan krame ich in meiner Arbeitstasche herum.

„Ich habe den ganzen Tag gearbeitet, ich will jetzt nicht mehr arbeiten", wehrt Christian ab. Er ist unwirsch.

„Ich habe eine Idee." Sie kommt mir in dem Moment, in welchem ich die gerade erschienene Progress-Film-Programmzeitschrift, Made in GDR, in meiner Tasche finde. „Ich stelle dir die Kinofilme vor, die gerade im Kino anlaufen, exklusiv." Dabei verschweige ich, dass der Redaktionsschluss am 20. November letzten Jahres gewesen war. In Christians Augen wäre das nicht mehr ganz so exklusiv.
„Was willst du gucken, ich meine, welchen Text zu welchem Film willst du hören? Etwa *Rückkehr aus der Wüste* – es ist ein DDR-Film?"
„Mir ist der Film auf dem Titelblatt lieber, der mit Manne Krug", sagt Christian.
„Lass mich erst alle Filme vorstellen, und dann gibt es als Bonmot den auf der Titelseite."
„Meinetwegen."
„In *Rückkehr aus der Wüste* haben wir den Helden Thomas", beginne ich mit der Lesung aus dem Kinoheft. „Er hat sich zu einem Auslandseinsatz in Algerien gemeldet, um endlich zu spüren, dass er ganz persönlich gebraucht wird. Als er ohne Anweisung einem arabischen Alten die Pumpe repariert, wird er gemaßregelt. Er gerät in Streit mit dem Brigadier..." (17)
Christian stöhnt auf.
„Bitte, bitte diesen Satz zu Ende", bettele ich und fahre lesend fort, „... und antwortet diesem voller Wut: Leute wie du haben hier nur die DDR nachgebaut, nämlich im Kleinen und unter Palmen."
„Den hören wir uns heute nicht an", sagt Christian.
Ich blättere weiter. „Hier, der nächste Film heißt *Von Generation zu Generation* – ein Film aus der UdSSR."
„Woher?"
„Aus der UdSSR."
„Welches Land soll das sein?"
„Sowjetunion? Russland? Nie gehört?
„Doch."

Ich lese weiter. „Unter Einsatz ihres Lebens haben Menschen Generation für Generation die geistigen und kulturellen Werte des Volkes beschützt und bewahrt...“
„Nächster Film.“
„*Kaktus* mit Isabell Huppert – Australien.“
„Der kommt in die engere Auswahl. Weiter.“
„*Das Gespenst des Krieges* – Eine Kooperation der Länder Nicaragua, Spanien, Kuba und Mexico.“ Ich lese ohne auf eine Zustimmung zu warten weiter. „Die Momente friedlichen Landlebens wandeln sich oft und heftig in Kampfszenen. Der Feind mordet alle, die ihm begegnen, spielende Kinder...“
„Den hören wir uns auf keinen Fall an“, entscheide ich und blättere weiter. „Dann kommt noch infrage: *He, Meister* – wieder aus der UdSSR.“
Christian grunzt leise.
„Nun ist der Pianist in der Provinz, wo er durch die Gegend fährt und gelegentlich alte Klaviere stimmt. Vom gefeierten Künstler zum namenlosen Handwerker, das ist sein Abstieg.“
„Sag mal, habt ihr ausschließlich solche Depri-Filme in euren Kinos zu laufen?“
„Wir hätten da noch einen USA- Film.“
„Aha, jetzt wird es interessant.“
„*Mississippi-Burning*, die Wurzel des Hasses.“
„Nein, wird es nicht.“
„Und, tatatataaaa“, ich mache eine Pause und warte auf seine volle Aufmerksamkeit „*Operation Hinkelstein*, ein Asterix aus Frankreich.“
„Den kannst du vorlesen!“
„Aber warte, da wäre noch *Spur der Steine* mit Manne Krug.
„Les mal an!“
„In Schkona ist der Teufel los und zwar in Gestalt des Brigadiers Balla…“
„Morgen ist auch noch ein Tag. Heute bitte *Operation Hinkelstein*.“

23. März 1990, Freitag, Anklam, DDR

„Das kann man nicht einfach so runterspielen, wie du dir das vorstellst." Unser Eddie, drahtig, nicht sehr groß, mit verwittertem Brunnengesicht, diskutiert schon eine Viertelstunde mit Christian von der Bühne herunter.
„Ich kann doch mal rausgehen?" fragt Gerhard, die Rolle Alter Mann.
„Ja, Gerhard, wir brauchen dich im Moment nicht."
Gerhard geht raus, Eddie sieht ihm hinterher, traut sich aber nicht zu fragen, ob wir jetzt alle eine Rauchpause machen können. Das ist sein Glück. Christian lässt sich in seiner Arbeit nicht stören und kommt auf die Bühne. „Du gehst hier rüber und siehst May. Dir fallen alle guten Stunden ein, die du mit ihr verlebt hast. Du machst dir was vor. Wenn sie dich später nämlich anschreit, dann fallen dir alle schlimmen Stunden mit ihr ein. Du musst das trennen, nicht alles auf einmal spielen, sieh, so etwa."
„Ja, lass mich mal. Also, ich gehe hier rüber, sehe sie, patta patta patta."
„Was soll denn patta, patta, patta sein?"
„Der Text."
„Dann spiel doch und sag den Text dazu!"
May sitzt geduldig auf dem Bett und wartet, bis Eddie sich zu spielen traut. Wenn sie selbst loslegt, da geht's ab, sie hat eine ungeheure Kraft. Das habe ich schon entdeckt. Es kommt natürlich öfter vor, dass sie in der Szenenwiederholung etwas anderes spielt, als beim ersten Mal, doch spielt sie willig und angstlos. Eddie hat drei Sätze hervorgebracht und bricht schon wieder ab, um irgendeine Frage zu stellen. Bei Christian erwacht jetzt der Schauspieler. Er greift sich ein Requisit und spielt die Szene von Anfang bis Ende mit May durch. Nur Ilona schwitzt dabei erheblich, da er den Text nicht draufhat und sie sehr aufmerksam soufflieren muss. Ich beschließe, den beiden Schauspielern ein paar Vorgangsbeschreibungen für die Rollen zu liefern, um die Regie rein verbal zu halten.

Nach der Probe verabreden sich May und Eddie für heute Abend, und an der Art und Weise wie sie es tun, wird mir klar, dass die beiden nicht nur in unserem Stück ein Paar sind.

24. März 1990, Sonnabend, Anklam, DDR

Dr. Bordel wohnt auf einem Gehöft in der Nähe der Stadt, eine Privatstraße führt direkt zu ihm. Das Anwesen fügt sich charmant an die satten Wiesen der wasserreichen Uckermark. Besonders sympathisch sind mir das ursprünglich erhaltene bäuerliche Haus und die alte Gehöftstruktur.
Bei unserer Ankunft gibt es eine Hofbegehung. Im ehemaligen Kornspeicher lagert eine Art Flugobjekt nach Otto Lilienthal. Christian schwelgt. Für ihn ist das ein Grund mehr, sich hiesig zu engagieren und sich auf die Gegend und das Theater voll einlassen zu wollen. Pläne werden geschmiedet. Da Dr. Bordel ein wendig denkender Mann zu sein scheint (übrigens darf „wendig" durchaus zeitbezogen genommen werden) steigt er sofort auf Christians Ideen ein. Zuerst wird das Abstechertheater am Gardasee besprochen, ein Theater, in welchem Christian mit dem Memminger Ensemble aufgetreten ist. Dort sollen Inszenierungen aus Anklam sehr willkommen sein. Meine Skepsis bezüglich der reichlich zu überbrückenden Anzahl von Kilometern Anklam-Meran, wird mit einem strafenden Blick (Christian) und mitleidigen Blicken (Dr. Bordel) quittiert.
Christian macht seinem Sternbild alle Ehre. Als Schütze wird gern in die Zukunft gezielt und zuweilen auch planlos geschossen. Sein Freund Stenzel aus Memmingen würde Telefone und Kopierer sponsern und seine Kontakte zu Philipp Morris könnten sich gut auf die fehlenden Mittel des Ausbaus der Kantine auswirken. Bei Philipp Morris wird Dr. Bordel sehr agil, schließlich plant er die Abteilung Öffentlichkeitsarbeit in eine touristische Marketingabteilung umzubauen, in welcher Zimmer und Theater- sowie Konzertkarten vermittelt werden. Beide möchten voneinander profitieren.

Eine Stunde später kommen wir auf unsere Inszenierung zu sprechen. Denn einige unserer Ideen sind von ihm noch nicht abgesegnet. So zum Beispiel eine Rockband, die in die Vorstellungen integriert werden soll, um junge Leute ins Theater zu bekommen. Sie strandet allerdings sofort am dem nicht vorhandenen nötigen Schotter. Doch Dr. Bordel bleibt in Verhandlung.
„Willst du nicht heiraten?“, fragt er Christian geschickt, und etwas liegt in seiner Stimme, dass mich aufhören lässt.·
„Ja, wir wollen heiraten, schließlich habe ich bald Nachwuchs“, Christian lächelt etwas unsicher.
„Was hältst du davon, wenn ihr am Tag der Premiere hier am Theater heiratet? Ihr könnt das Haus für die Feier nutzen, am Abend könnte Feschis Band spielen. Das wäre doch ein tolles Fest.“
Die Idee gefällt uns beiden. Die weitere Planung wird unterbrochen durch die Ankunft von Dr. Bordels Frau. Da sie einen anderen Namen trägt, können wir nicht sicher erraten, ob es sich um Freundin oder Frau handelt, was schließlich unerheblich ist, da die beiden zusammenleben. Von ihr erfahren wir, dass er gerade für die PDS im Kreistag kandidiert.
Christian erzählt seine Pläne und Sponsoringvorschläge für das Theater Anklam zum zweiten Mal, und nach diesen Ausführungen bin ich gehörig müde. Ich will endlich nach Hause.

26. März 1990, Montag, Anklam, DDR

„Er müsste eigentlich schon hier sein, wollte nur zum Arzt und dann sofort ins Theater kommen“, sagt May jetzt zum dritten Mal, während wir in der Kantine sitzen, nicht proben können, einen Kaffee trinken und auf Eddie warten. Immerhin schwimmen hier nicht die Kaffeefusseln wie in Schwerin in der Tasse herum.

„Ich habe mir gestern ein paar Stichpunkte zum Stück gemacht. Wir können die Zeit nutzen, ich stelle sie euch vor.“ Schon schlage ich mein Textbuch auf und achte nicht darauf, ob jemand zustimmend oder ablehnend guckt. „Das Stück ist für das Anklamer Publikum erst interessant, wenn es Parallelen zum Leben hier, zur Umgebung und dem eigenen Land gibt. Die hält das Stück bereit. Sie sollten deutlicher herausgearbeitet werden. Zum einen können wir ein schicksalhaft verbundenes Paar finden. Sie liefern sich Verbalattacken und kämpfen heftig gegeneinander. Beide haben denselben Vater. Hier muss der deutsch-deutsche Konflikt hinein, die sprachliche Gemeinsamkeit, einheitliche Geschichte bis 1961 – der gemeinsame Vater – eine Allegorie. Die Geschwister wollen miteinander leben, können es aber noch nicht. Das wäre der momentane Zustand der zukünftigen Vereinigung, Angst auf beiden Seiten. Da ist Neugier aufeinander, Misstrauen voreinander und Unkenntnis voneinander. Es ist eine Hassliebe.“

„Das finde ich gut“, meint May mit bewunderndem Blick, „zu dumm, dass Eddie nicht hier ist, den würde diese Lesart sehr interessieren.“

„Kommst du mal kurz?“ Ich habe nicht bemerkt, dass Christian aufgestanden ist. Er sieht mich mit strengem Blick an und möchte, dass ich in den Probenraum komme.

„Bin gleich wieder da“, rufe ich den anderen zu und folge Christian. Er macht mir Vorwürfe, dass ich die Schauspieler mit meinem Konzept verwirren würde. Sie sollten erst einmal spielen und nichts weiter. Ich bin betroffen. Von allen, nicht von Christian hätte ich einen Widerstand gegen meine Ausführungen erwartet. Haben wir diese Gedanken nicht miteinander besprochen?

„Die Schauspieler brauchen Vorgänge, brauchen inhaltliches Material, brauchen ein deutliches Konzept“, verteidige ich mich, „das liefern die Regie und die Dramaturgie, also ich und du.“

„Weißt du, du solltest erst einmal eine Weile Regieassistentin bei mir machen, bevor du dich an die Regiearbeit herantraust, du verunsicherst mir die Schauspieler.“

„Ich werde weder eine, noch ein paar Regieassistenzen bei dir machen." Wütend sehe ich ihm in die Augen. „Diese Dienste sind vorbei. Nur, weil du ein Westler bist und eure Industrie besser funktioniert, machst du nicht besseres Theater als wir." Das hat gesessen, er lenkt sofort ein, bereitet mir trotzdem eine weitere Überraschung.

„Eddie können wir nicht damit belasten."

„Wieso belasten, wieso Eddie?"

„Er ist ein Alkoholiker."

„Woher weißt du, dass er Alkoholiker ist?"

„Da reichen mir Mays Entschuldigungen und die Tatsache, dass er am Montag früh nicht rechtzeitig zur Probe erscheint."

„Trotzdem, woher weißt du so etwas?"

„Familiäre Mitbringsel." Christian lächelt und ich vergesse meine Wut. Sie schlägt sofort um in einige Gedanken über unsere gemeinsame Zukunft. Diese Gedanken sind ebenso unschön wie die vorigen.

27. März 1990, Dienstag, Anklam, DDR

Der Bühnenarbeiter und die Requisiteurin sitzen in ihrem Aufenthaltszimmer, ein Radio dudelt.

„Wieso ist unsere Probe nicht eingerichtet?" Ich stehe in der Tür des kleinen Technikraumes und schaue auf das Eldorado von Wimpeln, Röhrenradios, Kaffeetassen, Brauseflaschen und verstaubten Bildern an der Wand. Eine gusseiserne Heizung klopft neben dem winzigen Tisch. Es ist eher ein Kabuff, als ein Aufenthaltsraum. Die Probe soll gleich beginnen und natürlich bin ich nervös. Doch es kommt keine Antwort.

„Wir haben Liebestollprobe auf der Bühne", versuche ich den beiden in Erinnerung zu bringen. Es scheint sie nicht zu stören.

„Kikeriki", sagt die Frau.

Ärgerlich stapfe ich zurück zur Bühne, vielleicht treffe ich dort jemanden, den ich dazu bringen kann, endlich das Bett, den Schrotthaufen und den Fernseher aufzustellen. Im Kantinenraum sitzt Pokerface mit ein paar Schauspielern.
„Morgen." Natürlich kommt keine Antwort auf meinen Gruß. Während ich die Klinke zum Zuschauerraum schon in der Hand halte, entscheidet sich doch jemand mir zu antworten.
„Da sind wir jetzt drin."
Ich drehe mich um und schaue Pokerface an. Der hat doch nicht etwa was zu mir gesagt?
„Wer soll auf der Bühne sein?", frage ich. Mal sehen, wer es war. Aha, nicht Pokerface, sondern ein schmaler hellblonder Schauspieler. Er spricht tatsächlich noch einmal mit mir, Dank auch, und ich erfahre, dass parallel zu uns ein anderes Stück geprobt wird. Da es vor uns Premiere haben wird, hat es natürlich Vortritt auf der großen Bühne.
Das zum Beispiel könnte man über eine frühzeitige Information bei einem wöchentlichen Planungstermin erfahren, wie gesagt Konjunktiv. Danach muss ich noch einmal die Technik aufsuchen, schließlich brauchen wir unsere Requisiten und Bühnenbildprovisorien jetzt in einem anderen Raum.
„Auf der Bühne wird ein anderes Stück geprobt, jetzt muss der Probenraum für uns eingerichtet werden", begründe ich mein Wiedererscheinen.
„Segg ick doch, Kikeriki."
„?"
„Na, det Kinnerstück. Mann, Kikerikikiste..."
Jetzt fällt bei mir erst der Groschen und ich schaue von einem zum anderen. Bösartig sind sie nicht, nur seltsam, wie zwei verschrobene bewegungslose Barlachfiguren. Eine schräge Körperhaltung, melancholische Augen, zuweilen misstrauisch blickend und sehr eigensinnig. Brunnenfiguren auf dem Randstreifen eines verstopften Brunnens, verwitterte Steinfiguren am Wasser, das seit vierzig Jahren still steht und seit langem stinkt. Je weniger man sich bewegt, desto weniger muss man die stinkende Luft atmen. Das ist eine Überlebenseinstellung.

Eine halbe Stunde später ziehe ich, während Eddie, May und Christian proben, durch die Werkstätten und sehe nach, was unser Bühnenbild macht. Auf der Probebühne sind derzeit nur Probeteile montiert.
Nein, die Handwerker in der Werkstatt konnten nicht mit der Arbeit beginnen, da ist dieses Sofa zu machen. Welches Sofa? Ich bringe in Erfahrung, dass die Bühnen- und Kostümbildnerin gerade ihr Sofa zum Neubezug hier abgegeben hat. Dann drehe ich gleich noch eine Runde zur Abteilung Öffentlichkeitsarbeit. Ich treffe Feschi an. Er hat Zeit. Allerdings meint er, sie hätten noch nie Klassen – weder Schüler noch Lehrlinge – in den Proben gehabt. Das sei ganz und gar untypisch für die Arbeitsweise des Theaters. Trotzdem hat er Verbindungen, ich müsste die Lehrerinnen allerdings selber anrufen. So erhalte ich Telefonnummern von der Technischen Ausbildungsstätte für Lehrlinge, von der Erweiterten Oberschule, vom Lehrlingswohnheim 2 des Landmaschinen-Instandsetzungswerkes und von der Zuckerfabrik Anklam.

28. März 1990, Mittwoch, Anklam, DDR

„Wollt ihr wirklich hier heiraten?" May schaut etwas ungläubig. Wir sitzen mit ihr und Eddie noch nach der Probe zusammen, lassen die Seele baumeln und reden über dies und das.
Diese Frage habe ich mir schon unzählige Male gestellt. Will ich wirklich in Anklam heiraten? Doch bietet sich kein besserer Ort an, so schwer es auch fällt, dies anzunehmen. Die Zustimmung zu meinem zukünftigen Ehemann seitens meiner Familie hält sich in Grenzen (das wäre das Plädoyer für eine Feier in Berlin gewesen). Christians Familie sprenkelt sich von Schleswig-Holstein bis Baden-Württemberg quer über Deutschland. Schwerin steht für Christian nicht mehr auf der Liste, denn das dortige Theater hat mit der Ablehnung seiner Bewerbung für eine Regiearbeit ganz klar seine Sympathie verloren. (Die Begründung war übrigens, er sei zu jung.) Und Lübeck steht nicht zur Debatte, weil der Mietvertrag

für das Kapitänshäuschen in der Ellerbrook von Christian gekündigt wurde. Bleibt Anklam, das Theater, an welch em wir im Moment gemeinsam arbeiten, und in jener Stadt, in der wir so gut wie gar nicht leben können.

Kaum nachdem wir uns von May und Eddie trennen und unseren Termin beim Standesamt Anklam absolviert haben, kaum dass der Nebel langsam den unaufhaltsam auf uns zukommenden Abend ankündigt, bekommt Christian seltsame Atemnotzustände. Er liegt auf dem Bett und jappst nach Luft, richtet sich auf, ist bleich. Weder eine Aspirintablette noch ein Tee, noch ein offenes Fenster richten dagegen etwas aus. Nach einer weiteren Stunde möchte Christian unbedingt zu einem Arzt. Ich weiß, dass es möglich ist, in einem Krankenhaus nach einem Notarzt zu fahnden. Das Krankenhaus liegt glücklicherweise wenige Straßenzüge von uns entfernt, ein Arzt ist da.

Er sitzt am Schreibtisch eines offen stehenden Sprechzimmers der Station. Er winkt uns herein, hört sich die Symptome an, macht einige Untersuchungen. Dann will die Schwester die Personalien aufnehmen. Stutzig wird sie, als Christian einen Barmer-Ausweis hervorholt.

„Der ist hier nicht gültig“, sagt sie kategorisch.

Die Behandlung darf im Grunde nicht erfolgen. Doch der Arzt freut sich über Christian, darüber, dass einer hierher kommt, einfach so, aus Liebe zum Theater, aus Liebe zu einer Frau und ohne irgendwelche Abmachungen über Regierungen. Das findet er gut. Er schickt die Schwester raus und sagt, es würde in Ordnung gehen mit der Versicherung. Hyperventilation lautet seine Diagnose und er macht Christian vor, wie man mit einer kleinen Tüte, die er ständig in der Tasche tragen soll, die Atmung wieder regulieren kann. Das Prinzip ist einfach: die verbrauchte Luft wird zurück in die Tüte geblasen, von derselben Luft soll der nächste und übernächste Atemzug genommen werden, dies solange, bis der Anfall vorüber ist. Ich finde es sieht aus, als wolle sich einer selbst ersticken. Hoffentlich hilft es.

Christian freut sich seinerseits, auf einen begeisterungsfähigen Menschen getroffen zu sein, der über den Anklamer Tellerrand hinaus gucken kann, und geht zuversichtlich mit mir in die Karl-Marx-Straße zurück. Kurz nachdem wir eintreten, deutet sich wieder ein Hyperventilationsanfall an. Zuerst erwägen wir, sofort wieder umzudrehen und erneut beim Arzt anzuklopfen, doch mit der Tüte und der empfohlenen speziellen Atmung legen sich seine Atemnöte wieder.

31. März 1990, Sonnabend, Anklam, DDR

Eddie schwingt zum sechsten Mal das Lasso. Wir streichen einfach die Regievorstellung, dass er mit der Schlinge irgendetwas treffen, geschweige denn einfangen sollte. Wichtig bleibt, er nimmt seine Rolle ernst, und das tut er. Überhaupt bleibt das Liebestoll-Ensemble uns sehr zugeneigt und ernsthaft bei der Arbeit. Gerhard, könnte schon lange murren. Er sitzt stattdessen majestätisch und diszipliniert auf seinem Trabbischrotthaufen und wartet auf seine Einsätze.
Trotzdem fällt mir plötzlich ein Umstand ein, der im selben Moment eine finstere Wolke von Gedanken aufziehen lässt, die sich in meinem Gemüt breit machen möchte. Der Versuch, sie zu verscheuchen, trägt zusätzlich eine dunkelgrau gefärbte Wolkenbank heran. Die große finstere Wolke heißt namentlich „Wochenende in Anklam" und die sich anschließende Wolkenbank besteht aus Gedanken an die spärlich möblierte Wohnung in der Karl-Marx-Straße, an Christians Hyperventilationsanfälle, die mit weiteren Besuchen im Krankenhaus enden könnten, wenn die Tütentaktik nicht funktionieren sollte, und sie besteht aus den Gedanken an Jäger- und Wiener Schnitzel im „Anklamtreff". Nach dieser Probe – also in zwei Stunden – wird sich die dunkle Wolke entladen und sich der Wolkenbruch namens Anklamer Wochenende ereignen. Ich stöhne laut auf.
„Ja, was meinst du, Sylvia? Geht das so nicht?" Eddie denkt, ich habe seine Szene gemeint.
„Es sieht stimmig aus, ich hatte ein Zwicken im Bauch", lüge ich. Eddie ist beruhigt und spielt weiter. Doch in mir grummelt es. Ich muss für einen Moment raus. Im Vorraum des Theaters sitzt ein Mann, circa fünfzig Jahre alt, ein dunkler Typ mit schwarzgrau meliertem Haar, grauen Bartstoppeln und großen braunen

Augen, von Lachfalten umrahmt. Er sieht ernst aus, sitzt an einem der leeren Tische. Da die Kantine sonnabends geschlossen ist, fällt er im leeren Raum sofort auf.

„Wollen sie zu uns?“

„Macht erst mal fertig, ich habe Zeit.“

Mir schlägt das Herz bis zum Hals und ich vergesse, was ich vorhatte. Erst in der Toilette fällt mir auf, dass ich frische Luft schnappen wollte. Ich befinde mich eindeutig am falschen Ort für dieses Vorhaben. Also gehe ich hoch erhobenen Hauptes wieder an dem Mann vorbei und stolziere durch die Tür nach draußen. Dort herumzustehen gefällt mir nicht, deshalb laufe ich quer über den Hof zu den Werkstätten, aber diese sind am Sonnabend geschlossen. Durch die frische Luft gelingt es mir, mich zu beruhigen und nachzudenken.

Dieser Besucher, der dort auf jemanden in der Probe wartet, kann niemals ein Mitarbeiter der Stasi sein, beruhige ich mich selber. Die Zentrale der Staatssicherheit in Berlin wurde am 15. Januar gestürmt. Tausende Menschen demonstrierten für die vollständige Auflösung des Hochsicherheitstraktes in der Normannenstraße. Das bedeutet, die Wanzen haben jetzt alle damit zu tun, ihre Identität zu verwischen. Da kümmert sich keiner um ein paar Neuregisseure in einem popligen Provinztheater der DDR, oder um ihre Darsteller. Gut wäre, wenn mich meine eigenen Argumente überzeugen würden.

In der Probe gelingt mir das für zehn Minuten. Doch glücklicherweise habe ich mich neben Ilona gesetzt. Ich erzähle ihr flüsternd von dem Mann vorn im Tresenraum und spreche meine Vermutung aus.

Ilona legt mir das Textbuch auf den Schoß und verlässt sofort den Theatersaal, nach einiger Zeit kommt sie wieder und setzt sich neben mich. In ihrem Gesicht kann ich nicht lesen, ob jetzt eine gute oder eine schlechte Nachricht folgt.

„Der will zu euch!“, sagt sie mit unberedtem Gesicht.

„Und wer ist er?“

„Manfred Otto!“

„Ja und? Wer ist Manfred Otto?“

„Alles andere als ein Spitzel. Manfred ist hier Schauspieler, ein Ensemblemitglied. Er wird allerdings seit Jahren nicht mehr besetzt."
Wir stören die Probe mit unserem Getuschel. Ich überlege, warum es sich ein Theater leistet, einen Schauspieler seit Jahren monatlich Gehalt zu überweisen, ohne seine Arbeitskraft in Anspruch zu nehmen. Dafür wird es sicher politische Gründe geben. In der DDR darf keine Kündigung ausgesprochen werden. Kritische Geister werden entweder weggelobt, oder auf Arbeitsplätze mit Beschäftigungstherapiecharakter verschoben. Dieser Mann dort wird sich gewehrt haben, irgendwohin verschoben zu werden. Er strahlt etwas Würdevolles, aber auch sehr Wildes aus.
Ich kann der Probe nicht mehr folgen und versinke abermals in meine düsteren Gedanken. Wird es jemals aufhören, die Beobachtung, die Kontrolle, das Misstrauen gegen uns? Wird es jemals ein Ende finden, dass ich Angst bekomme, wenn ein Mann, den ich nicht kenne, dasitzt und wartet? Werde ich mich jemals sicher fühlen, in irgendeiner Wohnung, an einem Ort? Werde ich erfahren, wer mir mein Journalistikstudium genommen, mich an die Staatssicherheit verraten, wer meine Post gelesen, wer sich mit diktatorischen Entscheidungen in mein Leben eingemischt hat?
Ilona stellt uns nach der Probe gegenseitig vor. Christian versteht sich mit Manfred auf Anhieb. Ich muss mich erst daran gewöhnen, dass Christian sich immer gleich mit allen duzt. Doch hat dieser Aspekt seines Wesens besonders heute eine positive Seite, denn Manfred lädt uns in sein Haus in Mönkerhorst ein. Nachdem Christian die Anfahrtsbeschreibung zu abstrus und unverständlich erscheint, beschließen die beiden umgehend, dass wir mit unserem Auto Manfreds folgen sollen. Ich jubele innerlich, denn ich bin der dunklen Wolke entkommen.
Zunächst fahren wir dem blauen Trabbi von Manfred auf einer asphaltierten Straße hinterher, dann geht es links ab nach Leopoldshagen, und dort folgen wir der flinken Pappkiste einmal um die Dorfkirche herum, bis wir schließlich wiederum nach links auf abenteuerliche flachliegende echte DDR-Platte geraten. Ich grinse, denn Christians erwartungsvoller Blick löst sich mit verblüffter

Ratlosigkeit ab. Die DDR-Platte liegt wie eine Straße über einem Moor. Sie ist aus Beton. Eine DDR-Platte ist mit der anderen DDR-Platte mit einer dicken Eisenklammer an jedem Ende verbunden, quasi zusammengetackert. Allerdings bleiben zwischen einem und dem nächsten grantig gegossenen, mit Nummern versehenem Betonbruchstück oft fünf bis acht Zentimeter Raumlassung.
„Was ist das?“, staunt Christian.
„Was meinst du denn?“ Ich will meinen Triumph, ihm „echte DDR“ vorzuführen, bis zum letzten Moment auskosten. Dann hat er möglicherweise keine Lust mehr in dieser Einöde Wurzeln zu schlagen und unseren Lebensmittelpunkt hierher zu verlegen.
„Worauf fahren wir gerade?“, fragt er drängend.
„Wir nennen das Straße, ich weiß nicht, wie es in der Bundesrepublik heißt.“
Christian will mich ansehen und wird von einer besonders großen Lücke zwischen dem DDR-Beton davon abgehalten. Wir hüpfen im Wagen auf und ab, er stößt sich den Kopf. Das bringt ihn dazu, den Weg langsamer fortzusetzen und nicht weiter nachzufragen.
Der karge und ruppige Charme der Uckermark ergießt sich bis zum Horizont rechts und links unseres Weges in weiten braunen Feldern, ursprünglichen satten und feuchten Wiesen, knorrigen, schief stehenden Weiden und weit voneinander stehenden Gehöften, an denen es immer etwas zu bauen gibt. Dieses Land, was ich soeben überblicken kann, ist mir hundertmal lieber, als eine Kleinstadt, die sich durch das Wochenende schlurft. Langsam kommt große Ruhe und heimliche Freude und scheucht alle Wolken und alpdruckartigen Gedanken einfach von dannen. Nach einer halben Stunde Fahrt biegen wir in einem letzten Abzweig und während links von uns sich wenige Gehöfte zu einer ortschaftähnlichen Gemeinschaft zusammenschließen, halten wir vor einem mehrstöckigen Haus mit Bauernhof. Eine Gardine bewegt sich im Erdgeschoss, während ich aussteige und das Haus in Augenschein nehme. Der Weg ist nun schon mehrere hundert Meter mit Schotter befestigt, die Frühjahrsfeuchtigkeit hat ihn aufgeweicht, meine Schuhe kleben fest, wir betreten den Hof und etwas verloren und fremd stehe ich mitten

zwischen verschiedenen Gehöftbauten, während hier und da unsichtbare Tiere hinter den Brettern schnauben. Ein Schaf blökt. Ein Hund kommt angefegt und veranstaltet einen Höllenlärm. Natürlich versichern die Hundebesitzer immer, dass ihre Zöglinge ungefährlich sind, doch kann ich mich schlecht an diese laute und aufdringliche Begrüßung gewöhnen. Dann kommt eine Frau aus dem Haus, der Hund hört auf zu kläffen, sie begrüßt uns und führt uns hinein.

1. April 1990, Sonntag, Mönkerhorst, DDR

Wohltuende Stille breitet sich wie ein Labsal in meinem Körper aus, während ich langsam wach werde. Ich genieße dieses tiefe Geräusch der Stille bis in den letzen Zeh und in die Haarspitzen hinein. Vor dem Fenster zwitschern ein paar Morgenmeisen. Langsam löse ich mich aus Christians Umarmung und trete vor die Scheiben. Hinter ihnen liegen die satten Wiesen, sie präsentieren ihre Frühlingsblumen in leichten blauen Klecksen, fetten Butterblumenpunkten und allerlei Kräutern, die ich gerne beriechen gehen möchte. Was war das für ein wunderbarer Tag gestern! Was haben wir hier für einen Schatz gefunden, ich kann es noch nicht fassen.
Gleich mehrere Aspekte tragen dazu bei, sich in dieser Umgebung wie Zuhause zu fühlen. Als hätte uns jemand das geschaffen oder gezeigt, was wir nötig brauchen. Hier in dem Haus in Mönkerhorst wohnt Manfred mit seiner Familie. Die besteht aus Brigitte, seiner Lebenspartnerin, dem kleinen vierjährigen Philipp, beider Sohn, Oma Otto, Manfreds Mutter, und Manfred selber. Hinzu kommen zwei Katzen, ein Hund und viele Schafe.
Brigittes Wesen vereint alle jene Eigenschaften, die ich an den bisher kennen gelernten Anklamern vermisse. Es lässt sich durchaus so zusammenfassen, dass sie alles das ist, was die Anklamer in der Regel nicht sind. Ilona mal ausgenommen.
Brigitte beschäftigt sich lange schon mit den Wirkungen alternativen Essens, es gibt ausschließlich selbst gebackenes Brot und Lebensmittel, die ohne Pestizide

oder Schnellwachstumsmittel angebaut worden sind. Vorzugsweise natürlich vom eigenen Acker. Für mich bekommt diese Art Versorgung einen großen Stellenwert, da ich selbst das Nest für unser Kind bin und das kleine Wesen in mir sozusagen von mir lebt.
Brigitte bewegt die Dinge um sich herum mit einer ausgesuchten Zartheit, betrachtet sie mit Seele und gibt den Menschen Schutz, Verständnis und Freiraum. Plötzlich habe ich das Gefühl, dass mir genau diese Mütterlichkeit fehlte, besonders jetzt. Brigitte ist die Seele des Familienunternehmens Otto. Unter anderem genieße ich die Anwesenheit von Oma Otto. Eine alte Dame über neunzig, der Manfred wie aus dem Gesicht geschnitten ähnlich sieht. Oma Otto sagt nicht viel, doch ich spüre die Weisheit ihres Alters, wenn sie dabei sitzt. Es wirkt auf mich wie ein Hort, in dem ich mich aufhalten kann. Als wir gestern Abend alle im Wohnzimmer beisammen saßen, schien mir unser Beisammensein wie ein warmlichtiges, heiliges Krippenspielarrangement, sogar die Tiere standen in der Nähe, Schafe und Kühe in den nahen Stallungen. Diese Urbilder scheinen eine tiefe Wirkung zu haben.

Gestern beschrieb mir Brigitte den Weg zum Kleinen Haff. Schnell suche ich meine Sachen zusammen und wandere mit dem Familienhund Struppi zum Deich, hinter den ein paar kleine sandige Buchten im dichten Reetgürtel des Haffs liegen. Ein paar Ausflügler sind bereits unterwegs, Einheimische werkeln an alten Ruderbooten, ein Kutter schwingt im Wellentakt am Steg.
Später am Frühstückstisch entfaltet Manfred ein Papier. Gestern sprachen er und Christian lange über die Situation am Theater. Manfred selber wurde kaltgestellt mit dem Intendantenwechsel im Jahre 1983. Zuvor hieß der Intendant Wolfgang Bonnes. Unter ihm inszenierten Herbert König und Frank Castorf. Da fast ausschließlich Berliner Publikum die Vorstellungen besuchte und gesellschaftskritische sowie avantgardistische Stücke auf dem Spielplan standen, wurde das Theater Anklam den politischen Aufsichtsbehörden bald ein Dorn im Auge. Staatliche Repressalien führten zu immer mehr Druck auf die Angestellten.

Dann verließen einige Schauspieler und Herbert König das Theater und das Land über Ausreiseanträge. Manfred blieb hier. Hier ist sein Zuhause, hier hat er Haus und Hof. Bis vor sieben Jahren brachte das Theater vor der Haustür genügend Auseinandersetzung mit den gesellschaftlichen Umständen. Aber seitdem darf er sich daran nicht mehr beteiligen, wird nicht mehr besetzt. Manfred verliest am Frühstückstisch einen Brief, den er in der nächsten Vollversammlung des Theaters öffentlich machen will. Der Brief ist an die Kreisleitung der SED adressiert und beinhaltet eine harte Anklage gegen den jetzigen Intendanten. Manfred leidet sichtlich darunter, dass er mit ansehen muss, wie eine spießige Vorstellung von Theater, gemixt mit laienhaftem Handwerk, seinen Traum von einem Profi-Theater kaputt gemacht hat. Christian und Manfred lieben das Theater, sicher aus unterschiedlichen Gründen. Manfred verteidigt, und dafür bin ich ihm dankbar, einen Anspruch an Kunst, der möglicherweise uns DDR-Bürgern naher liegt als Christian, dem Westler. Kunst hat für uns ein Ziel, tippt auf kritische Aspekte der Gesellschaft, formuliert sie über das Kunstwerk neu und setzt revolutionäre Gedanken frei, die zu Veränderungen führen sollen. Unsere ideale Kunst- und Theatergeschichte geht durchaus zurück auf jene Avantgarde der Oktoberrevolution in Russland in den zwanziger Jahren – oft aus Ermangelung an Wissen über andere interessante Theatermacher. Allerdings sind wir ein Satellit der Großmacht Sowjetunion gewesen und damit zu Probelaboren des Sozialismus auch auf dem Gebiet der Kunst geworden. Das bringt weitgehend kulturelle Unterschiede zu den westlichen Staaten, die in ihrer Wirkung noch gar nicht zu überschauen sind. Kunst, und damit das Theater, als finanziell profitables Unternehmen zu sehen, davon bin ich selbst und sicher auch Manfred weit entfernt. Bei Christian vermute ich eher eine familiär begründete Nähe zum Theater. Doch dies kann es nicht allein sein, denn seine Stückauswahl trifft sich durchaus mit Manfreds und meinem Geschmack.

Abends heißt es Abschied nehmen, nicht auf immer, wir werden bald wieder hier sein.

2. April 1990, Montag, Leipzig, DDR

Zwei Tage Fernstudium in Leipzig stehen wieder an. Christian fährt mich zur Hochschule in Leipzig und dann gleich weiter nach München. Ein Casting vor einiger Zeit hat ihm eine erste Kinofilmrolle eingebracht, den Liedsänger der Rock-Gruppe „Vampires" im Film „Keep on running". Das passt, Christian hat eine Rockröhre, singt gern Elvis Presley und andere Rock-and-Roll-Größen. Das Drehbuch hat Thomas Gottschalk geschrieben, damit soll er sozusagen seine Jugend in einer Kleinstadt in den sechziger Jahren beschrieben haben. Meinetwegen. Proben können wir sowieso nicht, denn May sitzt in dieser Woche in der Ernst-Busch-Schule-Berlin in ihren Theorieseminaren, wie ich hier in der Hans-Otto-Schule in Leipzig.

4. April 1990, Mittwoch, Berlin, DDR

Ich muss etwas sehr Wichtiges für mich tun. Morgen werde ich zum ersten Mal die Stasizentrale in der Normannenstraße besuchen. Ich plane zum Feierabend dort einzutreffen, wenn möglichst keiner mehr da ist, gut, ein Pförtner, der sollte da sein...

5. April 1990, Donnerstag, Berlin, DDR

Ich bin zu früh, stelle ich mit einem Blick auf die Uhr in der S-Bahn fest. Ich bin zu unruhig, das Vorhaben lastet auf mir, drückt mich zusammen. Ein Kind schreit im S-Bahnwagen auf. Es bekommt einige Sekunden keine Luft mehr. Dann schreit es umso mehr. Ich will sowieso nicht dahin, wohin ich gerade fahre. Ich gehe zur Tür. Soll ich aussteigen?

Neben dem schreienden Kind thront die Mutter stocksteif auf der Bank. Sie tut nichts, sie sagt nichts. Kein Trost, kein Mitgefühl, keine Reaktion. Die Männer und Frauen im Abteil schweigen. Ich steige Ernst-Thälmann-Park aus, eine Station früher und gehe zum Straßenausgang, mein Schritt wird langsamer, soll ich oder soll ich nicht? Ich werfe einen Blick auf die Karte und treibe mich wieder an. Komm, noch eine Station, dann ein bisschen laufen. Komm, das schaffst du. Ich steige in die nächste S-Bahn wieder ein und Leninallee aus, die bekleckerte Treppe führt erst einmal nach unten. Es riecht nach fettiger Currywurst. Mein Magen zieht sich zusammen und droht sich umzustülpen.
Ich muss die Leninallee entlang. Auf der rechten Seite kommen die elfstöckigen Neubaufronten. Ihre Balkons wirken wie mit dem Lineal gezogene viereckige Nester. Jeder Familie wurden hier genau 63,8 Quadratmeter Wohnbox zuerkannt. Es müssen Hunderte sein. Graue Betonwelt im Schachtelprinzip: Schachtel auf, Männchen raus, einkaufen spielen, arbeiten spielen, Familie spielen, Leben spielen. Abends werden die Männchen zurück in die Schachtel gelegt, Schachtel zu. Fertig. Die Armseligkeit des Ausblicks fördert meine depressive Stimmung.
Ich biege in die Reuschestrasse links ein. Diese eckt laut Stadtplan an der Normannenstraße an. Links stehen 40er Jahre Wohnhäuser. Blind glotzen mich alle untersten Etagen an, einmal ist sogar eine ganze Ecke bis unters Dach unbewohnt. Da steht eine junge Frau. Sie unterhält sich mit jemandem. Gott sei Dank. Menschen. Es sind nur ein paar Meter bis zur Ecke. Dann werfe ich einen Blick nach rechts in die Normannenstraße. Schon der Straßenname gruselt mich. Waren die Normannen nicht kriegerische Nordvölker, die alles niedermetzelten, was ihnen in den Weg kam, die reiche Beute machten, manchmal sogar als Seeräuber bezeichnet wurden? Wie passend.
Da ist er! Von mir zuvor nie gesehen. Da steht er, der Sarkophag. Der Meiler. Der Gau der Ehemaligen. Das Nest der Konspiration. Die unmögliche Bibliothek, das Auge der Macht. Und sie brennt im Innersten. Kleine viereckige Löcher in der sonst schmucklos grauen Wand wirken wie zusammengezogene Fokusse einer Kamera der Allüberwachung. Sammlung aller Gemütsbewegungen, Gefühle,

Taten, Briefe, Telefongespräche, Stimmungen, Verzweiflungen, Lieben, Familiengeschichten der vorgestellten Feinde eines zänkischen Kleinstaates. Welche Macht strahlt dieser Bau immer noch aus! Aber hier gelange ich nicht hinein. Keine Tür, kein Mauseloch. Ich muss zurück und werde von einem bärtigen Mann an einer Art Pforte nach meinem Ansinnen gefragt.

„Kann man schon, ich meine, wenn man eine Akte dort drin zu liegen hat, im Schrank, also ich meine als..."

„Opfer?"

Das Wort zieht sich in mein Inneres zurück und plötzlich wird dort eine tiefe Traurigkeit geboren, die unendlich schnell wächst und zur Welt gebracht werden will. Sie drängt rasant nach oben, will aus mir herauskommen. Natürlich geht das nicht vor diesem fremden Mann. Ich kneife den Mund zusammen, doch die Augen füllen sich mit ihr. Ich blinzele, doch sie ist schon zu groß und drängt mit einem verqueren Schluchzen aus meinem Hals, sie reißt meine Schultern hoch und runter, und sie läuft heiß an beiden Wangen das Gesicht entlang bis zum Halsansatz.

„Na, na...", der Bärtige ist überfordert. „Gehen sie mal dort drüben in den Seiteneingang, da nehmen ein paar vom *Neuen Forum* erste Anträge auf."

Ich kann noch nicht mal danke sagen.

Ich tappe tapfer den vorgeschriebenen Weg entlang, der führt direkt auf einen sechsstöckigen Bau zu, der so breit ist, dass er links und rechts meinen gesamten Blickwinkel ausfüllt. Das ist also die Zentrale der „Jäger und Sammler". Die Farbe blättert von etlichen in Holz eingefassten Fenstern ab, sie wirken wie eine gläserne Wand, darunter ist eine graue Betonmusterverkleidung montiert, die ebenfalls über die gesamte Breite des Hauses reicht.

Ich nenne sie Unorte, diese Gegenden, in denen Gefühle beschworen werden, die ich glaubte, vor zehn Jahren losgeworden zu sein. Gefühle wie Trostlosigkeit, Angst, Ohnmacht vor Schnüffelei, Verrat und Gewalt. Ich setze mich, etwas angeschlagen, auf eine alte ungestrichene Bank. Im gleichen Moment hält vor mir ein Wartburg. Dem hinter das Steuer gequetschten korpulenten Mann läuft das Kinn über. Er sieht mich an. Neben ihm steigt eine Frau aus und verschwindet.

Der Mann sitzt und guckt. Keine fünf Meter trennen mich von ihm. Plötzlich glaube ich ganz fest, dass er mich beobachtet. Mir wird heiß, ich stehe auf und da mir schwindlig wird, setze ich mich gleich wieder. Ob ich jemals eins der Gesichter wiedererkennen würde, die mich in der Keibelstraße zwölf Stunden in Verwahrung nahmen und verhörten? Muss ich sie identifizieren, wenn ich an meine Akten kommen will? Werde ich erfahren, warum ich exmatrikuliert wurde?
Der Mann sitzt weiter im Wartburg und fummelt in aller Ruhe an einer Fotokamera. Schweiß treibt mir aus allen Poren.
„Vorsicht", rufe ich und halte beide Hände abwehrend vor mich. Ich kann nichts dagegen tun. Ich gerate in Panik. „Was sie hier tun, ist nicht korrekt", sage ich zitternd. Der korpulente Mann dreht sich braun gebrannt zu mir.
„Wenn sie ein Foto von sich haben wollen, komme ich sogar aus dem Wagen heraus." Er grinst mich an.
„Hier auf dem Gelände wird man einfach unruhig", sage ich entschuldigend. Er nimmt es als Witz. „Ich mache aber nicht das gleiche", lacht er. „Es sieht nur so aus", sage ich erschöpft und merke im selben Moment, dass ich, egal was ich jetzt sage, tatsächlich ein Opfer bin. Ich möchte plötzlich nicht mehr in das Gebäude. Auf einem Schlag bin ich unendlich müde. Ich brauche ein Taxi, um es nach Hause zu schaffen.

6. April 1990, Freitag, Berlin, DDR

Mein Gynäkologe, der die Schwangerschaft betreut, bleibt der Schweriner Arzt. Die Praxis in Lübeck können wir höchstens noch einmal nutzen, danach wird die Ausrede Notbehandlung unglaubwürdig. Zum Glück habe ich in Berlin ein Telefon, denn ich will keinen Schritt vor die Tür tun, bleibe im Bett liegen. Mir geht es seit gestern nicht gut. Ich fühle mich unendlich erschöpft und schlafe stundenlang. Allein der Weg zum Konsum, um Essen einzukaufen, kommt einer Weltreise gleich.

Ich rufe in Schwerin an, der Gynäkologe gibt mir sofort am Montag einen Termin. Er weiß ja, dass ich schon mal... trotzdem, sagt er, sei das normal und ich solle mich pflegen und ruhigstellen.
Die Wohnungstür knarrt. Ah, meine Nachbarin kommt gerade. Sie wird mir was kochen können.

9. April 1990, Montag, Schwerin, DDR

Ich muss in Schwerin ins Krankenhaus. Bin betrübt.

10. April 1990, Dienstag, Schwerin, DDR

Wär hätte es gedacht. Mir fehlen schon am ersten Tag im Krankenhaus die Proben mit unseren vier Darstellern und Ilona, mir fehlt die angenehme und konzentrierte Arbeitsatmosphäre, die von unserem gegenseitigen Vertrauen getragen wird, ja, ich stelle mit Erstaunen fest, es fehlt mir das kleine verschlafene Anklamer Theater.
Eine gewöhnungsbedürftige Situation ist weiterhin: ich war seit Januar nur wenige Tage ohne Christian. Doch ich trage einen Teil von ihm in mir und dieser muss jetzt beschützt werden. Das tröstet mich über manchen traurigen Gedanken hinweg.
Ich entwerfe die Hochzeitsgästeliste – sie umfasst drei DIN-A4-Blätter.
Ich blättere in einem Hochzeitskleidkatalog von meiner Bad Harzburger Verwandtschaft – er beschreibt unbezahlbare Präsentationskorsagen.
Ich schreibe Briefe und Karten in alle Himmelsrichtungen, schlafe, sorge mich, schlafe wieder, erhalte Briefe, telefoniere mit Christian, der mir ein paar Hochzeitsschuhe aus München mitgebracht hat und mich beruhigt, dass wir rechtzeitig, alles was wir brauchen zu unserer Hochzeit haben werden.

14. April 1990, Sonnabend, Anklam, DDR

Während ich im Krankenhaus lag, ist Anklam dem Nachrichtenmagazin *Spiegel* aufgefallen. Wie kann ein Provinztheater diesem renommierten Blatt einfach auffallen? Ganz sicher nicht so: Habt ihr gehört, da hat eine Regieassistentin aus Schwerin eine bombastige Karriere gemacht. Schafft dieses Mordsweib tatsächlich den Sprung von Schwerin nach Anklam und das gleich mit einer Co-Regie. Ein realistischeres Szenario wäre vielleicht: Wir brauchen dringend eine schmalzige Ost-West-Story. Da soll sich ein verrückter Schauspieler aus Lübeck am Theater Anklam herumtreiben, hat einer Ostlerin gleich einen Heiratsantrag gemacht, kurz nachdem die Grenze offen war. Guck mal, ob du nicht was draus machen kannst. Ich gebe zu, es klingt eher nach Goldenem Blättchen als nach dem Nachrichtenmagazin *Spiegel*. Vielleicht hat die Geschichte des Anklamer Theaters, nachdem sie recherchiert worden war, ihr übriges getan, diesen schmalen dunkelhaarigen Reporter mit der dunkelrandigen Brille samt Fotografen ausgerechnet hierher zu schicken. Matthias Matussek heißt er. Christian sagt, er ist ein großer Inszenierungs-Verreißer. Das scheint Christian in keiner Weise zu stören. Er meint, ein Verriss steht immerhin in der Zeitung. Bessere Werbung könnten wir nich t bekommen. Matussek schaut äußerlich wie ein typischer Intellektueller aus, ist jung, mit einem ironisch skeptischen Lächeln in den leicht nach unten gezogenen Mundwinkeln. Er beobachtet viel, hält sich mit Meinungs- und Gefühlsäußerungen zurück. Ich bin mir sicher, dass er ein sehr sensibles und leicht zu verletzendes Herz versteckt. Trotzdem komme ich mit seiner Ironie und dem Sarkasmus schlecht zurecht. Ich meide ihn. Er versucht, Vertrauen zu gewinnen, kommt aus den Werkstätten geschlendert, besucht mehrmals Dr. Bordels Büro. Aber ihn scheint es nicht um unsere Geschichte zu gehen, er nähert sich zunächst weder unseren Proben, noch uns. Dafür sah ich ihn mit Gerhard sitzen, mit der Kostüm- und Bühnenbildnerin, mit dem Leiter der Abteilung Öffentlichkeitsarbeit. Ich hoffe sehr, dass er da sein wird, wenn Manfred seinen

Brief verliest. Dann wirbelt hier aber ein Sturm durch den Mief, der unreifes und reifes Obst vom Baum reißen wird. Dann wird sortiert und gewogen und welches gegessen wird, bestimmt am Ende sicher nicht der Gärtner, sondern der Gartenbesitzer.

Ehrlich gesagt, sollte ich andere Sorgen haben. In der Anklamer Poliklinik gibt es am Montag um 15 Uhr einen Termin für angehende Mütter. Thema: Stillen und Säuglingspflege. Ich müsste mal hingehen. Doch ich habe einen enormen Vorbehalt gegenüber dem Wort Säuglingspflege. Hört es sich nicht an wie Haustierpflege? Ich meine diesen großen emotionalen Abstand zwischen dem Gegenstand, der da gepflegt werden soll und demjenigen, der es pflegen soll. Verhält es sich nicht ganz anders? Ist da nicht ein Strom von Liebe, tanzt dieser nicht vielmehr zwischen Mutter und Kind hin und her? Sind die beiden nicht eine unermüdliche Bewegung von Geben und Nehmen, ohne Anfang ohne Ende? Stattdessen: Säuglingspflege. Oder: Der Säugling muss viermal am Tag gefüttert werden. Ich stelle mir vor, wie ich sage: Ich muss meinem Sohn „in einer Stunde füttern", oder ihm „was zu fressen" geben.

Ach, ja. Wir haben einen Sohn im Bauch. Christian plant jetzt schon, was er werden soll.

Erste Zusagen von unseren Hochzeitsgästen treffen ein und die Mitarbeiter des Theaters bieten ihre Hilfe an, Übernachtungen zu stellen. Bis zu acht Besucher nehmen sie auf, sogar die Pförtnerin kann drei unterbringen. Der größere Teil wird in einem Gästewohnheim der Zuckerfabrik Anklam übernachten.

Wir fahren nach der Probe hin, begutachten die Zimmer und leisten eine erste Anzahlung. Hier können fünfunddreißig Personen schlafen. Die Ausgaben beginnen schon jetzt zu steigen, da bleibt nicht mehr viel für das Hochzeitskleid. Trotzdem, oder gerade, weil wir es in einem Secondhandladen erstanden haben, übertrifft es meine Erwartungen: schlichter Jugendstil in blütenweiß, einfach schön.

Christian kümmerte sich während meiner Schläferzeit im Krankenhaus um die Ringe. Ich mag kein Gold. Die Poetin Ina aus seinem Hamburger Woyzeck-

Programmheft gab uns Silber. Sie spendete einen oder zwei Silberlöffel ihrer Großmutter für unsere Ringe, die werden jetzt gerade beim Schmied geschmolzen und neu verarbeitet. Ich liebe diese Idee, Hochzeitsringe aus Freundschaft zu tragen.

3. Mai 1990, Donnerstag, Anklam, DDR

Kein Zurück gibt es mehr. Gut, ein paar Mal hat Christian Angst bekommen, vor dem, was da auf ihn zukommt.
„Was wäre, wenn du vor dem Altar stehst und ich bin nicht da?"
Ich muss einen seltsamen Blick gehabt haben.
„War nur ein Witz."
Wir haben am Vormittag die Hauptprobe mit Abnahme durch die Feuerwehr. (In Schwerin war's noch die Bezirksleitung der SED, die eine Inszenierung abnahm, jetzt interessiert vor der Premiere nur noch die Feuerwehr, was wir verzapft haben.)
Am Nachmittag müssen wir um 16.00 Uhr in der Textilfacharbeiter-Ausbildungsstätte sein und Karten mitbringen, Kollege Schütt wird die Karten an Lehrlinge verteilen. Sechszehn Personen aus der Zuckerfabrik sind zur Premiere angemeldet. Die Abteilung Öffentlichkeitsarbeit scheint ja Kartenverkaufsverbot zu haben, anders kann ich mir das Desaster der unverkauften Premierenplätze nicht erklären.
Um neunzehn Uhr ist die Generalprobe, und dann gibt es nichts mehr, als die Fahrt auf der DDR-Platte nach Mönkerhorst. In die Ruhe und Stille, zu einer Familie, an das kleine Haff, zu Oma Otto, Manfred, Brigitte und den kleinen Philipp.

6. Mai 1990, Sonntag, Mönkerhorst, DDR

Nun ist es geschehen. Ich bin eine Ehefrau. Während ich die Augen aufschlage, mich die tiefe sanfte Stille des Oderhaffs umgibt, fühle ich mich geborgen. Ich horche auf die Atemzüge Christians, stehe leise auf. Unten im Haus rumort Brigitte. Ich bin noch nicht, soweit Menschen zu begegnen, und schleiche mich in den oberen Flur, stehe am Fenster, schaue auf die mit Graspolstern ausgestattete Wiese bis zum Horizont. Zeilen eines Gedichtes kommen mir in den Sinn: „Das alles stand auf ihr und war die Welt und stand auf ihr mit allem, Angst und Gnade, wie Bäume stehen, wachsend und gerade, ganz Bild und bildlos wie die Bundeslade und feierlich, wie auf ein Volk gestellt. Und sie ertrug es; trug bis obenhin das Fliegende, Entfliehende, Entfernte, das Ungeheuere, noch Unerlernte gelassen wie die Wasserträgerin den vollen Krug." (18) Wie zutreffend.
Vorsichtig wird auf der Ostseite des Flures eine Tür geöffnet. Der vierjährige Philipp kommt heraus. Große klare Knopfaugen schauen mich vorwurfsvoll an, dann rennt er die Treppe herunter, bleibt auf einer Stufe stehen, dreht sich um und ruft: „Du warst nicht in meinem Zimmer! Du hattest es versprochen!" Er rennt weiter, trapp, trapp, trapp, und ist weg. Wie wahr, ich habe es nicht getan. Ich bin nicht in meinem weißen Brautkleid, mit schleierbedecktem Haar und weißen Schuhen in sein Zimmer gekommen nach der Heirat, auf deren Fest er nicht war. Ich hatte mir eingebildet, er würde sowieso fest schlafen. Dabei bin ich Gast in seinem Haus und habe nicht mal diese kleine einfache Bitte erfüllt.
Ich erinnere mich an seine Augen. Wie er mich bewunderte während mich Brigitte gestern frisierte und den Schleier anbrachte, das Kleid zurechtzupfte, den Brautstrauß mit weißer Spitze verschönerte! Ich muss für ihn eine Prinzessin aus dem Märchenland gewesen sein. Er sah weg, wenn ich ihn ansah. Seine Bewunderung schien von großer Scham unterdrückt. Was für ein sensibler Junge. Und ich angehende Mutter schaffe es nicht ein paar Minuten vor seinem Bett zu stehen während er schläft!

Dabei war ich gestern weder betrunken, noch angeheitert. Am Ende dieses Tages hatte ich allerdings auch nicht mehr das Gefühl eine der beiden Hauptpersonen, quasi die Braut, gewesen zu sein, sondern eher eine Politikerin, die zwei deutsche Staaten zu einem gemeinsamen Fest zu bewegen versucht. Oder wie der Mönch in „Romeo und Julia", der die verfeindeten Capulets und Montagues davon überzeugen will, dass ihre Kinder sich lieben.

Genau: Meine Hochzeit war die Trauung von „Romeo und Julia" – vorausgesetzt, sie wären am Leben geblieben. Stelle man sich auf dem gleichzeitig gefeierten Versöhnungsfest heißblütige Vettern mit lose sitzenden Messern vor, verständnissuchende herangereiste Verwandtschaft, die mit der jeweils anderen Familie nicht viel anfangen kann, missgünstige Angestellte, die an der Hochzeitstafel sitzen und zynische Bemerkungen machen, Hofdamen, die eine Ehe für das größte Übel der Menschheit halten, hetzende verschmähte Verehrer, dazwischen ein Hofberichterstatter, der soviel wie möglich hintergründige Geschichten erfahren möchte, um sie auf seiner Leier in die Welt hinauszuposaunen.

Aber vielleicht muss ich das Leben akzeptieren, so wie es ist. Gibt es irgendetwas auf der Welt, was ganz rein und erhaben für sich selbst existiert, gibt es Licht ohne Schatten?

Ich steige die Treppe hinab zur Küche und begrüße Brigitte dort. Gestern fanden wir noch Zeit zu reden, deswegen ist der Informationsaustausch vorerst gedeckt. Sie zeigt mit einem Kopfnicken nach draußen, da ich leise nach Philipp frage.

Auf dem Hof steht er und beobachtet seinen Vater, der im Schafstall frisches Heu aufschaufelt. Ich beraube meinen Brautstrauß seines Figurenhochzeitspaares.

Ja. Gestern gab es noch eine andere Seite der Hochzeit, eine Seelenseite. Vielleicht kam sie etwas zu kurz, doch sie existierte. Sie war zu finden an dem zauberhaften Morgen hier, in den weichen Händen Brigittes, in ihrer Zuversicht. Besonders zeigte sie sich in jenem Moment, als Manfred hereinkam und sagte, wir sollten unbedingt auf den Hof kommen, es sei etwas sehr Schönes geschehen. Und tatsächlich! In unserer Nacht vor der Hochzeit waren mehrere Kälber geboren

worden. Kein anderes Zeichen hätte mir soviel Mut zusprechen können, wie es dieses Ereignis tat. Sie blökten mit zarten Stimmen. Ein Augenblick des Glücks, der Fülle und der Hoffnung.
Ich trete neben Philipp. Er schaut seinem Vater Manfred zu. Ich knie mich hin und reiche ihm das Paar. „Entschuldigung Philipp, es tut mir sehr Leid."
Philipp stößt mit den Spitzen seiner Gummistiefelchen in den Sand vor sich, er arbeitet eine kleine Kuhle heraus, während der schmutzige Hofsand von ihm wegstiebt. Aus den Augenwinkeln beobachtet er den schmalen Bräutigam mit der eingehenkelten Braut in meiner Hand. Dann ergreift er beide plötzlich und rennt wie ein kleiner Teufel ins Haus zurück.
„Soll ich den Hund mitnehmen? Ich gehe zum Haff."
Manfred nickt kurz, während er arbeitet und ich befreie den kläffenden Struppi von seiner langen Leine, was mir einiges Herzpuckern verschafft.
Während des Spazierganges treten innere Ansichten hinter den fotografieartigen Erinnerungsbildern von gestern hervor.
Wir bekamen viel Glückwunschpost in das Anklamer Theater gesendet. Seit Tagen holte ich von der Pförtnerin unsere Briefe ab. Sie waren herzlich und angefüllt mit guten Wünschen. Unsere Besucher reisten aus allen Himmelsrichtungen an und ich freute mich sehr, dass meine beiden besten Freundinnen da waren.
Und doch waren unter den Gästen welche, die nicht mit offenem Herzen gekommen waren. Zu meiner Verwunderung gehörte zu ihnen Melnik. Da Maud nun bei Hellfried wohnt, reiste er zusammen mit einem Freund aus der Silvestercrew des Vorjahres in Schaprode an. Er kam erst zur Premiere unseres Stückes „Liebestoll" am Abend. Das Standesamt Anklam, die vom Intendanten organisierte Überraschungsaktion (Ritze, Ratze ganz verwegen, einen dicken Ast zersägen), das Mittagsessen sowie der Waldspaziergang – barfuss, mit hochgebundenem Brautkleid – waren bereits Vergangenheit, als er auf uns im Schankraum des Theaters wartete. Er saß neben dem Spiegelreporter und redete mit ihm. Ich war froh ihn zu sehen und begrüßte ihn stürmisch, allerdings sah ich an seinem Blick, dass gegenüber Christian von vornherein Antipathie im Spiel war,

ohne dass ein einziges Wort gewechselt worden war. Über den restlichen Abend hinweg blieb Melnik skeptisch und feindselig.
„Warum muss es ausgerechnet ein Westler sein?"
„Ich sag dir was Melnik, da kann ich mir einhundert Prozent sicher sein, dass seine Akte nicht bei der Stasi gefunden wird."
„Warum inszeniert ihr ausgerechnet einen amerikanischen Autor? Die können keine anständigen Stücke schreiben, ist doch alles Boulevard."
„Warum müssen es immer russische Widerstandskämpfer sein?"
„Das nicht, aber Heiner Müller kannst du machen."
„Mach deinen Müller doch selber."
Ein paar Stunden später musste ich Christian beruhigen: „Dieser Möchtegern hat dir vor meinen Augen an den Po gefasst", beschwerte er sich. Von meinen weißen Brauthandschuhen nahm Melnik sich bei seiner Abfahrt nach Berlin einen als Andenken mit. Das beobachtete Ilona und sagte es mir, nachdem ich den gesamten Saal nach dem Handschuh abgesucht hatte.
Was zum Teufel fand da statt? Wollen wir nicht bald eine Vereinigung feiern? Beide Staaten werden in Kürze zu einem großen Ganzen zusammengefügt. Wie viele haben das gewollt. Und jetzt? Jetzt beäugen sich alle misstrauisch, machen sich das Leben schwer, reden mies übereinander und beschuldigen den jeweils anderen Teil mit eigenen Unzulänglichkeiten. Wollen die DDRler wirklich die Wiedervereinigung, oder wollen sie nur die D-Mark. Ist das eine politische, emotionale oder eine wirtschaftliche Entscheidung? Und sind sie dieser gewaltigen Umwälzung wirklich gewachsen?
Ähnlich sah es mit unseren beiden Familien aus. Christians aus Hamburg kommend, meine aus Ostberlin. Sie saßen an ihren Tischen in säuberlich eingeteilten Grüppchen, stellten keine Fragen, hatten keinerlei Interesse aneinander. Das kann ja was werden! Vielleicht bleiben die Ost- und Westberliner demnächst in ihren eigenen Städten und betreten die andere Seite gar nicht. Was ist uns geschehen, vierzig Jahre lang Trennung, vierzig Jahre unterschiedliche

Gesellschaftsordnungen und keiner bringt Interesse für die Landesbrüder auf. Dabei sollen wir ein gemeinsamer Staat werden.
Der Einzige der an die Vereinigung sehr praktisch denkt und der wie ein Fels in der Brandung diese ganzen Meinungen und miese Stimmung an sich abprallen lässt – ist Christian. Und er zeigt den anderen, wie zugekehrt er mir ist.
Am Haff bellt der Hund Struppi das Wasser an. Vielleicht hat sich ein größerer Fisch dem Steg genähert und grinst aus seinem kalten Element dem Struppi ins Gesicht. Wie Melnik dem Christian gestern. Das tut weh, sich daran zu erinnern. Ich löse mich von dem sich wiegenden Schilfrohr des Uferrandes und trete sofort wieder den Rückweg an. Bloß nicht mehr diese Gedanken zulassen, sage ich zu mir und renne mit Struppi an der Leine los, damit er seinen Spaß hat und ich nicht weiter nachdenken muss.
In der Küche ist der Tisch gedeckt. Brigitte hat das Brautpaar auf Philipps frisches Frühstücksei platziert, es ist unten hohl und passt genau auf das Ei. Er lächelt stolz und zufrieden. Oma Otto sitzt bereits in ihrem Ohrensessel im Wohnzimmer. Sie wacht morgens um fünf Uhr auf und nimmt kurz danach ihr Frühstück. Familie Otto hielt sich gestern unserer Hochzeit fern, sie haben aus verständlichen Gründen ein gestörtes Verhältnis zum Intendanten des Theater Anklam. Auch die jungen Schauspieler aus dem Ensemble reagieren abweisend auf Manfreds Status. Also erzähle ich Brigitte von der Hochzeit.
„Spielst du mit mir?“, fragt Philipp plötzlich.
„Ja, lass uns zu deinen Autos gehen.“
Ich habe von ihm noch eine Chance erhalten.
Um neunzehn Uhr läuft die zweite Vorstellung „Liebestoll“, wieder vor vielen leeren Zuschauerreihen.

10. Mai 1990, Donnerstag, Anklam, DDR

Vollversammlung im Anklamer Theater. Christian und ich freuen uns darauf, Manfred wird heute seinen Brief verlesen. Christians Hoffnung auf den Oberspielleiterposten hat sich zerschlagen. Das Ensemble wählte vor einer Woche Mr. Pokerface, den Süßwasserfischer. Christians Frust darüber kann ich schlecht nachvollziehen. Wollte er wirklich mit diesem bunten Berufscollagen-Ensemble seine vorgeschlagenen Stücke spielen? Und wer schaut sie sich hier an? Trotzdem erhält Christian einen Vertrag, einen Spielleitervertrag. Er wird inszenieren können und „Liebestoll" weiter betreuen. Dies für 900 Mark im Monat. Während Christian unterschreibt, kommt der Spiegelreporter ins Intendantenzimmer.

„Hast du es getan?" fragt er.

„Ja."

„Zeigst du mir den Vertrag?"

Christian gibt ihm das A5-Doppelblatt und der liest amüsiert darin herum.

„Weißt du, dass du dich hier verpflichtest? Die wachsenden kulturellen und künstlerischen Bedürfnisse der Arbeiterklasse und aller Werktätigen immer besser zu befriedigen."

Christians grinst. „Im Befriedigen war ich bisher ganz gut."

Wir gehen in den Saal, um die Vollversammlung zu erleben. Fast alle Angestellten des Theaters sind da, schließlich geht es um ihre Zukunft, darum, ob das Theater bestehen bleibt, wenn sich die beiden deutschen Staaten vereinigen. Der Doc stellt seine Ideen vor und versucht, der vorherrschenden Angst um die Zukunft mit seinen privatkapitalistischen Erneuerungsvorschlägen entgegenzutreten. Wenn die Touristen auf dem Weg zur Ostsee sind, sollen sie hier Halt machen und ins Theater gehen. Zum Beispiel zum „Wirtshaus im Spessart", was die erste Inszenierung in dieser Saison sein wird. Die Theatersitze sollen herausgenommen und stattdessen Tische platziert werden, an denen serviert wird.

Ich stöhne.

Und Manfred explodiert. Er springt auf. Er bezeichnet den Doc als einen ausgesprochenen Dilettanten, der keine Ahnung vom Theater hat, der es regelrecht zertrümmere, der sein Fähnchen in den Wind hänge, konzeptionslos sei und sich als vom Staat bezahlter stalinistischer Alleinherrscher aufführe. Dann verliest er seinen Brief an die Kreisleitung der Sozialistischen Einheitspartei Deutschlands, die noch für die fortlaufenden Bezüge aller Angestellten und die Inszenierungskosten des Theaters zuständig ist.
Ich halte den Atem an. Was wird jetzt geschehen? Der Doc bleibt ruhig, ein paar junge Schauspieler schießen Manfred ziemlich unverschämt an. Dann stellt der Doc den Antrag, Manfred zu kündigen, weil er sich mit dem Brief vom Kollektiv gelöst hätte. Himmel, was wird mit ihm?
Christian verteidigt Manfred. Christian darf abstimmen, immerhin ist er jetzt Mitglied des Kollektivs. Soviel ich weiß, muss ein Ausschluss einstimmig angenommen werden. Ilona macht auch nicht mit dabei, Manfred hinauszubeißen. Wahrscheinlich ist somit die Kündigung an Manfred vorbeigegangen, sicher ist es jedoch noch nicht.
Draußen greift sich der Spiegelreporter Manfred und schleppt ihn vor die Theater Anklam-Schrift, um ihn zu fotografieren. Dann verschwinden sie für ein Interview in die Stadt. Wenigstens erfährt ganz Deutschland auf diese Art von dem Mut Manfreds.

17. Mai 1990, Donnerstag, Hamburg, BRD

St. Pauli, ich bin in St. Pauli in Hamburg. Hier lerne ich Ina kennen, Ina, die Dichterin, Ina, die ihre Silberlöffel von der Oma für unsere Hochzeitsringe gab. Sie wohnt zu ebener Erde in einer Altbau-Zweiraumwohnung, die Küche hinter dem Schlafzimmer mit einem großen Tisch ausgestattet, alles klares Design. Sie selbst, eine interessante Frau mit ruhiger Stimme, mitten im Philosophiestudium steckend, das sie mit unterschiedlichen Jobs finanziert. Hier mache ich am Abend die erste

Bekanntschaft mit einem westlichen Manager, mit dem freundlichen Andy, der mit mir über neue, zukünftige Gesellschaftsstrategien philosophiert. Während er der sozialistischen Gesellschaftsform durchaus positive Elemente abgewinnen kann, ziehen durch meinen Hinterkopf Schlagworte und Lehrsätze aus meinem Staatsbürgerkundeunterricht gegen „seine" Gesellschaftsform: „Aggressiver Kapitalismus", tönt es da. Oder: „Auf dem Markt finden wir eine Gruppe Käufer (Besitzer von Boden, Maschinerie, Rohstoff und Lebensmittel) und eine Gruppe von Verkäufern, die nichts zu verkaufen haben außer ihre Arbeitskraft. Die eine Gruppe kauft ständig, um Profit zu machen und sich zu bereichern, die andre verkauft ständig, um ihren Lebensunterhalt zu verdienen." (19) Und noch etwas: „Es wird kein anderes Band zwischen Mensch und Mensch übrig gelassen, als das nackte Interesse, als die gefühllose ‚bare'" Zahlung." (20)
Jedem neuen Gedanken von Andy hängt sich ein Gegenargument von mir an. Mein Kopf befindet sich in einem schizophrenen Zustand, in welchem der Kampf zweier sich bisher feindlich gegenüberstehenden Gesellschaftsordnungen ausgetragen wird. Nach zwei Stunden intensiven Gespräches schildere ich ihm meine Bundestagsdebatte im Kopf. Er nimmt es mir glücklicherweise nicht übel.

23. Mai 1990, Mittwoch, Anklam, DDR

Frühzeitiges Aufwachen, nicht nur, weil zwei Schwalben in unserem Zimmer nisten wollen und laut zwitschernd ihre Unterhaltung über den besten Platz führen. Nein, zuvor liefen zwei bekannte Gestalten durch meine Träume, die seit meiner Hochzeit wohl nicht mehr zu meinen Freunden zählen. Inwieweit sie es je waren, würde ich gerne wissen. Diese beiden marschieren durch meinen Morgen: Der zuerst ernste, später nur noch grinsende Melnik, und Maud, die scheinbar verständnisvoll meine Klagen anhört, die aber keinerlei Äußerung dazu macht.
Vielleicht träume ich das, weil es zu dem gestrigen Verrat hier in Anklam gehört: Es gab eine Rezension über unsere Inszenierung „Liebestoll" in der Lokalzeitung

„Nordkurier", ein Verriss, der eindeutig, unsere Regie treffen sollte, dabei allerdings May mit unerwartet harter Kritiker bedacht hat. Betroffen lasen wir gestern den Artikel. Wer hatte das geschrieben? Wir besuchten die drei Vorstellungen und sahen keinen Rezensenten? Resigniert fanden wir am Abend des Rätsels Lösung mit Hilfe der „Liebestollen": May und Eddie. Sie erzählten uns, die Kritik hätte die Lebenspartnerin des Intendanten geschrieben. Da sie selbst nie bei einer Probe oder Vorstellung war, setzt sich ihr Text ausschließlich aus Meinungen und Interessen des Doc und denen seiner Schauspieler zusammen. Das sei nicht das erste Mal.

Da haben wir sie, die stalinistische Alleinherrschaft des Intendanten. Aber warum gibt er Christian einen Vertrag, um dann seine künstlerische Arbeit gleichzeitig öffentlich schlecht zu machen? Das stößt das Publikum und uns ab. Wahrscheinlich geht es einzig um Kontakte, die Christian ihn versprach zu bringen. Ähnlich wie die Güstrower besondere Highlights verlangen, soll er die Verbindung zu anderen Gastspieltheater im Westen knüpfen, aber nicht wirklich hier arbeiten und Erfolg haben schon gar nicht.

25. Mai 1990, Freitag, Berlin, DDR

„Ich habe vor zwanzig Tagen geheiratet." Der Volkspolizist in Wilhelmsruh, der meinen Ausweis auf meinen neuen Namen umschreibt, denkt angestrengt über kommende mögliche Arbeitsschritte nach. Trotzdem schafft er es nicht, angesichts unserer ausgefallenen Kombination – Westdeutscher heiratet Ostdeutsche und will mit dieser in deren Wohnung in den Ostteil der Stadt ziehen – eine Entscheidung zu treffen.

„Das geht nicht, das ist eine Einzimmerwohnung", interveniert er zunächst.

„Das geht, wir sind verheiratet", antworte ich.

Für Uneingeweihte sei auf das Mietgesetz der DDR verwiesen. Es besagt, dass Mann und Frau zusammen in einer Einraumwohnung leben dürfen, wenn sie einen

Trauschein haben. Ohne Heirat dürfen nur gleichgeschlechtliche Personen in einer Ein-Zimmer-Wohnung wohnen, Wohngemeinschaften sind unerwünscht.
Unser Ost/West-Gemisch bekommt der Volkspolizist nicht in den Griff. Er gibt mögliche selbstbestimmte Arbeit auf und geht fragen. Dann schickt er uns zum Ausländermeldeamt. Das liegt hinter der Tür gegenüber. Die Polizistin dort spricht gestochenes Sächsisch. Sie bemüht sich sehr, es hochdeutsch klingen zu lassen. Man sieht, wie anstrengend das für sie ist, sie verdreht die Augen ein wenig nach oben. Wir sind wieder falsch. Sie schickt uns zweimal aus dem Zimmer, um Anrufe wegen uns zu machen. Wir dürfen nicht hören wen sie auf welche Weise fragt. Womöglich handelt sie streng nach Dienstanweisung.
Dann kommt die erstaunliche Mitteilung. Wir sollen ins Ausländer-Aufnahme-Lager Ahrensfelde, von dem die Dame Polizei selbst nicht weiß, wo es genau genommen ist. Jetzt reicht es meinem frisch angetrauten Christian. Er greift mich am Ärmel, zieht mich aus der Polizeistation und sagt bestimmt:
„Ich will jetzt Ostler werden."
„Ostler werden? Kann man das?"
„Lass es uns versuchen", sagt Christian.
Wir landen vor der BRD-Botschaft, vielleicht nicht gerade die sinnvollste Idee, aber eine DDR-Botschaft für ihn, in der er Asyl finden und um Staatsbürgerwechsel ersuchen kann, gibt es nicht.
Der Eingang der BRD-Botschaft ist streng verschlossen, Verständigung per Sprechfunk. Im Moment schützen sich wohl alle vor ihren Landesbrüdern und -schwestern: hier und dort. Wir stehen vor der Gittertür und blicken in den Hof, in welchem im Sommer etwa achtzig DDR-Bürger kampierten. Der Herr, der uns schließlich empfängt, erinnert sich: „Die Menschen, die in die Freiheit wollten, liefen wie in einem Gefängnishof umher." Wir nicken heftig, um ihn bei guter Laune zu halten. Tatsächlich denke ich: viele von ihnen wollten anderes als Freiheit. Dieser Grundgestus „armer DDR-Bürger" schwingt in der Stimme des Herrn mit, genau wie bei Christian am Anfang.

„Laut Grundgesetz der BRD gibt es eine einzige Staatsbürgerschaft. Das ist die der BRD, eine deutsche Staatsbürgerschaft – nur deutsch, ohne Ost“, so der Herr im Dienstanzug.
Ich denke: jedem Deutschen seine Verbohrtheit, da unterscheiden wir uns alle nicht viel. Aber wir sind voller Fantasie. Uns fällt ein, dass wir bei der Bank unsere Ehe manifestieren könnten.
Im Kreditinstitut am Alexanderplatz, vor dem Zimmer Nr. 218 – welch absurdes Zusammentreffen der Zimmernummer mit dem angefeindeten Paragraphen, der jetzt im Osten wirksam werden soll – sitzen die Jungfamilien, meistens mit Kleinkind. Sie bringen ihren Ehekredit (immerhin 5000,- Ostmark, zinslos) in Ordnung, oder nehmen schnell einen auf, bevor es die DDR nicht mehr gibt. Angesichts des Preissturzes und kurz vor der Einführung der D-Mark ein sinnvolles Unterfangen.
Nach einer Stunde sind wir an der Reihe. Während wir den Raum hinter dem Warteflur betreten, flüstert eine Angestellte einer anderen zu:
„Die wollen alle schnell an Geld kommen.“
Scharf kombiniert, denke ich.
„Ja, wir haben vor zwanzig Tagen im Osten geheiratet. Ja, wir wollen einen Kredit, also die staatlich zugesprochene Unterstützung jungen Glückes?“ Zur Untermalung lächele ich meinen Mann mit einem Schatzi-Lächeln an.
Hier wird es ebenfalls kompliziert. Die extra für uns herein gebetene leitende Angestellte verhält sich irgendwie anders, als jene in den Banken, die ich in Lübeck und Hamburg kennen gelernt habe. Kaum sieht sie den Pass von Christian, kreischt ihre Stimme laut durch den Raum, der von den anderen Kunden allein durch eine bis zur Brust reichende Schalterwand getrennt ist:
„Sagen sie mal, sie sind doch Westbürger!“
Genauso gut hätte sie sagen können: Vorbestraften geben wir keinen Kredit, sie kennen wohl unsere Gesetze nicht. Oder: Alle, die im Westen leben, gehören an die Wand gestellt. Vielleicht auch: Westdeutsche raus, D-Mark rein. Tatsächlich sagt sie noch:

„Holen sie sich doch im Westen den Kredit, sie haben doch eben gesagt, sie kriegen dort einen." Während mir solche und ähnliche Szenen bekannt vorkommen, muss Christian denken, er ist in einem Land in welchen militärisch knappe Ausdrucksformen in der Öffentlichkeit zur normalen Konversation gehören. (Ist er ja auch.) Ich schäme mich in diesem Moment für die Damen und für mein Land. Was soll das noch werden? Wenn sich die Ostler ihm gegenüber alle so benehmen, kann ich niemals jemanden erklären, warum ich nicht längst das Land verlassen habe. Ich bin mir sogar manchmal nicht sicher, ob wir diese Sozialisationsprobleme als Ehegemeinschaft durchstehen.
Ich meine, vor zwei Wochen in Schwerin gab es bereits ähnliche Schwierigkeiten, als Christian dort nach einer Dreiviertelstunde Anstehen beim Fleischer laut und fröhlich „zwei Rinderfilets, bitte" verlangte, wurde es plötzlich eisig still im Laden und fast dreißig Augenpaare musterten ihn kalt verachtend. Das war jedenfalls seine Beschreibung der Situation. Vielleich t übertreibt er manchmal etwas, aber er befürchtete wirklich, dass sich im nächsten Moment all diese Menschen auf ihn stürzen und in Windeseile zu „Westhack" und „Westfilet" verarbeiten würden.
Für uns gibt es keine Gesetze hier – noch nicht. Wir gehören AUF die Mauer.
Abends wenigstens eine gute Aussicht. Christian darf ein Konto in der DDR eröffnen. Für seine Ostknete aus Anklam.

28. Mai 1990, Montag, Berlin, DDR

Rodeo im Wilden Osten heißt die Überschrift des Artikels, der heute im Spiegel erschienen ist. „DDR-Erstaufführung von Shepards ‚Liebestoll' in Anklam: Alptraum mit Pappfernseher und Trabischrott" (21) steht unter dem ersten Szenenbild von May und Eddie. Da ist er also: Der Westen und sein Journalismus, und ich mittendrin. Ich werde zu einer Schauspielerin, die in einem gelben Seidenkimono die Proben abhält, schlecht träumt und auf dem Schulhof Theaterkarten verkauft. Das Telefon klingelt während Christian die Duschkabine in der Küche traktiert, denn weder Duschtasse, noch die zusammensteckbaren Aluminiumrohre, die den Vorhang halten, sind auf seine Größe zugeschnitten. Ich glaube, diese mobil aufstellbaren Brausen sind – ähnlich wie der Trabbi – eine einmalige DDR-Entwicklung, in diesem Fall für die vielen Wohnungen ohne Bad. Kiki ist am Apparat.

„Ja, ich habe ihn gelesen", antworte ich auf ihre Frage.

Was Kiki erzählt, macht mich nervös.

„Meinst du auf Seite zweihundert?" Ich blättere zu der benannten Seite und lese vor.

„Christian aus Lübeck schnappt sich seinen Kaffee und verschwindet mit Sylvia im Theatersaal zur Generalprobe. Das ist immer noch unser Land, murmelt ihm einer hinterher. Der macht sie doch fertig, sagt ein anderer." (22)

„Den letzten Satz, lies ihn noch einmal vor", bittet mich Kiki.

„Der macht sie doch fertig, sagt ein anderer."

„Ja, und diesen Satz hat Melnik zu dem Spiegelreporter gesagt. Melnik rief mich soeben an und freute sich diebisch darüber, dass der Satz so übernommen worden ist. Der unangenehme Tenor gegen Christian geht auf sein Konto."

Plötzlich ist der morgendliche Hunger auf das Frühstück wie weggeblasen.

„Ich dachte, er wäre ein Freund... gewesen."

„Es tut mir Leid, Sylvia."

Christian kommt herein. „Wer ist am Telefon?"

„Kiki."

„Hat sie den Artikel gelesen? Der ist doch super! Gib sie mir mal."

„Kiki muss sofort ins Theater, sie wollte gratulieren", lüge ich und verabschiede mich schnell von ihr.

„Ich gehe Brötchen holen", meint Christian und zieht sich die Schuhe an.

„Für mich keins bitte."

5. Juni 1990, Dienstag, München, BRD

Nun bin ich also genau einen Monat und einen Tag verheiratet und kann die Situation noch gar nicht richtig fassen. Soviel passiert um uns beide herum.
Ich sitze in einem Hotel in München, vor meinem kleinen Schreibtisch ein echtes Landschaftsgemälde von einem Herr Constable, eingefasst in einen prunkvollen Goldschnitzrahmen. Würde ich mich auf das Bett legen, thronte über meinem Kopf eine halbe Krone, die in das Holz des Himmelbetts eingelassen ist. Gegenüber liest eine Frau, ebenfalls im Goldrahmen, einen Brief, und immerhin ist jener Maler, Herr Jean Raoux, im Jahre 1734 gestorben, was dem Bild eine mindestens zweihundertjährige Antikbeständigkeit zusichert. Am liebsten würde ich eine Hotelansicht per Foto in das Tagebuch legen, um zu zeigen, wie herrlich „schwer" doch dieser Niveauwechsel Anklam-München zu verkraften ist. Obwohl seit drei Tagen hier wohnend, habe ich heute erst die richtige Muße, die Bilder zu bemerken und zu genießen, und die Krönchen auf Betten und Stühlen zu bewundern. Ganz schön protzig.
Wenn ich mein Vöglein Fantasie jetzt noch ein bisschen losbinde, dass es aus dem Fenster fliegen kann, über den geleckten Hof hinweg, der zu einem Fahrstuhl für Autos führt, dann kann ich meine Situation als „hemingwayisch" bezeichnen. Schließlich tippte dieser Herr ebenfalls in einem Hotel vor sich hin. Und konnte in der Anfangsphase seines Schaffens sich das Zimmer ebenso wenig selber leisten wie ich. Dieses hier wird von Christians Filmfirma bezahlt, denn er dreht seinen ersten Kinofilm.
Wir haben immer noch kein gemeinsames Zuhause. Ich habe zwar meine Einraumwohnung in Berlin und die Einraumwohnung in Schwerin, Christian allerdings nichts, außer seinen Möbeln in meiner Schweriner Wohnung.

6. Juni 1990, Mittwoch, Landsberg am Lech, BRD

Landsberg am Lech: ein stilles verregnetes Örtchen eine Stunde von München entfernt. Hier sitzt der Drehstab, die Masken hängen wild durcheinander – noch. Die Kostüme der hundert Statisten und der Schulkinder ebenso. Noch wenig Spannung ist im Drehteam. Erst einmal.

11. Juni 1990, Montag, Landsberg am Lech, BRD

Christian rast gerade in einem alten Leichenwagen durchs Landsberger Dorf. Als Liedsänger der Rockgruppe „Vampire" im Kinofilm fährt er diesen auffällig chaotischen Wagen. Eine schöne Ausstattungsidee. Ich dagegen sitze im Hotel „Gockel" in Landsberg. Geschmacklos sind die Möbel zusammengestellt, eine Art rustikale „Sauna" mit grüngestrichenem Holz, grünbespanntem Fernsehständer und grüner Kofferablage. Alles für 125,- D-Mark. Übrigens das erste Hotel, in welchem ich den Schlafplatz bezahlen muss, bzw. Christian für mich.

12. Juni 1990, Dienstag, Landsberg am Lech, BRD

Angstträume in der Nacht. Christian und ich werden verfolgt und er rast mit seinem Film-Leichen-Wagen weiter...
Ich erwache und stehe tatsächlich auf, die Tür zuzuschließen, weil ich mir einbilde, es steht jemand im Zimmer, der Christian etwas anhaben will. Dann schlafe ich wieder ein. Ein nächster Traum, der kleine Wurm ist da und ich sorge mich verzweifelt um ihn. Ich hebe ihn vom Boden auf, wo er gerade schläft, es ist ein kleines zartes Dingchen mit strohblonden dichten Haaren. Ich kämpfe darum immer bei ihm sein zu können, aber irgendetwas hält mich fern und ab von ihm. Dann ist die Nacht endlich vorbei.

Es regnet wieder gleichmäßig. Die Drehs werden verändert.

Gestern eröffneten sich ein paar Möglichkeiten für Christian und mich in Richtung Film. Damit Geld da ist, für eine größere Wohnung für uns. Vielleicht ziehen wir hierher. Wir werden sehen.

14. Juni 1990, Donnerstag, München, BRD

Ich höre Nachrichten. Arme DDR. Die Sparkassen überfüllt wegen Kontoumstellungen; die Geschäfte leer, Arbeitslosigkeit droht. Was ist mit meinem klitzekleinen Land, das sich so stark und dicke fühlte und das mich so gemacht hat, wie ich bin? Was ist mit dieser gewaltvollen, gedrückten, düsteren, kahlen, traurigen DDR? Sie stirbt schnell. Wie eine ausgelaugte Hauthülle. Ihr Blut läuft aus, pulsiert woandershin, vielleicht versickert es im Sand der großen Erde. Die Mauer ist weg. Vielleicht war die Mauer eine Art Haut? Die Begrenzung des kleinen Großmauls. Alles liegt bloß, ungeschützt, angreifbar. Vielleicht wird eine andere Haut herumgelegt?

16. Juni 1990, Sonnabend Neuschwanstein, BRD

Wir sind gerade vom Märchenschloss „Neuschwanstein“ zurück. In der Gegend hier lässt es sich schon leben.

17. Juni 1990, Sonntag, München, BRD

Ich lernte heute einen international bekannten Schauspieler kennen, Michael. Er verhält sich Christian gegenüber sehr väterlich, lädt uns zu sich nach Hause ein.

Mir ist er aus dem Film „Der Name der Rose“ und als Synchronstimme aus den Dick-und-Doof-Filmen bekannt.
Wir sitzen lange in der Küche und bereden Geschehenes und Zukünftiges. Michael benennt mir ziemlich direkt meine Aufgabe: Verrücktheiten bei Christian langsam stoppen und in andere Bahnen lenken – zum Film.
Es treffen nach und nach immer mehr Gäste ein. Michael bekommt mit Charmanz Anwesende und Eintreffende zu einem gemeinsamen Abend zusammen und alle haben den Eindruck, sie hätten ein sehr schönes Geschenk bekommen – Aufmerksamkeit und Liebe. Im chinesischen Restaurant bleibt genügend Zeit mit den Gästen des Nachbartisches zu reden. So stellt sich heraus, dass diese eine begehrte Heilpraktikerin und jener ein Bergkraxler an Überhängen ist. Besser lässt sich München und Umgebung nicht beschreiben.
Michaels Hauswirt – seines Zeichens waschechter Bayer mit einer anständigen konservativen CSU-Meinung – zeigt uns stolz seinen Garten: Gewächshaus, wilde Wiese, Teich mit Fischen, in welchem das Ungeziefer elektrisch getötet wird. Am Haus Meisen- und Fledermauskästen, in jeder Ecke ein seltenes oder woanders ausgegrabenes Blümchen. Ein Vater der Natur.
Nur unterm Rasen sieht es anderes aus. Dort liegt kalt schlafend ein großer modernisierter Keller, eine pikobello parkettierte Halle mit geräuschdämpfender Tür verschlossen. Eine Schießhalle. Davor Bierkeller mit Tresen und selbstgeschnitzten Lampenknorren. Hier wird gegessen, was oben erlegt wurde.
Kleine Schießeinführung gefällig? Um ins Zentrum zu treffen, muss man mit der Pistole 5 cm unter das Ziel peilen, will man also das Herz treffen, muss man auf die Milz zielen. Problem für mich: Das Ziel ist eine menschliche Pappfigur.
Fünfzig Meter lang ist der Keller, fünfzehn Meter breit. An der einen Stirnwand die Punktekarten, an der anderen Panzerschränke mit Munition und Waffen. Ein perfekter Übungsplatz, getarnt durch liebliches gepflegtes Rasenidyll.
Hier kann man die Radieschen von unten begucken.
Wer sich dort trifft, frage ich. Schützenvereine, sagt der Besitzer. Was mögen es für Vereine sein? Tragen sie heimlich Fahnen und Abzeichen, hatten sie schon bei

dem ein oder anderen „Einsatz“ die Hände im Spiel? Ach, ich habe zu viel DDR-Fantasie. Und: Es ist schwer, damit klarzukommen, dass plötzlich alles erlaubt ist, dass die Hobbys der Herren einfach keinem Verbot unterliegen. Trotzdem finde ich es etwas gruslig.
Jetzt will Christian sich was beweisen und meldet sich beim Hauswirt zum Schießen an. Er bekommt einen Lärmschutzkopfhörer. Vorher versichert er sich noch, dass es meinem Bauch gut geht. Irgendwie süß, wie er die Waffe hält. Also, bei der Armee war der niemals. Christian hält die Pistole weit von sich – wie einen Fremdkörper, den er eigentlich hasst und nicht haben will. Dann zielt er. Ok, wenn er das Ding in der Hand hält, dann möchte er treffen, also zielt er, auch wenn da vorne Pappmenschen stehen. Eigentlich könnte man doch stattdessen einen Papphirschen hinstellen, oder? Der Rückschlag kommt gleichzeitig mit dem Einschlag. Ich horche in mich hinein, Duddel pennt. Ihn scheint das wenig zu jucken.

20. Juni 1990, Mittwoch, München, BRD

Christian hat Nachtdreh. Ich habe einen Wohnwagen bekommen.
Draußen in der nebeligen Nachtkälte steht ein altes Feuerwehrauto aus den 60iger Jahren, hochpoliertes Requisit. Die Nachtaufnahmen laufen vor einem Zelt: Jemand kommt auf die Idee, die Gasflaschenheizung in das Feuerwehrauto zu stellen. Durch die kalte Witterung und die Wärme im Auto, bilden sich auf dem Feuerwehrdach Dampfschwaden. Ich schaue mir amüsiert das Motiv „qualmende Feuerwehr“ an. Dann suche ich den Fotografen, um ihn für ein Foto davon zu begeistern. Er steht hilflos davor und weiß nicht, was ich von ihm will. Dann geht er wieder in das Zelt. Er muss Bildbestellungen erfüllen, Promi-Fotos für die bunten Blättchen. Ich dachte, er ist durch und durch Fotograf.

21. Juni 1990, Donnerstag, München, BRD

Es ist der zweite Nachtdreh, bei dem ich zuschaue. Die letzte Einstellung. Alle sind übermüdet. Die Statisten gegangen, ich warte auf Christian. Der hat soeben seinen Auftritt mit der Band gehabt. In seiner Rolle geht er ziemlich ab – nur die angeklebten Koteletten lassen ihn altbacken aussehen. Dann bekommt er die Drehanweisungen vom Team, dass er eine letzte Szene zu spielen hat, eine die nicht im Drehbuch steht. Er soll dazu eine bestimmte Sorte von Kopfschmerztabletten nehmen, die Schachtel auffällig in die Kamera halten, Produktwerbung machen. Christian folgt den Anweisungen. Die Kamera läuft – plötzlich bekommt er einen Lachanfall. Das kann schon mal passieren, also geht alles auf Anfang. Der Kameramann gibt das Zeichen, die Kamera surrt leise, Christian bekommt einen Lachanfall. Nanu, er ist sonst ein disziplinierter Arbeiter, hat er einen im Tee? Alles auf Anfang, Christian bekommt schon vorher einen Lachanfall, jetzt müssen die schweren Jungs – die „Vampires" – mitlachen. Alles auf Anfang. Ich glaube, er lacht gleich wieder, wahrscheinlich geht ihm die Produktwerbung auf die Nerven, aber er macht das so geschickt, dass selbst ich kaum eine Absicht dahinter sehe. Einer vom Team sagt, dass er das verstehen kann, es sei ja schon spät, alles auf Anfang. Christian muss lachen. Es ist vorbei. Einpacken, nach Hause fahren. Bin ganz stolz auf ihn, der lässt sich nicht einfach kaufen.

1. Juli 1990, Sonntag, München, BRD

Tag der Währungsumstellung. Mein Guthaben auf dem Postgirokonto wird heute im Kurs 1:1 umgestellt. Ich bekomme für jede Ostmark eine D-Mark. Dreitausend Mark konnte ich zusammenkratzen. Anfragen hatte ich zur genüge aus Berlin und Schwerin, ob auf meinem Konto noch Platz für überschüssige Ostmärker anderer ist, denn die Beträge, die über 4000,- Mark auf den Konten liegen, werden im Kurs 2:1 getauscht, Schulden halbiert. Ich sagte zu, allerdings hat keiner was überwiesen.

7. Juli 1990, Sonnabend, München, BRD

Wohnungssuche in München: die halbwegs erschwinglichen Wohnungen liegen außerhalb von München – Garching, Ampfing, Oberschleißheim, Dachau – alle um 1000,- € Miete. Hinzu kommen Provision und Kaution von zwei Monatsmieten plus Mehrwertsteuer. Ich kann die Zahlen nicht wirklich einschätzen, muss immer Christian fragen, ob das machbar ist. Die Mieten liegen dreihundert Mark über meinem Monatsgehalt in Schwerin. Normal ist das nicht.

13. Juli 1990, Freitag, München, BRD

In der Süddeutschen Zeitung lese ich heute eine Meldung, die ich mir ausschnitt. „Mit erheblicher Verspätung will Potsdam die Ehrenbürgerschaften Adolf Hitlers und Hermann Görings jetzt förmlich annullieren. Der SED-Staat hat diese Ehrenbürgerschaften einer ADN-Meldung zufolge aufgrund eines Irrtums bereits für annulliert gehalten und später aus Furcht vor einem Skandal vertuscht." (23)

14. Juli 1990, Sonnabend, München, BRD

Der 201. Jahrestag der französischen Revolution. Nichts weist auf ihn hin während des Festes, auf dem wir sind: italienische Schlager zur Gitarre, bayrisches dichterisches Denken im Edeldirndl, grellmündiges Plappern durch colgategepflegte Supergebisse und schauspielerische Preissteigerung von

leichtgesetzten Zeichnungen eines Musikers. Wie gesagt, unter dem Gesichtspunkt des Datums betrachtet – weitab vom Anlass. Na, egal.
Letztes Jahr schaukelte dieses Datum eher zynische Gedanken ans Tageslicht, als ich mit Kiki in Dresden war. Wie viele Köpfe waren eigentlich in ihrer Folgeerscheinung gerollt? Dass dieser 200. Jahrestag doch auf uns wirken sollte, wussten wir damals nicht.
Hier in Freiman bei zwei neuen Bekannten – ob es Freunde werden, wird sich zeigen – herrscht eine andere Stimmung. Die Revolutionen sind vergessen, der Bauch ist gefüllt, nur an Stoffen fehlt es, an Inhalten. Wo liegen die Stoffe für die kommenden Kunstwerke begraben? Aber das ist doch kein Thema, meine Dame. Sorgenvoll aussehen ist nicht „in", ebenso wenig wie kein Geld zu haben und wie philosophische oder politische Gedanken zu pflegen. Lassen Sie es sich nicht einfallen, sich gehen zu lassen, etwa „verloren" zu wirken, oder „zukunftsängstlich"! Eine perfekt und sicher hervorgebrachte Theorie über die „No-Future" der nächsten 50 Jahre, danach gibt es nämlich nichts mehr – ist der neue Trend. Und, lassen sie es sich nicht einfallen zu denken oder etwa zu politisieren! Beides ist mindestens so schlimm wie: Kommunismus. Noch schlimmer aber ist: kein Geld zu haben. In wunderlicher Weise finden sich die drei letzteren schlechten Eigenschaften meist in einer Person oder Personengruppe vereint. Geradezu untrennbare Merkmale – wie etwa verfaulte Gliedmaßen zur Lepra gehören.
Die Besucher des Festes sind ein buntes Gemisch aus Freunden, Angehörigen der soeben beschriebenen Kategorie und jenen Menschen, von deren Geld man leben muss: den Produzenten, Gönnern, Direktoren, Chefs.
Während ich mich zielgerichtet mit allen unterhalten will, um die innere Struktur der seltsamen Zusammenkunft für mich zu erklären, benimmt sich Christian, als begriffe er die Welt nicht mehr, gesellt sich lieber zu den Kindern.

20. Juli 1990, Freitag, München, BRD

Christian hat seinen letzten Drehtag, am Abend wird es eine kleine Abschlussfeier geben in der Filmfirma.

Wir wohnen zurzeit im Herzen von München bei einer Freundin von Christian. Sie ersetzt mir im Moment meine längst verstorbene Großmutter. Dies ist ein hoch zu schätzendes Gut: Gerti ist Münchner Urgestein, residiert in der Herzogspitalstraße, in einem alten Münchner Mietshaus, das unter Baudenkmalschutz steht. Der Schnitt ihrer Wohnung führt mehrmals um die Ecke und liegt damit auf der Hälfte einer Etage des Hauses, in der Mitte der Hof. Die Parkettfußböden ächzen beim Betreten der Zimmer. Ich liebe das. Die vier Mietparteien des Hauses nutzen gemeinsam einen Garten hoch über den Dächern Münchens. Ich besuche ihn oft, lese und schreibe Briefe oder mein Tagebuch. So bin ich zwar sehr weit weg von Berlin, doch die Seele hat ein Zuhause gefunden. Ich kann mich glücklich schätzen, bei ihr wohnen zu dürfen. Gerti zeigt viel Verständnis für mich und unsere Situation, für die DDR. Sie denkt in gesellschaftlichen Dimensionen, nicht ausschließlich in privaten. Das gefällt mir sehr. In ihrem Bücherschrank finde ich Münchner Schriftsteller wie Ludwig Thoma, Jacobus Balde, Erich Mühsam, Erich Kästner, Karl Valentin, Frank Wedekind. Sie gibt mir Bücher über die Stadt und ihre Geschichte. Am Abend ratschen wir. Ratschen, ihr Lieblingswort, eine der bevorzugten geselligen Freizeitbeschäftigungen. Gerti arbeitet als OP-Schwester in einem Kinderkrankenhaus, hat wechselnden Dienst und geht außerdem mit Vorliebe zu klassischen Konzerten und in alle Kleinkunstbühnen Münchens.

Heute Morgen fällt mir auf dem Weg in die Küche ein neues Buch auf Gertis Stapel auf: Das Kursbuch 32 „Folter in der BRD. Zur Situation der politischen Gefangenen“. Die Kursbücher waren mir bekannt, hin und wieder gab es eines in einer DDR-Buchhandlung.

Ich blättere darin herum und entdecke schließlich einen interessanten Artikel. Er beschreibt die Auswirkung von Isolation auf die menschliche Psyche. Darin wird der Begriff der sensorischen Deprivation beschrieben – eine drastische

Einschränkung der sinnlichen Wahrnehmung des Menschen. Sensorische Deprivation ist die Isolation von der Umwelt durch Aushungern der Seh-, Hör-, Riech-, Geschmacks- und Tastorgane. Die menschlichen Sinnesorgane würden in erster Linie wahrnehmen, was sich in der Umwelt verändere. Würden sie allerdings von dieser Aufgabe, von den Veränderungen isoliert, könnten sie nicht mehr wahrnehmen, nicht registrieren, nicht weitergeben. In diesem Fall fehle die eigentliche Nahrung.

Ich vergesse vor Aufregung, meinen Kaffee zu trinken, denn dieses hungrige Gefühl nach mehr Leben ist mir bekannt.

Weiter wird in dem Artikel beschrieben, dass im Laufe der Zeit die Sinnesorgane lahm gelegt werden, und dies zu einer Desintegration und extremen Desorientierung führt.

Ich schreibe mir die letzten Sätze mit einem roten Stift heraus:

„Der menschliche Organismus ist der künstlich herbeigeführten sensorischen Deprivation nicht gewachsen. Zusammenfassend kann gesagt werden, dass sensorische Deprivation wohl das zurzeit geeignetste Mittel zur Zerstörung spezifisch menschlicher Vitalsubstanz ist... Sie ist eine speziell auf den menschlichen Organismus zugeschnittene Methode der Zerstörung von Lebenssubstanz.“ (24)

Ich lege nervös das Buch zur Seite. Und was ist mit mir? Ich bin mein gesamtes Leben lang in einem Staat aufgewachsen, der auf wenige Reize reduziert gewesen ist. Wir waren eingesperrt, lebten in grauen Straßen und Häusern, hatten wenig Zerstreuung und Anregung. Haben wir alle Persönlichkeitsdeformationen, wie sie hier beschrieben stehen: unverhältnismäßige Reaktionen der Angst, Empfindlichkeit gegenüber geringfügigen Veränderungen in der Umwelt, stark herabgesetztes Wahrnehmungsvermögen für Qualitätsunterschiede innerhalb der Umwelt, überintensive Beschäftigung mit der eigenen Individualität?

Ich lege das Tagebuch schnell zur Seite. Da haben wir es, denke ich, ich beschäftige mich zu viel mit mir selber.

Kurz vor achtzehn Uhr kommt Christian vom Dreh nach Hause.

„Du hast dich noch nicht fein gemacht?“

„Nein.“

„Wir gehen jetzt zur Dreh-Abschlussfeier, mach schnell.“ Christian stutzt. „Ist was passiert?“

„Nein.“

„Schieß los, wir haben keine Zeit.“

„Meinst du, dass...“

„Was? Verrate es mir, “ Christian umarmt mich.

Ich platze heraus. „Bin ich wirklich deformiert?“

„Ich liebe diesen dicken Bauch, den du vor dir herschiebst, er sieht ungemein sexy aus“, sagt Christian.

„Ich meine persönlichkeitsdeformiert, durch die DDR...“

„Also, eine Macke habt ihr schon“, Christian lacht.

„Danke auch“, gifte ich ihn an und befreie mich aus seiner Umarmung.

„Du gehst Essen einkaufen und kommst mit drei Äpfeln in der Tüte zurück. Das ist doch schräg“, sagt er.

„Ich komme mit diesen riesigen Regalen voller Joghurt, diesen vielen Milchsorten, den Käsetheken, Fleischtruhen, kurz, mit den Massenfressständen einfach nicht zurecht.“

„Bei euch gab es eben nichts.“

„Na und? Hier wird alles weggeworfen.“

„Gestern bist du mit einem Fischfilet für fünfzehn D-Mark wiedergekommen.“

„Fisch war so billig – bei uns“, sage ich kleinlaut. Dann fällt mir wieder der Artikel ein. „Meinst du, dass ich eine sensorische Deprivation erlitten habe?“

„Klar bist du deprimiert, in so einem Staat wird man einfach depressiv. Geh in den Naturkostladen. Da gibt es keine große Auswahl. Das ist wie im Tante Emma Laden: drei Sorten Joghurt, zwei Sorten Äpfel, alles schön zum Abwiegen, genau wie bei euch.“

„Du wirst es nicht glauben, aber das werde ich sofort erledigen. Diese Lebensmittel sind nämlich frei von den ganzen Geschmacksverstärkern, Farben

und sonst was für Schicki-Micki-Giften." Ich laufe wütend in die Küche, um meinen Geldbeutel zu holen. Christian kommt mir hinter her.
„Ein Pfirsich ist zum Essen da, und nicht, um damit zu murmeln." Zu dumm, dass ich ihn von den Einkaufsfehlschlägen mit Kiki erzählt habe.
„Blödmann!" Ich fange an zu weinen, was natürlich den Eindruck erhöht, dass ich tatsächlich etwas neben mir selber stehe.
„Für diese Depression habe ich glatt ein Gegenmittel", Christian holt aus seiner Tasche eine farbenfrohe bunte Bluse hervor. Sie gefällt mir.
„Jetzt werden die Widersprüche wieder unter den Teppich gekehrt und mit Konsumgütern überdeckt", schluchze ich und greife zu der Bluse.
„Das zum Beispiel kann nur eine aus der DDR sagen." Er lacht.

22. Juli 1990, Sonntag, Hamburg, BRD

Von München nach Hamburg zur Mutter und zur Schwester von Christian. Die andere Seite des Westens – eine Sozialwohnung, drei Zimmer, vier oder fünf Personen darin. Schockierend.

23. Juli 1990, Montag, Schwerin, DDR

Am Morgen in die DDR gefahren, nachdem uns die fast leere Wohnung von Christians Mutter und seiner Schwester in Hamburg den letzten Nerv geraubt hatte. Schockiert schliefen wir dort ein, angegruselt wachten wir wieder auf.
Öde Fahrt auf der Schmalspurautobahn in den Osten hinüber. Grau hängt über unseren Seelen und im Himmel.
Verkehrsbestimmungen zwingen zur Einheitsgondelei mit 100 km/h und zum Leben im Zeitlupentempo. Dann Schwerin, grau, schmutzig, trostlos. Die Menschen mit bullig zusammengekniffenen Gesichtern. Ein Bummel auf unserem

Fußgängerboulevard bestätigt: die Waren haben sich nicht groß verändert. Die Jugendmode verkauft Kleidung aus DDR-Produktion. Allerdings ist alles teurer, sogar DDR-Zigaretten. Die Menschen verhalten sich, als gehörten sie nicht zu diesen Ladenkulissen – als lebten sie zu Gast in dieser Stadt. Sie schleichen um die Schaufenster der Geschäfte, lugen von außen herein und vergleichen betroffen die Preise mit ihrem kleinen Vermögen im Portemonnaie. Das ging mal viel besser mit dem Einkaufen: wahllos zugreifen, was gerade an Seltenem auf den Ladentisch kam, und es war erschwinglich, auch in größeren Mengen.

Hier und dort basteln Handwerker an neuen Geschäften. Das schon lange geschlossene Fotogeschäft übernimmt „Foto Dose" aus Lübeck. Hatten sie hier keinen einzigen Fotografen mit Interesse an einer eigenen Geschäftslizenz?

Wir öffnen unsere Post: Güstrow – unerfreulich. Der Rat des Stadtbezirks hat eine schriftliche Absage an uns geschickt. Keine Güstrower Schlossfestspiele mit uns, trotz mündlicher Zusagen. Kontostand – erfreulich. Dann die Nachricht, dass das Haus, in welchem wir hier in Schwerin wohnen, an die rechtmäßigen Besitzer (meine lang ausharrende Nachbarin) übergegangen ist – gerecht und erfreulich. Keine Nachricht vom Theater – auch erfreulich. Ein Steuerrundschreiben für Christian – unverständlich. Die persönlichen Nachrichten der Freundeswelt – spärlich.

Wir packen und reißen wieder aus, diesmal nach Lübeck.

Über dem Papierdrachengeschäft gibt uns ein freundlicher Mensch eine Unterkunft.

Joseph und Maria kommen mir in den Sinn. Die Geschichte, dass ein Kind erwartet wird, doch die Eltern noch nicht wissen, wo es niederkommen wird, hat nicht nur vor eintausendneunhundertneunzig Jahren stattgefunden. Wahrscheinlich seit dieser Zeit immer wieder.

24. Juli 1990, Dienstag, Lübeck, BRD – Anklam, DDR

In Lübeck habe ich um 9:30 Uhr einen weiteren Untersuchungstermin für meinen Bauch. Das heutige Ergebnis im Ultraschall liegt mir ein wenig im Magen. Diagnose: diverse Fremdworte und: das Fruchtwasser sei *noch* in Ordnung. Wir bekommen den Mutterpass. Wahrscheinlich war es nur ein falsches Wort, dieses *noch*. Zudem kommt eine neue einschlagende Nachricht: Ich hatte keine Röteln in der Kindheit. Bin ich also in Anklam gerade so an dieser ungefährlichen Krankheit in der gefährlichsten Zeit der Schwangerschaft vorbeigerutscht. Ein Bluttest hat es ergeben, ein Bluttest, den es wohl noch nicht in der DDR gibt.
Dann wieder eine Hiobsbotschaft für Christian. Wir benötigen einen Schein von der Barmer-Ersatzkasse, um die Behandlung abrechnen zu können. Er ruft im zuständigen Büro an und wird ganz zittrig. Sie informieren ihn, dass die Barmer-Ersatzkasse seine Mitgliedschaft bereits im Mai beendet hat. Laut Barmer-Ersatzkassenbestimmungen ist Christian ein Ausländer, da er einen Arbeitsvertrag in der DDR hat. Zweitens hat er im Juli durch seinen Kinofilmdreh zu viel verdient, so dass er nicht mehr in dieser Krankenkasse sein darf. Sie haben es nicht für nötig befunden eine schriftliche Mitteilung zu machen. Ihn einfach so rauszuschmeißen, das ist wohl die Kehrseite der Westmedaille.
Christian wird bestraft für seine Arbeit in der DDR. Wahrscheinlich war er dermaßen benommen, dass er noch nicht einmal die Gründe richtig verstanden hat, denn diese widersprechen sich eigentlich.
Dann fahren wir nach Anklam: Wir entscheiden uns für sofortige Kündigung des Arbeitsvertrages. Die Zustände im Haus bestärken uns. Der Süßwasserfischer Mr. Pokerface inszeniert ein Märchen. Die Kostümidee ist dem gerade angelaufenem Film „Hexen hexen“ abgeguckt: Frauen mit Glatzen.
Vor dem Haus steht die Lebensgefährtin des Intendanten, grüßt sehr freundlich. Sie hat zu Recht Ärger bekommen, das erfahren wir später. Der Doc sagt, sie darf jetzt nicht mehr für die Zeitung schreiben. Das finden wir gerecht.

Nach einer kurzen Auseinandersetzung einigen wir uns auf weitere Regiearbeiten für Christian, aber auf Honorarbasis, „Liebestoll“ kann als Gastspiel verkauft werden. Das ist alles gut so und wir fahren noch zu den Ottos.

26. Juli 1990, Donnerstag, Berlin, DDR

Um 16 Uhr sind wir pünktlich mit überbeladenem Citroën in Berlin-Pankow beim Rechtsanwalt. Der übernimmt den Fall Güstrow ohne viel Palaver. Unser recht lustiges Gespräch wird von einigen Anrufen gestört: ein Autohändler, dem die geschlossenen Verträge gekündigt werden, weil die D-Märker knapp werden, gekündigte Mietverträge, gekündigte Arbeitsverträge – die neuen Rechtsprobleme.

28. Juli 1990, Sonnabend, Berlin, DDR

Bei meinen Eltern der immer gleiche Trott. Empfangen, bewirten, über Zeitungspolitik quatschen. Mein Vater ist übernervig und aggressiv. Er glaubt, die Arbeitslosigkeit wird an ihm vorüberziehen. Warum? Warum gerade an ihm, der seit Jahrzehnten die gleichen Dinge macht, sagt und denkt. Die Stunden mit ihnen ermüden und deprimieren, weil das Interesse aneinander oberflächlicher Art ist, weil wir ihnen nicht recht sind – nicht so, wie sie uns wünschen.
Auf dem Kudamm in Westberlin geht es uns besser. Da ist alles im Fluss. Dort ist eine Lebensader.

30. Juli 1990, Montag, München, BRD

Wieder nach Bayern zurück.

31. Juli 1990, Dienstag, München, BRD

Wir haben unsere Zelte in Anklam abgebrochen, mit einer Träne im Knopfloch – und suchen nach Heimat und Arbeit.
Zwei Comicfiguren, die auf der Mauer balancierten und nun, da sie ihnen unter den Füßen weggezogen wird, noch eine Weile in der Luft weiterlaufen. Dann auf den Grenzstreifen fallen und feststellen, dass dieser kahl, unwirtlich und noch unbebaut. Aber von beiden Seiten nahen die Landvermesser und fegen uns mit dem Besen weg. So brauchen wir neues Land. Was soll interessanter sein, als den deutschen Konfliktstoff so nah wie wir zu erleben. Allein das Dritte – was ja gerade im Bauch wächst – ist die eigentliche Frucht.

1. August 1990, Mittwoch, Dachau, BRD

Die zukünftige Geburtsklinik Dachau angesehen. Sie liegt im Grünen, wirkt auf mich beruhigend. Die Geburtszimmer sind wie kleine Jugendzimmer mit flachem Bett. Darin ebenfalls ein Geburtsstuhl, Vorhänge vor den Fenstern. Sie gefallen mir. Vor allem die Aussicht, nicht allein zu sein. Christian darf dabei sein.

7. August 1990, Dienstag, München, BRD

Der Naturkostladen ist mittlerweile zu einem meiner bevorzugten Aufenthaltsorte geworden. Drei Frauen initiieren und führen ihn mit viel Spaß, wie eine Liebhaberei, ein Hobby. Sie beschreiben mir, wie man fleischloses vollwertiges Essen kochen kann, geben Hinweise auf das Anrichten der für mich neuen Gemüsesorten, die ich allesamt neu entdecke: Mangold, Feldsalat, Stangensellerie, Zucchini, Avocado, Aubergine, Broccoli, Rote Beete, den bayrischen Radi, Fenchel und Spinatblätter. Die Frauen schenken mir die Sicherheit, dass ich mit meinem

Sohn willkommen und gut versorgt sein werde. Mittlerweile verursachen die Veröffentlichungen in den Zeitungen über Zusatzstoffe in den Lebensmitteln wirklichen Stress bei mir. Die üblichen Joghurts sind aufgeplustert, mit irgendetwas Luftigen aufgepeppt, sie sind zu perfekt, zu farbig. Ich habe das Gefühl Künstliches zu essen, künstliche süße Luft mit Sahnegeschmack. Wenn ich die polierten Äpfel sehe, überlege ich, wer sie wohl hergestellt hat – so sauber und vollkommen wie sie sind – wie Kunstprodukte. Sind sie niemals von Schnecken, Würmern oder Käfern überquert oder berührt worden. Diese wachsüberzogenen Äpfel haben keine makelhafte Stelle, weder eine Verwachsung, noch einen Madeneingang.

Vom meinem Einkauf am Odeonsplatz fahre ich mit der S-Bahn zurück zum Stachus. Sie hält unter dem Springbrunnen und dem sich anschließenden breiten Fußgängerboulevard. Ich lasse mich von der Rolltreppe ans Licht tragen. Mein Blick fällt auf die heutigen Zeitungen, die in roten oder blauen Blechkisten am Weg stehen. Man wirft einfach das Geld ein und nimmt sich eine Tageszeitung. Das ist hier üblich. Im Vorbeigehen kann ich schnell die Schlagzeile erfassen und entscheiden, ob mich das Thema interessiert oder nicht.

In zehn Zentimeter großen schwarzen Lettern steht dort: DDR VERSCHWINDET SCHON DIESE WOCHE. Ich bleibe abrupt stehen, jemand tritt mir in den Hacken und entschuldigt sich sofort.

Verschwindet – poch, verschwindet – poch, verschwindet – hämmert es in meinem Kopf. Worte, die wie ein Hammer auf einen Amboss schlagen und ein metallenes Geräusch verursachen. Zirkel, Hammer, Ährenkranz verschwinden einfach von der schwarz rot goldenen Fahne und schon ist es aus mit der DDR. DDR ist abgeschafft. Wie ein Gegenstand, der verloren geht und nie mehr gesehen ward. Was ist an einer Stelle, wo etwas verschwindet? Nichts. Ein Loch. Etwas Anderes? Wenn Menschen verschwinden, dann bleiben Gefühle zu ihnen. Wenn ein Land verschwindet, was bleibt?

Unter der sich breit machenden Überschrift steht in etwas kleinerer Schrift: „Und keiner weint ihr eine Träne nach". (25)

Darf ich nicht darüber traurig sein, dass das Land, in dem ich groß geworden bin, verschwindet, auch, wenn ich es nicht mehr geliebt habe? Kann es irgendjemand hier in München verstehen, dass ich ein Verlustgefühl empfinde? Diese Zeitungsüberschrift besagt letztendlich, dass ich nirgendwo herkomme. Denn mein ehemaliges Land ist verschwunden, in ein Loch gerutscht, es hat sich aufgelöst. Ich stelle mir vor, wie die ehemaligen SED-Funktionäre an ihre Bezirksleitungsgebäude schreiben. „Dieses Haus steht in einem verschwundenen Land." Oder sie könnten auch schreiben. „Dieses Haus stand mal in einem anderen Land." Vielleicht würden sie gerne schreiben: „Dieses Haus stand mal in einem besseren Land" oder „in einem sozialistischen Land".
Ich habe Veränderungen gewünscht, sehr sogar, ich wusste nur nich t, dass hinter mir oder direkt vor meinen Augen alles verschwindet.
Ich suche das Geld für die Zeitung zusammen und nehme sie mit. Ich lese den Absatz zur Überschrift: „Das Verbrechen der Altkommunisten ist, dass die DDRler keine Möglichkeit haben Souveränität und Stolz zu bewahren, ja noch nicht einmal Identität." Da steht es, was ich fühle. „Ganz gleich, ob der Beitritt rechtlich sofort gültig wird oder erst zum 14. Oktober – faktisch wird die DDR noch diese Woche von der Landkarte verschwinden. Und niemand außer ein paar unbelehrbaren Altkommunisten wie Honecker und der Rest-PDS(SED) um Gysi weint ihr eine Träne nach." (26)
Ich blättere weiter und sehe mir die Wetterkarte an. Tatsächlich, wir haben bereits ein gemeinsames deutsches Wetter. Alles in Butter. Deutschland einig Quarkland, das Land in welchem Milch und Honig sauer werden. Mit einem Pfannkuchenkopf an der Spitze frisst sich Deutschland durch den europäischen Hirsebreiberg zur Zukunft hoch. Das ist dort, wo das Ozonloch groß genug ist, um brutzelbraun zu werden – für einen frischen Teint und einen gesunden runden Körper – , für ein langes Leben mit viel Besitz, auf eigenem Grund und Boden. Ist Wohlstand eine Zukunft?
Man spricht von einem „Notanschluss".

8. August 1990, Mittwoch, München, BRD

Wir müssen zur Barmer-Ersatzkasse am Isartor. Ich darf keinen Antrag auf Familienangehörige bei der Kasse stellen, weil ich noch in der DDR fest angestellt bin. Die halbwegs getürkte Lösung, die uns eine Barmer-Spezialistin für DDR-Angelegenheiten unterschreiben würde, stellt sich als zu vage heraus. Selbst eine eigene Mitgliedschaft funktioniert nicht, weil mein Arbeitgeber noch in der DDR sitzt und ich dort allgemein versichert bin. Andere Kassen werden mich nicht aufnehmen, wenn sie erfahren, dass ich schwanger bin (was nicht mehr zu übersehen ist) und sich unmittelbare Folgen (Geburtskosten) ausrechnen können. Die Bearbeiter – mittlerweile zwei – wollen sich was überlegen und schicken uns wieder nach Hause. Wie es jetzt steht, müssen wir also jeden Arztbesuch für mich und die Entbindung selber bezahlen.
Kohl aber bleibt fest bei seiner Meinung, alles sei geregelt im Sozialnetz der beiden deutschen Staaten

13. August 1990, Montag, München, BRD

Ich muss mich weiter um die Entbindungsangelegenheiten kümmern und tätige ein paar Anrufe bei der Barmer-Ersatzkasse. Ich verzweifle fast: Es ist nicht gestattet, sich zweimal zu versichern. Ich muss also das Kind in der DDR bekommen. Alle Sozialversicherungen bleiben als Übergangsregelung bis zum 31.12.1990 bestehen. Erst ab dem 1. Januar treten neue in Kraft. Ich wettere herum, rede von Zeitungs- und Politikerlügen. Dann rät mit der Bearbeiter als Übergangslösung selber zu lügen und meine Anstellung für gekündigt zu erklären. Später könne man dann weitersehen.
Gerti schickt mich zu einer anderen Beratung.
Die katholischen Schwestern in der Sozialstation in der Herzogspitalstraße raten mir zur Kündigung, und dazu, mich in München anzumelden. Ich würde zwar kein

Mutterschaftsgeld bekommen, dafür aber ab dem Tag der Geburt von der Kasse Erziehungsgeld in Höhe von 600,- DM. Sie erkundigen sich, ob ich alle Babysachen zusammen habe. Als ich verneine, verpasst mir die Oberschwester einen Termin, an welchem ich einen Antrag abgeben soll. Es winkt dort einige großzügige Unterstützung in Höhe von 1800,- DM. Das wäre das Geld, was ich im Osten bekäme. Erziehungsgeld bekomme ich eineinhalb Jahre lang und noch ein halbes Jahr Bayerisches Landeserziehungsgeld. Das ist doch viel besser als gedacht. Ich stehe mit einem Bein im Westen und mit einem im Osten. Jetzt ziehe ich mein Bein aus dem Osten langsam nach und stehe bald auf beiden hier. Morgen werde ich kündigen.
Übrigens: Ich bin seit heute im Besitz eines bundesdeutschen Ausweisblattes.

21. August 1990, Dienstag, München, BRD

Heute trifft sich das Schweriner Theaterensemble zur jährlichen saisoneröffnenden Vollversammlung. Ob mein Brief bereits eintraf?
Sie werden glücklich sein – über eine neue Planstelle.

28. August 1990, Dienstag, München, BRD

Ein Brief von meiner alten Nachbarin erreichte mich.
„Liebe Frau M.,
haben Sie herzlichen Dank für Ihren Brief. Ich hatte mir schon so etwas gedacht, als Sie nicht zum Spielzeitbeginn wieder in Schwerin waren. Schade, dass wir uns bei Ihrem Besuch in Schwerin nicht gesprochen haben, es muss im Juni gewesen sein, da war ich 10 Tage verreist.
Entschuldigen Sie bitte, dass ich mit der Maschine schreibe, es geht schneller, denn ich habe in der letzten Zeit sehr viel Briefe an diverse Behörden zu schreiben, die

mir die Häuser immer noch nicht zurückgegeben haben. Es liegt nun beim Oberbürgermeister. Am Freitag habe ich einen Termin bei Rat der Stadt, ich hoffe, dass ich dann etwas weiter mit meinem Antrag komme. Das Wirtschaftsamt hat mir die Zusage der Rückgabe schon seit längerer Zeit bestätigt.
Da voraussichtlich mein Sohn wieder nach Schwerin zurückkommt, um hier erst einmal die Verwaltung der Häuser zu übernehmen, möchte ich Ihre Wohnung für ihn reservieren. Ich würde Sie bitten, ihr Möbel sobald als möglich abzuholen.
An das Theater habe ich auch ein Schreiben mit der Kündigung der Wohnung geschickt.
Wie Sie sehr richtig geschrieben haben, geht hier z. Zt.. vieles durcheinander, keiner weiß so recht was werden soll. Auch am Theater wird es wohl durchgreifende Veränderungen geben, wie ich hörte. Es war sicher ein richtiger Entschluss von Ihnen, dort in München zu blieben, eine sehr schöne Stadt und kulturelles Zentrum, was für Ihrer beider Arbeit ja von großem Nutzen ist.
Ich wünsche Ihnen viel Erfolg im Beruf und für Sie und das Baby alles Gute. Es grüßt Sie und Ihren Mann sehr herzlich
L.O.“
Sobald wir eine Wohnung haben, werden wir das erledigen. Im Moment suchen wir noch.

29. August 1990, Mittwoch, München, BRD

Im Briefkasten liegt ein Brief der Theaterhochschule in Leipzig. Der Leiter der Abteilung Weiterbildung entschuldigt sich, dass die Beantwortung meines Schreibens so lange dauerte, aber es sei der Tatsache geschuldet, dass auch das Hochschulwesen voll in die gesellschaftspolitischen Veränderungen eingebunden ist. Bis zur Stunde sei noch nicht erklärt, welche Leistungsnachweise ich noch zu bringen hätte, damit das Diplom ausgesprochen werden kann. Auf jedem Fall rät er zum schnellen Abschluss, da die ersten Studienjahre nun auch ein Zweitfach belegen und nachweisen müssen. Es wird auf alle Fälle nicht einfacher!

1. September 1990, Sonnabend, München, BRD

Das letzte Maueropfer in Berlin war ein vierzehnjähriger Junge, ein Mauerspecht. Die Betonplatte wirkte wie ein Fallbeil.
Heute.
Ich bin sehr traurig darüber.

3. September 1990, Montag, Puchheim bei München, BRD

Wir haben einen Wohnungsbesichtigungstermin. Der Vermieter empfängt uns zwischen 18:00 und 18:30 Uhr. Wir haben Christians Freund, den Schauspieler Michael, gebeten uns zu begleiten. Da er sehr bekannt ist hier und München insgesamt etwas prominentengeil, erhoffen wir uns einen positiven Bescheid. So einfach ist das nämlich nicht, ohne Festanstellung eine Wohnung zu erhalten. Der Vermieter erkennt Michael sofort, lässt sich von ihm ein Autogramm geben. Ich denke mal, das wird unsere Zusage gewesen sein.

5. September 1990, Mittwoch, München, BRD

Zusage. Mir fällt ein Stein vom Herzen. Ab ersten Oktober beziehen wir die Wohnung, solange werden wir bei Gerti wohnen.

6. September 1990, Donnerstag, München, BRD

Während Christian auf dem Bavaria-Filmgelände einen Tatort mit Götz George dreht, besuche ich meinen Naturkostladen am Ostbahnhof.

Heute beschäftige ich mich mit den Produkten für Babynahrung und lese mir alle Gläschenaufschriften durch. Dazu gibt es einen leckeren Vollkornkuchen und Getreidekaffee. Die Eingangstür wird geöffnet, ich höre das bekannte Anschlagen der kleinen Glocken und sehe im Affekt zur Tür.

Aus dem flüchtigen Blick, der weniger Neugier als Unterbrechung meiner Lektüre durch ein Geräusch gewesen ist, wird ein interessiertes Schauen. Die Person dort ist mir bekannt, sehr bekannt.

Im Türrahmen steht Aylin. Kein Zweifel, sie ist es. Meine einstige Freundin aus der Schulzeit, meine Freundin, mit der ich für die Abiturprüfungen gelernt habe, mit der ich durch dick und dünn gegangen bin und mit der ich einen wichtigen Lebensabschnitt verbracht habe. Dann, von einem Tag auf den anderen war alles zu Ende. Ihre Eltern verboten ihr, uns weiterhin zu treffen. Natürlich unterlag die Entscheidung einem politischen Hintergrund. Jetzt steht die DDR hier mitten im Naturkostladen in München. Und ich wollte lieber vergessen! Neun Jahre sind vergangen, seitdem der lange Arm der Staatssicherheit uns getrennt und in Gut und Böse sortiert hatte. Zurück blieb ein Schmerz, der mit einer offenen Wunde vergleichbar ist, eine Wunde, den der Abbruch einer sehr inniglichen Freundschaft geschlagen hatte. Bei mir zu Hause in Berlin liegen Relikte unserer gemeinsamen Zeit und des unbegreiflichen Endes. In einer Kiste versteckt sich das Telegramm ihrer Mutter, geschickt am 22. Mai 1981, das sie mit dem Namen ihrer Tochter unterzeichnet hatte. Ich kenne es auswendig: „veranstaltung heute faellt aus stop am wochenende verhindert aylin". Der Zettel mit den Telegrafenbuchstaben liegt immer noch in dem dazugehörigen Kuvert. In der DDR kannte sie jeder, diese gelben Umschläge mit roter Schrift und Aushändigungsvermerkstempel. Das Telegramm war äußerst ungewöhnlich. Ich rief damals sofort bei ihr an, die Mutter nahm ab und erklärte mir, sie hätte das Telegramm aufgegeben. Sie hätte übersehen, dass am Wochenende Gäste kämen, Aylin würde gebraucht werden. An den kommenden zwei Tagen war Aylin angeblich nie da. Die Steigerung des absurden Verhaltens brachte die von mir arrangierte Begegnung mit Aylin. Ich wartete auf der Friedrichstraße auf sie, vor dem Seminargebäude für Mediziner. Plötzlich überquerte ihr Freund die Straße und kam auf mich zu, er begrüßte mich nicht, sondern lief an mir vorbei und verschwand in einem Laden hinter mir. Dabei hatte er mit einem fast unmerklichen Nicken auf Aylin gewiesen. Aylin wollte ihm erst nicht folgen, dann kam sie über die Straße. Sie machte mir Vorwürfe, warum ich Westbücher besitzen würde. Dann rückte sie mit dem eigentlichen Vorkommnis heraus: Eine Hausdurchsuchung aufgrund meiner Bücher auf ihrem Dachboden. Da stand ich, voller Scham, voller Schuldgefühl, voller Demut. Ich hatte sie gefährdet, mit meinen Büchern. Ihre Eltern wünschten die Aufgabe unserer Freundschaft.

Jetzt gleich entscheidet sich, ob sie wortlos an mir vorbeigehen, oder ob sie auf mich zukommen wird. Hinter ihrer Silhouette mit den kurzgeschnittenen Haaren scheint die Sonne auf die leere Seitenstraße, für eine Sekunde schlägt das Bild aus dem Gefängnis in der Keibelstraße seinen Schatten auf, das damalige Verhör klingt nach. Dann taucht diese Erinnerung weg, denn Aylin kommt auf mich zu, zögernd.
„Hallo Sylvia." Sie reicht mir die Hand.
„Hallo Aylin." Ich kenne diese Hand, wie sie sich anfühlt. Wie sie aussieht, wenn sie etwas aufschrieb, die fast kindliche Haltung beim Salami aufschneiden, die wir aus dem Familienkühlschrank stibitzten, wie sie einen Pinsel beim Malen hielt, wie sie Seiten eines Buches umblätterte. Wir waren wie Schwestern. Wie gesagt: waren.
„Was machst du hier?" frage ich.
„Meine Cousine wohnt um die Ecke, du kennst meine Cousine, sie hat uns in Berlin besucht." Aylin macht eine kleine Pause. „Und du? Machst du Urlaub?"
„Ich wohne in München."
„Du bist im achten Monat?"

„Ja."

Aylin ist Ärztin geworden. Wir stehen unbeholfen zwischen Roten Beeten und Rüben.

„Sylvia, ich muss dir etwas erzählen."

Aylin redet nie gern um den heißen Brei herum. Ich lade sie zu Gerti ein. Sie kommt sofort mit. Möglicherweise erfahre ich heute, was damals geschehen ist.

Der Mensch ist ein außergewöhnliches Wesen. Sein Unterbewusstsein scheint Situationen wahrzunehmen, die über Raum und Zeit fliegen, sie einfach ignorieren. Damals im Mai 1981 saßen Aylin und ich in ihrem Zimmer unter meinen Büchern auf dem Dachboden. Meine Stimmung war eigenartig. Ich fühlte mich bedroht. Ich erinnere mich an das Gedicht, was ich schrieb.

Harte Abendsonne
Grellender Himmel hinter giftgrünem Gezweige
Unwirkliches Bild vor, über, in mir
Todesschreie der Vögel, klagend und schrill
Einen Schritt nur vor die Tür, so wäre ich ihnen ausgesetzt

Ich hatte große Angst vor irgendetwas. Manchmal benebelte der ständige Druck im Magen meinen Kopf, lähmte meine Glieder, forderte von mir das Letzte. Auch wenn ich sie zurückrief, meine Gedanken, sie jagten weiter dahin wie schwarze Vögel, die aufgescheucht worden waren und ihre Flügel erproben wollten, um weit, weit weg fliegen zu wollen. Wer war der gutgekleidete Herr, der bei meiner Großmutter klingelte um nach dem Hausbuch zu fragen? Was wollte der aufdringliche, seinen Angaben nach zukünftige Dramaturg, im Café über meinen Vater erfahren? Warum redete Uwe nicht mit mir über seine Lesung in Aylins Seminargruppe? Ich merkte doch, dass es dort einen Eklat gegeben hatte.

Während wir beide über den Fußgängerboulevard des Stachus laufen, dann links in die Herzogspitalstraße einbiegen, fällt mir wieder das Bild von der Friedrichstraße ein. Hausdurchsuchung bei Aylin, warum? Damals bekam ich keine Antwort. Nachdem ich den ersten Schreck überwunden hatte, rannte ich zu Uwe. Weil er fetete, wartete ich lange auf ihn, ich konnte doch nicht herausplatzen mit der ungeheuren Neuigkeit. Doch Uwe war keinerlei Trost. Weder brachte er hell ins Dunkel, was seine Lesung betraf, noch fand ich Schutz bei ihm, denn es klingelte mehrmals nachts an seiner Tür. Weibliche Nachtschwärmer fühlten sich angezogen.
Dann fand mich die Kripo bei meinen Eltern, überbrachte eine Einladung in das Polizeipräsidium in der Keibelstraße. „Bei aller Freundschaftlichkeit, sei der Termin unbedingt einzuhalten."
Zwölf Stunden befragen, warten, befragen, Protokoll unterschreiben, warten, Aylin begegnen…

… Wie jetzt, ganz zufällig Aylin begegnen. Sie erkundigt sich, wie es meinem Bauch geht, fragt nach dem Entbindungstermin. Wir steigen die breite Wendeltreppe zu Gertis Wohnung in den dritten Stock nach oben.

Es ist nicht angenehm, plötzlich zu erfahren, dass man Opfer von Personen geworden ist, die sich selber schützen wollten. Menschen, mit denen man Gespräche geführt hat, in deren Haus man sich aufhielt, mit denen man vielleicht sogar ein sehr intimes Verhältnis gehabt hat. Ich habe den Glauben, dass Menschen dies im Normalzustand nicht tun würden. Ich hoffe, dieser Glauben wird nicht erschüttert, nicht erschüttert dadurch, dass ich irgendwann erfahren muss, es wäre ein unnötiger Verrat gewesen, einfach so, ohne einen die Person selbst bedrohenden Grund gehabt zu haben.

Nach drei Stunden findet mich Christian, heulend in der Wohnung vor. Neben mir stehen zwei leere Bierflaschen, eine angefangene Zigarette dampft im

Aschenbecher. Er schimpft. Ich würde unseren Jungen im Bier schwimmen lassen. Dass ich rauchen würde, hätte er nie von mir gedacht.
Ich lalle ein wenig: „Ich weiß es jetzt. Ich weiß jetzt alles."
Dann muss ich ins Bad rennen um mich zu übergeben.

7. September 1990, Freitag, München, BRD

Das Gespräch mit Aylin verlief so unspektakulär wie möglich. Ihr Vater hatte die Staatssicherheit gerufen wegen der Bücher auf dem Dachboden und in dem Koffer vor Aylins Zimmer. Hermann Hesse und Uwe Johnson wurden zu staatsfeindlichem Material. Das Buch vom Springerverlag tat sein übriges.
Christian wettert bereits den gesamten Tag herum.
„Diesen Herrn Professor Heine kannst du um eine Wiedergutmachung bitten, immerhin hat er dir deinen Lebensweg zerstört. Was hat ihn zu interessieren, was du für Bücher hast?"
„Ich hatte sie auf dem Dachboden der Familie eingelagert, weil ich aus meiner Schwarzwohnung ausziehen musste."
„Da holt man doch nicht einfach die Stasi und lässt sie darin herumschnüffeln. Der hat dich doch jahrelang gekannt und kein Problem damit gehabt, dass du im Haus ein- und ausgegangen bist."
„Ich bin Aylin dankbar, dass sie mir erzählt hat, dass es ihr Vater war. Sie will ein Gespräch zwischen ihm und mir arrangieren."
„Sehr passend. Da setz ihn mal gleich die Pistole auf die Brust und sag ihm, dass er dich für fünf Jahre Unterbezahlung bei diversen Nebenjobtätigkeiten entschädigen kann. Der hat genug Geld."
„Du denkst immer gleich ans Geld. Ich bin froh, dass es raus ist."
„An Entschädigung solltest du auch denken."
„Ich brauche eine Entschuldigung."
„Das ist dasselbe."

„Ich soll Aylin morgen anrufen. Dann sagt sie mir, wann ich ihren Vater treffen kann.“
„Du bist naiv, der wird sich nicht mit dir treffen wollen.“

8. September 1990, Sonnabend, München, BRD

Wieso konnte das Christian vorhersehen? Aylin ruft an und erzählt, dass sie von ihrem Vater großen Ärger bekommen hat. Er befürchtet, dass ich Rache nehmen würde, er will mich nicht sehen. Rache. Wie sollte ich Rache nehmen? Warum sollte ich es tun? Das Wort entsprang seinem Mund, nicht meinem.
Bin ich nicht selber schuld, ich hätte meine Bücher nicht dort unterstellen dürfen, in einem Funktionärshaushalt, im ehemaligen Haus des Leibarztes von Wilhelm Pieck? Ich setze mich hin und schreibe einen Brief an Aylins Mutter.
„Sehr geehrte Frau Heine!
Ich schreibe Ihnen, weil ich vorgestern, nach vielen Jahren, Aylin hier in München in einem Ökogeschäft getroffen habe. Ich schätze mal, dass ich sie anstarrte wie einen Geist. Zumal mich das Rätsel meiner Lebenswendung damals immer beschäftigt hat und nun, da sich in meinem Leben alles zum Guten wendete, endlich auch dies geklärt ist. Wenn ich in einer anderen Lebenssituation stecken würde – ich bin jetzt frisch verheiratet und erwarte ein Kind – wäre ich sehr wütend gewesen. So war ich ‚nur‘ erstaunt und gleichzeitig beruhigt, endlich zu wissen, was vorgefallen ist.
Sie – so erzählte Aylin – haben sich über ein bestimmtes Buch in meinem Koffer aufgeregt. ‚Menschenrechtsverletzungen‘ hieß es und war in einem Westberliner Verlag publiziert worden. Ich war an politischen Dingen als Journalistikstudentin hochinteressiert. Dieses Buch, welches Sie damals dermaßen erschrak, dass Ihr Mann die Staatssicherheit alarmierte, war für mich ein Informationsbuch. Ich glaube, ich konnte selber einschätzen, dass Bautzener Häftlinge nicht die

Unterwäsche von Erich Honecker waschen. Ich war klug genug, um zu wissen, dass das banale Aussagen waren.
Ich möchte Ihnen jetzt – zwar verspätet, aber doch – danken dafür, dass ich meine Sachen unterstellen konnte. Der besagte Koffer, den die Staatsorgane mitgenommen haben, war eben eine Dummheit, die mir nie eingefallen wäre zu bedenken. Ich wollte die Bücher im Koffer einfach mit ins Studentenheim nehmen und dort lesen. Ok, es waren meine ganzen Westbücher, aber auch Lyrik, Klassiker und Kirchenlieder sind darunter gewesen...“

Christian reißt den angefangenen Brief vom Tisch.
„Das schreibst du nicht weiter. Das wirst du nicht machen, dich bei diesen Verrätern noch zu entschuldigen, das kannst du nicht bringen, das meinst du doch nicht ernst....“ Er schreit herum. So habe ich ihn noch nie erlebt.
„Das ist meine Geschichte, nicht deine, du hast da nichts zu bestimmen...“, schreie ich zurück.
„Du merkst gar nicht, wie die sich ins Fäustchen lachen werden! Anzeigen solltest du sie, anzeigen, nicht du hast die Schuld! Sie haben Schuld, sie haben sich an dir schuldig gemacht. Merkst du das nicht? Lass dich so nicht behandeln, schlag zurück, und zwar richtig.“
„Aber ich habe ihr Zuhause gefährdet, indem ich die Bücher da untergebracht habe.“
„Einen Scheiß hast du. Und wenn er es getan hat, weil Aylin wegen der Lesung von diesem Dichter ihr Studium verlieren sollte? Wenn er es getan hat, um seine Tochter zu schützen, um gleichzeitig allerdings dafür ihre beste Freundin zu opfern?“
Ich bin plötzlich unendlich müde und schluchze. Ich weiß, er hat die Wahrheit ausgesprochen.
Christian wird sofort still und bringt mich ins Bett. Ich schlafe bis zum Abend, bleibe eine Stunde wach und schlafe dann wieder bis zum nächsten Morgen.

3. Oktober 1990, Mittwoch, München, BRD

Eine Schwangerschaft ist Hoffnung an sich, sie ist leiblich gewordene Hoffnung, sie ist bereits neues Leben. Da muss es einfach weitergehen. Kein Zurück ist möglich, so wie alle Kinder auf die Welt kommen, so werden alle Kinder in der Regel auch groß. Ob es schon eine Wohnung gibt, oder noch nicht, ob die Mutter Arbeit hat oder nicht, ob sie weiß, was sie machen wird oder nicht. Das ist im Moment unerheblich, denn unser Söhnchen wird durch all diese Unwägbarkeiten hindurch leuchten.

Ich stehe auf einem Dachgarten mitten in München. Die Klänge der schweren Glocken der Münchner Kirchen wehen zu mir herüber und läuten eine neue Zeit ein, Deutschland wird wieder ein Land sein. Was kann es im Moment Zuversichtlicheres geben als dieses Zeichen und die bevorstehende Geburt meines Sohnes.

Literaturnachweis

(1) Schiller, Friedrich von, Volksverlag Weimar 1959, Band V, Seite 56-59
(2) Schiller, Friedrich von, ebenda, Seite 60-65
(3) Walsdorf, Lothar, Manuskript „Monologe“, S. 150,
(4) Neues Deutschland, 23. August 1988, „Verteidigung und Entwicklung de Sozialismus – unteilbare Aufgabe der Partei und des Staates,“, von „Rude Pravo“, Prag übernommen, Seite 5
(5) Neues Deutschland, 23. August 1988, ebenda, Seite 5
(6) Neues Deutschland, 12. November 1988, Seite 3
(7) Marina Renner, 1954, in „Über Tolstoi“
(8) Fischborn, „Stückeschreiben“, Material der Theaterhochschule Leipzig, 1986
(9) Neues Deutschland, 6. Januar 1989, Seite 1,
(10) Nicolai Erdmann, „Der Selbstmörder“, Satirische Dramen, Hrsg. Gudrun Düwel, Leipzig Reclam 1983
(11) Stanislav Mrozek, „Die Polizei“, S. 32 in Modernes Polnisches Theater, Hrsg. Andrzej Wirth, 1967
(12) Rolf Henrich, „Der vormundschaftliche Staat“, Rowohlt-Taschenbuch, April 1989, S. 9-10
(13) Heiner Müller, Quelle z.Zt. unbekannt
(14) Bettina Wegner, aus dem Lied„Von Deutschland nach Deutschland“
(15) Kurz, Ina im Programmheft „Woyzeck“, Sonderdruck „Hamburger Morgenpost“, Donnerstag 12. März 1987
(16) „Impressionen und Ansichten“, Kreiskabinett für Kulturarbeit Anklam, 1988
(17) Progress Filmprogramm, 3/90, Hrsg.: Progress Filmverleih, Burgstr. 27, Berlin, 1020
(18) Reiner Maria Rilke, aus dem Gedicht „Die Erwachsene“, 1907
(19) Marx, K.: Einleitung zur Kritik der politischen Ökonomie, Abschnitt 3, in: Werkte Bd. 13, S. 631
(20) ebenda
(21) Matussek. Matthias, „Rodeo im wilden Osten“, in: „Der Spiegel“ 5/1990, S. 194
(22) ebenda, S. 200
(23) Süddeutsche Zeitung, 13. Juli 1990, Meldung: Hitler und Göring noch Ehrenbürger Potsdams
(24) Kursbuch 32 „Folter in der BRD. Zur Situation der politischen Gefangenen“, 1973, Autorinnenkollektiv, Artikel, Isolation/Sensorische Deprivation
(25) Bildzeitung, 7. August 1990, Leitartikel
(26) ebenda

(27) Bachtin, Literatur und Karneval, München 1969, in Münz Rudolf, „Das andere Theater“ Studien über deutschsprachiges teatro dell'arte der Lessingzeit, S. 79

Personenregister

A

B

C

D

E

M

N

O

P

R

S

Einige Erklärungen:

LDPD, Liberaldemokratische Partei Deutschlands, DDR

NDPD, Nationaldemokratische Partei Deutschlands, DDR

Mondphasen, Sylvia Krupicka, Gedichte, Wiesenburgverlag 2005,

ISBN 3-937101-80-2